異形コレクション | XLIX | FREAK OUT COLLECTION

ダーク・ロマンス

CONTENTS

CONTENTS

XLIX

FREAK OUT COLLECTION

編集序文

井上雅彦

闇を愛する皆様。
闇のなかで強く燦《きら》めく「想像の力」を信じる皆様。
怪奇と恐怖、幻想と驚異、人外の唯美……。
言葉の力で現実を超えようとする小説の作者と読者の皆々様。
そして、なによりも……異形の短篇小説を愛してくださる皆様。
お待たせいたしました。
四十九冊目の《異形コレクション》をお届けします。

編集序文というこの前口上を、この場で再び申し述べるのは、九年ぶりのこと。
東日本大震災の年（二〇一一年）の師走《しわす》に刊行した前巻（第48巻『物語のルミナリエ』）

の巻末「感謝の辞。あとがきにかえて」の最後に、私はこのように綴《つづ》っておりました。

『今後は、それ以上にゆったりと、豊かな歳月をかけて、創っていきたいと考えているのです。次刊を出すのが、何ヶ月後になるのか、何年後になるのかは、わからない。

しかし、物語は、いつでも貴方と共にある。では、お元気で。』

「不死者の時間感覚を考慮して、「何年後」を「何世紀後」と解釈された向きもいらしたかもしれません。

今世紀末の復活というのも似合うかな……確かに、そう思った時期もありました。

しかし、こうして再びお目にかかることができて、今の私は、安堵《あんど》する以上の興奮に満ちあふれています。なによりも集まった作品たちが素晴らしい。質の高さ、豊かさ、凄み、深化、多様性、斬新さ……そして何よりも伝わってくる「書く」悦び……。

この一冊から、次を見据えることができるからです。これからの《異形コレクション》というオリジナル・アンソロジーが魅せていく新たな時代を。

とはいえ——まずは《異形コレクション》とはなにか……あらためてご説明しておくべきでしょう。

《異形コレクション》とは、今から二十三年前、大世紀末も近づいた一九九七年十二月に創刊した文庫形式のオリジナル・アンソロジー叢書《そうしょ》です。

当初、ショートショート出身のホラー作家として活動をはじめていた私、井上雅彦が、とりわけ「短篇小説」を冷遇しがちな出版界の状況に強い危惧《きぐ》を感じ、同じ想いを抱いていた同業の作家たちとともに、納得する作品を読者に呈示していく方法を模索した結果、辿り着いたのが、「書下ろし《オリジナル》アンソロジー」という媒体でした。

一作家でありむしろ若輩者ともいえる私が、モグリの編集者よろしく同業者に短篇を依頼し、「没出し」も含めたクォリティ・コントロールを施《ほどこ》したうえで、納得できるものだけを掲載する（……かかる「蛮行」を受け入れてくれた同業者や偉大な先達たちには感謝しかありません）このスタイル――日本では極めて珍しい、まさに異形の試みだったようです。

こうして創刊した《異形コレクション》は、短篇小説の復権をめざして、毎回〈テーマ別〉の競作、〈全篇新作書下ろし〉という様式で、これまでに通巻四十八巻、別冊が十二冊、総計二〇〇名近い作家に参加していただいた「伝説的」なシリーズとなりました。

闇を愛する物語を表明し、ホラー・フィクションを中心にスタートしたシリーズですが、けっしてジャンルに縛られるものではなく、怪奇幻想、ミステリ、SF、ファンタジーなど、様々な非日常的なフィールドにわたって《異形なる短篇小説》を追求したこの叢書は、かつての海外小説《異色作家短篇集》に対応するかのような国内短篇小説の金字塔として、多くの読者に支持されてきました。一九九八年には、日本SF大賞特別賞もいただきました。その第一巻となる『ラヴ・フリーク』の編集序文で、私は次のように述べていました。

『異形コレクション――あたかも錬金術皇帝の秘宝館や、異端貴族の怪物園のような叢書名ですが、私自身がこう名付けたのには、理由があります。

――異形。この世のものとは異なるフォルム。グロテスクであり、聖別された姿。

《異》なる《形》――この場合の《形》とは《文体》と読み替えることも可能だし、《物語》と呼んでもさしつかえない。読者の皆さんの脳膜に映し出される驚くべき《映像》のことももちろん指し示しているのです。』

シリーズ・タイトルの意味すること、そのスピリッツは、今も変わっておりません。


九年前の震災は、創作者にも大きな影響を与えました。

とりわけ、恐怖や死をモチーフに扱う書き手には、深いダメージがありました。

シリーズ叢書としては、長いお休みをとってしまったとは思いますが、未曾有の衝撃を経て物語と向きあう者たちにとって、それなりに必要な期間だったとも思っています。

それでも、十年にも近いこの「休刊」期間中、私は多くの読者、作家、書店関係者の皆さん、そして版元の編集部から、「復刊」（「復活」）の希望を戴《いただ》いておりました。

「休刊」後にデビューした新しい作家とお話をさせていただく度に、ご自身が《異形コレクション》から影響を受けたと仰《おつしや》る方は、私の予想以上に多くいらっしゃいました。

出版をめぐる状況も、ホラーやSFを巡る状況も、この九年で大きく変わっています。

そして――なによりも現在は、全世界的な問題が、人々の心を深刻に曇らせています。なればこそ――今こそが、闇のなかで強く燦めく「想像の力」を集める時ではないかと思うに至ったのです。《異形コレクション》を復刊すべき時なのだ、と。

こうして、四十九冊目の《異形コレクション》をお届けするに至りました。

今回のテーマは、〈ダーク・ロマンス〉。

一九九七年の《異形コレクション》記念すべき第一巻のテーマは『ラヴ・フリーク』……〈異形の恋愛〉でした。今回の〈ダーク・ロマンス〉という語から、あるいは復刊〈第一巻〉という共通項から、〈闇の恋愛テーマ〉をご想像される方もいらっしゃるかもしれません。

しかし、今回のテーマは〈恋愛〉よりも、さらに広い概念を考えているのです。

ロマンスとは、もともとの文学的な意味ではロマンス語で書かれて中世に流行した「空想的・冒険的・伝奇的」な物語を指していたのですが、現代では、恋愛の如く魅惑的な情念を彷彿《ほうふつ》させる言葉です。しかし……今回、私が注目したのは、「モード」の世界でした。

昨今、ファッションの世界では、〈ダーク・ロマンス〉〈ダーク・ロマンティック〉と呼ばれる概念が、ビッグトレンドとなっていたのです。怪奇でかつ優雅な物語性のあるファッションとして、黒一色の〈ゴス〉から脱却して、カラフルに華麗に、次世代の「怪奇」な審美性を主張するコンセプト。具体的には、昨年のミラノコレクション〈二〇一九～二〇秋冬〉

が掲げた総合テーマとしての〈ダーク・ロマンス〉——このテーマのもとに、モード界の才能たちが、それぞれのイメージする〈ダーク・ロマンス〉を探り、デザインの「競演」を披《ひ》露《ろう》していたのでした。例えば、グッチが「仮面」、プラダが「薔薇と解剖学」、MSGMが「クラシックな怪奇映画」、N21が「(デ・パルマ風の)エロティック・スリラー」……それぞれのモチーフで独自の作品が作られ、ランウェイを彩《いろど》っていたのです。

コロナ禍以前としてはおそらく最後になったであろう、この華麗なる〈異形異類〉の集団劇《ショー》が、《異形コレクション》の復刊を模索していた私に、天啓を与えてくれました。かれらがめざしているショーとは、まさに《異形コレクション》ではないのか、と。それは不思議な感銘でした。時代に呼ばれているのではないのか、と思えるような感銘。

《異形コレクション》はこれまでも、不思議なシンクロニシティに恵まれてきました。そして今度もです。伝説の文芸誌『幻想と怪奇』の復活をはじめ、読書の愉《たの》しみに満ちた数々の企画、意欲的な編集者、若い作家たちの情熱が、道を示し、背中を押してくれました。

今回は、〈ダーク・ロマンス〉という言葉から連想するモチーフを、参加作家に自由にまかせるという、《異形コレクション》でもはじめての試みで、作品を集めてみました。

その結果——かなり面白い作品集ができたと思います。《異形コレクション》復刊第一作などというレッテルすら不要なほどの、個性的な一冊のオリジナル・アンソロジーでもある筈なのです。まず、この一冊から。最新の《異形コレクション》をお愉しみください。

櫛木理宇

夕鶴の郷《さと》

●『夕鶴の郷《さと》』櫛木理宇《くしきりう》

新スタートした《異形コレクション》に相応《ふさわ》しい新世代の才能。

初登場の櫛木理宇は、まさに《異形》休刊直後の2012年、『ホーンテッド・キャンパス』で第19回日本ホラー小説大賞読者賞を受賞し、デビュー。雪越大学オカルト研究会を舞台にした本シリーズは現在までに17巻を数える人気シリーズであり、この作品こそが角川ホラー文庫を〈キャラクター小説〉へと舵《かじ》を切らせる推進役ともなった。

一方、櫛木理宇は、単発のホラー、スリラー作品を数多く手がけている。人の心の負の部分を浮かびあがらせるスリラーは、櫛木理宇じしんが敬愛するルース・レンデルやジョン・ソールとも通底するものがある。

本作「夕鶴の郷」は、演劇の古典ともいうべき「夕鶴」に舞台照明を当てながらも、心理的にも生理的にも怖ろしい異形のロマンスが描かれる。

視界が一瞬、ふさがれた。

時刻は深夜零時を過ぎていたはずだ。道は上り坂で、しかもS字を描く急カーブだった。あっと思ったときはすでに遅く、駿平《しゅんぺい》の乗ったバイクは対向車線へ大きくはみ出していた。

二つの白い目玉が迫る。大型ダンプのヘッドライトだ。近づいてくる。

ほぼ無意識にハンドルを切った彼が、その夜最後に見たものは薄汚れた白――。すでに先人が衝突したらしく、破損したまま未修理なガードレールの白色であった。

錆《さび》だらけの白が、混乱した脳内で、女のまとった純白の着物へと変わる。ひるがえる裾が、広げた翼へさらに変容する。

鶴だった。巨《おお》きく美しい丹頂鶴だ。

バイクごと、体が大きく浮くのがわかった。夜闇の中を落下しながら、駿平は羽ばたく鶴を確かに見た、と思った。

＊　＊

「……ああ、目を覚ましんさったかね」

頭上から降ってくる間延びした声に、駿平は目をしばたたいた。

真っ先に視界を占めたのは、見知らぬ天井であった。

和室だ。木目の年輪が逆巻く渦に見え、一瞬くらりとする。きつくまぶたを閉じ、再度ひらく。

やはり、同じ天井が目に入った。格子模様に走る竿縁《さおぶち》が天井板を支え、昔ながらの四角いカバー付きの蛍光灯が吊り下がっている。その灯りのもとで駿平を覗《のぞ》きこむのは、八十代前半に見える老爺《ろうや》であった。

肌は赤銅《しゃくどう》いろに焼け、額の皺《しわ》も頰の皺もくっきりと深い。黄ばんだ白髪が頭頂部で風にそよいでいる。天井と同じほど、見知らぬ顔であった。

「あんた、一昨日《おととい》の夜にな、この村にオートバイごと落っこってきたがぁよ。覚えてっかね？　上の道からこう、ガードレールさ突き破って、どーんっと」

老爺が身ぶり手ぶりを加えて言う。

「残念じゃが、オートバイはまんず駄目だぁ。ばらばらでよ、二度と乗りよらんわね。じゃけぇ、あんたが片手と両足折っただけで済んだんは運がえがった。……ところであんた、名前さなんちゅうんだあ？」

ぼんやりと靄《もや》がかかった思考の中、もつれる舌で駿平は名乗った。何度か訊きかえされつつも、なんとか伝え終える。

老爺はうんうんとうなずいて、

「ほうかほうか、駿平さんか。あんた、免許証も保険証も持っとらんかったでな。いまのいままで、わしらにとっちゃ名無しの権兵衛《ごんべえ》よ。駿さんな。うんうん、男前によう似合《にお》うた、シュッとした名前じゃのう」

そう己に言い聞かすように言いながら、腰を浮かせる。背をかがめて大儀そうに立ちあがる。

待ってくれ、と駿平は言おうとした。

待ってくれ。免許証も保険証もないということは、おれの荷物はどうなったんだ。あの夜背負っていたプラダのリュックには、財布やクレジットカードやスマホだって入っていたんだぞ。まさかリュックごと紛失したのか。ならばカードやスマホは、まだ誰も差し止めていないということか。そして保険証がないなら、おれの治療は誰がどこでしたんだ。頼む、教えてくれ――。

しかし、声が出なかった。言葉は喉の奥で消え入った。

手も足も動かない。全身が、鉛のごとく重い。襲ってくる強烈な睡魔に負け、駿平はふたたび意識を手ばなした。

駿平がその劇団に名を連ねたのは、上京して某デザイン系専門学校へ通いはじめた年の、初秋である。

演技の勉強などしたことはなかった。じつを言うと、さして興味もなかった。

入団を決めたのは「俳優」という肩書きへの漠然とした憧れと、己の容姿に対する絶対的な自信ゆえだ。

駿平は、生まれつき美男子だった。

ごく幼い頃から「まあ可愛い」「美少年ねえ」と誉めそやされてきた。小中学校時代のバレンタインデイには、毎年段ボール箱一杯にチョコレートをもらった。

高校生ではバンドのヴォーカルを三年間つとめた。彼の歌はお世辞にも上手《うま》くなかったし、演奏はさらにその下をいったが、チケットは毎回よくはけた。客の九十九パーセントは女だった。その時期、駿平は「グルーピー」なる言葉の意味と存在とを理解した。

そして劇団でも、当然のように彼は厚遇された。理由はもちろん容姿だ。下手な歌でもヴォーカルがつとまったように、駿平はその大根芝居にもかかわらず、何度も主演俳優に抜擢《ばってき》された。

なぜなら彼が主演の芝居は、客の入りがよかった。彼の写真をポスターの真ん中にレイアウトしただけで、チケットは例年の三倍以上さばけた。

――でも中身が好評だった作品は、一本きりだ。

そう、夢うつつに駿平は自嘲する。

タイトルは『ゆづこ』。主演俳優はむろん駿平だった。そして主演女優には、劇団きっての実力派ながら脇役ばかりの澄美子《すみこ》が抜擢された。

澄美子。透きとおるように色が白く、瞳の大きな女だった。

誰もが認める美貌だった。だが女優に必要な〝華〟が決定的に欠けていた。とはいえ隠花植物にも似た雰囲気が、あの芝居のヒロイン夕鶴子《ゆづこ》にはまさにハマり役だった。

澄美子。夕鶴子。いまおれが思い出しているのはどちらだろう、と駿平はいぶかる。やはり澄美子だろうか。約六年間、おれの内縁の妻でありつづけた澄美子――。

夢と現実のはざまで、駿平は眼裏《まなうら》に幾度も彼女の白い顔を見た気がした。


再度意識が戻ったときには、日が暮れていた。

駿平はそろそろと枕から頭をもたげ、あたりを見まわした。

おそらくは十畳間と思われる和室である。縁側へつづく障子戸は開けはなたれており、広い庭が一望できた。隣室に繋《つな》がる襖《ふすま》もひらいているため、実際よりずっと広く感じる。隣室は座敷なのか、花鳥を描いた掛け軸が床の間にかかっていた。

――ここは、あの老爺の家だろうか。

枕に頭を戻し、駿平はぼんやり考えた。

っけ。

——そういえば老爺は「片手と両足折っただけで済んだんは運がえがった」と言っていた

試しに駿平は、足を動かそうとしてみた。

動かない。がっちりとギプスかなにかで固定されているらしく、布団に覆われた足は微動だにしなかった。

次に足の付け根に力をこめ、腿《もも》の筋肉を使って足を持ち上げようとした——が、途端に後悔した。すさまじい激痛が、脳天まで走ったからだ。彼は悲鳴をあげた。

努力をやめると、激痛はレベルをやや落として〝強い痛み〟に変わってくれた。脈打つような痛みだった。

歯を食いしばりながら、駿平は次いで腕を、今度はごく慎重に動かした。

利き手の右腕は駄目だった。だが、左腕は動いた。指も五本とも動くようだ。わずかながら、ほっとできた。

——しかし、痛ぇな。ちくしょう。

眠っていたときは感じなかった痛みが、ずきずきと下肢を襲っている。連動するように右腕まで痛みはじめた。怪我を意識した途端、脳の回路が痛覚と直結したかのようだ。全身で激痛が渦を巻いている。痛い。耐えられそうにない。

駿平は呻《うめ》き、身をよじった。同時に耳が、近づいてくる小走りの足音を拾った。

「あんれま。もう鎮痛剤さ、切れよったんかあ」

声とともに、女の顔が障子の陰から覗く。

一瞬、駿平はぎくりとした。

――澄美子？

だが違った。

面差しは確かに似ている。しかし、声が違う。なにより年齢が違う。

この女は、澄美子よりだいぶ若い。まだ二十二、三歳といったところか。タイトなジーンズに包まれた太腿が、むっちりと健康的に張っている。

女は布団の横へしゃがむと、仰向《あおむ》いた駿平へ顔を近づけた。

「あらあ、脂汗かいとるでねえの。うんうん、痛かろうなあ。だけんど、もうちっとだけ我慢してな」

都会的な美貌と、きつい訛《なま》りが不釣り合いだ。女の掌《てのひら》が、駿平の頬を撫《な》でる。冷えていて気持ちいい。

「きみは」駿平は呻いた。

「きみは、誰だ――。澄美……」

言いかけた彼をさえぎるように、女が「うち？」と言う。

「旦那さん、さっきお祖父《じい》ちゃんに会《お》うたんじゃろ。うちゃあ、その孫よ。四番目の孫の真《ま》澄《すみ》じゃがあ」

真澄だって？　駿平は驚いた。

名前まで似ている。親戚かと問いそうになり、まさかと内心で打ち消した。まさか、そこまでの偶然があるはずがない。気のせいだ。これも痛みが見せる幻覚なのか。いやいまは、それより――。

「で、電話」

もつれる舌で、駿平は訴えた。

おれの電話は、おれのスマホはどこだ。いや、この家の固定電話でかまわない。なんでもいいから電話をかけさせてくれ。

澄美子に――じゃなかった、いま同棲している女に電話したいんだ。すぐに車で迎えに来てもらわねばならない。それから、クレカとスマホを止めてもらわないと。キャッシングの限度額を先月、五十万に引き上げたばかりなんだ。不正使用されたら、たまったもんじゃない。

しかし、言葉にならなかった。唇からは不明瞭な唸《うな》り声が洩《も》れただけだ。

枕もとの白い袋を探って、女が微笑《ほほえ》む。

「カノウ先生が鎮痛剤、山のごと出してくれさりよったけぇね。大丈夫よ」

駿平はその顔をうつろに見上げた。

カノウ先生とは誰だ。医者か。いやそれより、電話を――ああくそ、痛ぇ。なんて痛みだ。どうなってる。こんなひでえのは、生まれてはじめてだ。

「はい、どんぞ」

女の指が、彼の唇をこじあけて錠剤を捻《ね》じこんでくる。しかし痛みは、いまや激痛に変わりつつあった。

「いらない、それより電話」と言いたかった。我慢できない。これ以上耐えられそうにない。

舌に載《の》せられた錠剤を、駿平は瞬《また》く間に噛《か》み砕いた。ただ飲むより、吸収が早い気がしたからだ。

口もとに、女がガラスの吸い飲みをあてがってくる。貪《むさぼ》るように飲んだ。飲んでみてはじめて、喉がからからなことに気づく。冷えた美味《うま》い水だった。

目を閉じる。眉根を寄せ、唇を引き結ぶ。痛みが去るのをじっと待つ。

やがて、ようやく待ち望んだ鈍麻感がやって来た。痛みが遠ざかる。薄れていく。だが代わりに朦朧《もうろう》として、もうなにも考えられない。

「れんわ」

駿平はつぶやいた。呂律《ろれつ》がまわっていないと、自分でもわかった。

「れんわ?　ああ電話な。わがったわがった、探しとくわね」

うなずいて、女が立ちあがる。ジーンズに包まれた、かたちのいい尻が目に入る。

「……んわ……、れんわ――すみこ」

声が勝手に洩れる。止まらない。もはや自分でも、なにを言っているのか判然としなかった。頭に濃い霧がかかっている。

「また薬さ切れたら、いつでん呼んでえな」

言い置いて出ていく女の背を、駿平はなすすべなく見送った。


駿平は半分眠り、半分起きていた。

よく効く鎮痛剤だ。その代わり、意識をろくに保っていられない。目を覚ましたはずが、いつもの半分もまともに頭が働かない。

部屋の外で、誰かがしゃべっている。おそらくあの老爺の家族だろう。真澄の声もするようだ。四、五人の声に聞こえた。

――しかし、妙な方言だ。

そういぶかった。劇団で、駿平は何度か方言指導を受けたことがある。老爺と真澄が使っていた言葉は、俗に「ズーズー弁」と言われる東北訛りとはイントネーションが違った。北海道や関西、四国までも含む、あちこちの方言が混ざり合っているかに響いた。

このあたりにあんな訛りがあっただろうか――と考えてから、ようやく「そうだ」とはっとする。

——そうだ。〝このあたり〟もなにも、そもそもここはどこなんだ。

おれはあの夜、どこへ向かっていた？　なぜバイクで慣れぬ山道を走っていた？

ろくに働かぬ頭で、駿平は己を叱咤《しった》した。

思い出せ。思い出せ思い出せ思い出せ——。

必死で考えたが、思い出せたのは断片だった。その断片を寄せ集めて繋ぐ。脳内で、パズルのようにひとつずつ組み立てていく。

やがて、ああそうか、と思える程度の絵ができ上がった。ああそうか。重ねてひとりごちる。おれはあの事故当夜、なかば自暴自棄でバイクを走らせていたのだ、と。

駿平が澄美子と別れたのは、三年も前のことだ。

そして彼が澄美子のアパートへ転がりこみ、なし崩しに同棲がはじまったのが九年前。駿平はまだ二十歳で、澄美子は二十七歳だった。

当時の駿平は、入団二年目ながらすでに主演の座を何度か勝ちとっていた。一方、澄美子は「万年準ヒロイン」と団員たちに陰で揶揄《やゆ》されていた。

「演技は確かに上手いけどねえ。どっか陰気なのよね」

「華がないよ。あれじゃあ客は呼べない」

と、団員の間では嘲笑を含んでささやかれる存在であった。

——だが、あっちのほうはそそる女だった。

すくなくとも駿平にとっては、だ。劇団の顔になりつつあった立場を利用し、アパートに無理やり転がりこむ程度には〝モノにしたい女〟だった。

七歳の年齢差など気にならなかった。むしろ年上の女を征服してやったという嗜虐心《しぎゃくしん》を、大いに満足させてくれた。

しかし六年後、彼は澄美子を捨てた。

二歳年上の、年収一千万円超のキャバクラ嬢を捕まえたからだ。駿平の大ファンだった。彼が主演する芝居に通いつめ、余ったチケットを毎回買い占めてくれた。

駿平は、女のマンションへ移り住んだ。劇団はやめた。なにもせずとも贅沢《ぜいたく》できるのだから、芝居など馬鹿馬鹿しくてやっていられなかった。

三年間つづいたぶらぶら暮らしは、しかしある日突然に終わった。

「出てってよ!」

手あたり次第にものを投げつけながら、女は駿平にそう喚《わめ》いた。

「あたしが好きだったのは、舞台俳優のあんたなんだから! 鏡見なさいよ。そのだらしないお腹、ぞっとする。一日中寝転がって酒飲んで、ぶくぶく太るのも当たり前だわ。ご自慢のその顔だって、あと五年もすればたるんで見る影もなくなるでしょうよ。そうなったらあんたなんか、だぁれも相手にしやしないよ!」

そうだ、だからあの夜、おれはリュックひとつを背負ってバイクで飛びだしたのだ。

腹立たしかった。だがそれ以上に孤独だった。澄美子が恋しかった。だが三年ぶりにかけた電話番号は、見知らぬ誰かの番号に変わっていた。

――澄美子。

会えないとわかると、よけいに恋しさがつのった。

いい女だった、と思う。尽くしてくれる女だった。日陰に甘んじながら、一歩下がって付き従ってくれる、得がたい女であった。

まさに『夕鶴』のおつうのごとき女だったのだ。捨てるなんて馬鹿なことをした。やはりおれには、澄美子しかいなかった――。

コンビニの駐車場で、駿平はバイクにもたれ、度数の高い缶チューハイを呷《あお》った。そしてすこし泣いた。自分が惨めで、憐《あわ》れでならなかった。

その後も、あてどなく彼はバイクで走りつづけた。

気づくと国道を北上していた。

「山頂で星を見たい」と思いたったのは、案内標識に『福島県』の文字を見た頃だ。まったく土地勘はなかった。しかし彼は、山へとつづくコースを選んだ。

そしてS字カーブを描く道をのぼりつづけた末――あの事故に遭った。

いま思えば、あのとき顔にぶつかったのは鳥だろう。翼を広げた白い鳥と正面衝突したのだ。走馬灯のように鶴の幻を視《み》たのも、きっとそのせいだ。寸前まで、澄美子を懐かしんでいたことも一因に違いない。

駿平はまぶたをひらいた。

完全に目覚めたわけではなかった。薬がよく効いている。

足の痛みは完全におさまったわけではない。だが、遠い。自分の意識から、一拍遠いと感じる。すべてが薄膜を一枚隔《へだ》てたようだ。

昼間だった。よく晴れていた。障子戸はやはり開けはなたれており、庭木のあざやかな緑の向こうに隣家の窓が見えた。

その障子も、同じく開いていた。隣家の中が丸見えだ。

駿平はヒッチコックの『裏窓』を一瞬連想した。怪我をして動けないおれ。動けないながらも、寝床から他人のプライヴァシーを覗くおれ。ああそうだ、『裏窓』のDVDも、レンタルして澄美子と一緒に観たんだっけ。

その澄美子が、窓の向こうで男に犯されていた。

出窓に体を押しつけられ、後ろから責められている。男が両手で腰を摑《つか》み、一定の律動で激しく突き上げている。

その光景をぼんやりと数十秒眺めてから、ああ違うな、と駿平は思った。

あれは澄美子じゃない。似ているけど、違う。

男は声を上げながら、忘我の表情で腰を振っている。だが窓枠に顔の下半分を隠した女の瞳は、ひどく無表情だ。情欲のかけらもなかった。

澄美子じゃない、と駿平は確信した。澄美子はあんな反応はしない。それに――眼《め》が違う。どことは説明できないけれど、あの眼は澄美子のものではない。

男が一声呻き、身を震わせた。射精したらしかった。

ずるりと女が崩れ落ちる。駿平の視界から、白い顔が消える。

男はさっきまでの恍惚《こうこつ》が嘘のように、邪険に女を突きはなした。白茶けた顔でその場を離れていく。それを見届け、駿平はまぶたを下ろした。


次に意識を取り戻したとき、枕もとには真澄がいた。

「なあ、これ旦那さんのかばんじゃろ？」

そう得意げに、真澄はプラダのリュックを掲げてみせた。

「沢に落ちよったんを、ガノのサブロウさんが拾うてくれたんよ。ビンガに噛み荒らされる前で幸運じゃった。ほらこれ、財布。お札もカードもぐっしょりだけんど、中身は全部入っとろうがよ」

財布を広げ、真澄が中身を見せてくれる。

しばし眺めて、駿平はうなずいた。確かにクレジットカードやキャッシュカードのたぐいは揃っているようだ。免許証も保険証も抜かれた形跡はなかった。

つづいて真澄は、スマートフォンを眼前にかざしてくれた。こちらは駄目だった。水没したせいだろう、電源が入らない。

同棲していたキャバ嬢の番号を口にしかけ、駿平は声を呑んだ。思い出せない。そうだ、登録していればいつでも呼びだせたから、そもそも覚える必要がなかったのだ。電話帳アプリが駄目になれば、かけるすべはもうない。

唇をむなしく開閉させる彼を、じっと真澄が見下ろす。

「……旦那さん、東京の人？」

ああ、と駿平は呻いた。一声出すのが精一杯だった。

真澄が口に錠剤を押しこんでくる。駿平が嚙み砕くのを見届けて、吸い飲みを当てがってくれる。

「ほうかあ。東京って、やっぱしすごいんじゃのう。うち旦那さんみたいなハンサム見たのん、はじめてじゃが。だけんど東京では、当たりめえにこがん美男美女が、ようけ道を歩いとるんじゃろうの」

ハンサムか、と駿平は思った。古くさい言葉だ。真澄のような若い女が使うのはめずらしい。だがそう思った端から、意識がぼうと霞《かす》んでいく。

薄れる視界の中で、真澄が微笑んだ。

「――うち、旦那さんの子供さ産みてえ」

その夜、駿平は約三日ぶりの食事をとった。

枕もとまで、真澄と老爺が運んできてくれたのだ。鶏鍋の出汁《だし》で炊いて卵を落としたおじやと、すまし汁であった。

老爺は駿平を背後から抱え起こし、背に厚い枕を当てがってくれた。真澄がおじやを吹いて冷まし、「はい、あーん」と匙《さじ》を差しだしてくる。

出汁のいい香りが鼻孔をくすぐった。

口に含んだ途端、ひさしぶりの食事に、唾液腺がきゅうっと痛んだ。

「いっぺんに食べたらいけんよ。からっぽの胃に、急に詰めこむと良うない。すこうしずつ、すこうしずつじゃあ」

真澄の口調は、子供に言い聞かせるようだった。

駿平は夢中で食べた。急に食べるなと言われても、止まらなかった。

美味い。数日ぶりの栄養に、全身の細胞が喜んでいるのがわかる。二切れ三切れ入っている鶏肉のかけらが、またたまらなく美味かった。嚙みしめると、滋味溢《あふ》れる肉汁がじゅわっと口内に広がった。

「美味いかね」

老爺が目を細めて言う。

「こん鶏鍋ぁ、村の名物じゃが。ろくな産業はねえ、観光できる名所もねえ、土地も痩せとる、ほかになーんの自慢もねえ村だけんど、食うに困らんのだけが取り柄さあ。あんまり美味いけぇ、よそのやつらぁ妬《ねた》んで『食いすぎると気がふれる』なぞと悪態つきよる。ふっふ……」

確かに美味い、とおじやを頰張りながら駿平は思った。
自画自賛するだけのことはある。だが、舌に馴染《なじ》んだ味のような気もした。かつて、どこかで口にしたような。

「こん鶏鍋さ食うた者《もん》は、忘れられんでまたこの村に引き寄せられる、と言われちょります。旦那さんも、癖になってしまうんでねえかなあ」

食べ終わると、真澄がまた薬を飲ませてくれた。駿平はほっとした。じつを言うと食事の最中から、ずきずきと痛みが強くなりつつあったのだ。

老爺はふたたび彼を布団へ寝かせてくれた。
ただ閉口したのは、村人らしき男女が入れ替わり立ち代わり、障子越しに覗いていったことだ。

「あがんが、東京の人だかね」
「おお、噂どおりの男前じゃあ」
「テレビに出ちょる芸能人のごたぁあるのう」

ささやき合っているつもりらしいが、まる聞こえだった。駿平は苦笑した。狭い村で親戚ばかりなのだろう。どの顔もよく似ている。

「すまんね、旦那さん」

真澄が言う。

「今日は法事でよう。みんな、うちさ集まって飲んどったんよ。在郷者《ざいごもん》ばっかじゃけぇ、東京の人なぞ見たこたねえのさ。鬱陶《うっとう》しいじゃろが、堪忍してな」

いいんだ、と駿平は首を振った。薬が効いている。眠い。意識が遠ざかる。いまにもまぶたがふさがりそうだ――。

だが次の瞬間、彼は息を呑んだ。

障子の向こうに、異様な顔が覗いたのだ。

真っ白い、無表情な顔だ。能面のようだった。その口が突然かっとひらき、長い長い金切り声を発する。人間の声ではない。まるで知性のない声だった。

反射的に、思わず駿平も短い悲鳴を上げた。真澄が怪訝《けげん》な顔をする。駿平の視線を追って、振りかえる。

「ああ」

なんだ、と言いたげに真澄はうなずいた。

「ただの面梟《めんふくろう》じゃがあ。見慣れねえと驚くじゃろうが、心配いらね。ただの梟よ。お面みてぇな顔しとるけぇ、そがん名前が付いたんだとよ。こん山には、鳥さようけいるけぇね。旦那さんも、いちいち驚いちょったらきりがねえて」

真澄が彼の寝床に忍んできたのは、その夜のことだ。

人の気配を感じてふと駿平が目を覚ますと、掛け布団がはだけられていた。夜だというのに、いまだ雨戸も障子戸も開けはなたれたままだ。皓々と月あかりが射しこんでいる。さやかな風に庭の枝葉が揺れ、花群れがざわめく。冷えて凪《な》いだ夜気が、あたり一帯を支配している。

その夜気のただ中に、一羽の鶴がいた。

翼をたたみ、首をすぼめる。白い細身が、闇にあざやかに浮かびあがっていた。鶴はその長い脚を折って、駿平の上へとかがみこんだ。

駿平は、低く呻いた。なまあたたかいものに、自身を包みこまれる感触があった。粘っくまとわりついてくる。ねっとりと、緩急をつけて嬲《なぶ》られる。

舌だった。鳥ではない——あきらかに、人間の女の舌使いであった。

駿平の意識が、急激に覚醒した。

真澄だった。

さきほど見た光景は、鶴が白い翼をたたんだのではない。女身が衣服を脱ぎ捨てたのだと、ようやく彼は気づいた。純白の羽とも見まがう白い肌が、彼の下肢でゆったりとくねっている。

真澄の舌使いは執拗《しつよう》だった。年齢にそぐわぬほど、熟練していた。瞬く間に彼は高まり、快楽の波に押し上げられた。指が、舌が、さらに彼を追いつめる。

だが達する寸前、口が離れた。

あ、——と思い、駿平は無意識に頭をもたげた。

薄闇の中、真澄と目が合う。

濡れ濡れと光る大きな瞳が、駿平を見ていた。いや、捕らえていた。

挑むように、真澄は駿平の上にまたがった。昼間は引き締まって見えた体は、臍下《へそした》に艶《なま》めいた脂肪をうっすらと蓄えていた。口腔《こうこう》より微妙に体温の高い、濡れた粘膜が彼を根もとまで包みこむ。

駿平は思わず吐息を洩らした。

熱い。締めつけてくる。とろけそうな感触だった。

やはりこの女は澄美子と似ている、とあらためて実感した。目鼻立ちだけではない。褥《しとね》での仕草が似ている。昼間まとっている空気や言動とは、別人のような淫蕩《いんとう》さを閨《ねや》で見せる女だ。

陽がのぼっている頃は、生き生きと闊達《かったつ》な真澄。正反対に、伏し目がちでひかえめだった澄美子。

だが夜に見せる顔は同じだった。積極的に絡められる舌。臆せず合わせてくる瞳。そして彼にまたがり、みずから求めてくる動き——。なにもかもが、似かよっていた。

駿平はあえいだ。声をこらえきれなかった。

ここ三年同棲していた女からは得られなかった快楽に、彼は呑みこまれていた。

波が打ち寄せ、引いてはまた押し寄せる。

翻弄されていた。閉じたまぶたの裏に、幾度も閃光が走った。夢中で女の名を呼んだ。だが澄美子を呼んだのか、真澄を呼んだのかは、判然としなかった。

彼の腹の上で、女が激しく動いている。高く鋭い声を放つ。

鶴だ、と駿平は思った。

細い真っ白な体。胸に突き刺さるような甲高《かんだか》い鳴き声。おれはいま、鶴に犯されている——と。

彼と澄美子が主演した芝居『ゆづこ』は、かの木下順二の名作『夕鶴』を、現代ふうにアレンジした脚本であった。

『夕鶴』は、『鶴女房』もしくは『鶴の恩返し』と題される民話を下敷きとした戯曲である。愚鈍だが心やさしい夫の〝与ひょう〟。彼に助けられた鶴の化身である、妻の〝おつう〟。貧しいながらも彼ら夫婦は清く暮らしている。しかしおつうの織った布の美しさに、悪心を持つ男たちが目をつける。与ひょうは男たちにそそのかされ、おつうに「もっと布を織れ」と強いるのだ。

『ゆづこ』では、与ひょうにあたる主人公を駿平が演じた。そしておつうにあたるヒロイン夕鶴子を、澄美子が演じた。

そうして『ゆづこ』の主人公も与ひょうと同じく、金に目がくらんで妻に無理を押しつける。かの『夕鶴』では、白眉とも言われる有名なシーンだ。

おつうは金に惑った夫に、

「もっと布を織れ。もうかるぞ」

と言われた途端、彼の言葉を理解できなくなる。

「あんたの言うことがわからない。口の動くのが見えるだけ。声が聞こえるだけ」

と叫び、夫が俗世にまみれた卑しい言葉を発しはじめたのだと、おぼろげに悟って絶望する。

だが澄美子が演じた『ゆづこ』のヒロインは、それとは異なる反応を見せる。

こちらのヒロインこと夕鶴子は、もっと鳥に近かった。動物的だった。

「『夕鶴』のおつうは、鳥にしては賢すぎる。なぜって金銭欲が薄汚いものだという知識を、すでに持っている」

と『ゆづこ』の脚本を書いた男は、つばを飛ばして語った。

「あの作品ではおつうは賢くやさしく敏《さと》く、人間は徹底して愚かだ。賢いおつうは、しかし愛ゆえに自分を曲げる。そこが悲劇なんだが、おれはもっと本能に忠実なおつうを描きたい」と。

そうして生まれたのが『ゆづこ』であった。

こちらのヒロイン夕鶴子は、「金イコール汚いもの」という概念さえ持たない。夫が金に狂おうが頓着しない。徹頭徹尾、夫の喜ぶ顔見たさに尽くしつづける。夕鶴子が持つのは純粋な愛と、子作りの本能のみだ。

「おれのどこがいいんだ」

と、駿平演じる主人公が夕鶴子へ問うシーンがある。

夕鶴子は鳥のように首をかしげながら、

「いいとか悪いとか、わかんない。でもあんたの子供がほしいのよ」と答える。

「子供って、そんなにいいか」

「いいに決まってる。だって、あたしが増えるのよ。新しくて、すこぅし違うあたしが生まれて、あたしが死んだあとも残るのよ。あたし、それをあんたと一緒にやりたいのよ。あたしとあんたを、ずっと残していきたいのよう」

脚本はここから、『白鳥の湖』のモチーフをもすこし混ぜる。主人公は、ほかの女に心を移して夕鶴子を裏切るのだ。

『白鳥の湖』の王子は、黒鳥オディールに惑わされて白鳥オデットを悲しませる。それと同様に、また駿平自身がほかの女を選んだのとそっくり同じに、『ゆづこ』の主人公は偽りの愛に走ってヒロインを捨てる。

ヒロイン夕鶴子はなぜ自分が捨てられたのか理解できないままに、一人で出産に臨み、難産で死亡する。そしてすべてを失ってから郷里へ戻った主人公は、愛した女がすでに亡いことを知るのだ。

それが芝居『ゆづこ』の大まかなあらすじだった。

真澄があえいでいる。腰を振りながら、淫《みだ》らな言葉を吐き散らしている。

そんな真澄を下から突き上げながら、駿平はさらに心を、澄美子との最後の夜へ飛ばしていく。

別れを告げられた澄美子は、取り乱さなかった。

いや、取り乱すまいとしていた。ちらりとだが、気丈な微笑みさえ見せた。しかしその手は大きくわななていた。茶を淹《い》れようとして急須の蓋を何度も落とし、急須の口と湯呑みを触れさせては、かちかちと気障りな音をたてた。

最後の晩餐を、澄美子は「どうしてもお願い」と乞うた。

夕餉《ゆうげ》の支度には、常の倍もの時間がかかった。澄美子は包丁で幾度も指を切り、包帯だらけの手で銘々皿を差しだしてきた。

小気味よかったのを、駿平は覚えている。その包帯だらけの指に、震える手に、澄美子の愛情と執着を感じて優越感に酔った記憶がある。

――なぜあのときのおれは、あんなに残酷だったのだろう。

なぜ澄美子を傷つけるのが、あれほど快かったのだろう。いまとなってはわからない。思いだせない。

尽くしてくれる女だった。もの静かで我が薄かった。何時間でも一緒にいられた。気づまりだと感じた例《ため》しがなかった。体の相性だってよかった。なのに、なぜ。

真澄が彼の上でのけぞった。

ひときわ、高く鳴く。ぐったりと白い裸身から力が抜ける。

その重みを受けとめながら、やはり駿平は澄美子のことを考えていた。

翌朝目を覚ますと、真澄はもういなかった。

小雨が降っていた。しのしのと降る、低い子守歌のような雨だ。その音を聞きながら、鎮痛剤の余波で駿平は小一時間うつらうつらした。

「旦那さん」

やがて、障子の向こうから声がかかった。

真澄だ。そう思いかけて、いや違うな、と気づく。そっくりだが、髪型が違った。真澄は背中までの髪だが、この子は肩までしかない。それに、ほんのすこし幼い。

「うち、真澄の妹じゃが。真弓《まゆみ》と言います」

そう言いながら、真弓は彼の脇に膝を折った。

双子か、ともつれる舌で駿平が問うと、

「ふふ。よう言われます」と答えが返ってきた。

真澄がしたように彼の口へおじやを含ませ、薬を飲ませると、真弓は部屋を出ていった。お姉さんは――？　と、尋ねる暇も与えてくれなかった。

＊　　＊

今日こそ電話を借りねば、と駿平は己に言い聞かせた。

さすがに実家の番号なら、そらで言える。真澄のことは名残り惜しい。だがいつまでも厄介になるわけにはいかない。それに、そろそろまともな病院で治療を受けたい。

しかしその日に限って、誰もなかなか姿を見せなかった。

まず感じたのは空腹で、次に喉の渇きが耐えがたくなった。やがて、そのどちらをも凌《りょう》駕《が》する〝痛み〟が襲ってきた。鎮痛剤が切れたのだ。

経験したことのない激痛だった。駿平は呻き、ろくに動けぬ身をよじった。滲《にじ》んだ脂汗が、シーツをじっとりと濡らした。

「誰か」彼は叫んだ。

「誰か、……頼む。誰か。痛い、痛ぇんだ。……くそっ。痛えよ、澄美子……」

しかし誰も来なかった。

せめて痛みで失神できたらいいのに、と駿平は思った。映画やドラマじゃよくあるじゃないか。おれだって芝居で演じたことがある。それともあれは嘘だったのか、ちくしょう。痛え。痛えよ。

こんなど田舎、すぐ出てってやる。そのためにはまず電話だ。電話を借りて、親を呼ぶ。車を飛ばして来てもらう。この家に食費と手間賃を払って、ああそうだ、入院費も要るな。あとで親父はぐちぐち文句を言うだろうが、かまうもんか。きっと母さんが取りなしてくれる。そのためには電話しなくちゃ。電話、電話電話電話電話――。

その後、いったいどれほどの時間、呻きもがいていたのか。

老爺が顔を見せたとき、すでに駿平は泣きじゃくっていた。子供のように、顔じゅうを涙と洟《はな》で濡らしていた。

「旦那さん、起きんさったかね。あんれま、泣いてんでねぇか。なしたんだぁ」

「あ、――……あぁ、ああ……」

助かった、と思った。老爺が救世主に見えた。

電話、と言いたかった。頼む、電話をかけさせてくれ、と。しかし口から洩れたのは、

「くすり」

の一言であった。

「くすり……たのむ。くす、り」

「ああ、痛み止めが切れたがか。まんず真澄もなにしとんじゃろな。大事なお客さんさ放っといて、ほんにだらくさい女子《おなご》じゃあ」

皺ばんだ指が、錠剤を唇の隙間から押しこんでくる。乾ききった唇と口腔粘膜に、錠剤の表面が張りつく。

駿平は急いで噛み砕き、老爺が当てがう吸い飲みの水で飲みこんだ。

まぶたを下ろす。痛みが去ってくれるまで、息をひそめてじっと待つ。

「すまなんだな、旦那さん。きっとほれ、真澄のやつ、昨日の今日で照れくさいんよ。夜這《よば》いのあとじゃけえ、柄にもなく恥ずかしがっとるんじゃろ」

思わず駿平は目を開けた。

知っているのか――、と思った。一瞬で背すじが冷えた。

真澄はこの老爺の孫だ。どこの馬の骨とも知れぬ男が孫娘に手をつけた。そうと知れれば、

いますぐこの家から叩き出されてもおかしくない。たとえ全身の骨が折れていようとだ。

しかし視界に入った老爺は、笑っていた。

「旦那さん、そがん顔するこたねぇで」

皺深い顔に浮かんでいるのは、にやにやと下卑《げび》た笑みだった。

「わしが真澄に『行け』と言うたんさ。あの子ぁはなっから、旦那さんさ気に入っとったからのう。なあに、そがんなったら遠慮するこたねえ。男と女のことだもの。自然なこったぁ」

駿平は応えられなかった。

老爺がにこやかに言葉を継ぐ。

「たまには外の人とも……な。この村ぁ山のどんづまりの田舎で、親戚縁者ばっかじゃもの。同じもん同士ばっかでは良うないわ。な、わかるじゃろう?」

つまり一夜妻というやつか？　駿平は、おぼろげに考えた。

狭い村落では古来、血族結婚の繰りかえしが起こりやすい。何代も何代も親戚同士で結婚するうち、濃い近親婚に近づいていくのだ。

以前に『ゆづこ』の脚本を書いた団員が、まくしたてていたのを思い出す。

「つまりマレビト信仰というのは、そこから生まれたんだな。マレビトというのは稀人もしくは客人と書く。村を訪れたマレビトに一夜妻を与え、異質かつ新しい子種をもらう。血族結婚による弊害を、これで薄めてきたわけだ。異類婚姻譚というのも、そもそもマレビトと一夜妻の契りから生まれたんだとおれは思うね。どことも知れん外部から来た男なんてのは、当時の村人にとっちゃ、同じ人間よりも異類に近いだろう。どうしても異類女房のほうが絵になるんで語り継がれやすいが、各地に残る猿婿、犬婿、蛇婿などの伝承がいい証拠……」

意識が次第にぼやけはじめる。薬が効いてきたらしい。

老爺の声が降ってくる。

「気にせんでええ。旦那さんがこの家に運ばってきたときから、わかっとったわね。こがん男前、きっと女子《おなご》どもが種を欲しがるじゃろうてな。わかっとった。だけぇ、気まずう思わんでええで。わしじゃって、曽孫《ひまご》は美男美女のほうがありがてぇもの」

ああそうか、と朦朧としつつ駿平は思う。

法事の日、入れ替わり立ち代わり村人たちが覗きに来たっけ。やけにおれの顔についてひそひそと話し合っていた。氏素性より、容貌ばかりを気にしていた。あれは最初から、子種として見ていたせいか。

――そりゃあ不細工よりは、美形の遺伝子が好ましいに違いない。

苦笑して、駿平は目を閉じた。

美男子の自覚は十二分にある。悪い気はしなかった。唇の端に笑みを浮かべたまま、駿平はすうと眠りに落ちた。

夢と現実のはざまで、意識がたゆたう。古いモノクロ映画が場面を切り替えていくように、過去の記憶が断片的にフラッシュバックする。

出会った頃の澄美子。舞台に上がる澄美子。熱く演劇論を交わす団員たちの横で、静かに水割りを作っていた澄美子。ともに暮らすようになってからの澄美子。

過去を語りたがらない女だった。

彼女の口から、出身地について話を聞いたことがない。生まれ育った地名はおろか、きょうだいはいるのか、両親はまだ存命なのかさえ駿平は知らなかった。

ただ、「故郷が嫌いだ」という言葉は二、三度聞かされた。だからお盆も正月も帰らない。上京してから一回も帰省していないのだ、と。

「ビンガしかない田舎よ」

投げやりな口調で、澄美子はそう言った。

「ビンガってなんだ？」

駿平は尋ねかえした。しかし澄美子は答えず、

「うじゃうじゃいたの。大嫌い」

と首を振っただけだった。

——ビンガ？　そういえば、最近もその単語をどこかで聞いたような。

なまぬるい眠りの中で、駿平は考える。ああそうだ、真澄が言ったんだ。

——沢に落ちよったんを、ガノのサブロウさんが拾うてくれたんよ。ビンガに嚙み荒らされる前で幸運じゃった。

なんのことか真澄に訊いてみよう。彼は思った。だってほら、いまも彼女はすぐそこにいるじゃないか。

いつのまに日が暮れたのか、薄闇に真澄の白い頰が浮かびあがっている。

どうやらまた彼の寝所に忍んできたらしい。いや、老爺の言葉を借りれば夜這いをかけてきたのだ。祖父公認の夜這いとはなんとも面映《おもは》ゆいが、けして迷惑ではなかった。

真澄が近づく。布団へもぐりこんでくる。

名を呼ぼうとして、澄美子、と駿平は呻いた。

もはや真澄なのか澄美子なのか、判然としなかった。どちらでもいいと思った。どっちだろうと、おれの女だ。待ってろ、いまおれの子種をくれてやるぞ。澄美子——。

だがその瞬間、駿平は身を強張《こわば》らせた。

違う、と悟った。

違う。この女は澄美子でも真澄でも、真弓でもない。どことは言えないけれど、眼が違う。

ああ、そういえばこの考えも、すこし前におれが感じたことのような。

はっと意識が覚醒した。

そうだ、隣家の男だ。あの男が窓際に押しつけて、背後から犯していた女。

その女がいま、彼の眼前にいた。布団の中にもぐりこみ、鼻と鼻が触れ合わんばかりに彼と顔を近づけている。

丸い眼だった。感情のない瞳だ。駿平をただ観察している。

やはり眼がおかしい。女の瞳を見返しながら、駿平は思う。おかしい。変だ。だってそう——瞬《まばた》きするたび、まぶたが上から下へおりるのではなく、下から上へ。

駿平は悲鳴を上げだ。

と同時に、女も叫んだ。

金属音に似た、高い高いおたけびだった。けぇぇえええええっ、と叫び、首をのけぞらせる。同時に両の翼を広げた。布団が撥《は》ねのけられる。

——翼。

そして、駿平は見た。

鶴さながらに長い脚は、びっしりと鱗《うろこ》に覆われていた。四本に分かれた趾《あしゆび》には鋭い鉤《かぎ》爪《づめ》が生えている。そして、翼。巨大な真っ白い翼だ。

鳥の翼、鳥の脚。そして、丸い鳥の眼。

だが、人の顔だ。鼻面《はなづら》が伸びて、先端は鋭い嘴《くちばし》と化している。それでも、人間の女の顔だった。澄美子の顔をしていた。

けぇええええええっ。いま一度、鳥が高く鳴く。その場で飛び立つかのように、翼を羽ばたかせる。しかし、飛びたつことはなかった。

背後の薄闇から伸びた手が、その首根を無造作に摑んだ。

斧が一閃した。

澄美子の顔が傾《かし》ぐ。ぐるりと回転し、鈍い音をたてて畳へ落下する。

首の切断面から、すさまじい勢いで血がほとばしった。鮮血が顔に降りかかる。駿平はふたたび悲鳴を上げた。

おかしくなる、と思った。これ以上ここにいたら、おれはおかしくなる。とても正気ではいられない。眼前の光景が、とうてい理解できない。いや、したくない。

斧を持って立っているのは、老爺だった。

その背後に、村人たちが立っている。三人、四人、いやもっといる。

駿平のすぐ横に、首が転がっていた。澄美子の顔をした首だった。

そして首を失った体は、ばたばたと羽ばたきながらいまだ室内を駆けていた。己が死んだことに気づかないのか、走りつづけ、やがて障子戸にぶつかって止まった。

「おっかねえかえ。やっぱし東京の人じゃのう。どこでん鳥を絞めるがか、こがんするんじゃで。旦那さんみてぇな人は、見たこたねえじゃろなあ」

すでに耳慣れた訛りで、ゆったりと老爺が言う。

「もうちっと、生かしておきたかったがのう」

「まんず惜しいの」

「まんずまんず。せっかくの男前を惜しいことよ。まさか逃げたビンガが、ここに入りこもうとはよ。だけんど、見らったんではしょうがねえ」

「こがん始末じゃあ、楽しめたんは本家の孫娘だけか。順番待ちしとった女子《おなご》どもが、さぞ臍を曲げよるじゃろの」

そう口ぐちに低く言うのは、老爺の後ろに立つ村人たちだ。

駿平は動けなかった。折った手足だけでなく、首も、舌も、眼球も言うことを聞かなかった。その場に凍りついてしまっていた。

村人の背後では、障子戸にぶつかった首のない鳥が、羽と足をまだ動かしている。びくびくと痙攣《けいれん》に似た動きへ変わりつつある。

「まあ、ええわね」

老爺が笑う。

「どうせこっちの使い道があるでよ。やっぱり男前はええ。種だけでのうて、肉も骨も使えよる。鯨と同じじゃ。無駄なしじゃあ」

駿平は布団から引きずり出された。

数人がかりで担ぎあげられ、否応なしに荷物のごとく運ばれていく。喚いて身をもがいたが、無駄だった。駿平を担いだ男たちは屋敷を出て、庭を抜け、門柱を通り過ぎて、なお歩いた。

行き止まりに建つ小屋に、駿平は投げこまれた。

暗い。なにも見えない。獣の臭《にお》いがぷんと鼻を突いた。

なにかの飼育小屋か。生きものの気配がする。一頭ではなかった。どれほどいるのか、見当もつかなかった。

唐突に、ぬっと眼前に顔があらわれた。

白い顔だ。澄美子に似ていた。下からまぶたが閉じる目。鼻面が伸びて、鋭い嘴に繋がっている。そして広げた、丹頂鶴ほどの大きな翼。

嘴が、駿平の鼻を食いちぎった。駿平は絶叫した。

床には藁《わら》が敷かれていた。鳥糞にまみれ、粘土状と化した藁だった。その藁の上へ仰向いた駿平に、小屋じゅうの鳥が襲いかかった。

駿平は見た。ようやく闇に慣れた目で、自分に群がる澄美子たちを見た。駿平の腕から、顔から、腹から、肉を食いちぎっていく。のけぞって喉を動かし、ごくりと呑みこむ。

その顔がゆっくりと隆起し、表面がぶつぶつと泡立ち――。そして、駿平自身の顔へと変わった。

明かりとりの窓が開いた。

顔を覗かせたのは、例の老爺であった。

「おうおう、ようけ食いよる。発情期の雌はいつでんこうじゃのう。ようまぐわって、よう食うことよ」

いつもの間延びした口調だった。

「なあ言うたじゃろ、旦那さん。ここは産業もねえ、観光できる名所もねえ、土地も痩せとる、山のどん詰まりの村よ。けんど食うには困らん。こん山には、ビンガがおるけぇな。煮て良し、焼いて良し、嫁の来手がねえ男に良し。……ふっふ、極楽鳥とはよう言うたものよ」

その刹那、駿平の脳裏に座敷の掛け軸が閃《ひらめ》いた。

そうだ、あれは花鳥の図柄ではなかった。迦陵頻伽《かりようびんが》だ。『ゆづこ』の芝居でモチーフに使った。別名、極楽鳥。胸から上は女身で、鳥の下半身を持つ有翼の——。

「こいつらぁ婆《ばば》さ食うと、婆ん顔になる。娘さ食うと娘の顔んなる。それはええけんど、困るのはビンガを食うとるうちに、村のみんなもいつの間にかこいつに似よることよ。そがんは良うない、良うない。右を向いても左を向いても同じ顔じゃあ」

老爺が言う。

その語尾が駿平の鼓膜で揺れ、かつて老爺自身が告げた言葉に変わる。

——こん鶏鍋さ食うた者《もん》は、忘れられんでまたこの村に引き寄せられる、と言われちょります。

おれがこの村にたどり着いたのは、偶然か？

絶え間ない激痛の中、駿平はいぶかる。

おれはあの夜、バイクであてどもなく走った。ほんとうか？　ほんとうに「あてどもなく」だったか？　おれはこの村に、知らず引き寄せられたのではないか？

最後の夜、指に包帯をしていた澄美子。あいつはほんとうに、動転したから指を切ったのか？

あいつは何者だった？　あいつの故郷とは？　あいつと最後に食った鍋には、いったいなにが入っていた？

「いやあ、あんたが男前でほんに嬉しい」

薄れゆく意識の中、駿平は最期に老爺の笑い声を聞いた。

「わしらも来年にゃ、やっと違う顔の曽孫が抱けそうじゃあ」

黒木あるじ

ルボワットの匣《はこ》

●『ルボワットの匣《はこ》』黒木《くろき》あるじ

黒木あるじは、2010年代の日本怪談文芸シーンの旗手である。2009年、「おまもり」で第7回ビーケーワン怪談大賞・佳作入選、同年「ささやき」で第1回『幽』怪談実話コンテストブンまわし賞を受賞し、翌年の単著デビューも『怪談実話 震（ふるえ）』という由緒正しい怪談気質。デビュー直後の2011年、前巻『物語のルミナリエ』に寄稿した掌篇「機織桜《はたおりざくら》」も、胸に染み渡るような日本的幽玄を表現していた。

それから九年、新生《異形コレクション》第一弾の本書に登場した黒木あるじの新作は日本的怪談の感触とはかなりニュアンスの異なる新境地――これは、「モダン・ホラー」のテイストではないか。舶来の不思議な美術工芸品をめぐる奇怪な物語。〈ダーク・ロマンス〉という新たな霊感にインスパイアされた怪談作家のモダン・ホラー。まさに収穫である。

1

四杯目のマティーニを飲み干した直後、私は隣席の人物に気がついた。

ぎょっとして思わずスツールから腰を浮かす。自分ひとりだと思っていたこのバーに、他の客が居たとは。入り口のドアベルが鳴った憶えがないということは、先客なのだろうか。それにしても、いつのまに隣へ座ったのだろう。

おそるおそる横顔を確かめてみれば、客は老齢の男だった。

脂ぎった銀色の長髪と野放途《のほうず》に伸びた髭《ひげ》。それらを掻きわけるように突きだした鋭角な耳。けわしい山脈を想起させる巨大な鷲鼻《わしばな》。異様な彫りの深さから察するに、西洋人の血が入っているのかもしれない。こざっぱりと整えればさぞや端正な面相なのだろうが、いまの身なりはお世辞にも美麗《びれい》とは云い難い。苔色に褪《あ》せた外套《がいとう》が悪印象にいっそう拍車をかけている。

もしや――いわゆる宿無しの類《たぐい》だろうか。酒の無心でもするつもりなのか。

訝《いぶか》しむこちらの視線を気にするふうもなく、異貌の主は目の前のカウンターをぼんやり見つめている。この手のバーには珍しく、店内にはマスターの趣味らしきクラシック、サン

＝サーンスの「死の舞踏」が流れていた。個人的には好ましい趣向だが、いま自分が置かれている不穏な状況を鑑《かんが》みれば、あまり心地よい楽曲ではない。

「あの……こちらのお店は、よくいらっしゃるんですか」

妙な緊張に耐えられず話しかけた途端、老人が顔をあげてこちらを睨んだ。

「まるで仔羊《ラム》だな」

「……ええと、なんの話でしょう」

「あんたの目だよ。迷える仔羊どの」

私の言葉を、嗄《しわが》れ声が遮る。

「はぐれた仔羊そっくりの目をしている。闇にこだまする遠吠えに慄《おのの》くような、救いを乞うまなざしをしているじゃないか」

瞬時に「話が通じる相手ではない」と察した。酩酊《めいてい》の結果なのか、素面《しらふ》でも正気を欠いているのかは知らないが、とうていまともな会話は望めそうもない人物だ。

「悪いけど席を移っていただけませんか。とても相手をする気分じゃないんでね」

あえて強い口調で拒絶したものの、老人に怯《ひる》む気配はない。

「当然だ。死神と円舞曲《ワルツ》を踊って気分が晴れる者などおらぬよ」

理解不能な返事に、ますます不快感が湧く。これ以上つきあっていられない。そっちが動かないなら、こちらが席を替わるまでだ。

と――再び腰をあげかける私を、老人が押しとどめた。

「あんた……死のうと思っていたのではないかね。あるいは誰かを」

殺そうと考えていたか――。

「え」

脱力し、どさりとスツールへ尻を落とす。

図星だった。

私はいま、二股に分かれた路《みち》の手前で立ちすくんでいた。

左を歩く気ならば、自死を。

右へ進むつもりならば、殺人を。

そのように決意して――けれども、いざ実行する段になると躊躇《ためら》ってしまい、ふらふら夜の街を彷徨《さまよ》ったあげく、たまさか目についたバーのドアを潜《くぐ》ったのだ。

なぜ、この薄汚れた男はそれを見抜いたのか。

絶句する私をちらりと見遣《みや》って、老人が笑みを浮かべた。

「良かったら、この老いぼれにすこしだけ時間をくれないか」

「……もしや、懺悔《ざんげ》を聞いてやろうという腹積もりですか。基督《キリスト》を気取っているのかもしれませんが、あいにく生まれてこのかた無神論者でしてね」

「口を開くのではなく、耳を傾けてほしいのだ。私の思い出語りに。人殺しの独白に」

ひとごろし——予想しなかった単語に虚を衝《つ》かれ、身を強張《こわば》らせる。乱れた鼓動を宥《なだ》めるように、店内の曲が切り替わった。

ドビュッシーの「ベルガマスク組曲」第三曲。またの名を「月の光」。

ピアノの低い旋律に調子を合わせ、基督もどきが言葉を続ける。

「そう……私は人を殺《あや》めた。そんな忌《い》むべき男の言葉が、あんたの助けになるか否《いな》かはわからん。けれども私は、誰にも自分のような後悔をしてほしくないのだ」

こちらを憐《あわれ》むような老人のまなざしに、抑えていた不快感が鎌首をもたげる。

面白い。そこまで宣《のたま》うなら傾聴してやろうじゃないか。

殺人者の回顧録とやらを。

蛮行を踏みとどまらせるほどの過去とやらを。

私の表情で答えを悟った老人が、おもむろに外套のポケットへ手を挿《さ》し入れた。

「では……まずこいつを見てもらおう」

ことん——。

軽やかな音を立ててカウンターに置かれたのは、乳白色のかたまりだった。

掌にすっぽり収まるほどのちいさな立方体。上蓋らしき境目があるということは、どうやら匣《はこ》の類らしい。象牙だろうか、エナメル質の外観には驚くほど精巧な彫り細工が施《ほどこ》されていた。中央に刻まれている見知らぬ紋様の周囲を、蔦《つた》に似た流線が上へ下へと折り重なりながら走っている。ミュシャの「スラヴ叙事詩」に描かれた宮廷を彷彿《ほうふつ》とさせる造形だが、いっぽうでモスクの幾何学紋様《アラベスク》のようにも見える。いずれにせよ一級の工芸品、むしろ美術品と呼んでも差し支えないだろう。

吐息が溢れそうな美しさ――なのに、私の腕には鳥肌が立っていた。

柔らかで温《ぬく》もりのある色あいにもかかわらず、匣がひどく陰って見えたのだ。

否、陰っているどころではない。ほぼ漆黒《しっこく》ではないか。

白いのに黒い。夜よりも暗く、墨よりも昏《くら》い。

まるで、細工のすきまから闇がざぶざぶと溢れているような。

さながら、一斉に飛び立つ鴉《からす》の群れに視界を奪われたような。

これはいったいどういう仕組みなんだ――無意識に手を伸ばす。けれども指が触れるより早く、鷲鼻の翁《おきな》はすばやく匣を摑むとポケットに戻してしまった。

「あ……いや、別に盗もうとしたわけでは」

慌てて弁明する私に微笑《ほほえ》みかけ、老人が呟いた。

「わかっているさ。この匣には触れたくなる魅力がある。魔力と云ったほうがよいかもしれん。そして……」

老人の沈黙を補うように、ドビュッシーが終わる。

一拍置いて流れはじめたのは、ショパンの「夜想曲《ノクターン》」第二番。

「その魔力がすべてを狂わせたのだ」

こうして、荘厳なる夜の輪舞曲《ロンド》が響くなか——告解室の扉が開いた。

2

まずは、父の話をするとしよう。

仏蘭西《フランス》人という国民性を差し引いても、父は寡黙で偏屈で頑固な変人だった。日本の民間習俗を調査しようと思い立ち、家族にも内緒でロゼール山の麓にある田舎町から奥秩父の山奥にある村へ引っ越してきた——と云えば、どれほどの変わり者であったか容易に理解して貰えると思う。もっとも、彼は来日して早々に研究も論文も放棄してしまったのだが。

理由は簡単。調査対象だった神社の娘、つまり私の母と恋に落ちたからだ。

異人、異文化、異業種——乗り越えるべき障壁は多かったものの、それでもふたりはめでたく結ばれ、私はこの世に生を受けた。母の命と引き換えに。

そう、死んだのだ。絶望に嘆く夫を残して。ひと粒種の私を遺《のこ》して。

運命の女を亡くし、異国に留まる理由を失くし、帰国することもできたはずなのに、父はなぜか日本で生きる道を選んだ。あるときは村の野良仕事を手伝いわずかな賃金を得て、またあるときは紀行文を母国の雑誌に送り雀の涙ほどの原稿料を受け取って、父はどうにかこうにか息子を養っていた。貧しくはあったけれども、私は幸福だった。平穏で長閑《のどか》なこの日々が、永遠に続くと信じて疑わなかった。

十歳の誕生日を迎える、あの日までは。

あの日――いつもよりすこしだけ豪勢な夕食を食べ終えると、父はおもむろに仏蘭西語が書かれた古新聞の包みをテーブルへ置いた。どう見ても誕生日のプレゼントではなかったが、私はいっさい不満を口にしなかった。落胆すら躊躇《ちゅうちょ》してしまうほど、父は普段にもまして険しい表情だったからだ。

「お前に話しておかなくてはいけない」

言いながら父が古新聞をゆっくり開くと、そこには匣があった。

そう、先ほど見せたあの匣だ。

「ルボワット……祖父はそう呼んでいたが、父はその名を努めて口にしなかった。いまにして思えば名前を云うことすら畏《おそ》れていたのかもしれない」

父は熱心に説明していたが、私といえばすっかり上の空で匣に見惚《みと》れていた。美のなんたるかを知らぬ少年の目にも、艶やかなクリーム色の素材《マテリアル》はじゅうぶんに魅力的であったのだ。

「これ、象牙ってやつでしょ？　それとも鉱石なの？」

息子の他愛ない問いに、父は厳《おごそ》かな口調で答えた。

「人骨だよ。この匣の部品《パーツ》はすべて、我が一族の骨で作られている」

予想だにしなかった返答。

思わずテーブルから離れる私へ、父は笑みをたたえながら「さあ、一度きりしか見せない。しっかり順番を憶えなさい」と告げ、匣の中央に象《かたど》られた紋様を親指でそっと押した。

かちり――。

なにかが嵌《は》まったような音。その直後、匣の上部が翼を広げるように開いた。

驚く私を置き去りに、父は匣の側面や底面、凹凸《おうとつ》を順序よく丁寧に弄《いじ》っていった。太い指が動くたびに立方体はフォルムを転じ、次々に姿を革《あらた》め、最後は――菫《すみれ》の花そっくりの形態へと変身したのだ。

骨の花弁のまんなかには、細かな機械が整然と詰まっていた。櫛の歯よろしく並んでいる細長い板。可愛らしい羽根車《はねぐるま》。突起が不規則に穿《うが》たれた円筒――私はすぐに勘づいた。以前、これとおなじ構造を目にした憶えがあったからだ。

「オルゴール……」

私の科白《せりふ》に、父が頷いた。

「そう、オルゴールだ。いま見たとおり絡繰《からく》り仕掛けになっている。同様の仕組みを有した〈秘密箱〉は世界中に存在するが、ここまで精巧な逸品は極めて珍しい」

そこで言葉を止め、父は匣の側面に突きでている突起にそっと指をあてがった。

「あとは、このピンを押しこめば羽根車の留め具がはずれ、音が流れるはずだ」

胸が高鳴ったよ。

なにせ、人骨で造られた絡繰り細工のオルゴールなんだ。そこから流れてくるのは、いったいどのような旋律なのか——私でなくとも期待するのは当然だろう。

けれども、父はいつまで待っても指を動かそうとはしなかった。そのまま一分が過ぎ、二分が経ち、いよいよ焦《じ》れて「ねえ」と口を開いた直後、

「私にできるのは、ここまでだ」

匣をテーブルに戻すと、父は私の肩を激しく揺さぶった。

「良いか、絶対にこの匣を開けてはいけない。音を聴こうとしてはいけない。これは呪われた匣なのだ。忌まわしき血にまみれた匣なのだ。ルボワットが奏でるメロディーの第一音を耳にしたが最期……死んでしまうのだ」

あまりに衝撃的で、にわかに信じがたい告白——。

かろうじて「これ、なんなの」と曖昧《あいまい》に訊ねるのが精いっぱいだった。

「造ったのは十七世紀の仏蘭西でカルヴァン派に属していた技能者集団、ユグノーだ。伝説に登場する怪物〈ユゴン王〉の名を与えられた異端者たちだよ」

「かいぶつ……いたんしゃ……」

「そうだ。怪物は常に滅ぼされ、異端は常に迫害される運命にある。ヴァシー、サン・バル

テルミ……繰り返される虐殺によって多くの者は他国へ逃亡し、卓越した技能を活かして時計や織機の製造に携《たずさ》わった。いっぽう仏蘭西へ残留した者たちはロゼールの峰に身を隠し、ひっそりと命脈を保った……それが、私たち一族の祖先だ。やがて彼らは次の迫害に備え、呪われた匣を造ってそれを受け継いだ。みだりに開けぬこと、決して聴かぬことを掟として」

知らぬ単語の羅列と、唐突な歴史の授業。戸惑いつつも私は問うた。混沌のなかで胸のうちに湧いた疑問を素直にぶつけた。

「じゃあ……このオルゴールがどんな音かは、父さんも知らないの」

瞬間、父が顔を大きく歪《ゆが》め「一度だけ……」と漏らした。

「十一歳の春……私はシャツのなかにルボワットを忍ばせ、カナリアの入った鳥籠を手に納屋へ走った。もちろん家族には内緒だ。囀《さえず》りとオルゴールの二重奏をこっそり愉《たの》しむつもりだった。匣の言い伝えなど、本気で信じてはいなかったのだ」

「それで……どうなったの」

「死んだよ」

即答だった。

「悪戦苦闘のすえに絡繰りを解き、逸《はや》る心を抑えながら、オルゴールを鳴らそうとして……気がつくと、カナリアは鳥籠ごと潰れていた。それなりに堅牢だったはずの籠は赤い鉄屑に、可愛らしい黄色の小鳥は出来損ないのパティに変わっていた」

先ほどと逆の順番で匣を蔵《しま》いながら、父は深々と息を吐いた。

「あの日、私は二度とこの匣に触れまいと誓った。父から〝十の齢を迎えた長兄が受け継ぐ慣わしだ〟と強引に手渡されたときは、その場で地面に叩きつけようと試みたほどだ。だが……できなかった。壊すにはあまりにも美しく、棄てるにはあまりにも恐ろしかったのだ。以来、私は誘惑に抗《あらが》いながら、呪縛にもがきながら、桎梏《しっこく》に囚われながら、忌まわしい枷《かせ》を外す手だてを探し続けてきたのだ。けれど……それも今日で終わりだ。お前は今夜十歳になった。新たな長兄が生まれた」

私は──解放されたのだ。

安堵の表情を浮かべながら告白を終えた、その翌週──父は死んだ。

森の奥でみずから命を絶ったのさ。母国から持参した純銀の十字架《クロス》で、顔面を何度も何度も何度も突き刺してね。

まさしく神の御業《みわざ》によって、父は呪われた人生の幕を下ろしたのだ──。

「……なかなかユニークな与太話《よたばなし》ですね」

老人の話を聞き終えるや、私は吐き捨てた。

いつのまにか、店内には勇ましいホルンの音色が響いている。セザール・フランクの曲だったと記憶しているが、酔っている所為《せい》か題名がどうにも思いだせない。

マスターに訊ねようとしたものの、彼はカウンターの奥でブランデーグラスを磨いていた。

諦めてスツールに座りなおすと同時に、老人が「なるほど」と呟いた。

「与太話に聞こえるかね」

「与太話にしか聞こえませんよ。あの匣の美しさは私も認めます。ですが、呪いだとか音を聴いた人間が死ぬだとか、あまりに荒唐無稽《こうとうむけい》すぎる。まるでホラー小説だ」

むなしく首を振る老人を一瞥し、私はさらに追い討ちをかけた。

「たしかにお父様は気の毒ですが、あくまで自殺です。あなたが殺したわけじゃない。罪の意識に苛《さいな》まれて自身を責めるのはわかりますが、非科学的な結論に飛びつくのは」

「父ではない」

老人の怒声が私の軽口を止める。気圧《けお》されたように、グラスの氷が音を立てた。

「私が殺めたと云ったのは父のことではない。呪われた物語には、まだ続きがあるのだよ」

ふいに、流れている曲の題名を思いだす。

「呪われた狩人」。禁忌を無視して狩りへ赴《おもむ》いた貴族が、闇の怪物に襲われる筋立ての交響詩だ。禁忌、怪物、闇——不吉な符合に、思わず身震いする。

狂騒の管楽が轟《とどろ》くなか、老人が再び口を開いた。

「いよいよ私自身の話を聞いてもらおう。深い闇に彩られた、呪いの物語を」

3

両親を失い、私は母方の親戚のもとへ預けられることになった。山村を離れ、関東のとある町に居を移したのだ。

中途半端な都市部というのは、下手な田舎よりもたちが悪い。共同体を遵守《じゅんしゅ》する意識は薄いくせにアウトサイダーの排除には余念がないときている。そんな場所で、栗色の髪と翠《すい》緑《りょく》の目を持つ少年がどんな扱いをうけるか――想像するのは容易《たやす》いはずだ。父が云っていたように、異端はそれ自体が迫害の対象なのだよ。

私が学友から受けた辱《はずかし》めは、詳しく語らずにおこう。わざわざ酒を苦くする必要はないからな。ただ――ひたすらに私が孤独だった事実だけ憶えていてほしい。

あれは、ある日の昼下がりだった。

教室の片隅で同級生たちが大声で宝物自慢をはじめてね。私をいつも虐《いじ》めている三人組の悪童だ。銀のボタン、玩具《おもちゃ》のサーベル、新品の野球グローブ――そっと耳を欹《そばだ》てているだけで心躍る遊具の所有を、彼らは競いあっていた。

と、ひとりがいきなり私へ声をかけたのだ。

「おい、シロンボ。お前は自慢できるお宝なんてねえだろ」

答えるまでもなかった。ろくすっぽ小遣いすら貰っていない私に、彼らのような自慢の品などあろうはずもない。もちろん三人はそれを承知のうえで問うてきたのだ。揶揄《やゆ》し、罵倒し、殴打するために。いつもなら、私は彼らにされるがままだったはずだ。薄ら笑いを浮かべ、嵐が過ぎ去るのをじっと待ったに違いない。

けれども──そのときは話題が悪かった。

「あるよ……すごい宝物が」

そんな科白が自然と口をついていた。頭に浮かんだのは、もちろんあの匣だ。ルボワット。まだ見ぬ海の向こうからやってきて、持ち主を非業《ひごう》の死に追いやった工芸品。立方体のなかに潜《ひそ》む、死神の楽隊。

あのとき、私の心にはいくつもの複雑な感情が渦巻いていた。

呪われたメロディーを聴いてみたい衝動。嘘だと証明したい欲求。そして、あわよくば嗜《し》虐《ぎゃく》的な同級生にひと泡吹かせたいという思惑──。

かくして放課後、私は三人組が待ち受ける廃屋へと赴いた。

「もし嘘だったら、パンツを脱がしてやるからな」

「あそこの毛も金色か確かめてやる」

脅迫めいた冗談に怯みつつ、そっと紋様を押す。軽やかな音とともに上蓋が開いた瞬間、悪童らは感嘆の叫びを漏らした。

「すげえ、どうなってんだ」

「なにこれ、ロボットみてえ」

　興奮する声を聞きながら、私もひそかに頰を上気させていた。もしかしたら、これを機に仲間と認めてくれるのではないか、そんな淡い期待を抱いていた。

　そう、実のところ私は友を欲していたのだ。

　父の手順を思いだしながら、仕掛けを次々に解いていく。やがて、震える指で最後のピンをゆっくりと押しこめ――。

　そこで、意識が途切れた。

　失神とはやや異なる浮遊感。喩《たと》えるならば、全身から黒い瘴気《しょうき》が湧いて目も口も耳も覆われてしまう――そのような感覚だった。

　どれほどの時間そうしていたものか。覚醒すると、私は独りぼっちになっていた。

　嗚呼《ああ》、彼らは私を置いて帰ってしまったのだ。やはり友人にはなれなかったのだ。情けなさに滲む涙を腕で拭《ぬぐ》った直後――ふと、雨垂れの音に気がついた。むろん傘など持ってきてはいない。本降りになる前に帰らねばと慌てて足を進めるなり、私は泥濘《ぬかるみ》に足を取られ、その場に転倒した。

　やけに生ぬるく、腥《なまぐさ》い泥濘だった。

　やがて、目が暗闇へ慣れてくるにしたがい、私は真実を知った。

雨ではなかった。水音の正体は、彼ら三人だった。正確には、数分前まで彼らだった肉塊の内容物が滴《したた》る音だ。壁も天井も、赤と黒のデコレーションに彩られていた。

三人のうち、ひとりは臓器のほとんどが糞と一緒に肛門からひりだされ、ダンプカーに轢《ひ》かれた子猫そっくりの〈肉煎餅《にくせんべい》〉と化していた。もうひとりは指と鼻の先と朝顔そっくりのペニスしか確認できなかった。残りの部分は部屋じゅうに撒き散らされて、もうどの肉片がなにであったかなど、まるでわからなかったのだ。最後のひとりは可哀想に、私が見つけたときはまだ息があった。我が身になにが起こったか理解できず、しくしく泣き続けていたよ。右半分がごっそり抉《えぐ》れた顔でね。半身の柑橘《かんきつ》を大きな匙《さじ》で掬《すく》ったようなありさまだった。

彼の悲痛な末期の声を背中に浴びながら、私は廃屋を逃げだした。

当然、翌日から学校は大騒ぎさ。けれども私を疑う者など当然誰もいなかった。仮に私が自白したとて、信じる人間など皆無だっただろうがね。

そう──私は、それがなにより怖かった。父がなにを畏れていたのか、あのときはじめて理解できた。

あの匣は、封印を解いた者だけは呪わないのだ。襲わないのだ。

つまり、憎悪や憤怒《ふんぬ》に身を任せれば、いとも容易く人を殺められる。誰かの愛する人を、あっさり肉と骨と血に分解できる。そんな〈起爆装置〉を未来永劫、私は預からなくてはいけなかったのだ。これが呪いでないとしたら、なんと呼べばよいのだろう。

やがて中学を卒業した私は、すぐさま親族のもとを離れて上京した。

山あいの神社も、父子で暮らした家も、冷淡な学び舎《や》も、血まみれの廃屋も――なにひとつ思いださぬ場所に身を置きたかったのだ。

黙々と働き、淡々と生きた。血族の絆、運命の枷、呪われた匣――忙《せわ》しない日々のなかで、それらはどんどん風化していった。遠い日の夢のように輪郭が薄れていった。

あのまま孤独に過ごしていれば、本当に私はすべてを忘れ、名もなき孤独な男として生涯を終えていたかもしれない。

しかし私は出会ってしまった――紗子《さえこ》と。運命の女《ファム・ファタール》と。

4

彼女にはじめて会ったのは、初夏の画廊だった。

絵画に興味があったわけではない。暑気に耐えかね、涼を求めて飛びこんだ先で彼女の個展がおこなわれていたのだ。汗だくの私を紗子は快く招き入れ、あまつさえ飲み物までふるまってくれた。

快活で嫌味のない女性だった。頬に浮かぶ笑窪《えくぼ》と白い歯を、いまでも明瞭《はっき》りと憶えている。

母という人も斯様《かよう》な佇《たたず》まいだったのではないか――そんな夢想を抱いてしまう、懐かしさと気高《けだか》さを備えていた。

なによりも私が強く惹かれたのは、彼女の画風だった。

ヒエロニムス・ボッシュ、レメディオス・バロ、オディロン・ルドン……紗子は異端の芸術を好み、自身もまた異質な描写を得意としていた。

その目で見てきたのではと疑うほどに鮮やかな原色の煉獄《れんごく》。屍臭の錯覚すらおぼえる生々しさに満ちた亡霊。紗子の絵画には、言葉にできぬ魔力が満ち満ちていた。

直視した太陽よりも眩《まぶ》しい笑顔の持ち主が、なぜかくも禍々《まがまが》しい絵を描けるのか。

その差異に魅了されるあまり、私は迂闊《うかつ》にも判断を誤ったのだ。

彼女なら、私の秘密を受け入れてくれるのではないかと。

呪われた匣を、朗らかに笑い飛ばしてくれるのではと。

恋に落ちて数週間後、私は紗子を自室に招き、すべてを打ち明けた。

ルボワット。父の独白と死。悪童の無惨な最期。東京へ来た理由――話を聞き終えた彼女は、母が子を諭《さと》すような口調で私に云った。

「ねえ、こうは考えられないかしら……あなたは廃屋でいじめっ子に脅されている最中、大変なアクシデントに遭った。トラックが突っこんだのか、それとも漏れていたガスにマッチが引火したのか……とにかく不運な事故に見舞われたの」

「でも、現場にはトラックもマッチもなかったけど」

「いいから最後まで聞いて。大変な事故によっていじめっ子は死に、あなたは一命を取り留めた。それは幸福でもあり、同時に不幸でもあった」

「なあ、頭の悪い俺でも理解できるように説明してくれないか」

「自分〝だけ〟が生き延びた幸福。自分〝だけ〟が生き残ってしまった不幸。これはコインの裏表なの。切り離せない感情なのよ。それを認めるには罪悪感を受け入れるか、あるいは記憶を書き換えてしまうしかないの」

「……書き換える」

「そう、あなたは記憶を捏造《ねつぞう》したの。過去を遡り、すべてを呪われた匣の所為にしてね。不幸なことに、お父様の死も改竄《かいざん》にひと役買ってしまった。お父様があなたに話したのは、単なる母国の思い出だったかもしれない。あるいは日本の旧家にもありがちな埃《ほこり》まみれの因習だったかもしれない。けれども友人を死なせた事故が、その古くさい物語に血を通わせてしまった。あなたを呪っているのは、あなた自身なのよ」

「画家のくせに心理学者みたいな御託《ごたく》を並べるんだな。そんな理屈、どこで覚えたんだい」

受け入れがたい仮説に争《あらが》おうと軽口を叩く私へ、彼女はにこりと微笑んだ。

「だって、私がそうだったから。私が五歳のときに母親が交通事故で死んだの。私を保育園へ迎えに行く途中、対向車線をはみだした居眠り運転のタクシーと……」

なにも云えず、私は黙って彼女の話に耳を傾けていた。

「そりゃ悲しかったけど、いっぽうで子供なりに割りきってはいたのよ。〝母は被害者なんだ、私も被害者なんだ〟ってね。ところが……十五歳のとき、父がこっそり保存していた新聞記事を見つけちゃってね。母は保育園に迎えに行く際に事故に遭ったんじゃなかったの。私を保育園で拾った帰り道に亡くなったの。後部座席に座っていた私が、悪戯心《いたずらごころ》から母を目隠しした所為で……ハンドル操作を誤って……」

「それが……記憶の改竄」

「そういうこと。それ以来、私は異端の絵を描くようになったの。私のなかにある、身勝手で残酷な自分を許さないためにね。これでわかったでしょ。私は罪の意識に耐えきれず、そしてあなたは良心の呵責《かしゃく》に耐えかねて思い出をねじ曲げたの。だから」

あなたも私もとっくに呪われているのよ。

そう云うなり彼女は私へ馬乗りになって、あっというまに衣服と下着を脱ぎ捨てた。

夢中で紗子の唇を貪《むさぼ》りながら、私は心が軽くなるのを実感していた。仮説でも良い、憶測でも構わない。すべての出来事は幻想の産物だったと信じ、生きていきたい。そう強く願った。だが、そのためには——もうひとつ解決すべき問題があった。

そう、匣だよ。

睦事《むつごと》を終えた私と冴子は、裸のままで肩を寄せあいながらルボワットを開封した。

驚くべきことに私は手順のいっさいを忘れていなかった。指が――否、細胞が記憶していた。

「本当に……良いのかい」

「もちろん。今夜であなたにかけられた呪いを終わらせましょう」

月光に照らされる彼女の顔を見つめてから、私は最後のピンを押した。

そして――部屋が昏《くら》くなった。

はじめは月が叢雲《むらくも》に隠れたのだと思った。しかし、まもなく私は思いだした。

この感覚を知っている。間違いない、これは瘴気だ。悪童らを葬ったときとおなじ闇が、私を襲ったのだ。

だとすれば――紗子は。

ベッドから跳ね起きてすぐに玄関へ駆けだしたが――遅かったよ。

彼女はドアの手前で絶命していた。

しなやかな四肢は出鱈目《でたらめ》に折れまがり、熟れた桃そっくりだった唇は乱暴に切り裂かれ、踏み潰した石榴《ざくろ》へと変貌していた。張りのある乳房は何度も太い杭を突き刺したように無数の孔《あな》が穿たれ、さながら月面の様相を呈していた。

呆然としながら視線を落とした先――紗子のハイヒールのなかに、私は奇妙な物体をみとめた。二枚貝の身に似た、赤黒いかたまり。それが子宮だと気づいた瞬間、私は部屋を飛びだしていた。

捕まるのが恐ろしかったわけではない。

もう誰とも関わってはいけないと確信したのだ。

あのとき私は心の底から理解した。先祖の一族が山奥に隠棲《いんせい》していた理由も、父が母国を捨てて島国に来た理由も、頑《かたく》なに帰ろうとしなかった理由も。彼らは他者と交わらない人生を選んだのだ。

それでも過ちは生じる。父が母と恋に落ちたように。私が紗子と出会ったように。

だから――私はさらなる孤独へと突き進んだ。匣を絶えず懐にしのばせ、他者が避けるような身なりを心がけ、年に一度の献杯を除いては社交場にも近寄らなかった。

そう。今日は紗子の命日なのだよ。

匣を棄てればよいだけの話ではないか――至極もっともな意見だ。けれども、ルボワットを棄ててしまえば私はなにもかも失う。父の思い出も。紗子との繋がりも。

だから、いまもこうして護り続けているのだ。

さあ――私の物語は終わりだ。

悩める人よ、どうか考えなおしてくれ。殺そうとするほど憎い相手だとすれば、それは嘗《かつ》て愛した人ではないのかね。ゆえにそこまで悩み、苦しんでいるのではないかね。

だとすれば、殺人者の先達から忠告しておこう。

殺めるな。その瞬間に、人は闇に殺されるぞ。

5

ベルリオーズの「幻想交響曲」第五楽章が流れるなか、私はマスターへ長居の礼を告げ、カウンターに突っ伏して眠る老人のぶんまで勘定を済ませると、バーを出た。

背後で扉が閉まるなり裏路地に飛びこむ。

携帯電話を取りだしてインターネットを起動させ、単語を入力し検索をかける。

殺人、画家、女性――あった。

わずか二件ではあったが、当該の事件に関する情報はあっさりヒットした。

《美人画家、自室で惨殺さる》

《猟奇的な犯行・複数犯の可能性も視野に捜査》

最初に発見したのは地方新聞の記事で、志村《しむら》紗子なる新進気鋭の若手画家が自宅マンションで殺害されたことを淡々と記していた。もうひとつの記事は女性週刊誌のものだろうか、こちらは扇情的な筆致で死体の様子を克明に描写している。

さらに調べていくうち《中学生事故死、花火イタズラか》と題された古い記事も発見することができた。どうやら〈最初の殺人〉は、あまりの異様さから不幸な事故として処理されたらしい。

つまり、老人の話は真実だったのだ。

あの匣は、本当に音を聴いた者を殺すのだ。

だとすれば――私は目的を果たせる。

迷いはなかった。

電柱の陰に身を潜め、じっとその瞬間を待つ。

十二時を過ぎると同時にバーの灯りが消え、五分もしないうちに老人が姿を見せた。おおかた、痺《しび》れを切らしたマスターが退出を促したのだろう。

右へ左へ定まらない千鳥足を、一定の距離を保ちながら追いかける。

店を出ておよそ十分後、老人はビルとビルの隙間へ姿を消した。慌てて足を早める私の耳に、飛沫《しぶき》の音が届く。

立ち小便か――ならば、いましかない。

人影めがけて一気に飛びかかり、もつれあって地面に倒れこむ。アンモニア臭が漂うなか、揉みあっていた私の指に硬いものが触れた。とっさに掴み、銀髪めがけて振りおろす。

ガラスの割れる音――握りしめていたのがワインの空瓶だと知ったときには、足もとに血だらけの老人が蹲《うずくま》っていた。

「あ、あんたは……どういうことだ」

「さっきは素敵な思い出話をありがとう。皮肉にも、おかげで決心がついたよ」

呻《うめ》く彼に近づいて外套をまさぐり、匣をひったくる。こちらの魂胆に気づいた老人が真っ赤な顔で私のズボンを摑んだ。

「ち、違うッ。誤解している。あんたは間違っている」

「そんなことはわかってるよ」

舌打ちと同時に老いぼれの顔面を蹴り飛ばしてから、私は大通りへと駆けだした。


マンションを見あげると、めざす部屋の窓からは鈍い灯りが漏れていた。

非常階段をのぼりながら、ポケットのなかで匣を弄《もてあそ》ぶ。

かちり――うっかり蓋を開きかけ、慌ててもとに戻した。

まだ早い。こんなところで鳴ってもらっては困る。

お前が演奏するカーネギー・ホールは、五階の角部屋なのだから。

靴音を立てぬよう忍び足で廊下を進み、ドアの前で立ち止まる。事前に拵《こしら》えていたスペアキーを鍵穴へ挿しこんで捻《ひね》ると、軽やかな解錠の感触が指先に伝わってきた。深呼吸をしてから震える手でノブをまわし、一気に室内へ滑りこむ。土足のままリビングをずかずかと横断し、寝室のドアを乱暴に蹴破った。

乱入者を、全裸の男女がベッドに座ったまま呆然と眺めている。

「おや、失礼。フルートの練習中だったかね」

「あなた……」

「先輩……」

咄嗟《とっさ》にシーツを胸元に押しあてたのは妻の佳苗《かなえ》。その傍《かたわ》らで懸命に股間を隠しているのは楽団の後輩、楠本《くすもと》だった。

妻が不貞を働いていることはうすうす気づいていた。相手が私の愛弟子とも呼ぶべき人物だと知ったときには、さすがに驚きを隠せなかったが。

ピアニストの夫とバイオリニストの妻、そして、チェリストの弟子の三角関係――。かのアマデウスなら奔放《ほんぽう》な妻への愛を五線譜にしたため、類まれなる協奏曲《コンチェルト》を作ったかもしれない。だが、不幸にも私は嫉妬を作品に昇華できるような天才ではなかった。きわめて平凡で世俗的な選択――ふたりを殺すか、自分が死ぬかの二択しか思いつかなかった。

とはいえ若さと体力で勝る楠本に格闘を挑んだところで敵《かな》うはずがなく、さりとて小細工を弄《ろう》した完全犯罪も思い浮かばない。

だから今日まで耐え忍んできたのだ。逡巡し続けていたのだ。しかし――。

今夜、神は贈り物をくれた。

〈腕力も知力も必要ない殺人〉という、最高のギフトを。

部屋の隅に置かれたスピーカーからは、華やかな管弦楽が流れている。さて、なんという曲だったか。どこかで聴いた気もするが、怒りと酔いで思いだせない。

まったく、今夜は音楽家にあるまじき失態続きだ。散々な一夜だ。

だが、そんな不甲斐《ふがい》ない夜もじきに終わりを告げる。新しい朝がやってくる。

「安心したまえ。離婚も告発もする気はない。ただ、この音を聴いてほしいだけだ」

ふたりの前に匣を掲げると、私は絡繰りを解いていった。とはいえ、さすがに老人のように上手くはいかない。何度となく失敗と停滞を重ね、三分ほどかけて、最後のピンとおぼしき突起が出るところまでなんとか漕ぎつけた。

「……なんなの、いったいなにをしているの」

「先輩、落ちついてください。話しあいましょう」

匣を爆弾と勘違いでもしているのか、楠本と佳苗は互いの身体を寄せあっていた。

この期《ご》に及んで、ふざけた真似を──目の奥がかっと熱くなる。指に力がこもる。

「佳苗……君が語学を試したいとねだっていた巴里《パリ》旅行は、残念ながら中止にしよう。新しい行き先は、地獄だ」

捨て科白と同時に思いきりピンを押しこめる。白骨製の羽根車がまわりはじめたのを確認してから、私は陰惨な場面を見ないよう目をかたく瞑《つむ》った。

五秒、十秒──死神のオルゴールはいっかな響く気配がなかった。部屋には、題名を忘却したメロディーが延々と流れている。

「……ねえ、ちょっとッ」

静寂を破ったのは、佳苗のヒステリックな叫びだった。

「なんの真似よ。その変な玩具はいったいなんなのよ」

「え、いや、あの」

慌てて匣《こ》を捏ねくりまわす。順番に誤りはなかったか、どこかの部品が壊れてはいないか。

矯《た》めつ眇《すが》めつ確認したものの、さしたる異常は発見できなかった。

「鳴らない……呪いの音が……」

興奮が引き潮のように去り、身体の力が脱けていく。匣が手を離れて床に落ちる。

無意識のうちに、私はがっくりと膝をついていた。

そうか――すべては老いぼれの戯《ざ》れ言だったのだ。

揶揄《からか》われたのだ。欺《あざむ》かれたのだ。

不気味な思い出は、実際の事件に着想を得ての創作に違いない。もしかしたら私が調べることも想定済みだったのではないか。とち狂った襲撃だけが、唯一の誤算だったはずだ。

匣から湧きだす黒い瘴気は、手品か奇術の類かもしれない。だとすればあの老人はマジシャンか。なるほど、暇つぶしに酔客を誑《たぶら》かしたと考えればみな合点が往《ゆ》く。

それなのに、あんな話を鵜呑《うの》みにして。私はなんと愚かな――。

「本当に愚かしい」

突然の声に振りかえると、背後に血まみれの老人が立っていた。

「ど、どうしてこの場所が」

私の問いに、彼が無言で床を指す。玄関から寝室まで赤い足跡が点々と続いている。しまった、顔を蹴った際に血が付着したのか。歯噛みするこちらへ、顔も外套も赤一色に染めた老人がゆっくり近づいてくる。

絶体絶命――しかし、私はすでに逃亡する余力も反撃する気力も失っていた。

「……降参だ。さっさと警察に通報してください。あんな嘘に騙されるなんて私はつくづく馬鹿だった」

「嘘ではない。真実、その匣は呪われているのだ」

「まだ茶番を続けるんですか。そこまで頑なに本当だと主張するなら、こいつを鳴らす方法を教えてくださいよ。呪いを発動させて、あいつらを殺してくださいよッ」

私の声に怯んで、佳苗と楠本がベッドの端まで後退する。彼らの痴態を眺め、老人が「なるほど」と溜め息を吐《は》いた。

「やはり早合点させてしまったようだな。ひどく酔っていたとはいえ、説明がおぼつかずに誤解させてしまったのはこちらの不手際だ」

「なんですか、早合点って。私がなにを誤解していたと……」

「あんたが呪うことはできないのだよ」

「……意味がわからない。現にあなたはこの匣で呪い殺したんだろ。友人も、恋人も」

「如何《いか》にも」

「じゃあ、じゃあいま見せてみろよッ。呪いとやらを見せてみろッ」

床に転がった匣を拾いあげ、老人の胸もとへ突きつける。

と――汗に滑った指が、うっかり側面のピンを押した。

かちり。羽根車が再び回転をはじめる。

途端、老人がその場に蹲って――吠えた。

「あああ……とうとう耳にしてしまった。太古の哮《たけ》りを。血を滾《たぎ》らせる号哭《ごうこく》を」

「な、なんのことだ。私にはなんの音も聴こえないぞッ」

狼狽《うろた》える私を前に、老人が喘《あえ》ぎながらおもてをあげる。

血に凝《こご》った髪のあいだから覗く目は、月よりも黄色く輝いていた。

「……よかろう、お望みどおり呪いを見せてやる。だが、その前にひとつ問おう……あんた、犬笛を知っているかね」

「いぬ……ぶえ？」

「そう、犬笛だ。人間に聞こえぬ周波数の音で……猟犬を、操る、楽器だ」

老人は身体を震わせ、きれぎれに声を絞りだしている。

もっとも、発言の意味するところはまるで理解できない。押し黙る私に向かって、苦悶の主は言葉を続けた。

「この匣は、一種の犬笛なのだ。特定の種……すなわち我が一族だけが聴きとれる音域を奏でるのだ。嘗てジェヴォーダンと呼ばれた地で命を繋ぎ、奇《く》しくも大口真神《おおくちまがみ》が祀られる里にて受け継がれた……忌み血を持つ者にのみ作用する鎮魂歌《レクイエム》なのだ」

突然、老人の背中から紙を破るような破裂音が聞こえた。外套のつぎはぎが千切れ、そこから覗《のぞ》く垢じみた肌が、あっというまに焦《こ》げたような色へと変わっていく。

次の瞬間、無数の体毛が漆黒の皮膚を裂き、老人の全身を覆った。

部屋が陰る。蛍光灯が点滅する。動物園を思わせる臭気が部屋中に漂っている。

「なんなのこれ、いったいなんなのよッ」

半狂乱の佳苗が金切り声をあげた。なんと答えて良いものかわからず、茫然と呟く。

「なにって……これは、ルボワットだよ」

「え」

私の言葉に、佳苗が青ざめた。

「それ、もしかして仏蘭西語なの」

「……だとしたらなんなんだ。仏蘭西語でどんな意味なんだ」

「まさか……そんな。でも、たぶん……」

「良いから教えろッ、どういう意味なんだ！」

「ルー・ボワット。直訳すると〈狼の箱〉よ」

嗚呼《ああ》、そういうことか。

私は漸《ようや》く老人の正体に気がついた。

この匣は、音を聴いた者を殺すわけではなかったのだ。

封印を解いた彼らを「変貌」させるのだ。一族を、あるべき姿に「戻す」のだ。

本能が警告するまま、飛び降りようと窓へ向きなおる。視線の先の夜空には、黄色く溶けた満月。窓ガラスに反射する室内には、見たことのない獣が二足で立っていた。

獣——やっと私は、部屋に流れている曲の名を思いだした。どうりで聴いた憶えがあるはずだ。ほんの数時間前、おなじ作曲者の調べを耳にしていたではないか。

これはサン=サーンスだ。「動物の謝肉祭」だ。

正解を讃えるように長い長い咆哮《ほうこう》が闇に轟く。直後、身体に激痛が走った。

私に突きたてられたのが爪なのか牙なのか——確かめるすべは、もうなかった。

篠田真由美

黒い面紗《ヴェール》の

●『黒い面紗《ヴェール》の』篠田真由美《しのだまゆみ》

《異形コレクション》復刊を決意するに至った動機の中には、「あの作家ならではの、幻想怪奇短篇を、もう一度読んでみたい……」という私個人の禁断症状にも似た渇望が、日に日に募ってきたことも、その一因に挙げられる。――たとえば、篠田真由美。〈建築探偵〉シリーズや、〈龍の黙示録〉〈黎明の書〉などの吸血鬼小説、新しい版元での展開も決まった〈レディ・ヴィクトリア〉、そして、最近とある事情から自費出版に切り替えて多くの読者を魅了した『はこだて櫻珈琲舍』のように、篠田真由美の長篇作品のクオリティの高さは、周知の事実。

しかし、その一方で、篠田真由美の核にあるものは、短篇小説に色濃く顕れる幻想怪奇のマインドであり、闇への嗜好であろうと思われる。それは、主に《異形コレクション》発表作を収めた短篇集『夢魔の旅人』に如実に顕《あらわ》れているのだが、近年、その幻想短篇の発表が減ってきたことに、禁断症状を募らせている読者は私ばかりでは無いはずだ。

本作は、篠田真由美の最新短篇。舞台は、ヴィクトリア調時代の英国だが、《異形コレクション》の篠田作品ならではの要素も登場する。しかしなによりも……驚かされるのは本作での恐怖の質感である。ラストの仕掛けの巧さに驚嘆しながらも、読者は、これまでの篠田作品とは異質な戦慄を心に刻まれる筈だ。作家は常に深化していることを示す傑作。

昔話になるよ。いまから半世紀近く前の話だ。

当時私はロンドンの西郊外、チェルシーに建つ一軒家に寄宿していた。芸術愛好者のさる篤志家が所有する、前世紀かもっと以前に建てられた、往時は豪壮な大邸宅といっても過言ではなかったろうお屋敷だ。ただ、最初の建て主が手放した後は所有者が転々とし、長らく空き家として放置されていた時期もあったらしい。当然ながら外観は荒れすさんだ。屋根の上部を飾るパラペットは欠け落ち、窓周りを華やかにしていた花綱のレリーフは失われ、壁にはいたるところ雨染みが涙のように黒ずんだ跡をつけた。

内部とて同様の荒廃は免れない。その上、この規模の邸宅にふさわしいだけの家事労働者などいなかったから、しばしば暖炉《だんろ》は燃えかすで詰まり、裏庭には酒瓶が山積みになった。だが住人たちは、誰もそのようなことを気に病みはしなかった。当時館は、大いに意欲はあるが未だなんの実績もない若い芸術家の卵たちに、住まいとアトリエとして開放されていたからだ。

私たちはそこを『巣《ネスト》』と呼んでいた。望みを同じくする仲間たちが肩を寄せ合い、切磋琢《せっさたく》磨《ま》しながらも仲良く暮らす小さな巣穴だ。パブリックスクールの寮とは違い、権威ある教師も罰を科する寮長もいないが、モデル以外の女性は門内に立ち入り禁止、無論宿泊は認めない、というのが最低限の取り決めで、まがりなりにも日々の秩序は保たれていた。追い出されて路頭に迷うことは、誰しも避けたかったからだ。

それにしても『若い芸術家の卵たち』とは、いま思えばなんと面映《おもは》ゆく無邪気な名乗りだろう。だが当時の私は、愚かしいばかりに楽観的だった。自分が美神の加護を獲得し、画家として立つ日が遠からず来ると心から信じていた。生まれたとき宿命のように決められた人生、法廷弁護士である父と同じ道に進み、いずれは父の顧客を引き継いで生きていくというレールを放棄し、オックスフォードの学寮を出奔して、父からは勘当の通告を受けても悔いなかった。

私の覚悟を誇る気は毛頭ない。ロンドンには父と同じ法曹家に嫁いだ姉がいて、なにくれと気を配ってくれたし、ふるさとにいる母や妹たちの消息も姉を通じて届いていたから、里恋しさに心弱ることもなかった。姉が頻繁に家に招いて食事をさせてくれるのも、心底有難かった。『巣』にいる使用人といえば柩《ひつぎ》に片足を入れたような老人たったひとりで、彼の手で日に一度食堂のテーブルに食べ物も用意されてはいたが、これが質の点でも量の点でもまったく最低限としかいいようのないものだったからだ。

幸いというべきか、姉の配偶者は仕事が忙しく、シティの自宅を訪ねてもまず顔を合わせることがない。姉の私への説教はいつか家庭を顧みない夫の愚痴に変わるのが毎度のことで、午後のお茶と早めの夕餐を共にする間、せいぜい愛想良くその聞き役を務め、いい加減に大学に戻ったらというリフレインは聞き流し、与えられる小遣いは有り難く頂戴して、夜が遅くなる前に退散するのが通例だった。

そのとき、いつも半日で切り上げるはずの訪問がとんでもなく長引いてしまったのは、ふるさとの母が急病で倒れたためだった。これからすぐにパディントン駅へ向かうと姉がいう。おまえも来るのですよ。当然でしょう。画家として名を成すまでとはいわない、せめてロイヤル・アカデミー附属美術学校に入学するまでは、生家の門内に足を踏み入れるつもりはなかった私だが、異議を唱える暇もなく、襟首を摑まれて引きずられるようにして列車に身を委《ゆだ》ねた。

幸いにも、母の病気はさほど深刻なものではなかった。だが私には少し大げさな伝え方をして、それを口実に実家へ連れ戻し、家族総掛かりで画家になるなどという愚かな夢を捨てさせる計画だったのだろう。無論のこと、母の無事な顔を見れば嬉しかったし、子供のときから仕える家政婦が「まあ坊ちゃん、ご立派になられて」などと涙ながらに迎えてくれたのも、気恥ずかしくはあるものの悪い気はしなかった。だが父の渋面を前にすれば、それも跡形なく掻き消えて、後はひたすら忍耐の時間だった。

しかしいま、すべては鉄路の彼方だ。私の胸は解放感と、快い高揚で満たされていた。オックスフォードを後にしたときは、家族の誰にも告げなかった。しかし今回は、弁護士として鍛えた声量でまくし立て、脅しつけ、果ては白髪頭を振り立てて怒鳴る父と正面からぶつかり、勝ったとはいわないが屈服せずに耐え抜いたのだから、私にとっては怒れるゼウス神からもぎ取った初勝利といっても良かった。

出ていく私の背に向かって、父は「二度とその門を通らせぬぞ」と叫んでいたが、私は相変わらず事態を楽観していた。母と姉と妹たちは結局私の味方で、父は彼女たちには勝てない。そして私が成功を収めさえすれば、所詮は世間の価値観に従順な父の心持ちも変化するはずだ。いまは母から抜け目なくせしめてきたソヴリン金貨をふところに、美神に奉仕する我が同志たちの元へ意気揚々と凱旋するとしよう。

それがチェルシー河岸で辻馬車を乗り捨てて、『巣』への道を辿ると、たったの一週間留守にしただけの館の様子が、明らかに変なのだ。まだようやく黄昏《たそがれ》の気配が漂い出してきた、というほどの時刻なのに、おかしなくらい人の気配がない。窓は暗く、ひたすら深閑としている。いつもであれば、あの窓に座って大声で歌うやつがいる。ようやく一時間前にベッドから這い出し身なりを整えて、夜の巷《ちまた》に繰り出そうとするやつと、美術学校から描きかけのキャンバスを小脇に帰ってくる真面目な連中が、玄関ですれ違って遊び半分の口喧嘩を交わしていたりする。それもまったくない。

冗談じゃないぞ。自分が留守の間に全員が引っ越したわけでもあるまいに、これじゃまるで幽霊屋敷だ！　夜中も鍵はかけない表扉を押し開けて玄関ホールに足を踏み入れたが、悲鳴のような蝶番《ちょうつがい》の軋みが高天井の下に鳴り響いたにもかかわらず、使用人が出てくる様子もない。あの老人がする仕事といえば、食べものの世話の他は玄関番だけで、扉の開く音が聞こえればのろのろと、それでも彼には可能な限りの速さで顔を見せるはずなのだが。おまけにどこかに魚のはらわたでも捨ててあるのか、妙に潮臭く、生臭い臭気があたりに漂っている。

二階に上がる大階段を挟んで、左手が元の正餐室。いまはその大テーブルに、黒パンとマーガリン、酸っぱくなりかけた燻製鰊《にしん》、半分黴《か》びたチーズ、水の瓶といった見るも哀れな食物が置かれるのだが、そちらのドアは閉じて静まり返っている。

右手は広々とした舞踏室だが、現在はこの館の住人たちが共同で使うアトリエだ。女性モデルを使う場合には奥のサロンを使用する。開け放たれたドアから覗いてみたが、ここにも誰ひとりいない。遊び好きの連中が出払うには早過ぎる時刻なのに。

改めて耳を澄ましてみても、アトリエだけでなく館全体が依然奇妙に静まり返っている。さっきまでの心地よい高揚感はどこへやら、次第に不安になってきて、「おおい！」と誰へ向かってともなく声を上げてみた。

「おおい、どうしたんだ。かくれんぼか？　なんの冗談だよ！」

しかしホールの中を歩き回り、繰り返し声を張り上げては待ってみても、答える声もなければ動く影すら見えないのだ。

大階段の右奥にもうひとつドアがあるが、最初ここに来たときに案内してもらって以来、そちらへは足を踏み入れたことがなかった。ドアの奥にあるのは元の図書室と書斎で、しかし壁の書架は空っぽだし、家具もろくに残っていない、埃まみれの陰気な空き部屋だ。いまそちらに目をやると、なんだかひどく嫌な感じがする。見捨てられた納骨堂の中でも覗きこんだような、湿ってものの饐《す》えた空気を覚える。生臭い潮の臭《にお》いもそちらから漂ってくるようだ。気のせいだろうか。

他にしようがなくて、私は大階段を上る。階段を上がりきった廊下には長椅子が置かれていて、いつもなら必ずそこにたむろして馬鹿話や芸術論に耽《ふけ》る連中がいる。だが、今日はここにも誰もいない。しかしまさか、三十人近くはいたはずの住人が、突然揃って消えてしまったわけはなかろう。いや、消えてはいないのかも知れない。ドアを閉ざした部屋の中に、息を殺した人の気配があると感じるのは、錯覚ではあるまい。

二階に並んでいるのは主人夫妻それぞれの居間と寝室、浴室、サロンや応接室といった部屋部屋で、『巣』の中でも館の建設当初の豪華さがいくらか残っている。そこをひとり占めしているのは、名前は面倒だからMとでもしておこうか、ここの金主である篤志家の血縁の男で、自分はすでにロイヤル・アカデミー展に入選も果たした、つまり一人前の画家であり、未だ卵でしかない我々とはレベルが違うという態度を隠そうともしない。その人柄は別にしても、仲間内で彼の絵の評価はさんざんだった。新しさなどかけらもない、アカデミー流の形骸化した古典主義を器用になぞっているだけだと。私もまったく同感だった。

「おおい、なんなんだよ。いったいなにがあった。誰か出てきて説明してくれよ！」

ふたたび大声を上げたとき、背後でドアの微かに軋む音がした。だが薄く開いたドアは、私が振り返ると同時にまた閉じた。隙間から一瞬覗いたのはMの顔だった気がする。ノックして声をかけようとして、止《や》めた。なにが起きているにしろ、あいつからまともな答えが返ってくるとは思われなかったからだ。

廊下を左手に進んで三階に上がる。この階に並ぶ何室かは元の家族の寝室だろうが、いまは中に木の仮壁を建てて一部屋を細長い四つに仕切ってある。その一室が私のもので、ベッドの他は家具などなく、少しばかりの持ち物と着替えを入れたトランクがひとつあるだけで、父が見たら「敗残者の住処だ」とでも吐き捨てるだろう。だが絵の道具はみんなアトリエの方に置いてあるし、不足はない。誰にも干渉されない自分だけの城だ。

だがいまは——革トランクの上に置いた燭台の、燃え残りの蠟燭に火を点けると、皺だらけのシーツに覆われたベッドが闇の中に浮かび上がる。見慣れた質素な寝床が、今日ばかりは耐え難いほど目に寒々しい。それも『巣』に満ちていた、同輩たちの活気が消えてしまったせいだ。そして、なにが起きているかわからないことほど、人を不安にさせるものはない。しかしそうして立っている耳に、壁越しにゴトゴトとなにかがぶつかる音が聞こえてきて、あ、あいつはいる、と思った。

名前はFとしておこう。彼は私が『巣』でもっとも親しくしている男だ。私同様二十歳《はたち》そこその若僧で、懐は寂しく、絵に対する情熱はあっても後ろ盾はないに等しい。似たような身の上だから話もしやすかった。隣のドアを開こうとすると、内側から掛け金がかかっている感触があったが、薄い板に取り付けた貧弱な針金製の金具は、力任せに揺さぶり押しこめば鈍い音を立てて壊れ、開いてしまう。

すると驚いたことに「ひゃあっ」という悲鳴のような声が上がった。仮壁で仕切った窓もない小部屋には、その当時のことで電灯は無論ガス灯さえない。本を読むには暗すぎるオイルランプも点いてはおらず、小部屋の中は真っ暗だった。けれどFはいた。燭台を手に足を踏み入れると、ベッドの上でシーツをかぶり、壁に背中を押しつけ膝を抱えている姿がようやく見えてきた。幽霊に脅えた小さな子供のようだ。身体の震えが粗末な寝台に伝わり、壁に当たって音を立てていたらしい。

「俺はいない……俺はどこにもいない……いないんだ……」

そんな呻《うめ》きがシーツの下から聞こえてくる。本気で怖がっているらしい彼には気の毒だったが、その子供じみた格好はあまりに滑稽《こっけい》だ。そして自分でも薄気味悪くなってきていたくせに、自分よりもっと怖がっている相手を見ると、逆に心強く感じてしまう。

「なにしてるんだよ、F。俺だよ、俺！」

しかしようやくシーツの中から覗いたFの顔を見たときは、この一週間の間に『巣』の中でなにか未知の疫病が蔓延したのでは、と疑わずにはいられなかった。彼はひどく青ざめているくせに、額からだらだらと汗を噴いていた。目の焦点が合わないというように、何度もまばたきしながらこちらを眺めていたが、やっとわかったのだろう。

「あ、ああ。おまえか。いままで、どこにいっていたんだ？……」

「母親が病気だというんで実家に帰っていただけだ。でも病気は大したことなくて、代わりに親父にさんざん説教されて、罵られて、拳闘で十ラウンド叩かれ続けたみたいな気分で戻ってきたら、これはいったいなにごとだい。みんなどこに消えたんだ？」

「どこに――いや、いるだろう」

Ｆの声は脅えて震えながら、半分寝ぼけているようにぼんやりとおぼつかなかった。見れば目つきもとろんとして、薄い幕がかかっているようだ。まさか、阿片チンキでも口にしたのだろうか。少なくとも酒の臭いはしないが。

「いるさ、たぶん、みんな、自分の部屋の中に」

「閉じこもっているんだって？　なんだってそんな」

「うん、たぶん。いないのは、今日の番のやつだけだ……」

「番？　なんの番？」

「あの女のところに、行く番だ――」

「あの女って」

「黒い、面紗《ヴェール》の女だよ」

「何者だ？」

Fは知らないというようにふらふらとかぶりを振ったが、私は彼の肩を摑んで引き起こし、乱暴に揺さぶりながら声を荒らげた。

「知らないじゃないだろう。ちゃんとわかるように話せ。最初から！」

そうして、それからかなり長い時間をかけて、私はFの口からそれを聞くことになった。要領を得ない、切れ切れの、うわごとじみた話だったが、馬鹿馬鹿しいと笑い飛ばすことはできなかった。その結果引き起こされたという『巣』の異変は、私の目の前にある現実だったからだ。

話を持ち出したのは二階の主室を独り占めして、勝手に『巣』の主を気取っている男、Mだったという。相手はイタリアの貴族の未亡人で、肖像画を描いて欲しいといっている。よく知られた画商の紹介状もある。我々のうちの誰かが依頼を受けることになる。どうだ、素晴らしいチャンスだろうと手柄顔に鼻高々で吹聴したが、その仕事を勝ち得るのは自分以外ないと決めこんでいるようだったという。

Mが気に入らないのは誰も同じだったが、そんな話を聞かされればせめて一目なりと依頼主の顔を拝みたい。どんなきっかけで、自分に美味しい依頼が舞いこまないものでもない。不在だった私以外の全員が、まがりなりにも身なりを整え、玄関に雁首《がんくび》を揃えてご来訪を待ち受けた。

　黒塗りの、紋章を布で覆い隠した四輪馬車で現れた喪服の貴婦人は、白髪の侍女と、これも髪の白い年寄りの従者を連れていた。Mのもったいぶった挨拶を聞き流して、真っ直ぐアトリエに入った。名は取り敢えず明かせないが、彼女はイタリア、ヴェネツィアの名門貴族の未亡人だという。三年前最愛の夫を亡くして今日まで嘆き暮らしてきたが、実家の事情で再婚せねばならなくなった。生死の境よりさらに遠く離れることとなる亡き夫に、自分の似姿を残していきたい。納骨堂に安置した柩の中に納める、その絵を描いてもらうために、ふさわしい画家を探しているのだと。

　貴婦人は英語を話さないということで、話をしたのはもっぱら枯れ木のように痩せ細った老従者で、侍女は貴婦人の横でいま従者が語っていることを訳して聞かせているというように、顔を寄せて小声でささやいていた。勝手をいうようだが、こちらにおられる画家の方たちに取り敢えず簡単なデッサンをしてもらい、その中から貴婦人がこれと思った方に油彩画を依頼したいのだが、との話で、もちろんそのデッサンの対価はお支払いするが、意に沿わぬ方は断っていただいて差し支えない。そういわれても、誰も立ち去りはしなかった。当然だろう。たとえ正規の依頼までは行き着けなくても、お針子や町娘ではない、こんな美しい、高貴な女性を描かせてもらえるのだから。

「そんなに夢中になるほどの、美女だったのか？」

すると呆れたことに、「顔はわからない」とFはかぶりを振るのだ。

「黒い面紗《ヴェール》をつけていたといったろう。縁なし帽につけたおざなりな薄いチュールじゃない。花嫁のようにすっぽりと頭からかぶっている。襞《ひだ》になった背中はウエストに届くほど長く、前はいくらか短いが胸まではあった。蜘蛛の糸のように細い絹を編んだブラーノ・レエスで、ほとんど透けて見えない。静かに足を運ぶ間も、面紗はさざ波のように揺れるだけでめくれることもなかった。縁には涙形の黒玉《ジェット》が無数に下がって、小さな音を立てる重しになっていたからな」

顔が見えなくてどうして美しいとわかるのだ、と私は言い返したが、Fはむきになって声を高くする。

「それくらいわからなくてどうする！　女の美しさとは顔形だけの問題じゃない。その姿、立ち居振る舞い、ドレスの裾からわずかに覗く布靴の小さな爪先、そして両手。レエスの手袋に包まれた白い鳩のような手。それから、面紗の中に時折幻のように浮かぶ白い顎。それだけ見れば、あの方の美貌は約束されたようなものだ――」

熱に浮かされたにわか詩人紛いのFの口振りに、私は半ば呆れながら怪しんでいた。顔も見えねば名も名乗らぬ異国の貴婦人の依頼人とは、確かに怪しげではあるが、奇怪というほどのことでもない。服喪の期間もやり方も、国により、また階級によりさまざまだろう。我が国でもヴィクトリア女王陛下は、ご夫君のアルバート殿下を失われて以来何年過ぎても喪服を脱ごうとはなさらない。だがそれなら、なぜFはこうも脅えているのか。いやそれだけでなく、いまの『巣』を覆い尽くすただならぬ空気の理由は？

「だけどそのご婦人をデッサンしろというなら、まさか面紗のままということはないんだろう？　彼女はアトリエで、みんなの前で顔を見せたんじゃないのか？」

「そうはいかない。亡き夫君に操《みさお》を立てる意味で、この三年彼女はトルコ後宮の女のように、一切人前に顔を晒さずに生きてきたんだ。別室に入った彼女の前に、我々がひとりずつ出向いてデッサンする、ということになった。無論一番手は自信満々のMだった」

そこまでいって、Fの口はまた急に重くなる。

「それで？　なにが起こった？」

「わからない……」

Fはうなだれた。ベッドの上で膝を抱え、顔を深く伏せている。

「わからないって」

「本当に、わからないんだ。Mが貴婦人の前から下がってくるまで、たぶん半日くらいはかかったけど、出てきた彼の様子がおかしくて、なんていうか、その」

「デッサンが上手《うま》くいかなくて、面目が潰《つぶ》れて落ちこんでいたんじゃないのか？」

「ううん、まあ、その、いつもの彼らしくはないというか」

「とにかく彼は依頼人に選ばれなかった。そういうことなんだろう？」

「それは、そうなんだろうな、たぶん……」

納得の行かないまま私は先を促したが、Fの口から出ることばはいよいよ酔っ払いのようにとりとめのないものになっていく。どうやら私以外の『巣』の住人全員が、彼女の前でデッサンに挑んだらしい。短くても半日、長い場合は丸二日もかかったという。そしてどうやらその誰もが、白昼夢に憑《つ》かれたような様子で戻ってくる。尋ねてもなにがあったのか、誰ひとり満足な答えがない。そこまで聞いて私はようやく聞き返した。

「そのご婦人は、どこでデッサンをさせているんだ？　自分の住まいにひとりずつ呼びつけているのか？」

「さあ、知らない。だが少なくとも、『巣』から出て行ってはいない」

「一週間もずっとここに？　まさかそんなはずはないだろう」

我々には結構な住まいだが、やんごとなき身の貴婦人を滞在させるだけの設備はない。ベッドひとつ取っても埃にまみれているか、寝具もない枠だけのそれが精々だろう。しかしFは壊れた人形のように、うつろな表情で首を左右に振り続ける。

「俺は知らない。一昨日の晩からここに籠もっている。パンと水の瓶を持ちこんで。それも尽きて、いよいよおしまいかと思っていた」

「じゃあ、おまえはデッサンはしていないんだな」

「ああ。当然だろう。ひとりずつ呼ばれて行って、戻ってきたときにはみんなそれぞれ正気を失っている。魂を抜き取られたみたいに口を開けてぼんやりなにもない空中を見ているのもいれば、取り憑かれたように絵筆を握ってなにかを描いては端から塗り潰している者も、描こうとしても形にならず、その場でおいおい泣き出す者もいる。だから、逃げるしかないと思った」

本当に逃げるつもりなら、自分が『巣』から逃げ出す方が早いし確実だろうに、と私は思ったが、

「少なくとも、アトリエの隣のサロンには誰もいなかったぞ」

「本当かい。じゃ、あいつら出て行ったんだな！」

Fは突然生気を回復したようだった。うつろな目に光が戻り、青ざめていた顔に血の気が帰ってきた。

「馬車の音は聞きそびれたが、出て行ったなら俺は助かった。生き延びられた。餌食《えじき》にされずに済んだんだ――」

喜色満面というほどの元気は残っていないようだったが、それでも握りしめたこぶしを震わせながら、しゃがれ声を張り上げるFに呆れた。身体は助かったにしても、心の方はあまり健全とはいえなそうだ。

「餌食って、F、それじゃおまえ、そのご婦人はなんだったと思ってるんだ」

「知るもんか。美しい、だけど恐ろしいものだ。吸血鬼かも知れない。そう、たぶんそんな

ものだ。血を吸う化けものだ。ラミアとかいったっけ」

それはまだ、あのアイルランド人作家による恐怖小説が刊行される前のことで、しかし人の生き血を吸う呪われた怪物は、娯楽読み物の主人公となり、通俗演劇の題材となり、世に流布しているというよりは、疾《と》うの昔に使い古された陳腐なイメージだったから、私はFのことばに失笑し、「昼日中から出歩ける吸血鬼か」と鼻を鳴らした。

「そんなセリフを聞くと、いよいよおまえの正気を疑わねばならなくなるぜ」

「疑いたければ、いくらでも疑うがいいさ!」

Fはふたたび悲鳴のような声を上げ、しかしぼうっと座りこんでいるよりは、その方がよほどましだ。我々の『巣』に出現したその者がなんらかの現実的災厄なら、子供ではあるまいし、逃げるよりむしろ立ち向かうべきだと思った。

勇敢ぶるつもりはない。結局私はFがいうことをほとんど信じてはいなかったのだ。Mが挙動不審だったのは、なにか些細な失敗で貴婦人のご機嫌を損じたか、描き上げたデッサンを酷評されて落ちこんだか、せいぜいがそんなところだろう。後の連中のことも、問いただせばそれぞれ当たり前の、つまらぬ理由があるに決まっている。

だがそのとき、ドアがノックされた。その音には、私も思わずぎくりと身体を強張らせていた。仮壁についたちゃちな板一枚のドアだ。中にいるときだけ使える小さな掛け金は、さっき私が力任せに開いて壊してしまった。

「ド、ドア、押さえて――」

Fが金切り声を上げ、私も思わず動きかけたが、間に合わない。不快な軋みを立てながらそれは開き、現れた細長い空間に老いた男の白っぽい、やけに縦長の顔が浮かんだ。貴婦人の通訳をしていたという従者だろうか。着ているのは黒のタキシードで、従者というより執事めいた身なりだが、その衣裳の袖口が、はっきりわかるほどすり切れて白く色落ちしているのが奇妙だ。飾り棚の隅に放置されていた埃まみれの蠟人形が、ふいにガラス玉の目をまたたいて歩き出してきた。そんな想像が浮かんでくる。

そして微かな、潮の臭い。

「お待たせいたしました。シニョーラがお待ちです」

発音には異国風の訛りがある。枯れ錆《さ》びた、金属の束が石の床をこすっているような無機質の、不快に耳を刺す声音《こわね》だ。

「そちら様はお留守でいらした方ですな。お戻りくださったなら、次に呼ばせていただきますので。ではF殿」

「きっ、着替えないと」

「シニョーラは、お気になさいません」

「で、でも、そういうわけには」

「お待たせする方が、もっと失礼かと存じます」

「私が先ではまずいか」

なんでそんなことを口走ったのか、よくわからない。Fを庇《かば》うほど親切だったわけでもない。ただ、いまの状況で半日以上も、得体の知れない呼び出しを待つのは御免だった。だから といって独り『巣』を逃げ出してどうなるというのか。そもそもいまの私には、ここを出て身を寄せる場所の当てもない。それくらいなら進んでその女吸血鬼と向き合ってやる。

Fが後ろから私の袖を引いた。哀れっぽい目つきでこちらを見上げている。

「逃げるなら、いまのうちだと思うぞ」

ささやいた私に、

「いい、のか？」

「もちろんさ。その女の正体を、見極めてきてやるよ」

ことばだけは勇ましく、それだけいってFの部屋を後にした。馬鹿馬鹿しいほど長身の、縦に引き伸ばされたような体型の老従者は、すでに廊下を階段へ向かって歩き出している。

私は大股にその後を追った。そして、自分はなにも怖《おそ》れてなどいないということは示すために、平静さを取り繕って声をかけた。

「君の女主人は、ヴェネツィアからおいでになったそうだが？」

「左様でございます」

答えるときも振り返りもしない。

「ここにいる画家の誰かに、肖像画を依頼しようとしている」

「左様でございます」

「しかし我々の大半は、画家というよりその卵か、せいぜいがひよこというところだ。わざわざロンドンまでいらしたなら、もっと名の売れた、技量についても定評のある、著名な画家がいくらもいるのではないか？」

「いかにも。世間の評価で画家を選べばいいのでしたら、おっしゃるとおりかと存じます」

前を向いたままひとつうなずいた老従者は、「ですが」とことばを継ぐ。

「アカデミーの画家たちは、美女と申せば愚か者のひとつ覚えのように、ギリシャ神話や古代ローマの伝説を持ち出すではございませんか。あれは一種の色眼鏡のようなもの。古代風の背景を置き、不要な衣裳を纏《まと》わせ、飾り立てねば絵にすることができない。そのようなものを持ち出さずに、シニョーラのお顔を正しく描ける画家は、なかなかに得がたかろうかと存じます」

「それほどに美しい、並外れた容貌をされていると？」

老従者は足を止めると、一瞬肩越しに私を振り返った。ミイラのように生気に乏しい顔から、ニイと目が細められている。しなびた口元が笑いに緩み、前歯が覗いた。黄ばんではいるが、妙に丈夫そうな大きな歯だった。

「お楽しみでございましょう？　画業を志される方にとっては、まさしく至福の体験になろうかと存じます」

なんと答えようとしたか、自分でもわからない。答えを待つことなく、従者は再び歩き出している。大階段を下って一階に降りれば、アトリエに向かうのだとばかり思っていた。しかし彼は靴の爪先をクイと左に曲げ、真っ直ぐに奥へ、閉ざされた暗い扉の方へ歩いて行く。棚が空っぽの図書室と、かつての主の書斎だった部屋の方へ。

「おい、君、待ってくれ。デッサンは、アトリエの方でするんじゃないのか？」

「いいえ。シニョーラはこの奥の部屋でお待ちです」

初めて私は、背筋を這い上がる冷たいものを感じた。そちらには行きたくない。その向こうに足を踏み入れたくない。さっきもその薄暗い、影に浸されたドアを目にして、なにかひどく嫌な感じを覚えたのだ。馬鹿馬鹿しいと笑い飛ばしたFの戯言《たわごと》が、にわかに生々しく耳によみがえってくる。

「どうか、なさいましたか」

「その部屋は、絵を描くには暗すぎる」

「皆様、こちらでなさいましたから」

「それに画材を忘れてきた。紙と、木炭と。いや、鉛筆でもいいんだが」

「あちらに用意がございますので、ご心配なく」

「しかし、やはり描き慣れたものでないと」

「さ、どうぞ。シニョーラがお待ちかねです」

老従者は振り向くや、私の肩と肘をしっかと捕らえ、抵抗する間も与えず開いたドアの奥へ押し入れた。背後でその閉じる音を聞きながら、私は闇の中に立っていた。そう、闇だ。ジャパン製の黒いラッカーを宙に塗りこめたような、深く、濃く、なにも見通せぬほどの暗黒だ。しかしなぜか私は、すぐそこにいる女性の存在をありありと感じていた。それはおそらく行く手から漂ってくる、麝香《ムスク》か霊猫《シベット》か、東洋風の香料の粘《ねば》つくほどに濃厚な香りのためだったろう。さらさらという衣擦《きぬず》れの音が立つたびに、その香りがさざ波となってわたしのところまで寄せてくる。

「お待ちして、おりました。あなた」

その声も漂う香水の香りにふさわしい、おもだるく甘いささやきだ。香りが声になり、ことばに変わって私の耳を愛撫してくるとでもいうようだ。

「この闇をお赦《ゆる》しくださいな。夫の死後あたくしは闇の中で、ひたすら泣いて、泣いて、泣き暮らしてきました。夫の愛してくれた顔が、やつれ果てて醜く変わり果てるまで。頭から被って離さぬ面紗もそれを隠すため。いまのあたくしは、とても他人様《ひとさま》に晒せるような顔ではありませんの」

ふいに私は、心に彼女への憐《あわ》れみが満ちるのを感じ、半ばしどろもどろに「ご同情申し上げます、シニョーラ」とだけいった。笑い声が答えた。

「有り難う、おやさしいことばを。それならあなたがきっと、あたくしを助けて下さいますわね」

その声の、年端も行かぬ少女のように可憐でありながら、同時に蜜のように甘い響きが快く鼓膜に染み通る。その快さにほとんど恍惚となりながらも、彼女は英語を話せたのだろうか、という疑念がふと浮上してくる。しかし彼女はその疑念を素早く感じ取って、「まあ、あなた」と小さく笑い声を洩らすのだ。

「お気づきになりませんの？　あたくし、このお国のことばを話してはおりません。けれどあたくしとこの闇の中で親しく向かい合う方には、あたくしのことばが伝わりますの。なにも不思議なことではありませんのよ」

そういわれると私は他愛なく、ああ、そうか、とそれを受け入れてしまう。

「あなたの肖像画を描くことがお助けになるのですか、シニョーラ？」

「そうですの。それもいまのあたくしではなく、夫が愛してくれた過去のあたくしを絵にしていただきたいの。お出来になるかしら」

「描きましょう。ですが、それにはお顔を拝見しなくては」

「見なくても描ける、とはおっしゃらない？」

「見たいのです。あなたのお顔が」

いつか、恋する男のようなことばが私の口を突いている。

「心地好いものではないかも知れません。本当に、後悔はなさらない？」

「私は画家です、シニョーラ。いえ、いまだその道を歩み出したばかりの身ですが、絵は心で描くもの。外見の美しさをなぞるのではなく、その内にひそむ魂をこそ見通して絵筆に載せるものと信じます」

「心強いおことばですこと。では描いていただく前に、少しお話をいたしましょう。あたくしのことを、もう少しわかっていただくために。あなたはこれまでに、ヴェネツィアを訪れたことはおあり？」

「いいえ、残念ながら。たいそう美しい街だとは聞いていますが」

「それはアドリア海の内懐の暖かな潟《ラグーナ》に抱かれた、その海から自然に生まれ出たかのような街です。家々は海の上に浮かび、街には血の筋のように海水の流れる運河が巡っています。あたくしどもヴェネツィアの者の身体も同じように、血の代わりにラグーナの潮で満たされているのですわ」

「では、シニョーラ。あなたの瞳は地中海の青でしょうか。おぐしは海にきらめく太陽の黄金でしょうか」

闇の奥から再び低い笑い声が聞こえた。

「いいえ、あなた。それは少し浅いお考えですわ」

強い香水の香りの下から、別の臭いが漂い出すのを私は感じた。

「命は海の下に横たわる、闇色の泥の中から生まれるもの。太陽の光は決してそこまでは届きません。そして世界は昼だけで出来てはいないし、真昼でも光の後ろには必ず影がありますのよ」

目が暗さに慣れてきたからか。最初自分の手すら見えないと思っていた室内の闇が、少しずつ後退している。トルコ風の長椅子に半ば横たわる黒衣の女性の姿が、私の視野にありありと浮かび上がる。頭から顔を覆い隠す黒い面紗。そう、確かに彼女はその顔を見なくてもわかるほど美しく、なまめかしい。喪服に包まれたしなやかな肢体は、海から上がってきた人魚のようだ。

気がつくと私は長椅子の前の床に膝を突き、礼拝するかのように彼女を見上げているのだった。そしていま目の前で、小さな白い両手がレエスの手袋を脱ぎ捨てる。しろじろと光る十本の指が、揺らめきながら伸びてきて左右から私の頰を撫でた。冷たい、濡れた、なにかの舌先のような感触だった。

「あたくしの愛した夫の柩は、ラグーナの小島の納骨堂の地下に、潮の臭いのする闇に浸されて安らいでいます。そこであたくしも夫に連れ添い、三年を過ごしました。潮の味のする涙を流しながら、けれどあたくしは不幸ではありませんでした。夫とともにあの闇に浸されて、朽ちていきたいと思ったほど。それは闇に抱かれた至福の時間でした」

潮の臭いが強くなる。喪服の襞が濡れ濡れと光って見える。

「さあ。それでは見ていただきましょうね、あたくしの面紗の下を」

彼女は真っ白な二羽の鳩のような手をもたげ、黒玉で縁取った面紗の裾をめくりあげようとしている。白い小さな顎が見える。紅を差していない唇が覗き、動いている。

「どうぞしっかりと、ご覧になってくださいましね……」

潮の臭い、腐臭、胸が悪くなるほどの。

そして私はその女性の顔を、見た。

確かに見た、のだと思う。


それからどうしたかって？　我が被後見人君、君は私が結局父の後を継ぎ、法廷弁護士となって数十年働いてきたことを知っている。そう。私は画家にはならなかった。絵筆を捨て、父に詫《わ》びを入れ、大学に戻ったのだ。そして父がたどった道を、同じように律儀にたどった。正確には、同じではない。結婚はしなかったから。

話が終わってないというのかい。黒い面紗の女の正体はなんだったのか。それは、実のところ私にもわからないのだ。女がめくった布の下になにを見たのか、記憶が消えているのだ。幸いなことに。そういっていいだろう。

私はアトリエで発見された。憔悴しきって画架の前に倒れ伏していた。『巣』からようやく逃げ出したFが、人を連れて戻ってきてくれたおかげだった。『巣』はもぬけの空になっていた。いや、後になって幾人か、街をさまよっているところを発見された者もいたとは聞いたが、なにがあったのか満足に話せる者はひとりもいなかったそうだ。

腑に落ちない、という顔をしているな。だったら証拠を見せよう。あれだ。君が最初にこのコレクション・ルームに入ってきたとき不審の目を向けた、額にも入れないまま壁際に立てかけてあるキャンバスだ。真っ黒に塗られているだろう。私がアトリエで発見されたとき、目の前の画架に載せられていたのだ。そして私の両手はカーボン・ブラックの絵の具まみれだったという。そばにはアトリエ中から掻き集めてきた黒絵の具のチューブが散らばり、私は手でひたすらそれをキャンバスに塗りこめていたらしい。

記憶はない。だがあれが私のこの手が塗りたくったキャンバスだということは、否定しようがない。素手を使ったせいで、指紋がいくつとなく残っているからな。どうかこれ以上聞かないでくれ。答えようがないことなのだから。

それにしても私はなんだって、こんな話を始めたのかな。そもそもこのキャンバスが、ここにあるのもおかしな話なのだ。ろくに自分の名前も名乗れない半病人状態でふるさとへ連れ戻され、わずかな私物はすべて残してきたというのに、後からわざわざ送られてきた。『巣』が取り壊されることになったので、君の作品を返却するというFからの手紙がついていたが、彼のわけはないのだ。彼は私の住所はもちろん、フルネームさえ知らなかったはずなんだから。

考えたくもないことだが、私はこのキャンバスに一度は描いたのかも知れない。あの女の、面紗の下の顔を。それから我に返って、黒の絵の具で塗り潰した。誰にも見えないように。本当なら暖炉に投げ入れて、すべて灰になるまで焼き尽くしてしまうべきだったのだろうが、これなら下になにが描いてあっても見えやしまい。仕舞っておいたはずなのに、まったく誰が持ち出したのかな。片付けさせよう。

なにを見ているんだ。止《よ》しなさい。なにか見える？　じっと見つめていると絵の具の凹凸から、女の顔らしいものが浮かんでくる、それに海の臭いのようなものも感じるって、おいおい。いい加減に年寄りをからかうものじゃない。いまの話は全部冗談だ。座興だよ。止めなさいというんだ！

ああ、別に怒っているわけじゃない。つまらぬ話をした私が悪い。しかし嫌なことを思い出してしまった。私はこの絵をいつも物入れの奥へしまい込むのだが、どういうわけかいつの間にか外に出ている。そして、これに目を留める者がいる。私は話したくもないのに、いつか気がつくとこの昔話をしている。すると話を聞いた者は面白がって、決まって冗談をいうのだ。「おや、本当に喪服の美女の姿が見えますよ」とか、「海の臭いがしてきましたね」とか。

ああ、済まない。もうこの話は止そう。明日は出航だろう？　サウサンプトンからニューヨークへ、新造の豪華客船の旅だって？　うらやましいね。何日で着くんだい。ほう、たったの五日か。大西洋も狭くなったものだ。そうだ、ひとつ頼みがあるんだが聞いてもらえるかな。なに、大したことじゃない。ニューヨークに着いたら電報を一本、私宛に打ってほしいんだ。『無事到着』とだけでいい。

どうしてって、まあ、年寄りのつまらぬ取り越し苦労だよ。気にしないでくれ。いや、本当に。――実はこの十年ばかり前に、君と同じように旅立ち前に訪問してくれた親戚の青年がいてね、彼にうっかり昔話をしてしまったんだ。元気いっぱいの陽気な若者で、口を開けば冗談ばかりいっていた。やはり君のように興がって、「素晴らしい美女の肖像画じゃないですか」なんて笑っていたよ。

しかし彼は、この家を訪ねた足で第二次ボーア戦争に従軍して、死んだ。それも南アフリカでは終戦まで無事に生き延びたのに、熱病に感染していたらしい。帰りの船中で発病して戻らなかった。譫妄《せんもう》状態になって、自分から海に飛びこんだのだとか。

悪い。いまイギリスはどことも戦争はしていなかったな。

なにが起きるはずもない。

それに君が乗る船は宮殿のようなダイニング・ルームや大階段だけでなく、最新の不沈構造で造られたと聞いている。

名は、なんといったかな。確かギリシャ神話にちなんだ名だった。確固として力強い、巨人の名。笑わないでくれないか。老人は新しいことばを覚えるのが苦手なんだ。

うん、Tから始まる名だった。正解かね？
そうそう、それだ。
帰国したらぜひまた訪ねてくれ。
どうか、良い旅路を。

澤村伊智

禍《わざわい》　または２０１０年代の恐怖映画

●『禍《わざわい》 または2010年代の恐怖映画』澤村伊智《さわむらいち》

2011年の年末をもって《異形コレクション》は（永遠をも示唆するかのような）休刊を宣言したのだが、その後にデビューした新鋭作家の中には、《異形コレクション》の強い影響を公言する方も少なくない。2015年に『ぼぎわんが、来る』で日本ホラー小説大賞を受賞し、今やホラー界を牽引しつつある澤村伊智もその一人。氏のホラー短篇集『ひとんち』刊行を記念した2019年3月号「小説宝石」誌上での井上雅彦との対談「小説で人を怖がらせる方法」（現在WEBで公開中）でも、澤村伊智は《異形》の熱烈な読者ぶりを展開していた。この対談が監修者の心に火を点し、結果今回の復刊への一因となったことは確かである。

その澤村伊智の《異形コレクション》初参加作品。タイトルはどこか井上雅彦の超短篇集『1001秒の恐怖映画』への挑戦とも思えるものでもあるが、本作はまさに映画テーマ。闇色の最新フィルモグラフィーの不穏な影が、あちこちに「映り込んで」いるようだ。そういえば、あの対談でも（澤村伊智原作映画『来る』公開直後だっただけに）ホラー映画の話にも華が咲いたのだったが、そこで氏から語られた日本の「オールタイム・ベスト」なカルト映画の不気味な質感も、本作には巧みに取り入れられている。

一

wazawai02movie_PR
撮影快調（笑）主演女優役の主演女優・江藤《えとう》紬《つむぎ》さん、監督役・岸《きし》隆《りゅう》太《た》郎《ろう》さんのツーショット。
『禍』はそんなホラー映画。内幕モノって言うんですよ！（広報A）
#禍　#ワザワイ　#8／9公開　#正気か　#間に合うのか　#間に合わせるんだよ

「あれ？」

僕はTのキーを叩いて映像を止め、ノートパソコンのディスプレイに顔を近付けた。映画の粗編集をしている最中のことだった。

プレビューのボックスに映し出されているのは三十秒の実景動画で、早朝の新宿駅東口の、いわゆる「アルタ前」を撮ったものだ。人も車も通っておらず、空気の冷たさが感じられる。単なる場面転換のためのカットではない。映画本編の中盤、惨劇が起こる直前の、平穏と不穏を同時に意図したカットだ。

僕が気になったのは東京メトロの階段だった。スタジオアルタのビル玄関のすぐ側にある、丸ノ内線B13出口。

　真っ黒な頭が覗いていた。頭部であることだけは形で分かった。性別も髪型も、前後も分からない。冒頭から再生してみると、黒い頭はちょうど十秒のところでひょっこり上がってきて五秒と数フレームで立ち止まり、二十三秒で薄くなって二十七秒手前で完全に見えなくなった。

　見慣れた景色の中で、影は強烈な違和感と存在感を放っていた。台本とコンテを確認したが、そんな演出があるとは書かれていなかった。どういうことだろう。

「澤木《さわき》ぃ、手ぇ止まってるぞ」

　背後から低い声がした。慌ててヘッドホンを外して振り返ると、カメラマンの小石川《こいしかわ》さんがスマホを手にして立っていた。小柄でスキンヘッド、黒ずくめの軽装。今回の映画では撮影監督、要するにメインのカメラマンをつとめている。大きな目の下に黒々とした隈ができていた。口元が綻《ほころ》び、黄ばんだ歯が見えた。

　この現場で唯一人の顔見知りの他愛ない茶々に、僕も思わず笑顔になった。

「休憩ですか」

「それがさ、演者の一人が役に入りすぎて過呼吸になったんだよ。落ち着くのを待ってる」

「ええと……あ、アイドルの子が死んじゃうとこです?」

「そそ。で、実際どうしたの。めちゃくちゃモニターに顔近付けてたけど」

「実はですね」

僕はノートパソコンを彼の方に向けた。小石川さんは食い入るように画面を見つめ、「何だこりゃ」とつぶやいた。

「これ、ホームレスとかですかね」

「どうかな。途中で消えてるし……てかあの時、こんなのいなかったぞ」

「え？」

「いやいや、こんな目立つヤツ、いたら気付くでしょ。俺、カメラマンだよ？」

「でも、いますよ」

黒い影は同じ動作を繰り返している。頭だけ出してボヤけて消え、再び頭だけ出してボヤけて消え。

小石川さんの表情が堅くなった。画面から目を離さないでいる。荷物置き場兼仮眠室の、プレハブ小屋の静けさが途端に気になる。背後に妙な気配まで感じる。もちろんこの小屋には僕と小石川さん以外、誰もいない。それなのに。

ひやり、と寒気を感じた瞬間、小石川さんが口を開いた。

「分かった。お前、ドッキリ仕掛けたろ？　ホラー映画だからって俺を担《かつ》ぐ気だな？」

「いやいや」僕は安堵《あんど》しながら返す。「違いますって。このクオリティのは作れませんもん。

僕の腕がどの程度か、小石川さんならご存じの――」

　カラカラ、とドアが鳴って、僕と小石川さんは同時にドアの方を向いた。

　スーツ姿の痩せた男が、滑るように部屋に入ってきた。オールバックに銀縁眼鏡、死人のような顔。きっちりと締めた地味なネクタイ。小石川さんが作り笑顔で言った。

「お疲れ様です、霜田《しもだ》監督」

「監督は結構です」

　霜田監督、いや――監督の霜田さんは慇懃《いんぎん》に突っぱねた。口はほとんど動いていないのに、その声はよく通る。

「澤木さん、編集はどの程度進んでいますか」

「粗編集の途中です、いただいたものの半分くらいは」

「なるほど」

　霜田さんは一瞬だけ考えて、

「朝七時までに終わらせて見せてください。使うカットはとりあえずお任せで。前半四十五分は加工しないので白カンレベルまで持って行けるはずです」

「ええと、それがですね」

「問題点などはその時まとめて聞きます。小石川さん、澤木さんの気を散らさないように」

「はあ、すみません」

「役者が落ち着きました。戻りましょう」

そう言うと霜田さんは出て行った。小石川さんは僕に舌を出してみせ、その後に続く。僕は再び部屋に独り取り残された。Y県の山奥にある、ロケ地としてそこそこ有名な巨大民宿「水下《みずしも》荘」の、敷地の隅のプレハブ小屋に。

時刻は午前四時を回っていた。

二

wazawai02movie_PR

午前五時でもフェロモンが止まらない助監督役のISAMU《イサム》さんと、イケメンが止まらないAD役・大貫《おおぬき》健太《けんた》さんのツーショット。プライベートでも飲み友だそう（広報A）

#禍　#ワザワイ　#8／9公開　#呪われた映画　#真っ黒な現場

wazawai02movie_PR

カメラマンさんだけでなく他のスタッフも、監督自身もスマホで撮影。これから撮るシーンは怒濤の八台回し！（広報A）

#禍　#ワザワイ　#8／9公開　#全編スマホ撮影　#数撮らないと間に合わない

ホラー映画監督・霜田宗助《そうすけ》さんの新作『禍』の撮影は、遅れに遅れていた。今日は六月三十日です、と言えば、どれほど公開が危ぶまれているか分かるだろう。作品の質は安定して高く、納期も予算も守る「低予算ホラーの匠《たくみ》」にしては極めて珍しいことだ。

プロモーションは見切り発車で始まっていた。SNSでは公式PRアカウントも開設されていた。配給会社の「広報A」こと浅田《あさだ》さんが、突貫ぶりを冗談めかして連日暴露《ばくろ》し、ネットで注目を集めている。アップされる画像も好評だという。つまりユーザーの期待が高まっている。その他にも色々事情があって、公開延期はあり得ないらしい。

遅延について以前から、妙な噂を聞いていた。

この映画は呪われている――そんな噂だ。

最初の脚本家は転んで腕を折った。二人目は末期癌が見つかった。三人目と霜田さんが共同で何とか脚本を完成させたが、キャストもスタッフも、決まった矢先に何らかのトラブルで降板した。それが何度も繰り返された。

噂の半分以上は尾鰭《おひれ》が付いたものか、根も葉もないものだったが、それを知ったのは昨日のことだ。それに、『禍』に参加予定だった編集マンが、相次いで降板したのは紛《まぎ》れもない事実だ。僕が今、この場にいることが何よりの証拠だった。

僕はもともと映像畑の人間ではない。以前は出版社にいた。いわゆるエロ本の付録DVD

を作る過程で映像編集を覚え、二十八歳で会社を辞めてからはＡＶの編集で口に糊《のり》してきた。自分で編集する監督は多いが、手が回らず外注する売れっ子もいる。僕はそんな人たちと偶々《たまたま》交流があったので、路頭に迷わずに済んだのだった。

モザイクの入らない映像を編集したこともなくはないが、フリーになってからの五年でたった七本。編集マンとしては木っ端《こぱ》、隅っこだという自覚はある。そんな僕が今、あの霜田宗助に依頼され、一般向けのホラー映画を編集している。

「新作『禍』の編集を丸ごとお願いできませんか」

二日前、彼から電話で依頼された時は冗談だと思った。事実だと分かった時は嬉しくもあり、同時に緊張もした。最近はネットニュースにもなっている「呪われた映画」だ。おまけに話はあまりにも急で、提示されたギャラは雀の涙だった。

それでも二つ返事で引き受けたのは、こんなチャンスは二度とないと思ったからだった。まさか現場で編集しなければ間に合わないほど、製作が遅れているとは思わなかったけれど。

「……ここは８カメのにしましょう。ここは手前を三フレ切って、次のポイントはそのまま暗転で。黒ミは二秒で頭にも尻にもディゾルブは不要です。以上」

午前八時過ぎ。

プレハブ小屋で『禍』前半四十五分の映像チェックが済んだ。霜田さんの指摘は膨大だったが、全て的確で納得のいくものだった。僕は指示どおりにするだけでよかったけれど、すつかり疲弊していた。映像ファイルがとにかく多く、タイムラインに並べて比較検討するだけで一苦労だったせいもある。

スマホ複数台回しの撮影は一般でもAVでも今や珍しいことではないが、今回は進行が押しに押しているせいに違いない。ノートパソコンを徹底的にカスタマイズしておいてよかった、と僕は疲れた頭の隅で思った。

ノートパソコンに繋いだ業務用のモニターから、霜田さんは顔を上げた。

「では、三時間仮眠を取ってください。私は撮影に戻ります」

緩慢な動作で立ち上がる。顔は灰色とも黄色とも付かない不気味な色で、目は真っ赤だ。四十代半ばで連日の徹夜はキツいだろう。せめて動きやすい服を着ればいいのに――

「澤木さん、お疲れのところ申し訳ありませんが、一つだけ」

「あっ、はい」

僕は我に返った。霜田さんは机に手を突いて、こう訊ねた。

「映像素材で何か気になるところはありませんでしたか？」

「特には……いや、ありました」

僕はトラックボールを操作し、アルタ前のカットを呼び出してリピートさせた。

疲れ果てて硬直した霜田さんの顔に、何とも言えない表情が浮かんだ。喜怒哀楽のどれでもない、不可解な表情が。

うっすら無精髭が生えた顎《あご》をひと撫でするると、彼は言った。

「先にチェックした時は、この影はありませんでしたね」

「ええ、カットしましたから」

「イキにしてください」

「え？」

「この影を生かします。全体をやや長めに四秒。影の頭が出てくる十五フレームをカット尻に。今すぐやってもらえますか？」

「へ？　あ、はい」

僕は戸惑いながらも指示に従った。朝のアルタ前。影が出口から頭を出した、と思った瞬間にカットが切り替わる。誰が見ても引っかかりを覚えるだろう。つまりカットの本来の意図は完全に失われてしまう。それなのに。

「これでお願いします」

霜田さんはあっさりOKを出した。では後ほど、とドアの方へ歩き出す。僕は呆然とその背中を見つめていた。ドアに手を掛けた時、彼はくるりと振り返った。

「気になりますか」

「ええ、はい」

僕は何度もうなずいた。霜田さんはフッと唇を歪《ゆが》めると、

「呪われているうえに何かが映り込んでいるなんて、ホラー映画に——『禍』に相応《ふさわ》しいとは思いませんか」

質問のようで質問ではなかった。静かな口調には確信が滲《にじ》み出ていた。興奮も、歓喜も。僕が圧倒されているのに満足したのか、彼は悠然と小屋を出て行った。

三

wazawai02movie_PR

【あらすじ】２００５年、ホラー映画『禍』の撮影現場で奇妙な出来事が頻発する。機材の故障。奇妙な声。新品のはずのミニＤＶテープに録画されていた謎の映像。主演女優（江藤紬）は降板を申し出るが、監督（岸隆太郎）は撮影を強行。そして遂に惨劇が…

#禍　#ワザワイ　#８／９公開　#新規スチル公開　#彼女の背後に立つ影は

呪われた映画。

といえば、何と言っても『ポルターガイスト』三部作が有名だろう。『スーパーマン』の映画化作品いくつかも挙げられる。どちらもキャストが何人も不幸に見舞われたのだ。エスキモーを主人公にしたアメリカの『Atuk』というコメディ映画に至っては、主演をオファーされた役者が次々に死んでしまい、撮影が始まる前に頓挫したらしい。

結論から言ってしまえば、これらは全部「確証バイアス」だ。何ともなっていない関係者の方が圧倒的に多いのに、不幸になった者だけを殊更に取り上げ、呪いだ何だと騒ぎ立てているだけなのだ。そもそも肝心の不幸も根拠薄弱で、真偽が怪しいものも少なくないという。

現実には呪われた映画など実在しないわけだ。あるのは虚構の中だけ。映画の中で言及される、架空の映画だけだ。

村井俊夫《むらいとしお》の監督デビュー作になるはずだった、戦時中の地方を舞台にしたタイトル不明の映画。撮影中、子役がスタジオのキャットウォークから転落死し、村井は行方不明になった。

映像作家・小林雅文《こばやしまさふみ》の撮ったドキュメンタリーは厳密には映画ではないが、小林本人やその子供も含め、関係者が急逝するか行方知れずになっている。

撮影現場や上映中の映画館で殺人事件が起こった『スタブ』シリーズも、呪われていると言ってよさそうだ。『47』も、そのリメイク『暗い明日の空の上で』も。

「何かが映り込んだ映画」はどうだろう。

これも実はほとんどが見る側の勘違いだ。そうでなければスタッフや小道具の映り込み、それでもなければ監督の仕込み。有志による真面目な検証の結果、こちらも「呪われた映画」と同様に否定されている。

ではあのアルタ前の影は何なのか。霜田さんはどういうつもりなのか。考えていると、ネットで見かけた彼のインタビュー記事を思い出す。

「霊の実在、非実在には全く興味がありません。かといって人間が一番怖いとも思わない。そもそも『一番怖いのは人間か幽霊か』と二択で考えること自体が愚の骨頂です。この世で一番怖いのは霜田宗助の映画だ――そう言われるような仕事をしていきたいですね」

彼の新作を追うようになったのは作品の怖さ、面白さはもちろん、彼のそんな発言に魅力を感じたせいもあるかもしれない。

考えに耽《ふけ》っていると目が冴えてしまった。隅の床で一時間半横になったところで僕は仮眠を諦め、ケースに突っ込んだノートPCと外付けHDDを手にプレハブ小屋を出た。

曇天だった。広大な敷地のあちこちに、出番でない役者がいた。突っ立ったままスマホを覗き込んでいる若い俳優は大貫健太。二人で芝居の練習をしている中年の男女。顔は見えない。携帯灰皿を片手に苛立たしげに煙草を吸っている若い女性は、主演の江藤紬だった。隣の小太りの女性はマネージャーだろう。

芸能人の喫煙率はとても高い。清楚なイメージで売っている二十歳の女優が喫煙者だと分かっても、特に驚きはしなかった。

水下荘本館の玄関に入る。台本の最後のページに留められた香盤表《こうばんひょう》――スケジュール表を確認する限り、今は別館で撮っているはずだ。

入ってすぐの六畳間の中央には大きな座卓があり、その上に食べ物と飲み物が大量に置かれていた。スタッフがコンビニやスーパーで買った総菜とお握りとパン。箱詰めの菓子は役者の差し入れだ。二つ並んだスープジャーの中には味噌汁とコーンスープが入っていた。側面にマジックで「水下荘」と書かれている。ということは汁物だけは宿からの提供か。

僕はケースを小脇に抱え、隅で立ったまま、こそこそと朝食を摂った。六分目ほど腹を満たし、お茶のペットボトルを一本摑んだところで、外が慌《あわ》ただしくなった。

江藤紬が現れた。サンダルを脱ぎ捨て、舞うように部屋に入ってくる。小さな顔には小悪魔じみた笑みを浮かべている。手にしたスマホにはピンクのケースが被さっている。

続いて部屋に入って来たのはマネージャーと大貫健太だった。

「ツムちゃん、駄目よ。消して」

「やだ」

マネージャーの要求を子供のように拒否して、紬は手近の菓子を漁る。

「江藤さん、お願いだよ、それが出ちゃうと不味《まず》い」

「なんで？　趣味なんでしょ？」

「意地悪しないでよ、いや、しないでください」

ふふふん、と鼻歌交じりにどら焼きを頰張り、スマホを弄《いじ》る。気配を消して様子を窺っていると、

「おじさんもエロ漫画読むよね？」

出し抜けに紬に質問され、僕は面食らった。

「健ちゃんね、エロ漫画見てたの。ほら、証拠映像」

スマホをかざしてみせる。画面には大貫を左斜め後ろから撮った動画が映し出されていた。少しずつ彼の背後に近寄っているのが分かる。彼の手にしたスマホにはそれらしい漫画が表示されているが、遠くてよく見えない。

「ええと、そんなにヤバい内容なんですか」

「普通です」大貫が慌てて言った。「ストーリー重視と言いますか、成人の男女がその」

「嘘だ、これ制服着てるよ、ＪＫ？　違う、ＪＣか」

「いや、それはコスプレで……」

大貫が不意に飛びかかるが、紬はひらりと避《よ》ける。そのままマネージャーも交えてくるくると、座卓の周りを駆け回る。僕はその様子を眺めていた。馬鹿げたやりとりだが険悪なのよりずっといい。なにより元気なのが素晴らしい。僕は徹しただけでこの有様なのに。役者たちの体力に感服した瞬間、大貫が「駄目だ、力が」と畳に転がった。マネージャーもくずおれる。やはり限界だったのか。

アハハ、と楽しそうに笑いながら、紬がスマホを覗き込んだ。タッチパネルを指でなぞりながら、

「うわー、ロリコンだねー。キモいねー、最低ー」

「うう、江藤さん」

「いいじゃん、別に不倫の現場撮ったとかじゃ……」

そこで黙った。

表情が消えている。視線は画面から離さない。ややあって、彼女はぺたんとその場に座り込んだ。この十秒ほどで、明らかに血の気が引いていた。白かった顔は更に白く、唇も青い。貧血だろうか。

「あのう、大丈夫ですか」

声を掛けたが彼女は反応しなかった。マネージャーがよろよろと紬に歩み寄り、「ツムちゃん」と肩を叩く。彼女はそれでも返事をしなかった。大きな目を更に大きく見開いて、画面を凝視している。

マネージャーも大貫も、そして僕も、何かに導かれるように彼女の背後に回り、スマホを覗き込んだ。

先の動画が再生されていた。大貫の斜め後ろから近付き、スマホの画面に寄ろうとしたところで彼が振り向く。驚きの表情。「いや、これは」と弁解がましく言う。

あっ、と声を上げたのはマネージャーだった。

画面の中。大貫のすぐ向こうに、人が立っていた。

ぴったりと彼に寄り添っている。髪や顔、身体の一部は見える。

ウェーブのかかった長い黒髪。服も黒い。ハイネックのセーターだろう。髪や服と対照的に頬は白く、鼻はとても高い。それ以外が髪に隠れているせいで判然としないが、おそらくは女性だ。

画面が激しくブレて、映像が冒頭に戻った。カメラが近寄り、大貫が振り向き、その奥に人影が現れる。画面がブレ、また冒頭に戻る。

「……こんな人、いた？　健ちゃん」

紬の上ずった声に、大貫は無言で頭を振った。

四

wazawai02movie_PR

充電中のスマホがズラリ。その数全部で二十七台。スピーディーな撮影、スペア、諸々万全にするとコレだけの量が必要になってくるんです（広報A）

#禍　#ワザワイ　#8／9公開　#呪われた映画　#全部中古　#ビデオカメラのレンズ一本より安い　#さすが低予算ホラーの匠

wazawai02movie_PR

『禍』は物語の進行順に撮影する「順撮り」を採用。そう、脚本の段階から「キツそう」と関係者に恐れられていたクライマックスは、何とこれから撮るんです！　写真はオールアップで幸せそうなアイドル役のアイドル、楠《くすのき》かがりさんです（広報A）
#禍　#ワザワイ　#8／9公開　#呪われた映画　#楠さん熱演お疲れ様でした　#帰れていいなあ

江藤紬の撮影した奇怪な動画は、すぐ現場の皆が知ることとなった。立ち直った彼女が「ネットに上げちゃおう、話題になるよ」と意気込むのを、マネージャーと大貫、広報の浅田さんが全力で阻止した。

現場には何となく不穏な空気が漂うようになった。スマホの動画という撮れたての証拠があるせいだろう。表向きは誰もが受け流すか一笑に付していたけれど、キャストもスタッフも少なからず動揺していた。

理由はただ一つ。『禍』の現場だからだ。

本編と現実がシンクロしている。

もちろん、これこそ確証バイアスなのは理解していた。異なる箇所はいくらでも挙げられる。本編と違って紬は降板を申し出たりはせず、異音を聞いた、気配を感じたという話も聞かない。だから大丈夫だ。何の問題もない。僕は自分にそう言い聞かせ、仕事に集中した。

手つかずの素材を全て編集し終えると、僕は霜田さんの要請で、撮影現場に立ち会うようになった。その場ですぐさま編集するためだ。

一カット撮るごとに、撮影班が各スマホからクラウドに、映像ファイルを直接アップロードする。僕はクラウドからノートPCに繋いだ外付けHDDへ、それらのファイルをダウンロードする。霜田さんの傍《かたわ》らで編集し、次の撮影が始まるまでのわずかな合間に、彼にチェックしてもらう。編集プロジェクトのファイルは小まめにクラウドとHDDにコピーし、バックアップを取っておく。

今だから、この撮影手法だからできることだ。それこそ『禍』の時代には不可能だった。この点も異なる。異なりすぎている。だから紬の動画も、アルタ前の影も気にしなくていい。

「用意……アクション！」

霜田さんが合図した。別館二階の四畳半でまた撮影が始まった。

「いい時代になりましたね」

監督役の岸隆太郎がつぶやきながら椅子に腰掛け、掌のミニDVテープを卓上のレコーダーに突っ込んだ。レコーダーは足元の、大きな黒いデスクトップPCとFireWireで繋がっている。岸は編集ソフトをマウスで操作し、テープの映像をPCに取り込み始めた。六十分の映像なら取り込むのに六十分かかるが、画素数はフルハイビジョンの四分の一。僕が映像編集に触れた頃はこうだった。今となっては懐かしい、ゼロ年代の低予算の現場。

畳に胡座《あぐら》を掻いているのは助監督役のＩＳＡＭＵで、渋い顔で岸を見上げていた。

「カメラもテープも小さくなって、こうやって家でも編集できる。テクノロジーの進歩は素晴らしいものです」

「どうですかねえ、監督サン」と、ＩＳＡＭＵが鼻を鳴らした。

「やっぱり映画はフィルムで撮ってスタジオで現像してもらって、専用の機材で編集するのがいいと思いますよ。それぞれ専門家の手で繊細にね」

「そして映画を愛する人々に映画館で見てもらう、ですか」

岸がモニターを見ながら返す。

「ええ、そうです」ＩＳＡＭＵは皮肉な笑みを浮かべて言った。「このシャシン、都心のいくつかの劇場でちょっと上映されるだけですよね。そんですぐＤＶＤになって、テレビやパソコンで観賞される。フィルムという実体を捨て、専門家の目や技術も捨て、映画館の暗闇や銀幕からも離れ――そんなもんシャシンって言えますか。映画と呼べますか」

「サイレントがトーキーになる時も、似たような事を言った人がいたでしょうね」

「おっ、懐古趣味のグチ扱いですか」

「業界の先輩に対して失礼かもしれませんが、僕にとってはこれが映画です。名画の類《たぐい》もビデオかＤＶＤで見て来たし、初めて触ったカメラもハンディカムだった。古きよき暗闇がなくなった、現代社会は明るすぎる――そんな不平を言う暇があったら、自分で暗闇を創り出せばいい。安価な機材とデジタルデータとソフトウェアでね。それが僕らの仕事ですよ」

「しかしですね」

「どうして今更こんな話をするんです？」

「監督サンこそ。言い合いになるの分かってて話振りましたよね？」

睨み合う二人。やがて岸が口を開いた。

「お分かりでしょう。気を紛らしたいんですよ。あの子の……死に顔が頭から離れない」

「……俺もです。演技はいかにもアイドルって感じで鼻に付きましたけど、光るモノはありました。いや正直、わりと何ていうか、可愛いなって」

「僕のせいです。オールアップの時点ですぐ帰らせていれば、あんなことには」

「誰も悪くないですよ、強いて言うならあの子の不注意です。あんな隅っこの古いセットに……あれ、どうしたんすか？」

岸はただモニターを見つめている。何度呼びかけても返事をしない。ＩＳＡＭＵは舌打ちしながら立ち上がって、岸の背後からモニターを覗いた。

その口がぽかんと開く。その顔が徐々に青ざめ、緊張を帯びる。

「これって、え、昨日撮ったやつ……」

後ずさろうとした瞬間、彼は足を滑らせた。そのまま派手に転ぶ。ゴツンと鈍い音が部屋に響いた。

「痛《い》ってぇ！」

「カット」

冷たい声で霜田さんが言った。小石川さんが手元のスマホを止める。撮影助手や助監督やADが一斉に部屋に飛び込み、あちこちに設置されたスマホの録画を停止させてデータをクラウドにアップする。

僕は廊下で彼らの様子を窺っていた。隣で霜田さんが言う。

「睨み合うところからもう一回。すぐ始めましょう。ＩＳＡＭＵさん、大袈裟《おおげさ》なのは勘弁していただきたい」

「……すみません」

後頭部を押さえながらＩＳＡＭＵが身体を起こした。しきりに首を捻《ひね》っている。岸が手を引いて先輩俳優を立たせた。

「大丈夫ですか？」

「ああ……何だろ、この衣装、絡まるんだよね」

迷彩柄のカーゴパンツを忌々《いまいま》しげに叩く。デザインもサイズも、特に「絡まる」ようには見えない。

「ＩＳＡＭＵさんもですか」

岸が目を丸くして、茶色いＴシャツの襟を掴む。

「この服もなんかベタベタしてて……」

「え？　なに……」

二人は顔を寄せ合って、ひそひそ話に切り替えた。気になることはなったが、それよりも更に気になることが一つあった。

「霜田さん、ちょっといいですか」

「ええ」彼は死人のような顔で答えた。小さな折り畳み椅子に、窮屈そうに座っている。

「さっきの台詞《せりふ》、台本にないですよね。『グチ扱いですか』以降の映画論的なやつ」

「申し訳ない。お伝えし忘れてました。つい一時間前に書き換えたんです」

彼はぎこちない笑みを浮かべて、

「オリジナルを損《そこ》なうような真似はしていません。改善です。この映画はもっと面白くなる。テンポのいい編集が刺激になって、次々にアイデアを思い付くんです。実にいい仕事だ」

「いえ、そんな」

「そんな澤木さんに一つ相談させてください」

ノートパソコンを指差し、大真面目に訊いた。

「江藤さんの撮った動画、差し込むとしたらどこがいいと思いますか？　本編中のどこでも構わない。意見を聞かせてください」

意味が分からなかった。

アルタ前の時と同じだ。どういうことですか、と訊き返そうとして、僕は思い止まった。血走った目から放たれる視線が、真っ直ぐ僕を射抜いていた。

「……どこにも入りません。縦の動画ですし、大貫さんのスマホも映り込んでますから」

「拡大して無理矢理横にしても？」

「ええ、何だか分からない映像になります」

「ですよね、当たり前だ」

　くっく、と霜田さんは笑った。目尻の深い皺《しわ》が、痩《こ》けた頬がやけに不自然に見えた。僕はクラウドの動画を落とすのも忘れ、しばらくの間、彼の横顔を見つめていた。

　四畳半での撮影が終わり、編集も霜田さんのチェックも済んだ。次の撮影は本館裏にある土蔵で、セッティングに少し時間がかかるらしい。僕はノートＰＣとＨＤＤ、モバイルバッテリーを抱えて別館を出た。鞄に入れてあるスマホを確認するためだ。現場に持ち込むのは憚《はばか》られた。

　外はすっかり暗くなっていた。

　プレハブ小屋の戸を開け、電気を点ける。鞄からスマホを引っ張り出す。仕事のメールが三件来ていたので、どれもすぐに返信する。

　ガラガラ、と大きな音がして、僕は飛び上がった。隅に積み重ねてあった、大きな黒いキャリーケースの山が崩れたのだ。放置して戻るのも気が引けて、取り敢えず様子を見に行く。

いくつかのケースは蓋が開き、中身が散乱していたが、養生テープや工具といったものばかりで、高価な機材は見当たらない。ホッと胸を撫で下ろして、工具を拾い上げようとして屈《かが》んだ。

横たわっている女性とまともに目が合った。

僕は屈んだまま固まった。

すぐ目の前、いくつも並んだキャリーケースの隙間に、若い女性が仰向けになっていた。顔も唇も土気色で、黒髪が床に広がっている。頰の上を蠅《はえ》が歩いている。真新しいジャージの上下に、古びたピンクのスニーカーがやけに目立った。

衣装だ。この靴だけ衣装だ。

気付いた途端、目の前の顔を思い出す。編集中の動画に何度も出てきた、アイドル役のアイドル。全ての出番を終え、少し仮眠を取って、昼前にここを出たはずの——

楠かがりだった。

意を決して頰を叩いても反応せず、首に触れたが呼吸も、脈も感じない。死んでいた。死体になって転がっていた。

止まっていた感情が動き出した瞬間、僕は声もなくその場に尻餅を突いた。

水下荘は大騒ぎになった。

楠かがりが昼前、マネージャーの車で下山したのは何人ものスタッフが見ていた。

そのマネージャーも小屋の裏で、死体となって発見された。僕が這うようにして水下荘本館に行き、皆に事態を伝えて三十分ほど経った頃だ。茂みに俯せで突っ伏していたという。

二人の死因も、死ぬ理由も分からなかった。近くを探したが車は見当たらなかった。

遺体はプレハブ小屋の隅に、ビニールシートをかけて安置することにした。運んだのは小石川さんと撮影助手、照明部の面々で、僕は見ていることしかできなかった。

誰かが号令を掛けたわけでもないのに、本館の大広間に全員が集まり、警察が来るのを待っていた。総勢で二十人ほどだろうか。僕はパソコンその他を抱いて隅っこに縮こまっていた。楠かがりの死に顔を、虚ろな目を、努めて思い出さないようにしていた。

すぐ側で「ひっ」と誰かが息を呑んだ。大貫が口を押さえてスマホを見ている。目がみるみるうちに潤《うる》み、スマホを握る手が震え出す。

僕はほとんど反射的に、彼のスマホを覗き込んだ。

五

wazawai02movie_PR

ＳＮＳの映画公式アカウントに、不気味な短文が投稿されている――その事実は広間にいた全員に、あっという間に広まった。添付されている画像は楠かがりの、どうということのない自撮りだった。

冗談にしても不謹慎だ、そんな風に声を荒らげるスタッフや俳優もいたが、実際に閲覧するとみんな黙った。アカウントのログインパスワードを知るただ一人の人物、広報の浅田さんに、当然のように疑惑の目が向けられた。

「ぼ、僕じゃありません！」

広間の真ん中で立ち上がった彼は、童顔をくしゃくしゃにして言った。

嫌疑はほどなくして晴れた。楠かがりを見送った直後から、浅田さんは疲労のあまり、本館一階の縁側で前後不覚に寝入っていたという。起きたのは騒ぎになってからだった。彼が死んだように眠っている様は、スタッフにもキャストにも、水下荘の人たちにも目撃されていた。

浅田さんがシロだと分かっても、広間の雰囲気は少しも明るくならなかった。むしろ更に重苦しく、不穏なものになっていた。

「注目」

パン、と手を鳴らす音がした。霜田さんが立ち上がり、無表情で一同を見渡す。全員が彼に注目したのを確認してから、彼は言った。

「撮影を再開します」

水を打ったように広間が静まり返った。

「理由は単純明快です。このままだと間に合わないから。それだけだ。楠さんも遺作の完成と公開を望んでいるはずです」

うう、と啜り泣きが聞こえた。江藤紬が体育座りの膝に額を押し当て、嗚咽《おえつ》している。楠かがりとは旧知の仲だったらしい。カットがかかると笑い合ったり、じゃれ合ったりしているのを、編集しながら何度も目にしていた。

死を悼《いた》むより先に「遺作」という表現を口にするのは不謹慎だろう。それにこんな状況で撮影などできるわけがない。無茶だ。ブラックすぎる。残念ではあるが撮影中止、公開延期だ――

「警察には僕から説明します」

そう言ったのは浅田さんだった。手元のスマホを示しながら、

「撮影の妨げにならないよう、聞き取りや検証に便宜を図ってもらいますね。僕じゃ話にならないってなったら、プロデューサーにも交渉させます。いや、役員にも出て貰う」

霜田さんは真顔でうなずいて、

「十五分後、二十時四十分スタート」

高らかに宣言した。僕以外の全員が、一斉に腰を上げた。

「食事、また汁物だけ用意しとけばいい？」

宿の人が訊き、助監督が「お願いします」と即答する。スタイリストが、メイクが、照明が、役者が、駆け足で広間を出て行く。

「今更ですみません、ここの台詞なんですけど……」

岸とISAMUが台本を手に霜田に詰め寄り、その場で議論が始まる。紬は涙を拭《ぬぐ》いながら、ブツブツと何やら呟いていた。台詞だ。撮影を続ける気でいるのだ。

僕は呆然と皆の様子を眺めていた。ポンと肩を叩かれて我に返る。

小石川さんが口をへの字にして、僕を見下ろしていた。

「何やってんだよ。お前も責任重大なんだぞ」

「いやでも、人が死んで……」

「分かってるよ」

彼はまた僕の肩を叩いた。何度も何度も。苛立たしげに、不安げに。

「ちょっと来てくれるか」

僕は彼に先導されるまま、本館を出た。

広い駐車場。何台も並んだバンやワゴンの裏で、小石川さんは煙草を吸い始めた。夜空には一面雲が立ち込め、ぼんやりと月が見えるばかりだった。

「……ヤバいとは俺も思ってるんだよ」

半分ほど煙草を灰にしてから、小石川さんが囁《ささや》いた。

「いや、みんなも思ってるはずだ。でもロクに寝てなくて判断できなくなってる。俺もこの一週間でトータル五時間とかそんくらいだ」

「そんな」

「でもな、それだけじゃないんだ。この映画はマジでおかしい。それでみんなまでおかしくなってる。霜田さんも含めてな」

「どういうことです？」

彼は不味そうに紫煙を吐いて、

「ＨＱキャッスルって分かるか」

「ええと……オールフォーワンの旧社名ですよね」

マニア好みの任侠映画やアイドル映画に定評のある、映像製作・販売会社だった。

「あそこが今の路線になる前、二十一世紀のド頭くらいにホラーも撮ってたらしい。無名の監督とか学生使って、タダみたいなギャラで、『リング』とか『呪怨《じゅおん》』とかブレア何とかのバッタもんみたいなやつをさ」

あの時代、柳の下のドジョウを狙うならその辺りだろう。うなずいて返すと、小石川さんは険しい顔で言った。

「そのうちの一本に『災《わざわい》』ってのがあったらしい」

「わざわい？」

「実際、検索したら情報が出てくることは出てくる。マニアのレビューだな。内容はよくある心霊ものらしいが。オールフォーワンのサイトの作品一覧には出てこないし、パケ写もスチールも見つからない。VHSはとっくに廃盤で中古もゼロ。もちろん動画がアップされたりもしていない。マイナーもマイナーな、忘れ去られた映画だよ」

「それが、今回の映画と何の」

「噂で聞いたんだけどな。その『災』、続編を作る予定だったんだと。でも最終的には中止になった。主演だか助演だかの女優が、ロケ先で急死したせいらしい。死因は分からない。続編のタイトルは『禍』」

「…………」

「ロケ先ってのがここ、水下荘」

「…………」

「ホラー映画の撮影現場で怪現象が起こる、って内容」

小石川さんは煙草を地面に放ると、

「監督は一作目と同じ篠田幸助《しのだこうすけ》。察しは付くだろ——霜田さんの本名だ」

忌々しそうに言った。僕は混乱しながらも、何とか言葉にした。

「リ、リベンジってことですか？　霜田さんは若い頃撮れなかったホラー映画を、よりによって役者が死んだ場所で撮り直してる……？」

「ああ」

小石川さんは吸い殻を踏み付けた。

異様な仮説だった。自分で言っておきながら、にわかには信じられない。だが思い当たるところはなくもない。ＳＮＳアカウントが「wazawai02_PR」であること。台本を書き換えた霜田さんが「オリジナルを損なうような真似はしていない」と弁解していたこと。いずれも小石川さんの話と辻褄《つじつま》が合う。だが。

「なんで……」

「きっと映画に取り憑かれてるんだよ。陳腐な言い方だけどな」

「いや、それも疑問ですけど」

僕は思い切って訊ねた。

「小石川さん、なんでこんなとこで、こんな話を僕にしてるんですか？　撮影ですよね？」

「じゃあお前はどうなんだよ。なんでノコノコ付いてきて、真面目に俺の話聞いてるんだ？」

答えられなかった。僕は黙って小石川さんを見つめていた。思考がまとまらない。ただ戸惑いと不安だけが湧き起こり、暴れ回っている。

小石川さんが大きな溜息を吐いた。

「分かってんだろ。気を紛らしたいんだ。あの子の……楠かがりの死に顔が頭から離れない」

彼の言葉で感情が、考えが整理される。

「ぼ、僕もです。演技はいかにもアイドルって感じで、編集してて若干イラッとはしたけど、何ていうか、可愛いなっ、て……」

気付いた瞬間、全身を悪寒が走り抜けた。これは、このやり取りは。

小石川さんが再び話し始めていた。

「俺のせいかもしれない。眠いならちょっと寝てから帰ったらって提案したの、俺なんだよ。すぐ帰らせていれば、あんなことには……くそっ」

『禍』の台詞だ。僕たちは『禍』の、岸とＩＳＡＭＵそっくりな会話をしている。

細部は違う。状況も違う。似ていないところも多い。だが確証バイアスだとは思えない。単なる偶然だと笑い飛ばすこともできない。これは何だ。何が起こっている。

「誰も悪くない、ですよ」

僕は慄《おのの》きながら、それだけ答えた。

六

wazawai02movie_PR
あと少し！（広報A）
#禍　#ワザワイ　#8／9公開　#呪われた映画　#みんな死ぬよ　#誰も帰れない

撮影は予定より少し遅れて、二十時四十五分から再開された。誰もが疲労困憊していたが、今まで以上に真剣に、情熱的に各々の仕事に取り組んでいた。役者は演じることに。カメラマンは撮ることに。僕は編集に。そして霜田さんは監督することに。

二台のモニターに映し出される、最大で十台のスマホからの映像。それらを食い入るように見つめながら、彼は役者たちを時に称讃し、時に否定し、映像素材を作り続けた。

警察はいつまで経っても来なかった。

クライマックスを撮り始めたのは、午前三時を回った頃だった。

本館一階の大広間。照明は繊細に設計され、絶妙に薄暗い。

真ん中でＩＳＡＭＵが仰向けに倒れ、呻《うめ》いている。

隅では大貫が胎児のように丸くなり、啜《すす》り泣いている。

柱にもたれ、だらしなく両足を投げ出し、ブツブツ呟いているのは紬だった。

三人とも怪現象に見舞われ、正気を失っていた。彼らの様子を、広間全体を、小石川さんたちが七台のスマホであちこちから撮っていた。

襖が開いた。入ってきたのは岸だ。そのTシャツは血で汚れ、足元は覚束ない。手にはミニDVビデオカメラが握られていた。レンズ部分には八台目のスマホが貼り付けられているが、大きなレンズフードに隠れて周囲からはほとんど見えない。

岸は憔悴《しょうすい》しきっていた。直前に撮ったカットよりキロ単位で痩せている風に見えた。頬は痩《こ》け、目は濁り、口周りは涎《よだれ》で光っている。

彼はISAMUと大貫、紬をそれぞれ舐めるように撮影し、順番に殴り、蹴り、首を絞めて殺していく。現場を操り支配する、邪悪な意志に導かれて。

クライマックスは途中でカットせず一連で撮る。そう霜田さんが決めたのは再開直後のことだった。無茶だと思ったが今のところ上手く行っている。広間には異様な雰囲気が充満し、どの映像にも鬼気迫るものが感じられた。

監督はモニターを凝視している。僕も、他のスタッフも、出番が終わった役者たちさえも、息を殺して岸たちの芝居を見つめている。

三人を殺し終えた岸が、カメラを自分に向けた。

「撮影はもうすぐ終わります」

己を撮りながら、ふらふらと広間を歩き回る。

「いいホラー映画になるでしょう。いえ、なります。確信しています。これは僕の最高傑作になる」

倦《う》み疲れた顔に引き攣《つ》った笑みを浮かべる。

「もちろん、ポスプロ——編集もそうですが、合成も大事ですよ。例えばこの辺り、僕の背後には黒い人影を入れる予定だ。一瞬だけ映り込む怪しい存在をね」

ふふ、と笑い声を漏らす。背筋を伸ばし、己に向けたカメラを高く構える。

「でも、この映画にはポスプロなんて要らないかもしれないな。入念に準備したから」

周囲の空気が変化した。

誰も何も言っていないのに、ざわついたように感じた。その理由は明白だった。

みんな同時に気付いたのだ——台詞が変わっていることに。「でも」以降は台本に存在しない。

皆が霜田さんに視線を注いでいた。気付いた彼は顔を上げ、皆を眺め回すと、はっきり一度うなずいた。

乱れた空気が落ち着きを取り戻す中で、岸が再び話し始めた。

「どれほど撮影が遅れても、準備する必要はあった。『禍』を最高のホラー映画にするために。二度と失敗しないために。技術の進歩も私を後押ししてくれた」

一人称が変わっている。場に漂う緊張感に違和感が混じる。歩き出した岸に誰もが注目している。小石川さんが首を捻るのが、暗い中に見えた。

「衣装選びはスタイリストさんではなく、私がやった。彼女にお願いしたのは衣装合わせと現場でのスタイリングだけです。あとは解《ほつ》れを直したり、染みを落としたり……」

いよいよおかしい。今の台詞は決定的に変だ。

『禍』作中の現場にスタイリストは存在しない。衣装はすべて役者の自前という設定だ。それなのに。

動揺が皆の間に広まっていたが、岸はなおも喋り続けていた。両足でしっかり畳を踏みしめ、真っ直ぐカメラを顔に向けて、

「分からないかなあ……この現場に用意した衣装や小物は全て、事件事故の犠牲者が、死の瞬間に身に付けていたものですよ。撮影用のスマホもね」

と、静かに言った。

大勢が息を呑むのが、はっきり耳に聞こえた。

畳に大の字になっているＩＳＡＭＵが、わずかに動くのも見えた。大貫が薄目を開けたのも、紬が震えているのも。小石川さんが目を剝いて、手元のスマホを見つめていた。

「幽霊の実在は信じられない。ホラー映画をいくら撮っても、その気持ちは変わりません。だけど——惨劇の起こった場には、目に見えない悪いモノがずっと漂っている。そんな気が

するんです。いわば禍の粒子みたいなものが。服や小物にも付着する。作りかけの映画にも混入する」

悲鳴が出そうになって、慌てて口を押さえる。

「私はそれを集められるだけ集めてみました。そうすれば素晴らしいホラー映画になる気がしたから。凄いモノが撮れる気がしたから」

岸は涙を流していた。

何が起こっているのか、誰もが理解していた。確かめなくても空気でそう察せられた。

変更された一連の台詞は、『禍』の台詞ではない。

監督役の岸の台詞ではない。

監督の霜田さんの告白、いや――種明かしだ。

スマホを何十台も用意した意味と、撮影がここまで遅れた理由の解説だ。

啜り泣きや呻き声が、背後から聞こえた。スタッフもキャストも、これ以上は耐えられなくなっている。死んだ演技をしていた三人も全員が目を開けていた。凍り付いた表情で霜田さんを見ていた。

彼はげっそりした顔に満足げな表情を浮かべ、小さな椅子にもたれた。

「あっ」

僕は小さく叫んだ。今度は間に合わなかった。

霜田さんの前、二台並んだモニターに、何かが映り込んでいた。合計八台のスマホのカメラ全てに、この大広間のあちこちに――

巨大な黒い影が立っていた。木の枝のような手をふらふらと揺らしている。顔は潰れて見えない。広間の隅に、端に、中央に。ISAMUの傍らに、大貫の前に、柱を挟んで紬の後ろに。そして岸の背後に。

肉眼では見えないのに、モニターには確かに映っている。存在しないのに記録されている。

全身に冷や汗をかいていた。歯がカチカチと音を立てている。胃が浮き上がり、思わずえずいてしまう。

ノートPCのディスプレイで何かが蠢《うごめ》いた。タイムラインの再生バーが勝手に動き、『禍』が冒頭から再生されていた。

風景のカット、日常のカット。岸と紬の何気ない会話。駅のホームを歩く大貫とISAMU。

全てのカットに黒い影が映り込んでいた。

あるカットでは遠くに。あるカットでは役者の隣に。別のカットでは画面の半分を覆っている。

もう誰も黙ってはいなかった。撮影を見守ることも止めていた。悲鳴がする。怒号がする。

激しい足音が畳を鳴らしている。

出し抜けに照明が消えた。悲鳴が一際大きくなる。立ち上がろうとして背後から突き飛ばされ、畳に叩き付けられた直後、

「よかった。これで傑作の完成だ」

囁き声がした。

直後に何も聞こえなくなった。

wazawai02movie_PR
みんな死んだ　お終い

牧野　修

馬鹿な奴から死んでいく

●『馬鹿な奴から死んでいく』牧野修《まきのおさむ》

牧野修《異形》短篇の禁断症状に悩まされた読者も多かった筈である。《異形コレクション》第2巻『侵略！』に「罪と罰の機械」で初参加して以来、SF界のみならずホラー界、幻想怪奇の世界まで活動を拡げることとなった牧野修のホームグラウンド。

魔術医と魔女のあくなき戦いを描いたノンストップ・ホラーアクションである本作は、あたかも「ロマンス」の語源すら想起させる。イタリア、フランス、スペイン等の諸言語を総称する「ロマンス語」が、定型的な文語体のラテン語から、自由で世俗的な口語体に変化することによって生まれ、大衆を熱狂させる伝奇冒険文学を産みだしたように、牧野修の言語感覚は、まさに千変万化のごとくに変幻自在。

早川書房の新刊『万博聖戦』もいよいよ愉しみだが、この本をめぐるインタビュー（SFマガジン2020年12月号）では、《異形コレクション》復刊についても語られた。牧野修の呪文によって、《異形》復活は、SF界に流布されたわけである。

小さな端切れのような舌を投げ出し、はへはへとふざけた呼吸をしているきなこ色の犬が俺を見ている。濡れた黒い目がとにかく訴えている。甘ちゃんはいねえか。お人好しはいねえか。生き残るために憐《あわ》れみを乞う方向に進化した特殊な獣だ。そしてあっさりとその手にのっかる俺。耳の後ろをがしがしと掻《か》いてやるとさらにはへはへと気の抜けた呼吸をする。くそ、ねがったりかなったりじゃねえか。ねがったりかなったりの意味は知らないけどさ。

俺は白いビニール袋からハムカツを挟んだコッペパンを出して二つに割った。言っておくが、これは俺の昼飯だ。おまえに分けてやる義理も恩もない。きなこ色の犬はふんふんと頷《うなず》きながら俺をじっと見ている。最初から負けの決まっている勝負だった。

俺はハムカツのコッペパンを路面に置いた。半分、そして半分。

じゃあな。

俺は手を振ってその場を離れた。仕事帰りの人気《ひとけ》のない夜道でとんだ喝上《かつあ》げだ。だがビニール袋に入ったもう一つのコッペパン（ジャム＆マーガリン仕様）を渡さなかっただけでもまだましだろう。俺もそこまで甘くはない。コッペパンは後の楽しみにおいて、俺は缶コーヒーを取り出した。無糖のそれを喉を鳴らして飲んでいると視界の端に不穏なものが映った。

通り過ぎろと賢明な方の俺が言うのだが遅かった。俺はしっかりとそいつを見てしまった。ビルとビルの隙間に、その少女は身体《からだ》を押し込んで震えていた。額が切れて血が流れていた。白いごわごわのワンピースも泥だらけだ。

「やあ、お嬢ちゃん」

声を掛けた。少女は隙間をさらに奥へと進んだ。

「もし、お嬢ちゃんが困っているのなら、多少は俺が助けになるかもしれない。たとえば」

袋からコッペパンを取り出した。

「腹が減ってるのならこんなものがある」

少女はカニのように横歩きで隙間から出てくると、いきなりパンを奪い取った。

「おちつけ。返せとは言わないから、ゆっくりと食べろ」

言っている間に、コッペパンがほぼそのまま少女の両の頬袋に収まった。喉を詰まらせないようにと近くの自販機でペットボトルの水を買ってもどると、パンはすでに食道から胃へと向かっている途中だった。

「怪我、ちょっと見せて」

少女は素直に額を突き出す。

「安心しろ。お兄さんは医者みたいな仕事をしてるからな」

医者みたいな、という部分に少女は突っ込まなかった。素直でよろしい。リュックを下ろす。仕事帰りでちょうど良かった。中から小さな容器を出した。容器の蓋《ふた》には文字のようで文字でない落書きの様なものが書かれてある。それは大天使ガブリエルを示す印形《シジル》だ。蓋を開けるとピンクの軟膏が入っている。人差し指と中指を伸ばしてそれを掬《すく》い取る。この指の形は密教でも西洋魔術でも刀を意味する。密教ではこうやって指で描く神聖な象徴を印相と言い、刀を意味する印相は刀印と呼ぶ。だいたいこの辺りで察しがついたかと思うが、俺はオカルト関係の仕事をしている。というか、いわゆる魔術医《ウイッチドクター》だ。今の時代そんなものに需要があるのかと思っているかもしれないが、というか俺自身もこれで食っていけるとは思っていなかったのだが、しっかり需要がある。少なくともこんな時間まで働かされるほどにはね。

額の血を消毒済みのガーゼでふき取り、刀印で十字を描きながら軟膏を塗る。少女はちょっと顔をしかめただけで痛みを訴えない。涙も流さない。最後に大きな絆創膏を貼った。これはおまけだ。大した意味はない。

「ほかに痛いところはあるか」

少女は足元を指差した。足首が腫れている。触ると熱を持っていた。

「足の指、動く？」

少女が頷く。患部に手を翳《かざ》してみた。多分骨は折れていない。ヒビも入ってなさそうだ。同じピンクの軟膏を刀印で塗っていく。念のためヘブライ語の聖句を唱える。

少女が不思議そうな顔で俺を見上げた。

「痛くなくなった、だろ」

少女は頷く。

「お兄さんが医者みたいなもんだということがわかってもらえたかな」

みたいなもんだ、は小声で素早く言った。それでも少女は再び頷く。素直でよろしい。

「君の名前は」

「月餅《ユエピン》」

「ゆえぴん……それって中国のお菓子じゃなかったっけ」

少女は小首を傾《かし》げた。小首を傾げたなんて言葉は生まれて初めて使ったが、それは彼女が小首を傾げたとしか言いようのない仕草をしたからだ。

「チョット、きみたち」

後ろから声がした。

振り返る。

「でかい……」

思わず声が漏れた。

俺はどちらかと言えば普段人を見下ろす側の人間だ。その俺よりも頭一つ半大きい。俺を見下ろしている目。ガラス玉のような感情のない目で。

少女が俺の腕をぎゅっと握った。その手が震えていた。

「たすけて」

小さな声でそう言う。

「それを返しなさい」

大男が言う。

「それ？」

「そこのそれ」

大男は少女を指差した。

「それはワレワレの所有するものだ」

翻訳機が合成音声でしゃべっているように、何もかもぎこちない。

「人をもの扱いするような人間に子供を渡す気はない」

「じゃあ、仕方ないね」

大男は一歩前に出た。俺の二歩分は優にある。一瞬で俺の目の前に来たそいつは、月餅に手を伸ばした。俺は月餅を背後に隠した。男は俺を横に押しやろうとした。その手首を摑《つか》む。次の瞬間男の腕をひねり路面に押さえつける、はずだった。が全く動かない。鉄の塊を相手に技を掛けようとしている気分だ。

男が腕を一振りした。俺は無用になった玩具《おもちゃ》のように振り飛ばされた。路面をごろごろ転がったあげく、大きなゴミ箱にぶつかって止まる。その時俺は俺のリュックを手にしていた。転がりながら摑んだんだ。ちょっとは褒めてくれ。中から小さな容器を出した。蓋に書かれているのは禁断と言われている神の名だ。俺は中の緑の泥のようなものを人差し指で掬う。そしてダッシュした。少女の手を摑んだ大男に駆け寄る。大男は俺が何かできるとは思っていない。その腕に軟膏を塗る。同時に発音してはならない神の名を唱える。腕の皮がぱかりと開いた。最初からそこに蓋があったように。開いた奥に赤く大きなボタンがある。それを突き指する勢いで押した。

男の腕から力が抜けた。

死んだ魚のようにだらりと垂れ下がる。

俺はすかさず月餅の手を摑んで引っ張った。

「逃げるぞ！」

言った俺よりも月餅の方が速かった。俺は少女に腕を引かれ一歩遅れて走る。ついていくのが精一杯だ。運動不足を悔やむ。明日から毎朝ランニングをしよう。ダイエットも始めよう。規則正しい生活をしよう。自分でも信じられない明日からの誓いを立てながら、いつの間にか薄暗い路地裏を抜けやたら広い道に出ていた。いや、道じゃない。ここは中庭だ。月明かりに黒々としたお屋敷のシルエットが見える。まるで古くさい怪奇映画のようだ。屋敷へは芝生が続く。その左右を囲むキンモクセイの生け垣はすっかり枯れ、遠目には痩せた猫背の男たちの葬列にしか見えない。芝生もほとんどが赤く黒く枯れてしぼみ、皮膚病のように土がのぞいている。

月餅は俺の手を引いて屋敷へと向かっていた。悪い予感しかしない。

「ちょっと待った」

俺は立ち止まる。

「どこへ連れて行くつもりだ」

月餅は屋敷を指さした。

「何のために。あそこに何がある」

「仲間があそこにいるの。たすけて」

「仲間って」

「芝麻球《チーマーチユウ》、崩砂《バンサー》、花捲《ホアジュアン》、麻花《マーホア》」指を折りながら名前を言うと「全部で四つ」

どれもこれも中華菓子の名だ。何となく事情がわかってきた。これはまずいことに手をだしたかもしれないぞ。そう思ったときはたいていがもう遅い。

遠くに見える館の大きな扉が開いた。

誰かが出てきた。

月明かりだけではっきりとは見えない。ただ黒い人影だ。なのに目の前で死んだ黒猫を見たかのような厭《いや》な気分になった。

ああ、悪いなあ。俺はもう先に帰るよ。

そう言って立ち去るのが賢明であることは充分承知している。なのに足が動かない。ただ近づく人影をじっと見ている。月餅もその人影の気配を感じたのだろう。俺の後ろに回り込み、上着をぎゅっと摑んでいる。そうだ。用意するに越したことはない。俺はポケットに手を入れた。さっきの大男に使った軟膏の容器が入っているのを確認する。人影は見る見る近づいてきた。決して急いでいる様子はないのに、滑るように近づいてくる。あっと思ったときにはもうその顔がはっきりと見えていた。女だ。この辺りでは有名人だ。ここで頭を下げ、この少女を差し出せば何とかなるかもしれない。だが俺は己がそんなことをしないことを知っている。できないんだ。俺が今ぎりぎり人として生きていられる何かを失うのが怖いから。

「ありがとう」

女は言った。

「その子をここまで連れてきてくださったのね。振込先を教えてもらえるかしら。それなりのお礼をさせてもらうわ」

俺はポケットから煙草《たばこ》を出し、マッチで火を付けた。指先が震えるのを必死に抑える。煙草は少しも美味《うま》くなかった。

「あんた糕点师《ガオディエンシー》さんか」

糕点师とは中国語でパティシエのことだ。そうであるなら彼女は最強にして最悪の魔女だ。

使い魔と称する弟子たちを持ち、中華菓子の名を持つ子供を売買する冷酷な魔物。それが糕点师だ。命が大事なら絶対に関わってはならない人物だった。

「そうよ」

糕点师は糕点师であることを肯定した。俺は片足を墓穴に突っ込んだわけだ。

「あなたの期待に応えるだけのお礼はするわ」

さあ、今のうちに逃げるんだ、俺。今ならまだ間に合う。逃げろ逃げろと頭の中で連呼したあげく、俺は口を開いた。

「礼はいらない」

言っちゃったよ。

「彼女は連れて帰る。ここに来たのは間違いだった」

糕点师は口角を上げて微笑《ほほえ》んだ。きっと死神は人の魂を奪うときこんな笑顔になるのだろう。

「値段を引き上げる気？　私を相手に交渉をしようと」

「いっさい交渉はしない。さあ、月餅。行くぞ」

糕点师に背を向ける。月餅が俺を見上げた。仲間はどうなるのかと訴えている。が、俺は黙って首を横に振った。

「自分が馬鹿なことをしていることは充分わかっていると思うわ。だから考え直す時間を五秒あげるわ。一、二」

次を待たず月餅を抱え走り出した。


背後で女が何か叫んだ。よくはわからないが何らかの呪詛《じゅそ》だ。彼女が世界最強の魔女だというのは間違いなさそうだ。

何歩進めたかはわからない。

突然何もかもが闇の中。

*

この世には映画でしか見たことのないものがいくつかある。城の地下に作られた薄暗い拷問部屋なんてのがその一つだ。で、俺は今それとしか思えない場所に寝かされている。濡れた石造りの広い部屋に、頭上からは太い鎖がいくつも垂れて揺れる。滑車のついた鎖の先には特大のクエスチョンマークみたいなフックがついている。幸い俺はそれに吊るされてはいない。硬く冷たい石の台に寝かされている上に、手も足も革のベルトで拘束されているので快適とはほど遠いが。

壁には手術道具と暗器の間に生まれた呪われた子供のような禍々《まがまが》しい道具類がずらりと吊るされている。寝かされた俺の横には、キャスター付きの台がある。レストランの厨房に置かれているようなぴかぴかのスチール製だ。拷問部屋の雰囲気はぶちこわしだが、上に載せられている用途不明の道具類はどれもこれも地獄で使われていそうな禍々しさに満ちていた。どうやって使うのかはあまり知りたくない。

どうやらここが伝説の〈お菓子の家〉のようだ。糕点师《ガオディエンシー》は表向き様々な魔術用品を販売する会社の経営者だ。だからある意味俺の同業者と言っても間違いではない。間違いではないが同じようなものだとは思ってほしくない。糕点师が扱っているのは、非合法な手段でしか手に入れられない類《たぐい》のかなり特殊な生薬だ。

漢方薬の原料として熊の胆嚢《たんのう》や鹿の角《つの》、牛の胆石が採取されるように、糕点师は特別な子供の身体から採れるあれこれを生薬に使う。例えば先天性色素欠乏症、いわゆるアルビノの子供。あるいは多胎児たち――双子や三つ子。そして低身長症の子供。そんな子供の臓器は薬として高値で売買される。糕点师はそういった子供を人工的に作り出しているという噂だ。それらには菓子の名前が付けられ、五歳の誕生日に生薬として加工される。具体的にどんなことをするのか知らないし知りたくもない。が、そんなおぞましい噂は耳を塞《ふさ》いでも聞こえてくる。それにしても、まさかそんな非道な怪物が本当にいるとはなあ。

「ぐっすり眠れたかしら」

言いながら当の怪物が入ってきた。後ろにはあの大男が俺のリュックを持って立っていた。糕点师が顎で指示すると、男はリュックをスチールの台へと載せた。

「あなたは魔術医みたいね。面白そうな薬がたくさん入っていたわ。どうやって使うのか教えて頂戴。弟子は腕にボタンがあって、それを押されると力が失せたって言ってた。それってどんな魔法？　基本西洋の近代魔術みたいだけど」

男はリュックを逆さにして、テーブルの上に中身をぶちまけた。

「例えばこれ。ガブリエルの印形がついてるけど、何に使うの」

「月餅をどこにやった」

「……うちではたくさんの生薬を扱ってるの。素材の旬は五歳。ところが管理の不手際でいつの間にか八歳まで生き延びちゃったのがいてね、それがこっそり逃げ出したの。いずれにしてもうちの商品。あなたの手に負えるものではないわ」

「彼女はものじゃない」

ふふふと糕点师は笑う。

「あれらは一から私が造ったのよ。外に出すことはできない。あなたには彼女たちの管理ができないからね」

「勝手に子供を作って殺して内臓を取る。鬼だよ悪魔だよ」

糕点师は声をあげて笑った。

「あら、まあ。正義漢なのか馬鹿なのか。馬鹿なんでしょうね。何もわかっていないのはいいとして、愚かである自覚がないことが罪だわ。さてと、お道具の使い方を教えてもらえるかな。これは軟膏の形をした霊符《タリズマン》よね。こんなものがあることは聞いていたけど、実物を見るのは初めてよ」

喋《しゃべ》りながらペンチに似た何かや、のこぎりに似た何かを愛《いと》おしそうに触っている。

「さあ、聞かせて。あなたのお話を」

それから糕点师が嬉々として俺にしたことの数々はちょっとばかりグロいので説明はしない。あの大男は何も手を出さなかった。これはきっと糕点师の趣味なのだ。

結果から言おう。俺はすぐに呪具の使用法を、差し障りのないようなものから順に、結局はすべて説明した。人というものは痛みに弱い。ついでに恐怖にも弱い。精一杯頑張ってみたつもりだったが十分ともたなかった。確かに俺が弱すぎることは認めよう。

痛みももちろんだが、あっさりと暴力に屈してしまったことにぐったりとしている俺に糕点师は言った。

「どれもこれも他の魔法で代替できそうなものばかりね。役に立つようならここで働いてもらおうかと思ったんだけど、まったくの役立たずだわ」

繊細な俺としてはそれなりに傷つく。泣きっ面《つら》に蜂というやつだ。違ったっけ。

「あなたも生薬として利用させてもらおうかしら。せめてそれぐらいは役に立ってもらわないとね」

大男が高圧ホースで俺の血を洗い流している。糕点师は金属製の注射器とガラス瓶を持ってきた。何か説明しているのだが、水を流す音で聞こえない。馬に使いそうな大きな注射器でガラス瓶の中の濁った液——適当にどぶ川から掬ってきたような代物だ——を吸い上げる。

「これが何かわかる？」

家に招いた恋人に料理を作ってでもいるように楽しそうだ。

「下水」

「正解は胞子。冬虫夏草って知ってるかな。虫とか小動物に寄生するキノコなんだけど、これはそれを改造して人にも寄生できるようにしたものなの。私が造ったオリジナルの商品よ」

大きな注射器の太い針を、俺の腹に突き当て押し込んだ。十センチはある長く太い針が腹の中へとずぶずぶと埋まった。痛みというものは意識がある限り慣れないらしい。足の親指は果実のように皮と爪を剝《む》かれていたし手の指はあり得ない方向に折れている。さらに背中や腹はわけのわからない薬品で焼かれた上に切り刻まれていた。もう充分泣き叫んだ後だ。それでも注射器からわけのわからない液が大量に注入されると、激痛に悲鳴が漏れた。

「これで終わり。じゃあ、後で収穫に来るわね」

そう言うと糕点师は男を引き連れて部屋を出ていった。せめてその後ろ姿に気の利いた一言ぐらい言ってやりたかった。残念ながらそれほどの気力も体力も残されていなかったのだが。何よりしばらくの間寝かせてほしかった。だが、そうもいかないだろう。すぐにでかい男がやってきて俺を檻《おり》にでも叩き込むだろう。そうなったら終わりだ。だが今なら、俺の道具は目と鼻の先にある。逃げ出すのなら今のうちだ。

俺は中指をぎゅっと折り曲げ、己の掌《てのひら》に五芒星《ごぼうせい》を描いた。やってみればわかる。かなり難しい。そしてヘブライ語の呪句を唱えた。召喚の呪文だ。これを唱えることで、俺のことを切実に必要としている人物をここに召喚できる。俺に助けを求めたあの少女月餅をここへと呼び出すためだ。何回か試したことがある。成功もしている。だがこんな状況でできるかどうかはわからない。とにかく集中だ。ゆっくりと四つ数えながら息を吐く。肺の中がからっぽになるまで吐く。それから二つ数える間息を止める。そしてゆっくり四つ数えながら息を吸う。限界まで吸って息を止め、二つ数える。四拍呼吸法と呼ばれるものだ。繰り返すごとに緊張が解け、霊的な力が蓄えられる。

かつっ、と心の中で何かが引っ掛かった。成功だ。求める者の心と俺とがつながったのだ。あとはこの心の糸を手繰《たぐ》り寄せていくだけだ。人でもモノでも取り寄せるアポートという力だ。来る。もうすぐここに来る。間違いない。もうすぐここに、いや、もう来ているはずだ。頭を動かし周囲を見回す。

「ユエピーン！」

「わん！」

……わん？

俺は周りを見回した。

そいつは俺の寝ている台に手をかけ、はへはへと間の抜けた息をしていた。

「おまえか……」

俺を心から求めていたのは真っ黒の目で俺を見ているきなこ色の犬だった。

考えを切り替えよう。次の何者かを呼ぶ時間も気力も、もうない。こうなればこいつに頼むしかない。

「イヌくん、そっちのテーブルの上にガラスの容器があるだろう。わかるか」

犬相手に俺は猫撫《ねこな》で声を出す。もしかして逆効果かもしれないが。

「ガラスの入れ物はたくさんあるよな。どれでもいい。なんでもいいからこっちに持ってきてくれないか。俺の手の上に」

手首をベルトで固定されている。そこから先を俺はパタパタ動かした。

「ここに持ってきてくれ。頼む。あとでパンでもなんでも買ってやるからな。わかるか。パンだ。コッペパン」

犬がわんと鳴く。

「よし、いい子だ。そこだ。そのテーブルの上。そこに置いてある。そうそこだ。偉いぞ。そうあと少しだ。そう、それを咥《くわ》えろ。よし！　いいぞ。それをこっちに持ってきてくれ。そうそう……そっちじゃない。こっちこっちこっちだ。そうだ。俺の掌にそれを……載せて……

よっしゃ！」

　奇跡だ。きなこ色の犬は天才だ。俺の手に載っているのは語ってはならない神の印形が描かれた容器だった。四本の指で容器を支え親指で蓋を回転させる。指が何度も攣《つ》りそうになったが、努力は報われた。ようやく蓋が開いたのだ。蓋を弾《はじ》きとばし、中指で中の緑色の軟膏を掬う。そして聖句を唱えながらそれを掌に塗った。パカリと掌が開く。中にある赤いボタンを押した。めりめりめりと俺の腕が音を立てた。直接筋肉をポンプで注入しているかのように、腕が急激に膨らんでいるのだ。鋼を縒《よ》ったような筋肉の束が皮膚を押し上げ凹凸を作っていく。たちまち片腕だけギリシャ彫刻の英雄のように逞《たくま》しくなった。合法ではない薬をうったように、熱湯じみた力が漲《みなぎ》っていく。四拍呼吸で精神を集中し手を握り、力を込めた。革のベルトがこよりのようにあっさりと千切れた。反対の手の拘束を解き、両足のベルトに取り掛かる。

　わんこが激しく吠えた。

「わかったよ。パンは後で買ってやるから」

　そう言って身体を起こすと、目の前にあの大男がいた。男は俺の両足首を摑み、ひょいと壁に向けて投げ飛ばした。俺は石壁に激突し、床に落ちた。瞬間息ができなかった。意識が飛んで、左右どころか上下を見失う。それでも軟膏の容器を放さない俺を再び褒めてくれ。

　俺はさっきとは反対の掌へ聖句とともに軟膏を塗った。掌が開き赤いボタンを押す。

大男が突進してきた。

俺は素早く左に避《よ》け、右のパンチを相手の鳩尾《みぞおち》に食らわせてやった。鋼の腕でだ。イメージの中では、腹を破って拳が背中まで突き抜けていた。

が、男は腹を押さえて後退《あとずさ》っただけだ。

俺は続けて大男の顎を狙った。

大男はグズでもノロマでもなかった。

俺の顔の倍ほどある掌底で拳を弾き、ついでに俺の顔面を正拳突きが狙う。

仰《の》け反《ぞ》りながら横へと逃れたが間に合わなかった。

顔は免れたが、額を掠《かす》める。掠めただけのはずだ。なのに、俺は後ろに弾き飛ばされた。

ハンマーで殴られたようなものだった。顔面に食らっていたら顔がひき肉みたいになっていただろう。

男が突進してきた。

俺はその足元にスライディングした。運は俺に味方した。俺は大男の股を潜《くぐ》り抜け背後に回った。そして後ろから、その壁じみた背中を駆け上り、パンプアップされた腕をその首に回した。

絞め技なら重量差は関係ない。そして首を絞められて平気な人間もいない……はずだ。

太く硬い首を相手に俺はぎゅうぎゅうと絞め上げた。男は手を回し壁にぶつかり、俺を引きはがそうとしたが無駄だ。途中から犬も加勢してくれた。吠えながら男の足を噛む。噛む。また噛む。しかしなかなか男は気を失わない。きちんと腕は首に食い込んでいるのにだ。このままでは軟膏の効き目が切れる。そうなったら何もかも終わりだ。きなこ色の犬が吠えている。お前にやったコッペパン、せめて半分だけでも食べておけばよかった。後悔の多い人生だ。

と、不意に男は棒きれのように無防備に倒れた。気を失ったのだ。ほぼ同時に、俺の両腕はぷっしゅー、と音を立てて力が抜けた。

「ありがとうよ、わんこ。無事外に出たら必ずパンを買ってやるからな。二人で分けようぜ」

きなこ色の犬のきなこ色の頭をわしわしと撫でながら、俺はガブリエルの軟膏を探し出し、大きな切り傷や骨折などを自ら治療した。

「さて」

立ち上がって俺は言う。

「俺は月餅と仲間たちを助けにいく。お前は逃げろ。館の外で合流だ。じゃあな」

手を上げ俺は拷問室を出た。何一つ理解できていなかったきなこ色の犬が尾を振りながらついてきた。まあ、そうだろうな。

扉を開けると、コンクリートがむき出しになった廊下が続く。コンクリートは薄気味の悪いシミとヒビとついでにカビで覆われていた。手入れの悪い浴室みたいなものだ。拷問部屋のある城の地下室とは程遠い荒廃ぶりだ。

きなこ色の犬を引き連れて俺は廊下を歩いた。

遠くの方で「逃げたぞ」の声が。

俺は慌ててリュックからラファエルの軟膏を取り出した。鮮やかなラズベリー色のそれを指先で掬い、カビだらけの湿った床を横断して線を引いた。

「オムニポテンス　アエテルネ　デウス、クゥイ　トタム　クレアトゥラム」

長ったらしい呪文を唱えている間に、屈強な男たちが現れた。血相変えてこちらに向かってくる。俺は呪文を続けながら犬を抱いて後ろに下がった。

「セド　トゥア　ペル　ジュセム　クリスタム　フィリウム　ウニゲニトゥム。アメン」

最後の呪文を言い終わるのと、釘バットを振り上げたマッチョが先陣を切って駆け込んできたのは同時だった。

ラファエルの軟膏で引いた線を越えた途端だ。男はまるでゴールテープを胸で切ったように速度を落とし、二、三歩たたらを踏んで立ち止まった。その後から来る連中も、線を越えると同時に、魂がすぽんと抜けたような顔で立ち止まる。全部で六人、屈強な男が迷子の顔で佇《たたず》んでいた。

「皆さん」

俺は声を張った。

六人の男たちが一斉に俺の方を見る。真剣な目だ。

「教えてほしいことがあります。菓子たちをどこに閉じ込めていますか。皆さんは知っていますよね」

後ろにいた二人が頷いた。

「じゃあ、教えてください。ええと、そっちにいる長髪の人」

「この廊下をまっすぐ行くと階段があります。それを下りたら菓子どもがたくさんいます」

「ありがとう。必ず戻ってきますから。それまではここでじっと待っていてください」

言い残して俺は走る。〈ラファエルの軟膏〉は別名人たらしの軟膏。これを使うと、どんな人間であろうと術者のことを信頼尊敬し従順に従うようになるのだ。これも時間は限られているが、役に立つ。

俺は階段を駆け下りた。思ったよりも長い。すでに数階分下りたのではないか。湿気がさらにひどくなる。ついでに熟しすぎた南国のフルーツのような臭《にお》いがした。ようやく階下にたどり着き、奥の突き当りを曲がると、突然広い空間に出てきた。ドーム球場並みだ。そこにあるのは金属製の巨大なタンクや巨木の根のような太いパイプ群。用途不明な様々な機械。ここが何かの工場であることは間違いない。だが広過ぎて何をどう手を付けていいのかわからない。

と、突然きなこ色の犬が駆けだした。すごい勢いだ。俺はあわてて後を追った。犬が吠えている。そこには半透明のシリンダーが等間隔でびっしりと並べられていた。シリンダーの中は卵白のようなどろっとした液体で満たされ、そしてその中央に幼女たちが浮かんでいた。

「そこは出荷前の生薬の生産ラインよ」

背後から声がした。振り返らなくともわかる。糕点師だ。

「あなたの探しているのはそれじゃなくてこれでしょ」

俺はゆっくりと振り返った。糕点師が立っていた。その横には見知らぬ女が立っていた。

俺とあまり身長が変わらない。モデル体型の女だ。

「誰？」

「あなたの探していた月餅よ」

言っていることがわからない。きょとんとしている俺を心底馬鹿にした目で見て、言った。

「あなたも魔術師の端くれなら、これが人じゃないことぐらい気がついているわよね」

「えっ」

「……本格的な馬鹿のようね。これは人造人間《ホムンクルス》。人じゃないのよ。同業者の中には本物の子供を誘拐して殺す奴らもいるんだ。それに比べたらずいぶん人道的な商売をしているつもりだけど」

「……確かに言われてみれば。いやいや、違う違う。やはり子供そっくりのあの子たちを

「――」

「人造人間は成長が早いの。五歳で収穫と言ってるけど、五歳になるまで六か月ほどしかからない。成長の速度はどんどん早くなるから、五歳で収穫を逃したあれが八歳になるまで丸一日ほど。いくら管理不行き届きであったとしても、三年間脱走者を見逃すわけがない。工場の人間がちょっと目を離したすきにあんなことになっちゃったのよ。今では月餅もすっかり二十歳を越えているわ」

「えっ、つまり、この女性が、月餅！」

俺が言うと、うんうん、とその女は頷いた。

「……彼女たちをどうするつもりなんだ」

「収穫時期を逃したものは廃棄しかない。もったいないけどね。そんなことよりあなたには心配しなきゃならないことがあるんじゃないの。あれ、もう忘れたの。本格的な馬鹿ね。あなたには冬虫夏草が植え付けられている。それが成長したらもうあんた終わりだよ」

糕点师は腕時計を見る。

「あと四時間ほどかな。腹に根を伸ばし背中から柄が突き出て傘が開くわ。その頃にはあんたは虫の息。私は冬虫夏草だけいただいて後はぽい。ね、ホムンクルスのことなんかより、そっちがずっと大事でしょ。わかる？　わからないの？　馬鹿はやっぱりどうしようもないね。良いこと教えてあげるわ。この世は馬鹿な奴から死んでいくように出来ているのよ。ホラー映画で馬鹿がエンドロールまで生き残っているのって見たことないでしょ。さて、あなたに見せたくてとっておいたけど、これも処分しちゃうね」

糕点师は人差し指を月餅の額に付けて何か呪文を唱えた。

待ってくれ。

俺は叫ぶ。

月餅の輪郭が滲《にじ》む。きょとんとした顔がもやもやと煙となってたゆたう。肉色の煙がしばらく足や手の形を保って宙に溶けていく。簡素なワンピースが主人を失ってぐしゃりと床に落ちた。それで終わりだ。確かに生きて喋ってコッペパンを食っていた月餅が消えた。

「あらまあ、怖い顔。でもね、あなたには何も出来ない。魔術医としても三流。見せてもらったあなたの魔法道具はがらくたばかり。何かをするにも、もうあなたには時間がない。確かにちょっとは頑張ったかも知れないけど、それでもホラー映画なら三番目くらいに死ぬ馬鹿、それがあなたよ」

「俺が大馬鹿だってことは認めるよ」

俺は忌まわしい神の印形が描かれた容器を手にした。

「また筋肉増強してマッチョになってみるの？　それが私に通用すると思う？」

蓋を弾き飛ばすと、緑色の泥のような中身を大量に掬い出した。

「馬鹿には馬鹿なりの戦い方があるんだよ」

それを子供が手摑みでアイスクリームを食べるように口の中に入れた。舌の上でたちまち軟膏が溶ける。指先についた軟膏も残さず舐《な》めた。神々の味がした。どうなるか自分でもわからない。何かが舌を摑んだ。思い切り引っ張られる。眼球がぐるりと裏返った。世界が逆しまに。脳髄が燃える。視界が血塗《ちまみ》れだ。

――やめろやめろばかやろう！

悲鳴交じりの糕点师の声が聞こえた。知ったこっちゃない、っていうか俺には止めるすべもない。やるとこまでやるしかないのだ。そうだそうだ。顔のない神よ。無貌の王よ。この世を掻き混ぜろ。右を左に上を下に賢者を愚者に奴隷を土に糞を宝玉に。狂え狂え狂え混沌《こんとん》こそわが根城なり。おおお、今こそ我は顕現せり。愚かなるものどもよ。聞け。我こそは這《は》い寄る混沌。わが名は――

＊

確かに俺が馬鹿であることは認めるよ。あんなことで意地を張って、あんなものを呼び出してしまった。でもまさかあんなことでこの世の終わりが始まるなんて。

端切れみたいな赤い舌が俺の指を舐める。俺はそいつの頭を撫でる。世の中はすっかり変わってしまったが、少なくとも俺には相棒がいる。相棒ははへはへとこの世の終わりとは無縁で暢気《のんき》な呼吸を繰り返した。きなこ色の頭を俺は撫でる。何度も撫でる。

「ああ、そうだな。馬鹿な奴から死んでいくはずだ。そこそこ馬鹿な俺が生きているんだから、まだまだ生きている人間がいるはずだよな。さてと、じゃあ探しに行くか。俺より賢い奴らをな」

灰色の空が地平線まで続いて大地と交わる。大地はどこまでも灰色の泥で埋まっている。この世は灰で塗りこめた色のない世界だ。が、生き物が死に絶えたわけではない。空を蝙蝠《こうもり》の羽を持った泥の塊のようなものが群れを成して飛んでいる。それを追って巨大な樽《たる》のような何かが飛行船のようにゆっくり飛ぶ。樽は触腕を振り回し泥の塊をとらえ、体側にある肉の穴の中へと押し込む。遠くからひき殺される猫の悲鳴のようなものが聞こえる。足元から棘《とげ》だらけの足をざわざわと蠢《うごめ》かして人面そっくりの生き物が這い出てくる。そいつは俺と目が合うとけらけら笑って逃げていった。なかなか賑《にぎ》やかな世界だ。人面を追いかけようとする犬を止める。こんな時でも相棒は楽しそうだ。ちなみにヒト用に改造した冬虫夏草ってやつはすっかり変質して、俺の背に生えてきたのはどう見ても（見えないけど）キノコじゃないし、俺は死ななかった。

きなこ色の犬が物欲しそうに俺を見ている。

「今日はこれで最後だぞ」

俺はそう言って己の背中に手を回した。生い茂る葉をかき分け、実をもぎ取る。イチジクそっくりだが果肉はねっとりとしてチーズのような風味だ。何となく俺の肉を削って果実に変えているような気もするが、それを半分ずつ俺ときなこ色の犬とで分けた。

悪くないと俺は思う。この味も、この相棒も、この生活も。とりあえず頑張って生きよう。何しろ俺が馬鹿の最前列にいるのなら、俺が死ぬと同時に人類は次の馬鹿からばたばたと死んでいくわけだ。君が今生きてこれを読んでいるなら、それは俺がなんとかここで馬鹿の死を食いとめているからだ。

みんな感謝したまえ。

まあ、俺だけ死んでてここが地獄って可能性もあるけどな。

伴名 練

兇《きょう》帝《てい》戦《せん》始《し》

●『兇帝戦始《きようていせんし》』伴名《はんな》練《れん》

2010年代にデビューした現代SFの起爆剤。伴名練が《異形コレクション》に堂々の登場である。昨年発表され、刊行されるや絶大な話題を呼んだ『なめらかな世界と、その敵』は、十年近くの歳月をかけてひとつひとつ丁寧に作られた短篇集。そのすべてに歴史ある日本SFのマインドと技術を自家薬籠中《じかやくろうちゅう》の物として注ぎこまれており、「SFマガジン」塩澤《しおざわ》編集長による〈2010年代、世界で最もSFを愛した作家〉とのキャッチフレーズも納得できる。

(もっとも、2014年の京都SFフェスティバルでお会いして以来、伴名練が2010年代の日本のホラー界にどれだけ貢献してきたかという内実を見てきた私から見れば、氏の評価はSFだけに限ったことではないのだが——それはまた別の話である)

氏の随想は、SF愛に満ちているが、よく読むとそこにあるのは「短篇愛」でもある。日本のSF作家はもっと傑作選を編むべきだとの発言もある。氏の短篇愛は彼自身が編んだ傑作選アンソロジー『日本SFの臨界点』(恋愛篇と怪奇篇の二冊)からも伺える。彼自身、2010年の第17回日本ホラー小説大賞短編賞「少女禁区」でのデビュー以来、寡作《かさく》ではあるが、近作の「彼岸花」をはじめ、そのすべてに多くのSF短篇、ホラー短篇、そして、ショートショートを愛し、学んできた短篇作家の血脈が伺える。その最新の成果が本作だ。

あらゆる意味の「ダーク・ロマンス」が多層的に燦《きら》めきを放つ逸品。愉しんで戴《いただ》こう。

源義經《みなもとのよしつね》の名を音讀《おんどく》すれば、ゲン・ギ・ケイとなり、而《しこう》してこれが異なれる國々の土音《どおん》にゲン・ギ・ス或《あるい》はヂン・ギ・ス、又はゼン・ギ・スと訛《なま》るは即《すなわ》ち免れがたき處《ところ》、此の理《ことわり》を推して成吉思《チンギス》は源義經の名を音讀せるものなりとするは、蓋《けだ》し愆《あやま》りなき見解なる可《べ》し。

——『成吉思汗《チンギスハン》ハ源義経也』小谷部全一郎《おやべぜんいちろう》

一つの命が尽きようとしていた。かつて無辺の大地を踏破し、幾千の砦《とりで》を陥《おと》し幾万の城《じょう》塁《るい》を屍《しかばね》で埋め、村巷《そんこう》に、都邑《とゆう》に、鏖殺《おうさつ》の嵐を吹き荒らせた、古今に類《たぐい》なき兇帝の命。あらゆる戦《いくさ》に勝ち続けてきた英雄を最後に打ち倒したのは、寿命と病魔だった。陣中で人払いがなされた病の床に、寄り添う者はない。ゆえに、老いた覇者が死へ向かう微睡《まどろ》みの中で何を夢見ているのか、誰の知る由《よし》もなかった。

——蹄《ひづめ》の音が追ってくる。

手綱を絞り、馬を急《せ》かしても、後方から聞こえる幾つもの蹄の響きと、時おり混じる奔馬の嘶《いなな》きを振り切れそうにない。

このまま幕舎《ばくしゃ》を目指すよりも、林や崖や湿地に誘い込んだ方がまだ逃げ切れる見込みがありそうだが、そういった地形に辿り着くまでかなりの時間がかかる。辺りは見渡す限り草原が広がり、身を隠せるような場所もない。

泥棒を追っていたはずが、自分が追われる側になっている状況に歯噛みする。

草原に生きる民にとって、かけがえのない財産である家畜を盗み出すことは大きな罪であり、同時に、家畜を盗まれて泣き寝入りすることは大きな恥である。家族の飼っていた羊たちが盗まれ、長子としてそれを奪い返すことを、タイチュウト氏族の族長である父・エジンに求められた。蹄の跡を追って、盗人を追うには追えたのだが、これは罠だった。単なる泥棒ではなく、タイチュウト氏族と対立しているキヤト氏族が、こちらを少人数で誘《おび》き寄せて討とうとしていたのだ。エジン本人が出て行かなかったことは幸運ではあったし、いっそ自分の命は諦めがつくが、キヤトがとうとうこちらとの戦を始めようとしていることだけは生き延びて伝えなければならなかった。誰よりも、ボルテのために。

振り向けば、追ってくる馬は十騎を超え、それぞれに跨《また》がったキヤトの男たちは、こちらが射程に収まり次第、速《すみ》やかに矢を射掛けようとしていることは容易に知れた——と、思う間に、一騎が突出し、矢袋に手を伸ばした。ほとんど反射的な動作でこちらも矢を構え、撃った。それは矢をつがえようとした相手の弓そのものを弾き飛ばした。その威力によって姿勢を崩した相手が落馬し、真後ろにいたもう一騎がそれに巻き込まれて、更に二騎が一瞬足を止める。

だが、それを尻目に、更に後方に控えていた五騎ほどは、一斉に速度を上げる。

一人や二人なら、どうにか迎撃したり振り切ったりすることも叶《かな》うかもしれない。しかしこれほど多勢に無勢ではいかんともしがたい。

絶望的な気持ちでまた正面に向き直った時、草原の彼方から、少しずつ近づいてくるもう一騎を認めた。挟み撃ちされたか、とほんの一瞬怯《ひる》んだが、馬上の青年が誰であるかに気づいた途端、思わず叫んでいた。

「ゲンギケイ！」

冬の夜天のように底知れぬほど黒く深く、いずこか異界へ誘《いざな》うような光を湛《たた》えたその瞳は、いつもこちらに後ろ暗い念を抱かせたが、たった今、目が合った刹那《せつな》にこちらの胸を埋めたのは、安堵だった。

そう、この得体の知れぬ青年の力を借りれば、敵全てを射殺し、あるいは蹴散らして、この窮地から逃げ延びて幕舎まで帰り着けるのではないかと感じたのだ。しかし、すぐさま頭《かぶり》を振ってそんな甘い幻想を払い、声を張り上げた。

「君だけでも逃げろ！　キヤトが来る、ボルテを護《まも》ってくれ！」

今ここでゲンギケイに死なれてしまっては、キヤトとの戦で勝てる見込みが無くなってしまう。キヤトの連中に、幼馴染《おさななじみ》の少女の命を委《ゆだ》ねる訳にはいかなかった。

しかし、青年は逃げるそぶりも見せず薄く笑んで、背中に差した矢袋に手を掛け、目にもとまらぬ素早さで引き出す。矢袋にたった一本きりの矢を。矢を長弓につがえると、ひどく流麗な手さばき、さながら精霊を呼ぶ儀式での儀礼的な射のようにしなやかな動きで、打ち出した。その軌道はしかし、キヤトの男たちや馬を撃ちぬくには大分逸《そ》れて頭上遥かに飛び、思わず見上げると、空にたなびく白雲にめがけて吸い込まれていった。

そこで、何かが起きた。

あたかも、水を貯めた皮袋に穴が開いたかのように、白雲が「弾けた」のだ。いきなりの轟音《ごうおん》と身を叩き始めたものに、意識を奪われる。何が起きているのか、刹那の間、理解できなかった。

雨だった。桶をひっくり返したような土砂降りの雨が、前触れなく降り始めていたのだ。キヤトの追手は、ほんの数歩先も見えなくなるような驟雨《しゅうう》によってあっという間に姿が見えなくなった。もっとも、こちらも視界を奪われて方向を失ったのは同様で、糸や粒と言うより水の塊染みた重みの雨に身を打たれつつ、唯一見えるゲンギケイの馬の尾を追い、闇雲に疾駆するほかなかった。声をかけようにもその試みが無意味であろうほどに、雨の轟音が草原一帯を包んでいた。

どれほどの時間が経っただろう。やがて、降り始めた時と同じような唐突さで視界が開け、息つく間もなく青空が戻ってきた。雲は晴天高くに白々と浮かんでいる。後ろを窺っても、もう追跡者たちは見当たらない。

「……ありがとう。あんな精霊の奇跡めいた技が使えるなんて知らなかった」

感謝と畏怖の両方がこみあげてきて、前方に声をかけると、

「奇跡なものか、あんなのは単なるこけおどしだよ」

振り向いたゲンギケイが、口角を上げて笑う。

こけおどし、という言葉に疑問符が浮かんだが、すぐにその意味は知れた。馬がぬかるみに足を取られないよう気をつけなければ、そう感じて足元を見やったのに、まるで雨など降っていなかったかのように、草木が乾いていることに気づいたのだ。

ずぶ濡れだったはずの髪も、服も、一分の湿り気さえなくなっていた。

◆◆◆

ゲンギケイがタイチュウト氏族に加わったのは、自分が十四の頃だったから、ちょうど三つ前の春のことになる。

当時、父であり族長であるエジンは、複数の氏族の合議で新たな汗《ハン》を決めるため、五人ほどの仲間を伴ってボオルチュ氏族の聚落《しゅうらく》へ出向いていた。話し合いそのものは首尾よく終

わったが、その帰りに、道を失った。当然ながら、草原を生きる民の族長とその側近がまともであれば道に迷うはずがなかったが、合議の後の饗宴の場で出された食物に幻覚を呼ぶ毒草でも混ぜられていたのだろう、馬で何度も何度も同じ場所を堂々巡りした挙句《あげく》に意識を失ったのだ。草原に倒れていたエジンをたまたま見つけ、タイチュウトの幕舎まで連れ帰ったのが、ひとり馬で旅していたというゲンギケイだった。エジンの乗った馬も、連れ添っていた仲間も帰らなかったから、あるいはボオルチュの追手に殺されたのかもしれない。かくして命を救われたエジンがゲンギケイへの礼として、彼を部族に迎え入れたのだ。

ゲンギケイは完全なよそ者ではあったが、タイチュウトの人々は、族長の恩人であるということで彼を無下《むげ》には扱わなかった。いや、そういう後ろ盾が無くともぞんざいに扱うことはできなかっただろう。

ゲンギケイは恐ろしく美しかったのだ。漆黒の中に不思議な光を輝かせる双眸《そうぼう》は工芸品のようであり、白い肌と薄紅の頰には、凜々《りり》しさと艶《あで》やかさが奇妙に同居していて、どこか一人の人間を超えたところがあった。初めてゲンギケイを見た時、自分にはそれが精悍《せいかん》な青年ではなく玲瓏《れいろう》たる乙女に見えたのだが、それは他の者たちも同様で、皆、共に暮らすうちに服を脱いだ姿を見てようやく男と納得させられたといった有り様だった。

そして、話してみればなかなかに人好きのする相手なのである。彼が語る東方の島国の習俗は誰も知らないものだったし、九十九人を倒した武芸者を返り討ちにした話とか、崖を馬で駆け下りて敵軍に奇襲を掛けた話など、自身で武勇を語っても虚言《そらごと》に聞こえないうえに嫌味が無い。疎《うと》まれて国を追われ、骨を埋めるべき場所を求めてはるばる海を渡ってきた、という苦難の旅の話は同情を誘った。

初めは胡散《うさん》臭く感じていた者も警戒を解き、数年のうちに、タイチュウトの人々は、生まれた時からゲンギケイが彼らと共に過ごしていたように錯覚するほどになっていた。乗馬術にも長《た》けていて、気性の荒い馬もゲンギケイが乗れば心変わりしたように大人しく従った。大人数で行う巻き狩りにおいては、獣の心を解するかのように獲物の逃げる方向を先読みして巧みに追い込んだ。草原においてその才覚は当然歓迎され、一目置かれたのである。キヤトと組んでボオルチュに戦を仕掛けて南方へ追いやった時にも、彼は他の男たちを上回る活躍を見せた。

そうやってタイチュウトに溶け込み、人心を獲得したゲンギケイだったが、恐らく彼に完全に心を開かなかった唯一の人間が、自分である。

その理由は一言では言い表せない。このように非の打ちどころのない人間がいるものだろうか、という思いと、そんな懸念を持つのは、「そういう人間がいては困る」という自分の猜疑《さいぎ》や嫉妬ゆえではないかという疑いを同時に抱えていた。

自分には今でもたまに、ゲンギケイが女に見えることがある。何かしら気分の違いで、男が女に、女が男に塗り変わるような、そんな超常的な感触があったのだ。

超常的と言えば幻の雨を降らせた手業は、これまでに狩りや戦で見せた技術とも一段異なるものだった。ボオルチュとの合戦でも、あれほどの奇跡――ゲンギケイによれば「こけおどし」だが――は起こさなかった。自分でも見たものが信じられず、他の誰にも言えていない。

いずれにせよ、ゲンギケイがすっかりタイチュウトの一員であることは疑いなく、たった今、エジンの幕舎にタイチュウトの戦士三十人ほどが座り、合議をしているにもかかわらず、自分は族長の長子でありながら相槌を打つばかりで、場を回しているのはもっぱらエジンとゲンギケイだ。新たな族長のもとで草原に覇を唱えようとしているキヤト氏族に対して、恭順の姿勢を見せるべきか、抵抗すべきか、その議論に決着をつけたのも、やはりゲンギケイだった。

「族長の子が狙われても生きて帰ってこられたというのは、こちらに精霊が味方しているということだ。向こうの戦備えが完全に整う前に、こちらから攻めようじゃないか」

その声は一族の男たちの賛同を得て、エジンの号令のもと、明日の総攻撃が決まった。

男たちが一人また一人、幕舎を去っていく。戦闘で役立たずであるがゆえに彼らから低く見られている自分が、ゲンギケイに無理やり顔を立てられたような、ある種の居心地の悪さから解放されて、ため息を落とす。と、その瞬間に、幕舎の入口から駆け寄ってきた少女が、胸に飛び込んできた。

「心配させてすまなかった、ボルテ」

そう声をかけると、一つ年上のいとこは無言のまま、ただ気遣うようにこちらの手をさする。ボルテは過去の傷がきっかけで喋ることができない代わりに、全身で感情を表現する。

こちらが羊泥棒を一人で追うことになった際、身振り手振りで引き止めようとしたのはボルテだった。ただ心配しているだけだと思っていたが、あるいは不吉な予感を覚えていたのかもしれない。ボルテの母は優れた霊媒師《オトガン》だったのだ。

ボルテが屈《かが》み、こちらの革靴《ゴタル》に手を掛けて脱がすと、右足のふくらはぎに血が滲んでいた。キヤトと遭遇した瞬間に矢を射掛けられて、穴が開いただけで済んだつもりだったが、わずかに足にかすっていたらしい。自身でも気づかなかったほどだから重い傷ではなかったが、ボルテが見抜くからにはこちらの動作に微《かす》かな違和感があったのだろう。大袈裟《おおげさ》ではあるが、傷口に薬草の汁を塗りこんでいくボルテに抵抗しても無駄だと分かっていたから、彼女の献身に、自分は身を任せることしかできない。それでも「ありがとう」と伝えると、ボルテはあどけなく柔らかな笑顔でこちらを見上げ、頷《うなず》いた。

ボルテの母はボルテを生んだ時亡くなっており、ボルテの父は、エジンとともにボオルチュの聚落に向かった際、帰らなかった仲間の一人である。だから、ボルテは現在エジンの庇護下にあり、自分にとっては、いとこどころか姉か妹のような存在だ。

今回の戦いでタイチュウトが負けたとして、キヤトの側も女子供まで鏖殺《おうさつ》する訳ではなく、むしろ自分たちの部族に取り込もうとするだろうが、いかに美しいとはいえ、父母を持たず言葉を喋れないボルテの身が保障されるかは怪しい。

そして、仮にキヤトに勝てたとしても、ボルテが今の立場で居続けることが安全とも言いきれない事情があることを、自分は知っている。

もしも、もしもゲンギケイがボルテを伴侶にし、タイチュウトを捨てて旅立ってくれればいっそ全ての気がかりは消え去ってくれるのに——そんなことを密かに考えていたら、ボルテの擦り込む草の汁が傷口に染みて、思わずうめき声をあげてしまった。

◆◆◆

草原の夜に浮かぶ月は、時に欠け、時に満ちても、孕《はら》んだ白い光の清《さや》かな美しさは幼い日からずっと変わらず、揺るぎないものだった。今日のような盆を思わせる円い月は、いっそう心を安らかにする。

本営たる幕舎の周りに置かれた無数の包《パオ》には数十の家族が暮らしているが、その温かさから離れてただ一人、月を見上げていても、心細さは感じなかった。

先制攻撃が決まって、何よりも警戒すべきは、逆にこちらが奇襲を仕掛けられることである。普段なら包《パオ》の近くに固めている家畜を、もう少し広範囲に散らして、敵が進軍してきた場合にその叫びでタイチュウトの人々が目を覚ませるように準備してある。念には念を入れて、人間の夜営も置くことになったが、それに志願したのが自分だった。

寝ずの番に付き添おうとしたボルテを何とか説得して帰らせ、ボルテの焼いてくれた羊肉の残り、ほとんど骨だけになったものを齧《かじ》って、眠気を飛ばしている。

戦力として数えられていない自分にできる限りのことをしよう。せめて「彼」の足を引っ張らないようにしなければ。そんなことを考えながら夜の冷気の中に佇《たたず》んでいた。だから、

「やあ」

背後からの声に、少し飛び上がるほど驚いた。

反射的に振り返れば、なんの気配もなくそこに現れたのは、誰あろうゲンギケイだった。

「脅かしたようで済まなかった――だが、大事な用件があったんだ」

「こんな日に、君みたいな重要人物が、寝て休むより大事な用件があるのか？」

「あるさ」

ゲンギケイが椀をこちらに差し出すと、馬乳酒《アイラグ》の発酵臭が鼻をついた。

「君と色々話をしたいんだ。率直に言うと、いい加減に君と仲良くなりたいんだよ」

思わず警戒心が頭をもたげたが、それを感じさせないように椀を受け取った。

「情けをかけないでくれ、こんな、雑草ほどの役にも立たない人間に近づいたところで、君の得るものは何もない」

「謙遜はよしなよ。こう見えても、私は人の心を見抜く目はある方でね。君にはひどく興味を唆《そそ》られるんだ。善良で凡庸な、他の連中よりよほどね」

これまであまり見せたことのない皮肉が込められたその言葉に、少し戸惑わされる。

「興味だって？」

「ああ」

ゲンギケイはその場にどかりと腰を下ろして、あぐらをかいた。促されて、こちらも草原の上に座り込む。夜の草の湿った匂いが鼻腔を刺した。

「君について知りたくてしかたないんだよ。君が優れた射手であるにもかかわらず、それを隠してきた理由とかね」

「何のことだ」

平静を装って尋ねると、ゲンギケイは呆れたように肩をすくめた。

「白々しいな。君は弓の腕がからっきしという評判だったし、これまでの狩りでもそう見せてきたが、よもや演技だったとはね。キヤトに追われた時、連中の頭や胸、それとも馬を狙わず、弓なぞに当てて足止めしたのは恐ろしい技術を要するはずだ。なぜ無能のふりをしてきた？　それだけじゃない、相手の弓を狙うなんて、高等技術だが全く効率が悪い。単に腹を狙って射殺すほうが手軽なのにどういう了見さ」

見抜かれていた。その慧眼《けいがん》に驚きはあったものの、いつか誰かに見抜かれるのではないかと薄々感じていたからこそ、答えは自然と口から出た。

「……一族の先祖は狼だというけれど、きっと性質《たち》のよくない狼に違いない。血煙の匂いに惹かれ、血飛沫《ちしぶき》に酔う豺狼《さいろう》だ」

何代かに一度、そういう性質を身に負った人間が現れることを、大人から聞かされていた。些細《ささい》な諍《いさか》いが起きるたび、当事者の双方を拷問めいた処罰で死なせた、何代も前の氏族長。難癖をつけて妻を徒《いたずら》に打擲《ちょうちゃく》し、やがて死なせてしまうというのを三度繰り返しとうとう追放された革職人の男。自分も顔見知りだった祖父の末弟は、狼に襲われたように装って何人も子供を殺していたことが露見し、馬踏みの刑にされた。

「その処刑を幼い頃に見た。己の狂気に従って人を殺《あや》めた人間の末路は悲惨だ。あれを目の当たりにして以来、人の血を見るのが恐ろしくなった。だから弓の腕が落ちたということにした」

ゲンギケイの、あの瞳を見ず済むように、馬乳酒《アイラグ》に口を付けてから痺《しび》れる舌で続ける。

「幼い頃は、よく鳥や獣を狩って遊んだし、雲雀《ひばり》だろうが野生の玲羊《かもしか》だろうが目につく端から射殺した。兎や鼠を皮袋に詰めて争わせた挙句に川に沈めるとか、残虐な遊びさえやったものだ。いま思い返すと身震いがする。自分がやはりそういう血を濃く引いた人間なんじゃないかと……」

ふと気づくと、ゲンギケイは笑っていた。

くすくすと、さも、骨牌を弄《もてあそ》ぶ幼子のように。

こちらが思わず凝視すると、

「ああ、すまない。ちょっと可笑《おか》しくて——君が真面目くさった顔ではぐらかそうとするのを見ていると、子どもみたいで少し可愛らしいとすら感じたよ」

笑いのあまり目尻に滲んだらしい涙を拭って、ゲンギケイは言葉を重ねた。

「君の言葉の中に、偽りゆえの捨て鉢さを感じずにはいられない。どうせ本当のところを伝えても理解してもらえないという諦めが隠しきれていないんだ。処刑を見たのは本当だろうけれど、それがきっかけだというのはきっと嘘だね」

図星だった。心を読まれているかのような物言いに、何も反論の言葉を挟めない。

「秘密を一人で抱えておくというのは大変だよ。盥《たらい》に布で蓋をしても、誰かがいずれ最悪の形でひっくり返してしまうかも知れない」

秘密、という言葉に背筋が寒くなる。ボルテから伝わったのか——いや、それはあり得ない。ではやはり、こちらの態度だけで見透かしているのか。

「今ここで喋った方が楽になれる。心配いらない、私は君の抱える真実がどれほどのものだろうと、笑って受け入れられるよ。善良で無害な君の一族にはできないことだ。そういう相手を、自分を打ち明けられる誰かを、長い間ずっと待っていたんじゃないのかい」

夜の空気がぐらりと揺れたような気がした。

　そして、あの強烈な錯覚がこちらの身を襲った。なぜかゲンギケイが女に見える。美しい少年ではなく、婀娜《あだ》っぽい少女に。姿が変わってこそいないのに、魂の色が塗り変わったような。

「……先に血の匂いがしたんだ」

　自分から口にしてしまったのは、酔いではなく、その動揺に心を飲まれてしまったせいだ。これまで他の誰にも話さなかったことを、よりにもよって自分が最もわだかまりを持つ相手に明かしてしまうとは。

「五つ前の秋だった」

　まだ血気盛んだったあの頃、鹿の群れを狙った巻き狩りで、己の与えられた追い込みの役目を放棄し、一番大きな鹿を仕留めた。

　言うまでもなく、エジンに叱られた。今なら、氏族の結束を乱し狩りを失敗させたかもしれない暴挙を、父が咎《とが》めるのは当然と分かるが、当時の自分はそれに逆上して、夜半に聚落を抜け出した。弓矢を背負っていたのは、それさえ持っていれば一人で生きていけると錯覚するほど、幼く傲慢《ごうまん》だったからだ。小動物用の罠を用意したのも、同じ浅はかな考えのもとだ。馬すら連れていなかった。

　そんな自分の後を、心配したボルテが追って来ていることに気づかなかった。彼女はいとこの身を案じて、一人、探しに来たのだ。

だが夜明け頃、運悪く霧が立ちこめてきてボルテは視界を奪われ、川辺で足を滑らせて斜面を滑り落ちた。ボルテが喋れなくなったのは、その時に岩で頭を打ったからだ。恐らくは、だが。

「互いに気づかなかったけれど、ボルテが怪我をした時、実はこちらのそばまで近づいていた。背後から血の匂いがしたから、反射的に弓を構えた」

霧の向こうで、相手が人間だと思わなかった。兎や鼠がかかるかと罠を張っていたから、それが獲物を捕えたのだろうと思い込んだ。

だから、とどめを刺そうと矢をつがえた。舌なめずりさえするような気持ちで。

「突風に霧が流された時、矢の先は過《あやま》たずボルテの方を向いていた」

向かい合って、腰を抜かしたいとこの少女を見下ろすように、矢を向けている自分がいた。

……話し過ぎた。そう感じて今さらのように口をつぐんだが、無論、ゲンギケイは追及の手を緩めようとしない。

「獣の血と人の血を嗅ぎ間違えた程度のことで、狼の末裔《まつえい》が牙を抜かれて臆病の殻に閉じこもったのかい、そんなはずはないだろう？　君が本当に喋ってしまいたいのは、その先のことだ」

喋るな、喋ってはいけない。そう思っていても、まるで意志をもっているかのように、自分の舌がひとりでに動いた。

「ボルテだと分かってから、弓を下ろすまでに、深呼吸ひとつ分ほどの時間がかかった」

矢先はボルテめがけて向けられたまま、ぴくりとも動かなかった。頭から血を流したまま、彼女はそこで起きていることが呑み込めなかったのだろう、呆《ほう》けたように目を瞬《しばたた》いていた。血の匂いはまだ香っていた。その匂いがこちらの血を滾《たぎ》らせ、脈拍を速めさせているのを感じていた。それは、人生で一番長い呼吸だった。

「信じてもらえるだろうか。ボルテのことは大切ないとこだと思っていたし、今でもそう思っている。君にボルテを護ってくれと言ったのも本心からだ。なのに――」

心を占めていた考えは、なぜか、早く助けなければというものではなく、

「今ここで射殺せば、霧のせいで間違えたことにできると思っていた」

あの時、自分自身の中にいる薄暗い何かを、知ったのだった。

目の前に手負いの生き物がいる、そのことが、息の根を止めるという選択肢を頭に浮かばせ続けて、心の中でやめろと叫ぶ自分と、撃てと命ずる自分が葛藤《かっとう》し続けて、昏《くら》い衝動は弓をその場に投げ捨てるまで消えなかった。

怪我をした彼女を背負って幕舎に戻るまで、一言も語りかけることができなかった。彼女にとっては、あの短い時間にこちらが何を考えていたのか、一切理解が及ばなかっただろうから、負われている間ずっと恐怖を感じていたかもしれない。……あるいはそれからずっと、今もなお。言葉を話せなくなったのは、身体だけではなく、心に傷を負ったからではないか

という疑念も拭い去れなかった。

「あれ以前は、ボルテは純粋にこちらを慕ってくれていたんだろう。あれより後も、態度は変わらなかったが、きっとその裏に隠れている感情は変わっていたと思う。……このいとこは、いつか全く得体のしれない理由で人を殺す。だから、今までよりももっと親しくしておかないと、殺されるかもしれない、というものに」

静かに話を聞いていたゲンギケイは、やがて口を開いた。

「それはきっと、君の誤解だよ。あの子は、君の抱えているものが何か分からないなりに、きっと君を赦《ゆる》そうとしているんだ。そうすれば君の心に巣食っているものを追い出せると信じてね」

微笑んでいた。ボルテの等身大の人間らしい笑顔に比べて、この底知れぬ旅人の笑顔は、どこか超越的で慈《いつく》しむような微笑だった。

「――優しい言葉をかけてくれるんだな」

「ああ。私は他人を誑《たぶら》かす時には優しい言葉をかけるようにしているものでね」

冗談めかして言っているが、何か真実味のある台詞だった。

でもね、とゲンギケイは言う。

「彼女がどれほど君に尽くそうと、君の中にいる獣は殺せやしない。人間は生まれた時から、己の血に背《そむ》くことはできない。抑えつけて抑えきれる類のものではないよ」

正面から反論できる自信はなかったから、こちらの返答は弱々しいものになった。

「君の言う通りかもしれない。けれど、でも、そうであったとして、抑えつけようとしなければその瞬間に何もかも失ってしまう。いつか死ぬまで自分自身の理性を守り続けられる幸運を、今は願っている」

ゲンギケイがこちらの瞳を見据えると、そこに怯《おび》えるような自分の顔が映りこんでいた。じっと見つめる瞳、その奥に宿った光に射すくめられ、わずかに身を引くと、

「幕舎で殺せば断罪されるが、戦場で屠《ほふ》れば戦賦《いくさうた》に讃えられる」

彼女は――違う、彼だ、ゲンギケイが男であることは自分も見て確かめているはずなのにそう思ってしまった――歌うように言って、手を広げた。

「理由の方を作ってしまえばいい。君に馬鹿げた野心があることにすればいいんだよ。古今に並びなき巨大な帝国。四方世界の民を傅《かしず》かせる王権。それを創り上げるためと宣言して戦乱を起こせばいい。毎日毎晩、兵戈《へいか》を交え続ければいい。その過程で敵将を拷問しようと異民族を焼き殺そうと、無辜《むこ》の人々を串刺しや八つ裂きにしようと、見せしめだとか、血気盛んな英雄のやらかしだとか、人は勝手に理由を与えてくれる」

囁《ささや》くような声で、続ける。

「君がそれを為そうというなら、手伝おう。それにふさわしいだけの力が私にあることは、もう知ってるだろう？　一人では退屈なんだ」

　そして、こちらの手を取った。

「君のいとこは君の善性を愛しているかもしれないが、君の欲望を愛してはいない。その食い違いは必ず不幸を招く。そして、私は人間の善性になど欠片《かけら》も興味はないけれど、人間の欲望を何よりも愛する性分だ。私は君を探していたんだ」

　掛けられた言葉を、手とともに振り払った。それには恐ろしいほどの意志の力を必要とした。こちらの手は震えていた。だが、ひどく甘い誘いをはねのける力が自分にあったことに、少し安堵させられた。

　立ち上がって、踵《きびす》を返す。自分の息がいつの間にか荒くなっていることに気づき、ひとつ長い息を吐いて、なんとか体面だけでも平静を取り戻した。

「もう夜も遅い。明日のキヤトとの戦いを考えれば、こんなくだらない話を続けている場合じゃないだろう、早く寝たほうがいい」

「ああ、仕方ないね、わかったよ」

　後ろからいきなり抱きすくめられた。

　意識が飛んだ。

◆◆◆

不思議な夢を見た。

キヤトとタイチュウトの戦い、敵味方の馬が入り乱れる草原の戦場。腹を鉾《ほこ》に貫かれたエジンの亡骸《なきがら》は馬の背から弾き飛ばされ、無数の馬に踏まれてすぐに見えなくなった。エジンと鉾を交わし顔を血化粧に濡らしたキヤトの族長は敵陣の後方に退き、それを討たんとタイチュウトの仲間たちは必死に敵陣深くへ踏み込もうとするが、反撃を受け、矢を浴び鉾に傷つけられている。戦場では目立つはずのゲンギケイの美丈夫はどこにも見えない。

敗色濃厚の空気の中にあって、自分はまるで不安を感じていなかった。手も足も意志のままにならないのに、ただ馬の腹を蹴って速度を上げ、馬を操っているだけで、鉾にも矢にも手をつけないまま全ての攻撃を避け続けているからだ。

敵がこちらめがけて矢を射かけようとすれば、敵の馬が不意に首を背けるので、矢はことごとく狙いを外す。それならばと敵は鉾のとどく距離まで近づき直接こちらの身を害そうとするが、突然、その馬が暴れ出し、別の馬に首をぶつけて自滅してしまう。まるで獣の本能で戦ってはならない相手を知っているかのように。それを繰り返しているうちに、何かがおかしいと悟ったのか、多数の敵がこちらに馬の鼻先を向けてきた。

面倒だ、と自分の口が勝手に動いた。

そのまま、先ほどまで一度も触らなかった矢袋に手を仲ばし、弓につがえると、速やかに撃った――太陽めがけて。

敵も味方も、示し合わせたようにその矢の軌道に目を向ける。それは天を裂くように青空を真っ直ぐに飛び、やがて眩《まぶ》しい昼の日輪にしっかと突き刺さるや否や、たちまち草原に闇の帳《とばり》が落ちた。敵味方どころか、自分の乗った馬のたてがみすら見えない、夜より深い暗黒が辺りを包み、戦士たちにふさわしくない困惑と恐慌の叫びが、馬たちの心細げな嘶きに混じって暗闇の中に満ちていく。

誰もが慌てて馬を静止させたであろうその刹那に、馬の首をめぐらせ、腹を蹴って走らせる。そして、口笛を一つ吹いた。自分の意志はそこに介在していないのに、身体がそのように動いたのだ。得体のしれない不安が頭をよぎり、やめろ、と叫ぼうとするが、心の中にその声は反響するばかりで、まるで口は動かない。

すぐさま、背後から無数の蹄の音が追ってきた。だが、キヤトの戦士たちが勇を鼓してこちらを追おうとしているのではない。後ろから聞こえる声はいずれも半狂乱の叫びで、彼らの馬が言うことをきかなくなっているのを示していた。敵に追われるのではなく、軍勢を導くように馬を走らせたのち、ぐいと手綱を引けば、こちらの馬は棹立《さおだ》ちになって、ぴたりと足を止める。その左右を、勢いを殺せず竜巻のように通り過ぎていくのは、闇の中で馬から飛び降りる覚悟も無かった男たちだ。

絶叫が次々に重なり、断末魔が木霊《こだま》した。彼らは、何の防御も取れないままに、その先に広がる、千尋《せんじん》の谷底へそれと知らず落ちていったからである。

闇が晴れると、断崖の下に、敵味方を問わず無数の馬と人間の死体が転がっていた。思わず目を逸らそうとしたが、瞬《まばた》きすら自由にならなかった。

全ての戦士が息絶えるのを見届けてから、ようやく馬が踵を返したが、草原を見渡す限りにもはや他に馬の姿はおらず——いや。

遠くから近づいてくる馬が一頭、その背に乗っているのは、ボルテだった。

こんな戦場に、あの年の少女が来ていいはずが無かった。それでもこちらに馬を走らせるその姿を見誤るはずもない。

勘のいい娘だ、という声が、自分自身の口から漏れた。

近づくな、逃げろ、という言葉は、どれだけ祈っても自分自身の口から出てこなかった。

ボルテは馬を真隣まで近づけ、身を乗り出すと、片手に握り締めていた何かを、こちらへ向けた。

彼女が喉元へつきつけてきたのは、魔除《まよ》けに用いられる白い石だった。それを、様子がおかしくなったいとこの体に触れさせようとしたのだ。

だが、こちらは身をひらりとかわして、ボルテの体に覆いかぶさった。

何か得体のしれないものが自分の中から抜け出して、
そして、目が覚めた。

川底に沈んでいた自分自身が浮上し、水面へ浮かび上がってくるように、意識がいきなり表に引きずり出された。

「な……」

口が動くことに気づき、拳を開閉し手も動かせることを確かめた。

「何が、起きた」

そして自分自身に問うように、口に出した。

夢だったのだろうか——そう思いかけて、首を振る。

たったいま自分が横たわっているのは草原の上で、幕舎の寝床ではない。傍《かたわ》らには馬がいて、背には矢袋を背負っている。キヤトとの戦の朝に目覚めたのではなく、それが既《すで》に終わった後、目を覚ましたのだ。現に、柔らかい草地の上に無数の蹄の跡が残されている。

ならば、あれは夢の中の出来事ではなかったのか。ゲンギケイに触れられてから見た、理解を超えた事態は。エジンが討たれたのも、いきなり空が暗くなったのも、戦士たちが崖から落ちて大勢死んだのも、そして自分が意識を取り戻す直前に、いとこに何かしたのも。

「ボルテ！」

身を起こすなり叫んで四方を見渡し、後方にその姿をとらえた。既に、ボルテが乗った馬は豆粒ほどになっていて、すぐに見えなくなった。

ボルテの乗った馬が向かったのは、タイチュウトの聚落に戻る方角だった。キヤトの戦士たちを壊滅させた後だから、ボルテに身の危険が迫ることはないはずだ。そんな風に自分自身に言い聞かせようとしながらも、身体は馬に飛び乗って手綱を握っていた。得体の知れない不安が、心を覆い始めていたのだ。

戦場にいなかったゲンギケイ。何かの不安を覚えて駆け付けたボルテ。そして、自分の手によって敵味方含めて夥《おびただ》しいほどの死がもたらされたという重い事実。

頭の中がごちゃごちゃになりながら、走って、走って、走って、陽が傾き、そろそろタイチュウトの家畜たちが見えてきてもおかしくないはずだ、という頃合いになって、ふと目線を下げて異変に気づいた。

そこにあったのは、大群がぶつかりあった無数の蹄の跡――これはさっき見た地面だ。

どうやら最前と同じ場所に戻ってきてしまったらしい。遠方に見える峰を目印に方角を定めて馬を走らせていたはずだったが、どこかで道を誤ったようだ。いとこを案じて焦っているとはいえ、草原に生まれ育った民として、恥ずべき失態だった。

今度は太陽の位置を手掛かりに方角を定め、改めて馬を急がせた。逸《はや》る心を抑え、慎重に慎重を重ね、時折自分の来た道を振り返って確かめながら。

それにもかかわらず、また見覚えのある場所に辿り着いた。今度は先ほどもよりも早く、同じ地点に戻ってきてしまったのである。

おかしい、何かが起きている。

堂々巡りをしているのではなく、何者かに、堂々巡りをさせられている。

そう感じた瞬間に決断を下した。馬を下り、自分の身一つで駆けだしたのだ。それも、目を閉じて、視覚を捨てた状態で、己の本能に従って方向を選びながら。かつて父が行き倒れた時のことを思えば、馬に頼るべきではなかった。

無論、その道のりは馬で行くよりも遥かに長いものだった。しかも目に頼らずとなればなおのことだ。ただ目を開いてしまえば、何かに騙されてしまうという、確信めいたものがあった。

ようやく帰り着いたのは、陽が落ちた後だった。目を瞑《つむ》ったまま走り続けていて、飼われていた騾馬《らば》の腹に勢いよく顔をぶつけてやっと到着を知ったのだった。

目を開き、そこに勝手知ったる氏族の包《パオ》の群れを見つけ、安堵に胸を撫でおろしかけ、すぐに背筋が凍った。

異様に静かなのだ。戦士たちが出払っているとはいえ、夕食時であろうにもかかわらず、まるで女子供も残らずいなくなってしまったように、辺りはひっそりと静まりかえっている。ここには生きた人間の気配が感じられない。包《パオ》をひとつひとつ手当たり次第に確かめて、そのどれもが無人で、竈《かまど》に火も入っていないことを知って、疑いは確信に変わりつつあった。

残るは、族長の巨大な幕舎だけだった。

全身を警戒心で鎧《よろ》い、視覚と聴覚の双方を研ぎ澄ませながら、天幕に近づく。

だが、足を踏み入れた瞬間に、くらりと眩暈《めまい》が襲って、足元がふらついた。

隠しきれないほどの死と血の匂いが、そこに満ちていたからだ。

闇に眼が慣れていくうちに、それらの源は少しずつ眼前に浮かび上がっていた。皮袋を老人の頭に被せ、紐で首を縛って死なせた男、柄杓《ひしやく》の柄で幼子の目を抉《えぐ》った女、弓矢を若い男の両頬を貫くように突き立てた子供、誰もが誰かを殺し殺されている。

「同士討ちか……？」

自分で言って、そんな筈《はず》はない、おかしいと気づいた。戦場の混乱の中で流れ矢に当たったとか、複数の氏族の敵味方が入り乱れるなかで鉾を仲間に振るってしまったというなら分からなくもないが、平穏な幕舎の中で、老若男女の区別すらなく殺し合っているのだ、一切が理屈に合わない。何か、一族みなが恐ろしい幻を見せられて殺し合った、というようにしか思えなかった。

戦慄のあまり、何もかも考えられなくなりそうになりながら、それでも、長弓を体に引き寄せた。自分の身と、きっと生きているはずの、生きていて欲しい、いとこの身を護れるように。

恐怖心と覚悟がないまぜになった胸を抱えて、血と死体の中を進んでいくと、何かに躓《つまず》きそうになって、そちらに目を落とす。

横たわっていたものは、骸《むくろ》だった。

……あの美しく雄々しく、そして妖しい若者、ゲンギケイの。

なぜか、彼こそが今起きていることの犯人だろうと漠然と感じていたから、彼もまた死んでいるという事実に、まず背筋が震えた。しかしそれ以上の困惑があった。なぜなら、その亡骸は、この場にひしめく死体のうちでも明らかに異質だったからだ。

身に纏《まと》った服は、確かに彼のものに間違いなかった。背丈も体格も、あの異邦人のものに相違なかった。だが目の前の事実を信じることができなかった。いや、信じられなかったのだ。

ゲンギケイが死んだことを、ではない。

その骸が、どう見ても昨日や今日に亡くなった死人の物ではない、ということをだ。

あの謎めいて美しい双眸は落ち窪んだ眼窩《がんか》に取って代わっていた。顔ばかりでなく、腕も、足も、胴も、肉が腐り落ちて骨だけになっていた。恐らくは何年も前に。

ではなぜその死体が動き回り、口をきいていたのか？ なぜ骸骨が生きた人間のように見えていたのか？ そしてなぜ、今また動かざる死体に戻ったのか？

風の音がいやに耳に刺さる。天幕を何度も叩く、生き物が暴れているような音が。

狂いそうになる頭を抱えて必死に思考を巡らせていた時、風音に紛れて、ぴちゃぴちゃという小さな音が耳に届いた。何かを舐める湿っぽい音。

死体の山の片隅で、それは這って動いていた。死体の一つに顔を近づけ、その腹に寄せた口からは、一筋の血がたらりと垂れている。それは、人間の生き肝に食らいついた罪の印だった。こちらに気づくと、それはゆっくりと顔を上げた。

そこにいたものは、子供のころからずっと親しんできたいとこの姿を借りていたが、中にいるものが「違っている」ことは本能的に分かった。

その瞳に浮かんだ夜のごとき漆黒に、思わずこう尋ねていた。

「ゲンギケイ……なのか」

「もうその名と体はお役御免だ。国を渡るために都合が良かったとはいえ、男に憑《つ》くのはあまり性に合っていなくてな」

声の響きは、あの幼き日から絶えて聞けなかったいとこのものだったけれど、むろん、ボルテの言葉であるはずがなかった。そして、憑く、というわずかな言葉が、多くの事実を飲み込ませた。

ゲンギケイに憑き屍を操ってやってきたこの「誰か」が、一時は自分に取り憑いて、そして今、いとこの身にその住処《すみか》を新たに定めたのだ。けれど、肝心なことは分からない。

「何者なんだ……お前」

「何度も言ったはずだよ。疎まれて東の国から逃げ延びてきた落人《おちうど》だと。その答えで不服なら、良いだろう、君と僕の仲だ。名前くらいいくらでも名乗ってやるさ」

雷鳴のような凄《すさ》まじい音とともにつむじ風が幕舎の屋根を襲い、隙間から月光が差し込んだ。冴え冴えとした銀色の光が、ボルテの体を借りた魔物の姿を暴き出す。彼女が背後に負ったものは、今日見た何よりこちらを戦《おのの》かせるものだった。

月によってしらじらと照らされた、背丈より高くそそり立つ、美しい金色《こんじき》の尾、数えれば、その数は明らかに多く——九つ。草原にもありふれたその獣の名を、青年は遥か昔から知っている。

「寿羊《じゆよう》、妲己《だつき》、華陽夫人《かようふじん》、褒姒《ほうじ》、伯服《はくふく》、若藻《じやくそう》、藻《みくず》、玉藻前《たまものまえ》、源義経《ゲンギケイ》……どの名で答えたところで、さして意味はないがね」

白面金毛九尾《はくめんきんもうきゆうび》の狐。

人から人へ憑き渡る魔性の妖狐《ようこ》。

幻を弄《ろう》し魂を狂わせる魔界の禽獣《きんじゆう》。

その恐るべき獣を前にして、魅入られたように、動くことができなかった。あまりにそれは美しかった。纏う大気そのものを闇色に変える、黒い炎のような美だった。

この時はまだ知らなかった。

眼前の相手が、大陸で幾つもの国を傾けたのち、東の島国で巫術師《ふじゆつし》によって正体を暴かれて無数の矢をその身に浴び、今度は弓矢を操る若武者に憑いて再び海を渡ってきた化生《けしよう》の者だと。

けれども、既に分かっていたことがある。

今、自分は目の前の相手に決して太刀打ちできず、追い払うこともできないのだと。赦されなければならないのだと、分かっていた。

それでも、その事実を認める訳にはいかなかった。だから弓に矢をつがえて、言葉が震えないように、虚勢を張って睨みつけた。

「ボルテから離れろ」

だが、相手は、矢先を向けられても、まるで同じる気配は無かった。

「君には今、二つの選択肢がある」

そう言って、折り重なった死体の上に腰かけ、優雅に足を組んだ。

「君の腕には信頼を置いている。その矢を放てば、私は間違いなく死ぬだろう。そろそろ長生きし過ぎたから、まあ受け入れるのも吝《やぶさ》かではない。ただしその場合、私が肉体を借りているこの少女も道連れになる。魔物を退治できて、それを言い訳に念願かなって人殺しができるというのは、君にとってもそう悪い話ではあるまいがね」

「……ボルテを解放しないというなら、死よりも耐え難い苦痛を与えてやる」

いつでも命を取れるはずなのに、弓を引いた姿勢のまま、乱されるのはこちらの息ばかりだった。空気がひどく薄いように感じられた。

「この少女の身体に、かい？」

相手はそう言って、ボルテの顔を見せつけるように自分の指先で頬をなぞった。

こちらの覚悟が決まらなくても、気が刹那でも緩んでしまえば、目の前にいる相手は絶命すると分かっていた。だから、矢を引き絞る右腕から僅かにでも力を抜くまいと全身全霊を集中させた。じわりと、汗が顔を伝い落ちる。

「弁《わきま》えなよ。君のもう一つの選択肢、幼馴染を救う唯一の方法は、私に額《ぬか》ずいて、この身体を捨てて別の誰かに取り憑くように懇願することなんだから」

「何が望みだ！　家畜か、命か？　こちらの体を明け渡してもいい。持つもの全て差し出してやっても構わない、だから――」

傾国の獣は、呆れたように目を伏せ、小さく首を横に振った。

「全てなんて、傲慢なことは言わないさ、半分くれれば満足だよ」

「半分？」

「この世界の、大地の半分だ」

そんな台詞を口にするや、右手を腰だめに引き、左手を空に向けて構え――存在しない弓で、存在しない矢を放つように、ふっと息を吐いた。その不可視の矢の向かう先、天頂を振り仰ぐと、そこにあったのはもうあの確かな白光《びゃっこう》を抱えた満月ではなかった。月があるべき場所に映し出されたのは、夜目にも青々と明るい星、海の中に浮かぶ幾つもの陸地。幻を操る妖狐が見せた、この星の似姿。

「世界の半分――見えるだろう、あれだけの広大な地を統《す》べる国を創り上げて私に差しだせたなら、その暁《あかつき》には彼女を君のもとへ返そう」

鉾で殴られたような衝撃だった。

頭の中がぼうっとして痺れたようになる。

世界の半分。児戯に誘うように軽々しく、言い放たれたその言葉は、あまりにも馬鹿げていて、愚かしくて、そして甘美に響いた。

「悪い取引ではないだろう。君はただ、そうして私を楽しませてくれればいい。君が欲しかった大義名分は、二つとも揃えてやった。人に向けては、世界を従わせる帝国の野望を叶えるために。己に向けては、たった一人の少女を魔性の妖狐から救うために。殺して殺して殺し回るための理屈は誂《あつら》えてやった。あとはただこの手を取ればいい」

忘れかけていた匂いが再び戻ってくる。強烈な緋《ひ》の匂いが。

「君はもう答えを出しているはずだ。己の血によってなすべきことを知っているはずだ。なあ、狼の末裔なのだろう？　テムジン」

そして狐は笑いかけ、こちらに細く生白い手を差しだした。

兇帝は去った。己の築いた、二度と破られることのない、世界最大の版図を誇った帝国を遺《のこ》して。彼が殉じた相手が、己の野心だったのか、狂気だったのか、それとも誰か他の人間、あるいは人ならざる者だったのか、全ては彼の心に秘められたまま、草原のいずこかへ葬られた。ただ、兕帝の傍に仕えた人間のほんの一握り、限られた者たちだけが、兕帝の墓所が、何者かが見せる幻によって守られ続けるだろうと、密かに教え伝えたという。

墓は、死から八百年の時を経て、未だ見つかっていない。

図子 慧

ぼくの大事な黒いねこ

●『ぼくの大事な黒いねこ』図子《ずし》慧《けい》

〈ダーク・ロマンス〉というテーマの霊感を得たとき、真っ先に念頭に浮かんだ作家のひとりが、かつて私にいわゆる「ロマンス小説」――海外の専門レーベルで展開されるような作品群についての基礎知識と現代での展開について、詳しく教示してくれた図子慧だった。といっても、氏を選んだ動機はそこではない。たとえば――『愛は、こぼれるqの音色』のようなSFにせよ、『ラザロ・ラザロ』のようなミステリにせよ、あるいは「電撃の塔」(『無名都市への扉』所収)のようなクトゥルー神話作品にせよ、巧緻にすぎるほどの細部描写と日常的な臨場感、科学知識等の膨大な情報量の行間から立ちのぼる粒子のような「エロス」の気配と、生物としての人間が放っている生体電気のような「倒錯」の波動こそが、まさに〈ダーク・ロマンス〉のフェロモンを作品から醸し出す、図子慧特有のアイデンティティと感じたからである。

それは、《異形コレクション》初登場となる図子慧の本作――人間と猫との「狂おしい関係」を鋭く描いたこの異色作からも読み取れるだろう。話題作『愛は、こぼれるqの音色』の黒丸寧と同様、謎めいた過去と異形の先端科学を背負った青年が主人公である本作は、ラブクラフトの非神話作品をベースに構築しているというのも実に興味深いのである。

――スカイ河の彼方に位置するウルタールでは、何人《なんびと》も猫を殺してはならない

H・P・ラブクラフト「ウルタールの猫」大瀧啓裕《おおたきけいすけ》訳

1

部屋のどこかで『猫の惑星』がはじまった。隣で屁《へ》の音。

薄目をあけると、他人のすね毛のはえた足が視野一杯にあった。ひゃっ。

「電話、うるせーぞ」

ぼくの電話、と言いかけた拍子に、ベッドから何かがカラカラと落ちていった。中身入りの缶だったようで、下からドイツ語の罵声《ばせい》があがった。

しょぼついた目で、部屋中に転がる酒臭いクラスメートたちとゴミの山をながめた。祝宴の残骸というか、生存者たちの宴のあとというか。

ぼくが在籍する大学の医学部は、一年次の期末テストで、およそ半数が落第して退学になる。単位を一つ落とせば籍がなくなる。自分が進級できたことが今でも信じられない。

休暇中、寮は閉鎖だから、大学の近くに借りている暖炉付きのコテージで学期末のパーテ

ィをひらいた。

ベッドの下には、巨大なドイツ人が空缶に埋もれて眠っている。

昨日、店で大量のビールを買って積みこんでいたとき、車のバンパーが凹《へこ》んでるのをみつけて注意してきた男だ。文句をいいつつ手伝ってくれたので、パーティに誘った。

――ユルゲンだっけ。

ユルゲンは一学年上で、他の学生たちとは異質な、肉体労働者のような図体と身なりで目立っている。話をしたのは昨日がはじめてだが、自分が周囲にどうみられているかまったく気にかけてなかったので驚いた。

トイレで用をたしたあと、充血した目を調べた。また『猫の惑星』が聞こえてきた。今度は足元から。

大きな猫が、ぼくの携帯を押してくるところだった。

「おはよう、ムッシュ」

ムッシュがぼくの脚に頭突きした。見た目より重いので、ぼくはよろめいて洗面台にぶつかった。

ムッシュは身体の大部分が黒くて、つま先だけが白い、いわゆる靴下猫だ。丸い頭は大きく、尻尾はちょっと短め。四本の脚がずんぐり太く頭と胴も太いから、家猫というより猫のふりをしたコアラのようだ。

ぼくらの島の特別な品種で、島民は家猫と区別するために、「ぬこ」と呼んでいる。

電話がまた鳴りはじめた。ムッシュが鼻で画面をワイプして勝手に通話をオンにした。姉の顔が映った。姉は、財団におけるぼくの上司だ。

「アタル！　てめえ、わたしの着信を無視するとはいい度胸だな！」

甲高い姉の声が、鋲《びょう》打ちマシンのようにトイレに反響した。あわてて電話にでた。

「パーティだったんだ。進級祝いの」

「おまえの事情はどうでもいい。緊急事態だ！」

しわだらけのワイシャツ姿の大学職員が寝ぼけまなこで入ってきて、便器のフタをあげた。ぼくはあわててバスルームをでた。

ムッシュが後ろからぼくをグイグイ押してくる。キッチンに押しやろうとしている。自動給餌機が空っぽなのか？

「ムッシュの検疫手続きのこと？　ごめん、サインしてくれる獣医がみつからないんだ。動物パスポートを発行してくれた獣医は、スイスだし」

「こっちで探しとく。おまえは、今すぐドイツに行け。ムッシュ同伴だ」

ぼくは学生だが、財団のユーロの駐在員でもある。財団がユーロに事務所を設置できない事情があるため、ぼくが駐在員になった。

とはいえ、チェコの大学医学部に在籍してるぼくに要請がきたのは、一度きりだが。

試験の終了直後、スイスのムッシュから救援要請がきて迎えにいった。クライアントのジュネーブ在住の富豪が、何者かによって毒殺されたのだ。家政婦はぬこ嫌いで、ムッシュは危うく駆除されるところだった。

ムッシュは三日間、飢えと寒さに震えながら家の床下に隠れていた。ぼくはなんとかムッシュを保護して脱出することができた。しかし、殺害犯はいまだに捕まってない。ぬこは証人にはなれないからだ。

「ちょっと待って」

ムッシュが何か訴えていた。食料棚に前足をかけて、ものいいたげにぼくをみている。

そういえば昨日、日本から特別フードが送られてきたっけ。

スイスからの脱出は急だったので、ぬこ用のフードを用意することができなかった。ムッシュは、家猫用のカリカリをいやそうに食べていた。

「ムッシュにご飯をあげなきゃならないんだ。五分待って」

姉は静かになった。ぼくは、レトルトを温めて、エサ皿に盛った。

アミノ酸添加のかつおの減塩たたきに、グルテンフリーのクリームスープ、仔牛のシビレのカツレツ。猫草のサラダも添えた。待ちかねたムッシュがテーブルに飛びのった。

ムッシュの食事のあいだ、水を飲みながらスピーカーモードで姉の指示を聞いた。

起きだしたパーティ参加者たちがキッチンにきて、ビール以外何も入ってない冷蔵庫にうめいてる。ドイツ人のユルゲンが、残ってる酒をどうするか聞きにきた。

「ぼくはでかけるから――。そうだ、酒は、ゴミを持ち帰ってくれる人に進呈するよ。袋の容積分のゴミを持ち帰れば、ビールを一パック」

ユルゲンの打算まみれの冷たく青い目には、ビールを独り占めする野心が満ち満ちている。と、その目が急に大きくなった。テーブルの上のムッシュに気が付いたのだ。

「プリマな猫だな。種類は？」

「ジャパニーズ・バイカラーだよ」

適当だが、たいていの人は鵜呑《うの》みにしてくれる。だが、ユルゲンは空気を読まない典型的ドイツ人だ。

「身体のバランスが家猫とちがう。ウルタール猫じゃないのか？」

「ちがうと言っても、きみは納得しないんだろうな」

ムッシュはいかにも猫らしく、前足をなめて顔をきれいにしている。長命なウルタール猫の中でも、とくに長生きしているこのぬこは猫のふりが得意だ。

「触ってもいいか？」

目を輝かせた巨漢にわし摑みにされる前に、ムッシュはテーブルから飛びおりて廊下に逃げた。並の猫より重い足音がどたどたと響いた。

「あの猫はどのぐらい賢いんだ？」

ユルゲンは、ムッシュがウルタール猫だと確信してるようだ。ごつい顔に猫好き特有のとろけるような表情が浮かんでる。

「ぼくより上だね」

ユルゲンはうなずいた。「次はちゃんと紹介してくれ」といってキッチンをでていった。

2

ウルタール猫は、倫理的にはグレーゾーンの遺伝子操作による禁忌の生物だ。

生物の遺伝子操作は、害虫駆除や病気治療の名目がなければ、キリスト教圏の人々に忌避されるため、大っぴらにはおこなわれていない。しかし、一般人の視野に入らない場所にいる家畜や昆虫の遺伝子改良は、ビジネスとして世界展開されている。毎日チキンを食べる人は、今のブロイラーがどんな姿か知りたくないだろう。

猫の遺伝子操作が騒ぎになるのは、ただ、猫が人のみえる場所にいるからだ。

ウルタール博士は、人間の役に立つ猫の開発に成功した。

人間と同じトイレを使って水を流す猫を、人為的に作りだしたのだ。

副作用はウルタール猫の知能があがってしまったことだが、ウルタール財団はそれについては、一切公表しないと決めた。

メディアに説明を求められたときは、ウルタール猫は、犬と同じくらい人の言葉を理解できるが、犬と同じようにぬこ自身は話さない、と財団は説明している。じつは、ふだんは鳴かないよう声帯を調整してあるのだが、そのことは財団内においても数人しか知らない超機密事項だ。

品種として固定されたのは半世紀以上前だが、いまだに賛否両論があり、宗教上の理由で獣医に診療を拒否されることも多い。悪魔の猫と呼ぶ人たちもいる。

繁殖と売買が国際条約で制限されているため、ウルタール財団が世界で唯一のブリーダーとして日本の離島で繁殖させている。財団は避妊済みのぬこをコンパニオン・アニマルとして訓練した上で国内外にレンタルしている。

ぼくことアタルは、世界で唯一ウルタール財団がぬこの繁殖と研究をおこなう離島の出身で、祖父母や親族の多くが財団で働いている。ようするに、生え抜きの世襲職員だ。チェコの大学医学部で勉強することは、ぼく自身が決めた。ユーロの駐在員を引きうける条件で、財団が学費をだしてくれることになった。

『無理に海外の医学部にいく必要はないんだよ、アタル』

財団理事長の祖母は、理事長室で、ぼくをさとした。

『医者になりたいなら国内で進学しなさい。おまえの成績なら大丈夫だろう』

『でも、今、ユーロに留学すれば財団の正職員になれるんだよね？　駐在員として』

同族経営の辛いところは、子どものときに、自分のライバルがわかってしまう点だ。ぼくの場合は姉だった。勝ち目がなかったから、研究職を目指して必死に勉強してきた。

島にいつづけるためには、島を離れなければならない理不尽。

ぬこのいない生活は、想像以上に寂しかった。島にいたときは、毎晩たくさんのぬこたちと眠ってたのに。島の全ぬこが恋しかった。中でもムッシュが。島民のほぼ全員がムッシュと特別なつながりがあると感じてるのは知ってる。ぼくも勝手にムッシュを自分のぬこだと思っている。手の甲にすりつけられるムッシュの頭以上に滑らかで心をとろかす感触をぼくは知らない。

ムッシュは特別なぬこだ。

ぬこたちすべての先祖の「偉大なウルタール猫」の一匹であり、最古参の現役ぬことして、他のぬこを率いている。決して島からでることはない——、ぼくらはそう信じていた。

だから、財団がムッシュをコンパニオンとして送りだすことに決めたとき、事情を知らない島民はみんなすごくショックを受けた。当時のぼくや友人たちは憤ったものだ。それでも、感染症流行の前から、ホテルが老朽化していて経営難だということは知っていた。融資話が流れるたび、大人たちは暗い顔でささやきあった。

ぼくとぬこたちは島の桟橋で、ムッシュがケージに入れられたまま水陸両用の飛行艇に運びこまれるのを見送った。女の人たちや子どもたちは泣いた。ぬこたちも悲しんでいた。

その後、ホテルの大規模な建替え工事がはじまった。二年がかりでホテルはリニューアルされて、再開のときは大々的にメディアに取りあげられた。島に観光客と賑わいがもどってきた。

それらの出来事と、ムッシュのコンパニオン派遣を結びつけて考えるようになったのは、留学してからだ。島から離れたことで、島のか弱い経済がみえるようになったのだ。ムッシュのクライアントは、有名な投資ファンドを率いていた。融資の見返りに一番いいぬこを要求したにちがいない。

今、ぼくはムッシュと暮らしている。

一時的な滞在とはいえ、ムッシュと一緒にいられるのはうれしい。かわいくて賢いムッシュ。大事なぼくのぬこ。かれのためならぼくは何でもできる。ぼくら世襲の財団職員がぬこを守らなくて、だれが守るというのか。

耳をくすぐる喉音に頭の芯がぼうっととろける。ぬこの丸みと温かさが身体中に満ちて、そこにあることも気が付かなかった空洞を埋めてゆく。この子がいれば、ぼくは限界までがんばれる。

ムッシュを日本に帰さなければならないのはわかっていた。でも、離れたくない。ずっとそばにいたい、それがぼくの望みだった。

3

家をざっと片付けたあと、ガレージからバンをだして、玄関前にとめた。今日はどこにもぶつけずにガレージからだすことができた。

荷台に大型のケージを積みこんで、固定金具で車の後部に固定した。

それから、ぬこ用フードの大袋とケアグッズ、バッテリー付き猫のおまる。ムッシュのEU動物パスポートとお薬ポーチを用意して、バックパックのポケットにいれた。お薬ポーチは、スイスから持ち帰ったもので、抗生剤や睡眠薬の他ムッシュのお小遣いカードが入っている。スーツケースは、もしものとき用に内側から開閉できる仕掛けだ。他もろもろの備品。

荷物を車に積みこんでいると、ユルゲンがでてきた。ビールパックを半ダース、ゴミ袋も半ダース抱えている。どうすればそんなにたくさん持てるのか不思議だが、現実に持っている。

ユルゲンは冷ややかに車体の凹みをみてから、ぼくにたずねた。

「今から帰国するのか？」

「いや、旅行」

「具体的にどこだ？」

「ドイツの真ん中あたりかな。目的地の地名を発音できないんだ」

「マップをみせろ」

タブレットで目的地を探した。ヘッセン州のなんとかハイム。ユルゲンは、ぼくには再現できない発音で地名を言った。

「よかったら、ハノーファまで乗せてもらえないか？」

ぼくは、ハノーファを検索した。確かに目的地に近い。近いといっても百キロは離れているが。だが、ユルゲンならドイツ国内は運転慣れしてるだろうし、高速道の入り方も知ってるはずだ……。

「ハノーファなら送ってもいいけど？」

「保険は入ってるか？」

ぼくは車のドアをあけて、ドアポケットから保険証を取りだした。ユルゲンがきびしい目つきでチェックして、合格だといった。だが、それで終わりではなかった。

「走行距離が二十キロというのは、はじめてみた。運転しないのか？」

「買ったばかりなんだ」

いきなりユルゲンが切りだした。

「おれを運転手として雇わないか？　時給二百ユーロで」

いくらぼくが世間知らずでも、二百ユーロが相場の十倍ってのはわかる。カッとなって言い返した。日本語で。

「高すぎるだろうが。ぼくはおまえのカモじゃないぞ！」

「通訳兼運転手としてならどうだ？　今、おれのスケジュールは夏中空いてる。一万ユーロで格安旅行ができるぞ」

「学費と同じじゃないか。そんな金額、払えるわけないだろ！」

「何をしにヘッセン州にでかけるんだ？」

関係ないだろ、と言いかけて、やめた。相手の苦境が何となく伝わってきたからだ。ブルドーザーより感情移入しにくい相手だが、たぶんこいつはぼくと同じぐらい困ってる。

「あんた、本当はいくら必要なんだ？」

ユルゲンの耳のあたりがかすかに赤くなった。

「来年度の学費だ」

ああ、そういうこと。

ぼくは腕組みしてうつむいた。髪をかき回して、ため息をついた。

「本部と相談するから待って」

パソコンで姉を呼びだした。

「現地のアシスタントを雇うのはあり？　三ヵ月一万ユーロで」

ぼくのドライブテクニックを熟知している姉は承諾した。姉にユルゲン・スナイダーの身元調査をしてもらい、特に問題はないと返事をもらった。五分後、ＰＤＦの契約書が送られてきた。

ユルゲンに説明した。

「三ヵ月間のアシスタントの給与としてなら、一万ユーロ払える。ただし、今ぼくが抱えてる案件がうまくいった場合の話だ。ミッションに失敗した場合は千ユーロ払って、その場で解雇」

「失敗した場合、ドライバーの仕事はあるか？」

相手がいわんとすることは明白だった。

「現地から、うちのガレージまでぼくと荷物を一緒に運んでくれたら、もう千ユーロ払う」

ユルゲンはまったく嬉しそうにはみえなかった。懐疑的な口調で質問してきた。

「念のために聞くが、おまえマフィアじゃないだろうな？」

「奨学金をだしてくれてる財団の駐在員をしてる。日本の。さっきの猫の財団」

「ああ、ウルタ――」

ぼくは、すばやくユルゲンの口をふさいだ。帰宅途中の学生たちが、なにごとかとこちらをみている。ユルゲンをガレージに引っ張っていった。

「その呼び方はやめろ。仕事は完全に合法だ。ヘッセン州で、契約更新料の引き落としができないトラブルが発生したんだ。解決しなきゃならない」

「契約が更新できれば、ミッションは成功？」

「それは一つの解決策だが、たぶん無理だ。今回は、うちがレンタルしたコンパニオンの回収が最重要事項になる」

「だから、車でいくんだな？　その回収作業、引き受ける」

ユルゲンの電子署名をもらって姉に送り返した。二人でゴミを片付けて、ビールその他の残りの荷物を運びこんだ。

準備が整ってから、ムッシュを呼びにいった。ムッシュは、二階の猫ベッドで腹をだして昼寝していた。ドライブ旅行と聞いて、ぼくの車に同乗したことがあるムッシュは全身を突っ張らせた。

「大丈夫、ドライバーを雇った。シーラを助けにいくんだ。銀色ぬこのシーラはおぼえてるだろ？」

ムッシュは不機嫌そうに車に乗りこんできた。車内を点検して、ユルゲンの靴の臭いを嗅いでフレーメン反応をおこした。ケージに逃げこんで、マタタビ入りのネズミのマスコットで繊細な鼻をいやしている。

ぼくは一人と一匹を紹介した。

「ムッシュ、こっちの足の臭い人はユルゲン」

よろしく、とユルゲンが手をのばすと、ムッシュは前足でタッチした。

ユルゲンは、ぬこにハイタッチされて驚愕している。プリマ、プリマと連呼した。

道中、互いの話をした。ぼくは、郷里の島の話を。ユルゲンは、漁師の息子だと話した。彼は生物学に興味を持っていて成績も上位だったが、両親が大卒ではなかったため、進学コースに入ることができなかった。つまりギムナジウムに入れなかったのだ。

「ひどい話だな」

「親父が校長をノックアウトして、編入はとてもじゃないが望めなくなった」

そんなわけで、ユルゲンは、学費の半額をためてチェコの医学部の英語コースに入学した。

「引き続き運転手として雇われてもいいぞ？」

ジュネーブのことを思いだした。あのとき、身長一九〇センチ超体重百キロ超のレスラーみたいな相棒がいれば、ぼくはもっと簡単にムッシュを助けだせたろう。床下で三日間、庭の水道の水とお菓子で耐えたのは、ぬこだけではなかったのだ。その話を聞いて、ユルゲンはけげんそうな顔をした。

「毎回、コンパニオン契約更新のときはそんな騒ぎになるのか？」

「いや、今回はじめて。普通は、ビデオ通話で継続の確認をして、自動引き落としだよ。クライアントは高齢者が多いから、何年かたつとホームに入ったりする。ぬこも歳をとってるから、家族やケアマネが連絡をくれて、スムーズに引き取れるんだ。ジュネーブの場合は、家政婦がぬこ嫌いだった」

家政婦のばあさんが、ムッシュを悪魔の猫と呼んでいたことは省いた。

車は、あっというまにチェコの国境をこえた。ドイツのアウトバーンは、自分でハンドルを握ってなければ快適だった。知らない都市の表示が、つぎつぎ後方に飛びさってゆく。

「シーラの首輪には、位置情報の発信機がついてて、契約の更新のたびに新しい首輪がクライアントに送られる。位置情報によれば、シーラは自宅から動いてない。だから家にいるか、死んだかだ。契約では、財団が引き取りにくるまでぬこの死体は冷凍して保存、と定められてる。もしシーラが死んでた場合は、死体を引き取って帰る」

「コンパニオンの死体をかならず回収するってのは、もしかして、死んだことにして、猫をすり替えるヤツがいるとか？」

ユルゲンは、窃盗などの犯罪にウルタール猫が使われた昔の話を持ちだした。

「カギ開けくらい簡単にできるんだろ？」

「まあね。でも、今は犯罪者には人気がないよ。ぬこは自分の欲求と本能に反することはしないから。他人の家のカギ開けを命令しても、やりたくなきゃ無視されるんだ」

ユルゲンが笑った。

「ただ、虐待するクライアントはいる。それで契約更新をマメにおこなってる。ぬこの安全が最優先だ」

午後八時を過ぎていたが、空はまだ明るかった。予約したホテル併設のサービスエリアに車をとめた。ぬこ連れだったから、オープンテラスで食事をした。

ぼくはムッシュにリードをつけて、首輪に紙ナプキンをはさんだ。お行儀よく食事するムッシュに、通行人たちが目を見張っている。

ぼくはタブレットを取りだして、クライアントについて説明した。

「クライアントは、ハンナ・ハンケ、七十代の陶芸家。ヘッセン州で工房を経営してる。うちのホテルで陶芸のワークショップを開催したことがある」

画像のハンナは笑顔を浮かべて、銀色の猫を抱いている。太めの身体にショートカット、工芸家らしい色鮮やかで身体のラインのでない服装をしている。

撮影場所は、うちの島のホテルのアテンドルームで、背後には、ハンナ作の猫の陶器が並んでる。ハンナの作品は、島の土産物屋の人気商品だ。

「ハンナが抱いてるぬこがシーラだ。雌で、当時七歳だった」

シーラは毛並みがつやつやして、頭の形のいい美ぬこだ。身体つきはすらりとして尻尾が長い。自然交配で生まれたため、ウルタール猫というより普通の家猫にみえる。

シーラは、ぼくと同じように機械操作をおぼえるのが苦手で、訓練には平均的なぬこの倍の時間がかかったそうだ。そのかわりといってはなんだが、気立てのいいぬこで、クライアントとの関係はとてもよかった。

「シーラは、出戻りだ。最初のクライアントが難病の女の子で、六年間一緒に暮らしたが、女の子は病気が悪化して亡くなった。出戻りのぬこは、最初の家での習慣が身についてるから、二度めのレンタルにはださないんだ。でも、ハンナさんは、ホテルのアテンドをしてたシーラが気にいって、シーラもなついてたから、初期費用は実費だけで特別にレンタル契約を結んだ」

ユルゲンは、ミートボール・スパゲティの容器から頭をあげた。

「それって、愛護団体みたいに、もらい手のない猫を無償譲渡したということか？」

「一部は正しい」

ぼくは本当のことを伏せておいた。世間や学会は、うちの財団が研究機関とは名ばかりの猫のブリーダーだと見下している。そう思われるほうが都合がいいときもある。

「島の産業は観光業で、観光資源はぬこなんだ。ぬこがいなきゃ、リピーターのお客さんがこない。うちの島はぬこ頼みなんだよ」

「観光客を集めるために仔猫が必要なんだろ。成猫が余ってるとか？」

「いや、レンタル契約は、基本的にオーダーメイドだ。生まれる前に、毛色、体形、性格をクライアントが指定する。模様は指定できないけど」

ユルゲンが不快感を持ったのがわかった。

「生まれたあとで、クライアントの気が変わったらどうするんだ？」

「それはないね。仔ぬこが生まれるときは、クライアントはホテルに滞在して、出産に立ち会うのがルールだ。訓練にも参加する。言語訓練はクライアントの言語が基本だ。そうやって特別な関係を作るんだ。もちろん不適格と判断される個体もいるけど、その場合は、無料で、もう一度仔ぬこを作る」

ユルゲンが吠えた。

「じゃあ、不適格の仔猫は？　何人もぬこを殺すのか？」

「ウルタール財団では、ぬこを殺してはならない決まりがある。引き取られないぬこは、ホテルのアテンドをする。仔ぬこはいつでも大人気だよ」

落ちつけ、とぼくはいった。

なるほどね、とユルゲンが腰をおろした。

「シーラは、クライアントを失って落ち込んでた。最初のクライアントの女の子がドイツ語話者だったから、ドイツ人のハンナさんになついたんだ」

ハンナは、長年ウルタール猫を欲しがっていた。しかし、オーダーメイドの料金は高い。そこで彼女はホテルにいる大人の個体に目をつけて、シーラをチヤホヤした。

ユルゲンは考えこんでいる。

「ウルタール猫が遺伝子操作で作られる話は、本当だったんだな」

「自然交配を繰り返すと、普通の家猫にもどっちゃうからね」

真のウルタール猫はクローンでしか生まれない。それでも交配をつづけるのは、自然生殖こそが、品種として存続を認められる条件だからだ。

「チェスのできるぬこはいるのか？」

ぼくはムッシュを指さした。ただし、こいつは金を取る、といった。

「ワンゲームに百ドル。やめたほうがいい」

ユルゲンはそれきりチェスの話をしなかった。


ホテルの部屋に、ムッシュを忍ばせたスーツケースをひいて入った。

足の臭いユルゲンとは別部屋だ。ツインの部屋は広くて清潔で、明るかった。窓の外には森が広がっている。

ぼくがムッシュのおまるを掃除して軽食を用意しているあいだ、ムッシュは風呂に入った。

ユルゲンが志願してムッシュの背中洗い係になった。

ドイツ製のブラシでムッシュの背中を洗いながら、ユルゲンは「ぬこは、自分のことは何でもできるんじゃないの」といった。ムッシュはゴロゴロ喉を鳴らしている。

「できるけど、ムッシュは人間に世話されるのが大好きなんだ。研究所に長いこといたから、甘やかされ放題。シーラは、人の世話をするのが好きなぬこだったよ」

「最初のクライアントが病人だったから？」

「かもね。クライアントの付き添いが自然にできるぬこだったんだ。コンパニオンとしては満点だった」

背中を流しおわると、ムッシュはあぐらをかいた。前足で耳をふさいでいる。耳の後ろを洗ってほしいのだ。この仕草は人類の八割を陥落させる。ユルゲンも例外ではなかった。

姉から着信があったので、バスルームをでて応じた。

仰天のニュースを伝えられた。なんとクライアントのハンナ・ハンケは一年前に死亡していたという。入浴中の事故だった。

姉によれば、一年前、町の警察署に、本人の携帯から無言の救急要請がかかってきた。警察官が自宅を訪問して、バスタブの湯の中に沈んでいた彼女を発見した。

救急要請の電話が無言だったことや、玄関が開いていたことから、事件性が疑われたが、自宅の防犯カメラには出入りした人や車が映っておらず、また室内に争った形跡もなかったことから、入浴中に転倒して意識を失い溺死したと判断された。

「通報したのは、シーラだね。救急要請は、コンパニオンの基本だから」

「最近のビデオ通話に、ハンナさんは映ってた？」

姉は動画をチェックしている。

「いいや。この一年間、彼女が映ってたことは一度もない。契約更新料を値切ってきたから、一年刻みの更新にしたんだ。打ち切ればよかった。あたしの判断ミスだ」

「ハンナさんは一人暮らしだったんだね。家族は？」

「記録にはなにも」

視線を感じて振り向いた。ムッシュがバスタブの縁にあごをのせて、ぼくをじっとみていた。ぼくの知らない何かを知ってる顔つきだ。

「まずはハンナの家にいけ。アタル、慎重にな」

4

翌日、ハンナが居住する町についた。町の入口で、検問がおこなわれていた。みれば通りかかる車すべてが、警官によって車のトランクルームをあけられて、車内を調べられている。ユルゲンが、警官にドイツ語で話しかけた。

ぼくは観光地っ子だから少しのドイツ語は話せるが、流暢《りゅうちょう》とはいえない。それでも、子どもの失踪事件が起きたことはわかった。

運転しながら、ユルゲンがいった。

「二キロほど先のキャンプ場で、五歳の男児がいなくなった。家族でキャンプにきて、親が食事の支度でバタバタしてたあいだに子どもが姿を消した。警察が付近の川をさらってるが、念のため道路に検問を設けてる」

「誘拐の可能性があるから？」

「ああ。去年は近所の子どもが川で溺死したそうだ。自宅からいなくなったんだ。四歳の女児で、一人で遠くへいくような子ではなかったんで、誘拐を疑われた。今回は男児だ」

タブレットに街名、子どもの溺死と打ち込んで、検索してみた。ブロンドの愛らしい女の子の画像がでてきた。

街のいたるところに緊急車両がとまっていた。初夏だというのに町の空気は暗く、行き交う車の運転手を通行人たちが猜疑《さいぎ》の目でにらんできた。

「とんでもないタイミングできちゃったな」

ユルゲンが腕を叩いた。

「安心しろ。警察は、凹みのある日本車を生まれてはじめてみたといってる。おれたちみたいなよそ者を、子どもが信用する可能性はゼロだ」

そうだろうなあと思いつつ、登録されたハンナの家へいってみた。

なだらかな丘陵がみえてきた。

上のほうは草でおおわれ、この距離からでも、てっぺんに立つ一本の歪《いびつ》な形の木がみえた。枯れ木のようだが、葉がついていることから、半ば枯れかけているのだろう。ずいぶん古い木のようだ。

丘陵の麓《ふもと》を通る道は一車線で、林を背後にした庭付きの家が並んでいる。とめられた車はどれも高級車で、世帯所得の高さが想像できた。目的の家はその一軒で、工房の目立たない看板がでていた。二階建てで、屋根はこの辺り特有の赤茶色の屋根瓦。周囲の家より古びてみえた。背後には、森が広がっている。

『ハンケ陶芸教室』

「ここだな」

だが、入口は閉じられて、植木鉢は枯れている。家の前には黒のBMWがとめられているが、軒下には大きな段ボール箱や緩衝材が積まれて、野草が伸び放題だ。奥に工房らしい平屋の建物がみえた。

ぼくは玄関に置き配された段ボール箱をながめた。割れ物注意のシール。中国からだ。

「留守かな」

ユルゲンが呼び鈴を押した。ノックをしてると、右隣の家から六十代ぐらいの女性がでてきた。背は低いが太っていて目鼻がワシのように鋭い。

「その家は留守よ。先週からずっといないよ」

ぼくとユルゲンは自己紹介をした。ぼくは、タブレットを胸の前で掲げて、ハンナとシーラの母ぬことぼくが映った画像をみせた。

「ぼくは、アタル・アサダ。ハンナさんがよく利用していたホテルのものです」

その女性、ケーニッヒさんは、即座に英語に切りかえた。

「猫のホテルの人だね。ハンナからよく聞かされた。ハンナが宿泊費を踏み倒してたの？」

「いいえ。たまたまハンナさんの事故のニュースを聞きまして、シーラのことが心配になったものですから、こちらにうかがいました」

女性は警戒しながら、タブレットの画像とぼくを見比べた。

「これ、あなたね。こっちの猫はシーラ？」

「シーラの母猫です。代々ホテルで飼ってるんです」

ようやくケーニッヒさんの警戒がゆるんだ。

「シーラはいい猫だよ。行儀はいいし、花壇にそそうもしない。ネズミを捕ってくれるんだ。ハンナが死んで、警察が動物の家につれていったから、うちが引き取ろうと思ったんだよ。ところが、シーラが動物の家から自力でもどってきちゃってね」

動物の家というのは、動物愛護団体のことだ。ケージのちゃちな留め金など、シーラには物の数でもなかったろう。

ケーニッヒさんの顔が苦い思いにゆがんだ。

「フロリアンに猫を譲ってくれといったら、金を要求されたんだよ。高い猫だからって。結局、フロリアンが飼ってるんだけど、ろくに世話もしないのさ。庭と同じでほったらかし！」

フロリアンについてたずねると、ハンナの甥だと教えられた。

「フロリアンが陶芸教室を継いだんですか？　それならうちに連絡をくれるはずなのに」

ぼくは、タブレットで、ハンナが主催したワークショップのページをだした。観光客たちが、楽しそうに陶芸の絵付けをおこなっている。

ケーニッヒさんは、ハンナの陶芸作品に鼻を鳴らしたが、ふと真顔になって老眼鏡を取りだした。

「ここにフロリアンがいるね」

ぼくはあわてて、陶芸のワークショップの画像を拡大した。世話係のようなエプロン姿の猫背の男が、フロリアンらしい。黒髪で、これといった特徴のない中年男だ。

「ハンナさんが亡くなったこと、どうして連絡してくれなかったんだろう」

「何にもしないよ、あの男は。怠け者でケチなんだ。輸入業だかなんだかやってるみたいだけど」

ケーニッヒさんは、顔をしかめて隣家の庭に転がった段ボールをにらみつけた。

「失業して、ハンナのところに転がりこんだのさ。ハンナがアシスタントとして雇って、町にアパートを借りてやったんだよ。ハンナが死んだあと、フロリアンが家と教室を引き継いだけど、生徒はみんなやめちゃったね」

「じゃあ、シーラはいまも隣の家にいるんですね？」

「かわいそうな猫だよ。フロリアンに蹴られたり、物を投げつけられたり。フロリアンがいる間は家によりつかなくて、たいていは丘の木の上にいるんだ。あそこの」

　遠くからもみえた古木だ。オークの木だと、ケーニッヒさんはいった。

「今は捜索隊が犬をだしてるから、どっかに隠れてるだろうけどね」

　捜索隊と聞いて、子どもの失踪事件を思いだした。

　ユルゲンが、突然、ケーニッヒさんに話しかけた。玄関脇を指さしている。鉢植えの陰に猫のエサ皿があった。ぴかぴかに磨かれて、澄んだ水と猫餌が入っている。

　ケーニッヒさんが赤くなった。

「あの男が面倒をみないんだから、仕方ないじゃないの！」

　そういって、家に戻ってパタンとドアを閉じてしまった。

　ぼくとユルゲンは顔を見合わせた。

「シーラはご近所の好意で生きてるみたいだね」

　ケーニッヒ家のドアは閉じられて、開く気配はなかった。ユルゲンがつぶやいた。

「丘の上にいってみるか」


　木のところまでは十分もかからなかった。古びた大きな木で、灰色がかった幹は岩のように硬くてこぶだらけだ。太い幹には幾つも洞があり、枯れた枝が節くれだった指のように曲がりくねっている。北側は完全に枯れて灰色だが、木の南側は青々としている。

近づくと、カラスの群れが飛びたった。周りは明るいのに、この木の下だけ暗くて、いやな気分になった。地面はカラスの糞だらけ。ユルゲンの足よりひどい悪臭がした。

「爪とぎのあとだ」

ユルゲンが幹の周囲を一周して、猫の爪痕《つめあと》をみつけた。上のほうの幹だ。ユルゲンが巨体に見合わない素早さで木をよじのぼり、子ども用の黒っぽいキャップを持っておりてきた。

「シーラはいなかった。幹はほとんど空洞だな。木の股に大穴があいてる」

ユルゲンは帽子を捨てて、草地を歩きまわった。ぼくは頭上をみあげた。太い枝ごしに空がみえた。

悪臭に我慢できなくなって、ぼくは、「車にもどろう」とユルゲンに声をかけた。

「ムッシュの様子をみなくちゃ」

観光シーズンのはじまりで、空室がなかなかみつからず、市内の高級ホテルにようやく一室確保した。車を降りる前、ユルゲンが提案した。

「別行動を取らないか。あんたはホテルで本部と連絡、おれは街で聞き込みをする」

「ぼくは、動物の家にいってみる。事情を聞きたいし」

ユルゲンは半目でぼくをみた。二日間朝から夜まで一緒にいれば、相手のことはおおかたわかる。

「あんたは運転しない。おれが車を使うほうが合理的だ」

ユルゲンは、何が何でもミッションを達成して一万ユーロを手にいれるつもりだ。

ぼくは、ムッシュの入ったスーツケースと山ほどの荷物とともにホテルの前に置き去りにされた。取れた部屋はツインで、荷物を抱えて他のホテルを探すのも面倒だったからチェックインした。ユルゲンに足を洗うよう頼まないと。

部屋は北向きで隣のビルの壁しかみえず、前日のホテルより高いくせに狭かった。

「ムッシュ、でてこいよ」

声をかけると、スーツケースが開いて、ムッシュがのそりとでてきた。ぼくは水の皿を用意して、自分も飲みながらベッドに腰をおろした。まずは姉に報告だ。

姉は、ハンナの甥を知っていた。

「あー、いたいた、フロリアン。助手なのに先生気どりで、威張りちらしてた。お客さまから苦情がきたから、次は連れてこないでとハンナに頼んだんだけど。そうか甥ね」

「シーラはなんで逃げださないんだろう?」

電話のあいだ、ムッシュは猫用ブラシをくわえて、足元をウロウロしていた。電話を終えて、ブラッシングしてやった。毛替わりの時期だから、こまめにブラシをかけないと、すぐ毛玉ができてしまうのだ。

ぬこ用のスペシャル軽食を用意したあと、ぼくはシャワーを浴びた。ものすごく疲れていて、車に乗りっぱなしのせいで背中が板のようになっていた。ベッドに腰かけて、ユルゲンに電話するつもりで電話を手にとった。そこまではおぼえている。

部屋の電話の音で起こされた。フロントから何だろうと思いながら、受話器を取った。早口のドイツ語でまくしたてられた。英語で頼むというと、ユルゲンがでた。

「弁護士を手配してくれ。殺人容疑をかけられた」

はい？

5

依頼した弁護士と警察署で会うことになって、ぼくはフロントで場所をたずねた。

「すぐそこですよ」

フロントの人にいわれて外をみた。警察署は通りをはさんだ正面にあった。

びくびくしながら署内に入って受付を探した。背後から声をかけられた。

「アタル・アサダさん？」

Tシャツに半パンの禿げた大男だ。

「弁護士のアウエルバッハです」

ぼくはアウエルバッハ弁護士と握手した。ユルゲンは大男だが、この弁護士も大きかった。

ユルゲンとちがって、重心は胴体の下のほうに偏っているが。

弁護士によれば、ユルゲンは、ハンケ家に不法侵入したようだ。隣のケーニッヒさんに通報されて、即拘束された。そのとき家の中を捜索した警官が、ハンナの甥のフロリアン・ハンケの死体を発見した。

フロリアンは、バスローブ姿で階段下に倒れていた。転落死の可能性が高い。

「猫はみませんでしたか？」

「きみはユルゲンの無実より、猫を気にするのか？」

「ぼくとユルゲンは、ハンナ・ハンケさんに預けた猫を受けとるためにこの町にきたんです。昨日チェコを車で出発して、今朝ここに到着しました。隣の家の人に聞くまで、ハンナさんの甥の存在も知りませんでした」

「ユルゲン・スナイダーも同じことをいっていた」

弁護士に、ユルゲンとぼくのここ一週間ばかりの行動履歴を証明できるものを要求された。

ぼくはバックパックから、高速道路の有料トイレのチケット、ホテルの領収書、ガソリンスタンドの領収書を取りだして、テーブルに並べた。パーティ用に買ったビールのレシートも。

「ところで、猫というのは特別な猫かね。たとえばウルタール猫のような？」

弁護士の眼鏡の奥の目がきらっと光った気がした。

ぼくはタブレットにシーラとハンナの画像を映した。

「そうです。うちの財団がレンタルしている血統書付きの猫でレンタル契約書もあります。契約が更新されなかったため、猫を保護しにきました」

弁護士は満足そうにうなずいた。

「すべての依頼人がきみのように率直であってくれると、簡単なんだがね。スナイダーさんは、早急に猫を保護するべき理由があったといってる。裏口のドアは施錠されてなかったため、住民の名前を呼びながら家に入ったそうだ」

ユルゲンが、フロリアンの名前を呼びながら入ったとは思えなかったが、ぼくは意見を述べるのを差し控えた。警察署で弁護士との打ち合わせ通りにぼくが説明して、ユルゲンは解放された。

ホテルに戻りながら、ユルゲンがぶつくさいった。

「どっちみち解放されたと思うけどな。あの野郎、死んで一日以上はたってたぞ」

ホテルのレストランで昼食を取った。

「シーラはいた?」

「いや。二階の寝室のベッドに毛がついてたぐらいだ。何だか、倉庫みたいな家だったな。箱と陶器だらけの家で。ああ、首輪をみつけたよ。二階の寝室のチェストの引き出しに入ってた」

ユルゲンは、ポケットからビニール袋に包まれた赤い首輪を取りだした。財団の発信機付き首輪だ。開封されてない。

「フロリアンの手と顔にひっかき傷があった。シーラも少しは反撃したんだな」

　ぼくは、封をされたままの首輪をながめた。首輪に仕込まれた発信装置は、発送時に電源が入れられる。ぬこを保護するための装置だから、クライアントは信号を止められない。

　今、シーラがつけている古い首輪のGPS発信機の電源は、とっくに切れているはずだ。シーラの古い首輪の信号を追っても居場所はわからないだろう。

「フロリアンは、何で毎月、ハンナのふりをしてシーラの動画を送ってきたんだろ」

「さあな。パソコンがあったのは一階の寝室で、ドアには暗号式のカギがかかってたよ。こじあけて入ったが、パソコンにもパスワードがかかってて諦めた。書類の様子だと、中国との取引に使ってたようだな」

　死体の横で家探し。ぼくはユルゲンを釈放させた弁護士の手腕に感謝した。

　深夜、報告書を書いて姉に送った。すぐに電話がかかってきた。

「フロリアンがハンナの死を隠したのは、うちのホテルが、現在もハンナ・ハンケの陶芸品を販売してるからだろう。実はハンナから、三年前、工房のスタッフを増やして生産量があがったので、ぬこのポットだけでなく小物も納入したいといってきたんだ。小物がよく売れてたから、発注数を増やした。年々増えて今は大口になってる」

「ぬこの親指人形とか、お皿とか？」

ユルゲンが割り込んだ。

「陶器の人形は中国製だぞ。中国で半製品を作らせて、ハンナのサインと生産地を入れて売ってたんだ」

ようやくぼくにも、フロリアンが、ハンナの死を知らせなかった理由がわかった。財団のホテルは、地上でもっとも猫のグッズが売れる場所だ。観光客たちは、他の場所なら見向きもしないような土産物を、クレジットカードの限度額いっぱいまで買って帰る。ただし、売店に置くのは、一点物の工芸品限定だ。

「フロリアンは取引をつづけるために、ハンナさんが亡くなったことを隠したんだな。うちはアーティストのサイン入りの工芸品以外は売らないから」

「問題はシーラの居場所だよ」

姉があくびをした。

「シーラをみつけろ。そのために専門家に同伴してもらったんだ」

そういって姉は電話を切った。専門家？　つまり――。ムッシュの短い尻尾がぼくの鼻をくすぐった。

「ムッシュ先生の出番ってことか」

6

専門家ことムッシュ先生は、ユルゲンの肩に乗って、ふんふんと空気のにおいを嗅いでいる。気になる方向があると、ユルゲンの頭にツメをたてる。スキンヘッドに近いユルゲンは、そのたび悲鳴をあげた。

「もっとやさしい指示はないのか、おい、糞ぬこ」

「噛みつかれるから糞はやめた方がいい。ちょっと止まって」

ムッシュが木立にむかって大きく口を開けている。ムッシュの鳴き声は人間の耳には聞こえないが、ぬこなら聞こえる。

ぬこ、というか猫の可聴音域はかなり広い。獲物のげっ歯類や昆虫の立てる物音を聞くためだそうだ。ウルタール研究所はこの性質を利用して、ぬこ同士が会話できるよう声帯に細工をした。

ハンケの家がみえる辺りを探すあいだ、犬連れで安全ベストを着た捜索隊の人たちと何度かすれちがった。いなくなった男児の捜索隊だ。まだ子どもはみつからないらしい。

半枯れのオークに近い木立で、ムッシュが興奮した。上のほうの枝が揺れ、ザザッという音とともに影が幹を走りおりてきた。

「シーラ！」

木からおりてきたシーラは薄汚れていた。ぼくらをみて毛を逆立てている。

「シーラ、おいで。島に帰ろう」

ぼくが日本語で声をかけると、シーラは周りをぐるぐる回った。やがて姿勢を低くして地面に腹ばいになった。耳を伏せて、口をあけた。ムッシュも口をあけてるから、やり取りしているようだが、ぼくらには聞こえない。

シーラは身体をちょっとなめたあと、ぴょんとぼくの肩に飛びのった。

近くで、どよめきがあがった。「帽子だ」と捜索隊が騒いでいる。ユルゲンが子どもの帽子を捨てた辺りだ。

ぼくはユルゲンに声をかけた。

「帰るぞ」

7

むかしむかし、ぼくらの島は無人島だった。

本州から数百キロ離れた太平洋のなかにある孤島で、中ノ鳥島という。住所表記は東京都小笠原村だが、グアムのほうが近い。

近海に珍しい海洋生物が生息していたことから、戦後、観測施設や研究所が建てられた。移り住む人も徐々に増えていったのだが、ある年、突然、国は全施設の閉鎖を決めた。予算不足が原因とのことだったが、本当の理由はわからない。研究所員たちは島を去ることに決め、お別れのパーティを開いた。

パーティのさなか、救い主が大きな黒い猫を肩にのせてあらわれた。

ロシア系アメリカ人で、名をウルタールという。

ウルタール博士はバイオ企業の創業者で、たいへんな富豪だった。彼は老朽化した施設や設備を買い取って更新し、元研究員たちを雇って私的な研究をはじめた。

ウルタール博士が来島して何年かたつと、研究所の実験動物たちが島を歩きまわるようになった。

ぬこたちは、ずんぐりした身体に感染予防の白いオーバーオールを着て、ビニール製のくつをはき、ぬこ同士でひそひそ会話した。

祖父によれば、最初のころのぬこたちは、人の言葉を喋ったそうだ。

「赤ん坊みたいな舌足らずだったが、所員の名前をおぼえててな。さぼったり、実験室で酒を呑んでたやつを所長にチクるんだよ。おれもやられたよ」

祖父は、ぬこにまつわる怖い話も教えてくれたが、その話は省く。

世代を経るにつれて、ぬこたちから不自然な要素が消えていった。だんだん猫らしくなり、ぬこ同士で、ひそひそ話すこともなくなった。

ぬこたちは静かに島を散歩して、人の生活をのぞいた。島には固有種のトカゲやカエルがいたのだが、いつのまにか姿を消した。島民たちは気にしなかった。

人の言葉を理解する奇妙なぬこは、やがて遺伝子組み換え実験の倫理規定に反した研究の産物だと、ロイター通信にすっぱ抜かれて世界中から猛烈に批判された。

ウルタール博士は世論と戦った。財団に全財産を寄付して、ぬこ保護の大キャンペーンを張った。反対する人々に実物をみてもらうため、ホテルを建てて島に招いた。

やがてウルタール博士が亡くなると、生前、博士をバッシングしていたメディアは、てのひらを返して博士を賞賛するようになった。博士とぬこの番組や映画がたくさん作られてヒットした。ウルタール猫をみたい、猫と遊びたい、そんな観光客がおおぜい島を訪れるようになった。

クローンのウルタール猫同士の自然交配は、偶然の産物だった。遺伝的にとても近いクローン猫のカップルが、研究所の倉庫でこっそり仔ぬこを育てていたのだ。それまで自然交配に成功したことがなかったから、仔ぬこをみつけた所員たちは腰を抜かしたという。

この自然交配で生まれた仔ぬこが健康で生殖能力を持っていたことで、ウルタール猫はTICAやCFAなどの猫の国際団体から新品種として認定された。

自然交配のぬこは知能ではクローンに劣るが、よいところもたくさんある。性質は従順でクライアントへの忠誠心が高い。なにより見た目が普通の猫らしかった。

シーラが所属する銀色ぬこファミリーは、子育てが得意で、クローンぬこの仮親として島では常時飼われている。観光客にもっとも人気のあるぬこファミリーだ。

財団では、支援事業として難病の子どもたちを毎年島に招いている。その一人が仔ぬこのシーラと仲良くなり、クライアントとして選ばれた。

六年後にシーラはもどってきたが、コンパニオン後のぬこにありがちな鬱状態に陥っていた。仲間たちのおかげで回復したようにみえたが、ホテルのアテンドにでるには早すぎたのだと思う。シーラは人間との関係を求めて、ハンナについていってしまった。

だが、今ならシーラも島に馴染めるだろう。ドイツ語がわかるぬこが何匹かいるし、ぬこのメンタルケアのスタッフも増員された。なによりシーラは帰りたがっている。自分からぼくの肩に飛びのったのだから。

島民は島をでても、仕事があれば島に戻ってくる。気候がよく、友だちと家族とぬこたちがいて、世界中から観光客がやってくる、この世でもっとも孤独から遠い場所だ。ぬこたちにとってもそうだとぼくは信じたかった。

8

ぼくはシーラをバックパックに隠して、ホテルにもどった。可能なかぎりの速さで荷造りしてチェックアウトした。きたとき以上の速さで、チェコにもどった。

休憩はほとんどなし、食事はすべてテイクアウト。片方が食べているあいだはもう一方が運転をした。もっともユルゲンは、ぼくがシートベルトをかけてモタモタ駐車場を出る前に食べ終えていたけど。

「なあ、そのシーラってぬこ、日本に帰してしまうのか？」

ユルゲンは、怯《おび》えた様子で人の顔ばかりみているシーラが気になるようだ。手があいたときは、いつもシーラを撫でている。

「手配でき次第、島に帰すよ」

「こっちにも引き受け手はいくらでもいるんじゃないか？」

ぼくは答えなかった。ブラッシングして汚れを拭きとったシーラは、銀色の綺麗なぬこにもどった。

移送中はケージにいれなければならないのだが、シーラはケージをいやがって扉に体当たりした。外にだしてやると、自分からぼくのバックパックに飛びこんだ。

バックパックにいれたままぼくが膝に抱いて世話をした。ユルゲンが「不公平だ」というので、運転席と助手席のあいだに置くことにした。その場所がシーラは一番落ちつくようだった。ユルゲンの腰のあたりに頭をくっつけて安心したように目を閉じた。ユルゲンはメロメロで、ドイツ語でしきりにシーラを口説いた。

ぼくらの車はだれにも止められることなく国境を越えて、深夜ぼくのコテージに到着した。ユルゲンがバスルームを使うあいだ、ぼくは、ぬこたちに食事をさせた。シーラは落ちつかない様子で、ムッシュが食べてるエサを横から食べた。ムッシュは怒らず、シーラのエサ皿に移った。

食べおえたシーラがトイレを済ませるのを待ってから、カード式ロックのついたケージにいれた。シーラと一緒に寝るのを期待してたユルゲンは、がっかりしている。

「まさかシーラがハンナの家にもどると思ってるのか？」

「シーラは辛い目にあったから」

シーラは美しい緑の目でぼくをみあげた。ウルタールの銀色猫が持つ独特の淡い色合いの目。ぼくと同じ色の目をしてる。

ケージの隙間から頭を撫でてやると、シーラはゴロゴロと喉を鳴らした。

ベッドはユルゲンに譲り、ぼくはソファにシーツを運んだ。

ソファはまだビール臭かった。歯を磨いたあと、心配になってぬこたちの様子をみにいった。ムッシュは専用の猫ベッド、シーラはケージの猫ベッドで丸くなっていた。

心配することは、何もない――。

ぼくは、自分にそういい聞かせて、カードキーをクッションの下に隠して眠った。


翌朝、ユルゲンの怒鳴り声で起こされた。

「起きろ！　大変だ！」

ぼくは半目をあけてユルゲンのでっかい顔をながめた。

「シーラが死んでる」

飛び起きて二階のねこ部屋をみにいった。ケージの中のシーラは四本の脚を突っ張らせて、口から泡をふいていた。

ケージの入口を引っ張ったが、施錠されて開かなかった。あわてて寝室にカードキーを取りにいった。置いたところになくて焦ったが、ソファの下に落ちてたのをユルゲンがみつけた。

ケージから取りだしたシーラの身体は、冷たかった。

ぼくは、毛艶の失せたシーラの身体を撫でた。バスタオルをもってきて包んでやった。ムッシュも悲しそうにうなだれている。

ユルゲンは腕組みして、ぼくをにらんだ。

「おまえは、シーラを殺すために迎えにいったのか？　用済みのぬこは、もういらないってことか？」

「いいや。ぼくは、シーラを無事に島に帰したかった。だから急いで帰ったんだ」

「じゃあ、なぜシーラは死んだんだ？」

「ぼくも知りたいよ！」

　エサに毒が混ぜられていた可能性はない。ムッシュが口をつけたエサをシーラも食べた。二匹は同じボウルから水を飲んだ。夜、ぼくが二匹の様子をみにいったあと、ユルゲンがこっそりシーラを撫でにいったこともわかった。そのままカードをもどし忘れたそうだ。

「てことは、アタルがやったんじゃないな」

「何度もそういってるだろ！」

「解剖しよう。病理学教室で、おれの知りあいが毒物の研究をしてる。血液分析を頼む」

　ウルタール猫を外部で解剖させるなんて冗談じゃない。ぼくは断固としていった。

「必要ない。ぼくらの仕事は終わったんだ。シーラを回収できた」

　死体を回収できれば、成功だ。思いだしたらしく、ユルゲンは青ざめた。殺人鬼をみるような目でぼくをみて、一歩離れた。その気持ちはよくわかる。

「振込先を教えてくれ」

「こんなの、おれは納得しないぞ！」

ユルゲンは、ドアを叩きつけてでていった。車が走り去る音がした。

ぼくは、シーラの遺体の写真を撮って、姉に送った。「終わった」とメッセージを添えて。寄り添ってきたムッシュの身体を抱きあげて、顔を押し付けた。


朝食を取ったあと、シーラの身体をタオルでくるんで、一階に運んだ。暖炉のカバーを外して、煙突を調べ、外から薪を取ってきた。

シーラを包むタオルが焦げて炎をあげ、毛が燃えるのをみていた。彼女の身体が燃え尽きるまで見守った。

かわいそうなシーラ。毎日毎日、高い木の枝に座って、島からの迎えがくるのを待っていた。

ひどい扱いを受けてもハンケ家のそばにいた。島に帰りたかったからだ。

クライアントの死を経験したぬこは、財団の人間が教えたくないと思ってる事実を学んでしまう。クライアントが死ねば契約が終了して、島に帰れるということを。

だから、出戻りのぬこは、二度とレンタルにだされない。島に帰ろうとして、クライアントを殺してしまうからだ。

財団はシーラのような優しいぬこなら、そんなことはしないだろうと考えた。

しかし、シーラも他のぬこと同じように、ストレスがかかると、攻撃的になる。シーラは、自分を追いかけてきた女児が川で溺れるのをみたのかもしれない。ハンナは風呂で溺死した。木の上のシーラを捕まえようとした男児を、木の洞に落とした可能性もある。目のあたりをかきむしって？　フロリアンと同じように？　証拠はないが、似たような不審死を引き起こしたコンパニオンは、何匹かいた。

ウルタール猫が悪魔の猫と呼ばれた理由は、ぬこが「人殺し」に使われたからだ。水洗トイレの使い方を学ぶより、殺しはぬこの本能に合っている。財団は改良を重ねたが、猫科の狩りの本能を抑えこむことはできなかった。

そこで、財団は、クライアントとぬこの精神的つながりを強化することにした。対策はうまくいって、クライアントの不自然な死は激減した。しかし、殺戮《さつりく》の本能は完全に制御できるものではない。島ではときどき不可解な人とぬこの不審死が起きる。

――ムッシュ、きみはシーラを殺したの？

どうしても口にできない。

ムッシュのエサ皿に口をつけたシーラの姿が浮かんだ。横取りはぬこらしくなかった。だが、ムッシュが食べるようすすめたのかもしれない。ぼくらに聞こえない声で。自分のエサに、ムッシュが何か混ぜたとしたら？

人間の身の回りには、ぬこの毒になるものがたくさんある。アルコール、チョコレート、アロマオイル。ムッシュのお薬ポーチの中身もまだ調べてない……。

ぼくは、ムッシュを撫でながら、熾火《おきび》になった暖炉のそばでとりとめもなく考えた。

ウルタール財団には、何人もぬこを殺してはならない決まりがある。ウルタール猫もまた、自分たちを保護する人間を殺してはならない決まりがあるにちがいない。人の側がそう信じなければ、何人たりと安らかに島で暮らせないだろう。ぬこを裁けるのはぬこの王たるムッシュだけだ。


暖炉の前に座りこんでいたぼくの肘に、ブラシが当たった。

ムッシュがブラシをくわえて、しきりに催促していた。大きな黒い背中にブラシをかけてやりながら、ムッシュの前のクライアントのことを考えた。毒殺された投資ファンドのオーナー。チェス好きの老人は、ムッシュのレンタル期間を更新しようとしていた……。

思考が、冷えた汗の雫《しずく》とともに、どこともしれない深く暗い場所に落ちていった。

墓場にいるような寒気を感じて、ぼくは、身をふるわせた。

ブラシを握る腕が、ほんの一瞬凍りついたが、何食わぬ顔でブラッシングをつづけた。ムッシュを手元に引き留めるのは、得策ではない、と気が付いた。できるかぎり早く島に帰さなければならない。島のために。ぼく自身のためにも。

ムッシュは目を細めて喉を鳴らしている。

坊木椎哉

ストライガ

●『ストライガ』坊木椎哉《ぼうきしいや》

2010年代のホラー・シーンに衝撃を与えた新しい才能が、《異形コレクション》に初参戦である。坊木椎哉は、2015年『ピュグマリオンは種を蒔く』で、第1回ジャンプホラー小説大賞銅賞（集英社）を受賞。その翌年には『きみといたい、朽ち果てるまで〜絶望の街イタギリにて』で第23回日本ホラー小説大賞優秀賞（KADOKAWA）を受賞。審査員・綾辻行人《あやつじゆきと》をして「新人賞の原稿を読んで、こんなに泣いたのは初めて」と言わしめた究極の純愛ホラーとして評価された。同書は、同時期に出たジャンプホラー小説大賞受賞後第一作である純愛猟奇ホラー『この世で最後のデートを君と』と時期を合わせ、出版社を超えての二冊同時刊行として話題を呼んだが、なんといっても注目すべきは坊木椎哉の特異なヴィジョンだ。その絶望的な世界観と、描かれる〈愛〉の凄艶さを幻視し描ききるその才能は、本作——二人の女性の告白が描き出す衝撃的な純情を描いた作品にもいかんなく発揮されている。

ちなみにタイトルの「ストライガ」とは自然界に実在する生物の名称だが、その語源は、古代ローマで信じられた幻想世界の存在にまで遡る。同じロマンス語圏であるルーマニアの魔性ストリゴイイとも同じ語源を持つことだけは申し上げておこう。

はじめまして、ロックスミスさん。

あなたとはいつまで続くかは分からないけど、しばらくの間よろしくね。もしあたしに飽きたら、次の人に回してくれればいいから。

あたしがこうなった大まかな経緯はＤＭで話したけど、改めて自己紹介がてら、どうしてあたしがこんなことしてるか、話すね。

その前にアイスティー、一杯貰っていい？

✿

十歳の秋、誰もいない放課後の教室で、私は手首を切った。

直接の理由は忘れたけど、普段から「何考えてるのか分からない」とか「なんで空気読めないの」とか「笑顔が下手」などなど侮蔑《ぶべつ》と揶揄《やゆ》と嘲笑《ちょうしょう》ばかりを何ダースも浴び続けて脳がバグってしまったせいだと思う。

切り口から赤黒い血が、少し遅れて、痛みがじくじくと溢れ出してきて、私はわああと大声を上げてみっともなく泣いてしまった。

教室のドアががらりと開いた。振り向くと、ポニーテールの女子が戸口に立っていた。見たことある顔、同じクラスの子。名前は知っている。有明紫《ありあけゆかり》。整った顔立ちの子で、男子に人気があることも知っていた。

ユカリは「ねえ、大丈夫？」と言いながらハンカチを取り出し、傷口にあてがってくれた。白い布地がまたたく間に赤く染まった。

「行こ」

ユカリに手を引かれて保健室へ向かう。当時の彼女は、私よりも頭半分くらい背が高かった。第三者が見たら、迷子になった下級生を上級生が引率していると勘違いしたかもしれない。

傷自体はさほど深くなかった。応急処置を施してくれた養護の先生は病院で診《み》てもらうよう勧めてくれたけど、結局医者には行かなかった。

保健室を後にし、私はユカリと一緒に下校した。偶然にも、帰る方向が一緒だった。不揃いの影が二つ、アスファルトに伸びる。

「大したことなくて、よかったね」

屈託のない笑顔のユカリに、私は「うん」とだけ返した。

「ところで、なんで怪我したの？」

言葉に詰まってしまった。

「もしかして、死のうとしてた？」

私は無言でユカリの顔をまじまじと見た。長い睫毛《まつげ》の先がオレンジ色の夕陽に照らされてきらきら光っていた。

「じゃあ、止めないほうがよかったのかな」

そんなことない。ありがとう。ハンカチ洗っ、あ、さっきゴミ箱に捨ててたっけ。汚しちやってゴメンね。頭の中では饒舌《じょうぜつ》なのに、口は鉛のように重かった。

これが私とユカリの最初の出会いだった。

❁

もちろん、アオイ――佐倉葵《さくらあおい》のことは知ってた。それまで一度も会話したことはなかったけど。名前と顔を憶えるのは得意なの。

印象？　目立つ子じゃなかったけど、険《けわ》しい顔をしてることが多かったかな。言いたいことは沢山あるけど絶対に言ってやるもんかっていう、そんな顔。

翌日、私はユカリに一日遅れのお礼を言い、新品のハンカチを手渡した。「気を遣わなくてもいいよ」とユカリは言ったけど微笑《ほほえ》みながらハンカチを受け取ってくれたので、私も嬉しくなった。うまく笑えたかは分からない。

❁

その日以来、私はユカリを意識し始め、彼女の姿を目で追うようになった。女に生まれて本当によかった。これが男子だったら周囲から冷やかされるのは明白だ。

頭脳明晰《めいせき》、容姿端麗、天真爛漫で社交的、と三拍子揃ったユカリはクラスの中で一目置かれる存在だったけれど、彼女と親しくしている女子はいないようだった。隣に並ぶと比べられて惨《みじ》めな気分になるからだろう。

ぽっかりと空いた彼女の友人ポジションに、私はちゃっかり居座った。空気が読めないことにかけて、私の右に出る者はいないのだ。

初めのうちこそ金魚のフンのごとくユカリの周りをウロチョロするだけの私だったけど、つきまとう私をユカリは邪険にしなかった。

知り合ってから一ヶ月、二ヶ月と過ぎる頃には打ち解けて、休み時間や放課後を一緒に過ごす仲になっていた。彼女は、私のとりとめもない話を微笑みながらうんうんと聴いてくれた。いつしか私は、憧れに似た感情を彼女に抱くようになっていた。教科書の余白やノートの端に、私とユカリが並んでいる落書きをよく描いていた。ユカリの口調や仕草を真似した時期もあったけど、彼女に「似てなくない？」とからかわれたのですぐやめた。

ある日の下校時、校門の前でスズメが蹲《うずくま》っているのを見付けた。私たちが近寄ってもスズメは飛び立とうとしない。

「怪我してる」

ユカリは掌にスズメを乗せて矯《た》めつ眇《すが》めつしていた。小さな翼は両方とも傷ついていた。

ふと見上げると、スズメの群れが囀《さえず》り合いながら空を渡っていた。怪我をしたスズメは、ユカリの手の中で震えている。

「このままだと餌を獲れなくて死んじゃうかも」

「家で世話するの？」

「スズメって飼っちゃ駄目なんだけど」

通りがかりに郵便ポストを見付けると、ユカリはその上に傷ついたスズメを放した。

「ここでいいの？」

「運が良ければ、また飛ぶよ」

「飛べなかったら？」

「それがスズメの運命だったんだよ」

しばらく歩くと、右の踝《くるぶし》をふわふわした何かが擦《こす》った。ひゃあっ、と私が驚いていると、ユカリは「カー子」と嬉しそうな声を上げた。カー子は頭から尻尾の先まで真っ黒の猫だった。カー子は茶色い物体を咥《くわ》えていた。微動だにしないその小さな物体は、つい今しがた放したあの飛べないスズメだった。

「こういう運命だったのね」

ユカリは屈み込み、カー子にほっそりとした白い手を差し伸べた。カー子は獲物を地面に置いて、ユカリの手に頬ずりした。

「カー子はあたしに懐《なつ》いてるの。あたしを見付けるとさっきみたいに、タタタッて走ってきて足元にすり寄って来るの」

ユカリは満面の笑みでカー子を抱き上げた。

「だからあたしも、カー子が大好き」

大好き、という言葉で頭の芯に電流が走った。この頃になると、彼女が他のクラスメイトと談笑している光景を目《ま》の当たりにするだけで、鳩尾《みぞおち》の辺りがムカムカとした。

彼女に好かれたい。彼女には私だけを見ていてほしい。私を一番大切に思ってほしい。私に、私だけに大好きって言ってほしい。

この願望に名前を付けるとしたら、恋が最もふさわしいのだろう。そう、私は有明紫という少女に恋心を抱いていた。

それにしても。

猫にまで嫉妬してしまうとは、いよいよ私もおかしくなっていたのかもしれない。

✿

三歳の時、誘拐されたことがあってね。

犯人は隣の若い奥さん。包丁であたしの両親を刺してあたしを拐《さら》ったの。子供ができなくて悩んでて、あたしの両親に直談判したけど断られたんだって。当然だけどね。それで逆ギレして、めった刺しにしちゃったの。両親は二人とも死んだわ。

で、あたしは拐われたんだけど、三日後に解放されたの。その奥さんが警察に自首したから。人二人殺してまで拐ったのにたった三日でなんて、全然割に合ってないよね。

そこからは大変。天涯孤独になっちゃったから、親戚をたらい回しにされてさ。

最終的に、小学校に上がる直前にお父さんの妹夫婦に引き取られたけど、あたしが来て半年くらいで離婚。慰謝料代わりに叔母さんがあの家を貰って、それ以来あたしは叔母さんと二人で暮らしてたってわけ。

離婚の理由？　うーん……大人の事情ってやつ？

ユカリは同年代の女子に比べて早熟だった。背はクラスで一番高かったし、五年生の時にはもう胸や腰はなだらかな曲線を描いていた。体育の授業や運動会では男子の注目の的だった。私はその男子たちをマシンガンで撃ち殺す妄想で、どうにか怒りを散らしていた。

✿

事件が起きたのは六年生の夏休み直前、一泊二日の林間学校でのことだった。コミュニケーションが極端に苦手な私にとって、林間学校は地獄にも等しい。ユカリがクラスの輪に交じってカレーを作っているのを横目に、私は意味もなく食器をあちこちに動かして時間を潰した。

キャンプファイヤーを仮病でサボり、二段ベッドの上でゴロゴロするのに飽きた私は、暇潰しに宿泊施設を探索することにした。

廊下を歩いていると、どこからか忍び笑いが聞こえてきた。もしや幽霊、と身を強張《こわば》らせていたら、一つだけ、引き戸にはめ込まれた磨りガラス越しにぼんやりとした光が揺れる部屋があった。固唾《かたず》を呑み、私はへっぴり腰でそろりそろりと入り口に近付いた。

「違う、こっちの穴」

聞き慣れた声。ユカリに間違いない。

勢いよく戸を引き開けると、ベッドの上で見知らぬ男子がユカリに覆いかぶさっていた。枕元に置かれた懐中電灯が二人の姿を照らしている。男子は丸出しの尻を浮かせて驚愕していた。ユカリもその男子も素っ裸だった。

頭の中が熱くなり、部屋に置かれてあったスポーツバッグの一つを摑むと、無我夢中で男子の背中に打ち付けた。出て行け、と叫んだような気もする。我に返ったときには、部屋には私とユカリの二人きりになっていた。

薄暗い部屋の中、ユカリは相変わらず裸のままベッドに座り込んでいた。咄嗟《とっさ》に視線を逸らす。

「何やってたの一体？」

目を合わせずに私が問うと「誘われたから」とだけユカリは答えた。その当時はまだ、セックスに関する詳しい知識は持っていなかったけれど、二人の男女が裸で同じ空間にいることのいかがわしさは知っていた。

「なんで平気なの？」

私の中のユカリは清らかで、穢《けが》れとは無縁の純真無垢の存在だった。男子との浮いた話は聞いたことがなかったし、クラスの男子と仲良くしている光景はほとんど見たことがなかった。彼女が男子と何かしらの関係を持つ事態は、完全に想定の埒外だった。

それだけに、今しがた目にした光景が信じられず、私は頭をゆるゆると振った。

「駄目だよ、こんなの。ユカリらしくない」

「あたしらしいって？」

「だってユカリは、ユカリは」

「アオイ、もしかして怒ってるの？」

ユカリが私の心境を察してくれない哀しさに声が震える。

「だって、こういうのって、違う。好きな人と、することなんじゃないの？　ユカリはあの子のことが、好きなの？」

「ううん、全然」

「じゃあなんで」

「しようって誘われたから」

一切悪びれないユカリの態度に怒りがこみ上げ、涙が出てきた。彼女はそんな私をただぼんやりと眺めていた。

「ねえ、アオイも見たいの？」

何を？　と訊く前にユカリは体育座りをして、立てた両膝をゆっくりと左右に開いた。男子が逃げ出したときのはずみでか、懐中電灯は明後日《あさって》の方を向いていたので彼女の姿はほとんどシルエットでしか捉えられなかったけど、胸の膨らみだけははっきり見て取れた。ほんの数歩進めば触れることができる距離で彼女が裸身を余すことなく見せつけているという事実に、私の心臓は早鐘《はやがね》を打っていた。

——違う、そうじゃない！

私は再びそっぽを向いた。

「そろそろ終わるよ、キャンプファイヤー」

それだけ言い残して部屋を飛び出した。

「無理しなくていいのに」

去り際、ユカリが発した呟きがいつまでも背中に張り付いていた。

✿

初体験は五歳の時。相手はずっと年上の従兄《いとこ》。二番目に預けられた家だったかな。ペドフィリアっていうの？　ほとんど毎晩部屋に連れ込まれて、いやらしいことされてた。で、ある夜にとうとう一線を越えちゃってさ、あまりに痛くて大声を出しちゃったのよね。あはは。そしたらそこのおばさんが部屋に踏み込んできちゃって。次の日には別の親戚の家に強制移住よ。

小学校の六年間では、そこそこ声を掛けられたよ。高学年の子とか先生にはセックスに誘われることが多かったけど、大半は裸を見せてくれってお願いだった。うん、だいたい応じてた。減るもんじゃないし。

アオイはたぶん、林間学校の一件しか知らないんじゃないかな。あのすぐ後で、別の男子とヤったこともあの子は知らないと思う。

✿

初めてブレザーに袖を通したときは、自分がぐっと大人になった気がして嬉しかった。けれど、ユカリの制服姿を目の当たりにしたら、高揚感は劣等感に変わっていった。それほどまでに、彼女の大人びた体はブレザーに馴染んでいた。

私たちは同じ中学校へ進んだ。

ユカリとは運悪くクラスが離れ離れになってしまったけど、休み時間や移動教室のたびに私は彼女の姿を探し、視線が合うと小さく手を振り合った。一緒にいられないのは寂しいけれど、これはこれで秘めた恋って感じがしていいな、などとポジティヴに考えることにした。

そして相変わらず私は自分のクラスでは変わり者として扱われ、孤立していた。

私もユカリも部活には入らなかったから、放課後や休日を自由に使うことができた。時間が合う限り、私たちはお互いの家で本を読んだりゲームをしたりテスト勉強をして過ごし、合間にたわいないお喋りに興じていた。

どんなきっかけだったのか、どちらが言い出したのかは定かではない。裸を見せ合おう、という流れになった。二年生の初夏だったと思う。場所はユカリの自室だった。じっとり汗ばむ陽気だったことは鮮明に覚えている。

ユカリは一片の躊躇《ためら》いもなくするすると、私は恥ずかしくてもじもじと制服を脱いで、下着姿になった。彼女のおしゃれな下着と違い、子供っぽいデザインの下着を着けていた自分が恨めしかった。

「脱がしっこしよっか」

私とユカリは抱き合う恰好で密着し、お互いのブラジャーのホックを外した。彼女の首筋から、柑橘《かんきつ》系のコロンが香った。体を離すと、二枚のブラジャーは同時に床へ落ちた。

ショーツを脱がし合うと、私たちの体を覆うものは何も無くなった。ユカリは腕を下ろして乳房も股間も隠すことなく見せてくれた。私もそれに倣《なら》う。大人と子供。ユカリの裸身を前にして、そんなワードが頭を過《よぎ》った。

両腕を前へ伸ばすと、ユカリは私を優しく受け止めてくれた。ふっくらした乳房が私の鎖骨で潰れる。下腹部を撫でるユカリの陰毛がくすぐったかった。

私たちは抱き合ったまま、お互いの素肌をまさぐり合った。ユカリの肌はしっとり湿り気を帯びていて、磨いた石のようにすべすべしていた。胸の膨らみの先端を指先でなぞると、あ、とユカリが吐息を漏らした。

試しにキスをせがんだら、ユカリは私の顎《あご》を指先でくいっと上げ、唇を重ねてきた。なにこれイケメンがするやつじゃん。この時点で私の脳の回路はショート寸前だった。

それから私たちはベッドに潜り込み、ハグしたり足を絡め合ったりして、肌と肌で会話した。キスをしたままゆっくり転がり、上になったり下になったり横向きになったりと、体勢を入れ替えながら唇を貪《むさぼ》った。

あ、これハマったら抜け出せなくなる。

冷静な私は自制しようとしていたが、興奮した私は歯止めが利かなくなりつつあった。

不意に、ユカリが体を離した。

え、と言いかけた私の唇に、彼女は人差し指を当てた。

「今日はここまで」

上気した顔にうっとりと浮かべた笑顔が、どうしようもなく艶《なま》めかしかった。

それから私たちは、月に一、二度くらいの頻度で裸を見せ合い、肌を重ねるようになった。今になって振り返ると、あれはじゃれ合いの延長でしかなかったけれど、当時の私にしてみれば十分すぎるほど刺激的な体験だった。

一度だけ性器を見せ合ったこともあった。ユカリが薄い陰毛に覆われた自分の割れ目を左右に広げるのを、私はドキドキしながら凝視した。

その日私は自宅に帰り着くなり、手鏡と指で自分の性器をまじまじと観察した。ユカリのものとよく似た形をした卑猥な部位が私にも具《そな》わっている事実に顔が火照《ほて》った。生まれて初めてのオナニーもこの時に経験した。


満ち足りているはずだった。なのに、まだ足りなかった。

ユカリのことなら何でも知っている。彼女の好みから行動パターン、汗の味まで。彼女に一番近しいのが自分だという自負もある。けれど心が満たされない。離れ離れの時間がもどかしい。なぜ授業中に彼女の姿を見ることができないのだろう。なぜ夜になったら私たちはそれぞれの家に帰らなければいけないのだろう。

「ねえ」と、私はユカリの首筋に鼻先を埋めた体勢で語りかけた。

「私たち、ずっと一緒にいられる方法って、無いのかな」

「んー」とユカリは軽くのびをして、腕と足を私の体に絡めた。

「なら、あたしの手足でも切り取る？」

「手と、足を？」

ユカリの突飛なアイデアに度肝《どぎも》を抜かれた。

「で、アオイがあたしの面倒を見るの。アオイなしじゃ生きられない体にしちゃえばあたしを独占できるよ」

「完全にヤリチン野郎の台詞《せりふ》じゃん」

くすくす、と額を合わせて忍び笑いをする。

「でも、ユカリの面倒見られるかな。気が利かないし不器用だし」

「アオイ、眉間《みけん》のしわ」

私は慌てて額を擦る。考え事してるとブサイクな顔になってるよ。ユカリから指摘された、私の悪い癖だった。

「冗談なんだから、真剣に悩まないでよ」

ユカリはそう笑ったが、私の心は激しく揺れていた。彼女のアイデアはあまりにラディカルだけど、方向性は間違っていない。手足を切る切らないはさて置き、何かしらの方法で彼女を拘束することができれば――。

私の中で、願望が一つにまとまった。

いつかユカリを独り占めしたい。

❀

中学校に上がってからも男子にはよく誘われたし、この頃にはもうほとんどがヤリモクだったから、どうしても相手の臭いが移るの。ヤった直後にアオイと会ったことがあるんだけど「ユカリから変な臭いがする！」ってヒスったことがあってさ。それ以来コロンスプレーを持ち歩いて、アオイと会う前にはシュッてひと吹きするようにしてたの。

けど、アオイは気付いてたんじゃないかな。だからこそ、時間が許す限りはあたしと一緒に過ごしていたんだと思う。もちろん、あたしが男子とセックスしないよう見張るため。

小学校の頃からアオイは話したいことだけ話す子だったけど、中学に上がってから、ううん、正確には裸を見せ合った頃からかな、あたしの行動を根掘り葉掘り訊いてくるようになったの。で、ちょっとでもおかしい点があったり、前に話したことと食い違ったりしたらとことん追及してきたの。

あの子はあたしのことなら何でも知っていた。どう調べたのか、あたしの日常行動まで事細かに把握するようになってたの。いついつどこに行って何を買ったとか、体育の授業でこんな失敗をしたとか、この間の試験は何点で学年順位は何位で、てな調子で。あたしですら忘れてることまで、よく覚えてた。そこまであたしに入れ込んでくれるのは嬉しいことだけど、あの子の難点は、それを当の本人に得意げに話すところなのよね。

私こんなにあなたのことが好きなんですアピールのつもりかもしれないけど逆効果だよね。自分のパーソナルデータを暴かれて、一挙手一投足に至るまで監視されてるって知ったら、普通はドン引きするでしょ。そういう、世間一般の心理に疎いのがアオイって子なの。もっとも、裏を返せばそれだけ一途《いちず》って証《あかし》でもあるのよね。そういうのが可愛い点でもあったから、あたしも止めてくれとは言わなかった。あたしの生理周期を突き止めてわざわざ報告までしてきたのは、さすがに度が過ぎてたと思うけど。

三年生の春に飼ってた猫が急死したの。病気も無かったから変だなって思ったんだけど。猫にとって玉ねぎって毒だって知ってる？

庭に落ちてたんだよね。たっぷり玉ねぎが入った、ハンバーグの食べ残しが。

疑うのは早計だけど、ちょっと考えなきゃいけないのかな、て思い始めたのはこの頃ね。

❁

三年生の夏休みが明けた頃から、私とユカリの関係には少しずつズレが生じ始めていた。廊下ですれ違ってもユカリはほんの少しだけ口元を緩《ゆる》めるだけで、以前のように手を振ってくれることはなくなった。遊びの誘いも、都合が悪いから、と断られてしまう。

ユカリに避けられている。

薄々勘付いていたけど、ユカリに問い質《ただ》せないままずるずると時間だけが過ぎていった。

ユカリが男性教師とデキている、という噂が流れたのはちょうどその時期だった。

彼女の美貌を妬《ねた》んでか、この手の事実無根のゴシップは十指に余るほど流れていた。まして今回の噂の相手は、校内不人気教師男性部門不動の一位、理科教師の加木屋《かぎや》である。カマキリが白衣を着たような根暗で貧相な男とユカリが釣り合うはずがない。

しかし、最近の彼女の態度と照らし合わせてみると、くだらないデマと一笑に付すことができなかった。

「じゃあ、あたしこっちだから」

ある日の下校時、ユカリは家と逆の方向を指差した。行き先を問うと「加木屋先生の家」と、さらりと答える。膝から力が抜けそうになり、立っているので精一杯だった。

「何しに行くの」

口の中がカラカラに乾き、舌がもつれる。

「セックス」

ストレートな返答に、卒倒しかけた。

「色々マズいよ、それって」

ユカリは「何が？」と首を傾《かし》げた。肩で切り揃えた黒髪が揺れる。

「だって歳《とし》も離れてるし、教師と生徒だし」

「倫理観とか、そういうの抜きにしてさ」と、ユカリは私の言葉を遮《さえぎ》った。眼差《まなざ》しが氷のように冷たい。

「教師と生徒が関係を持っちゃいけない理由って何？　チンコと粘膜擦り合わせる行為にな

んで面倒くさい理由付けが必要なのかな。アオイはあたしの保護者か何かだっけ?」

強い口調で詰問《きつもん》されると何も言い返せないのは、私の弱いところだ。足元に視線を落とし、私はユカリのローファーの爪先に付いた小さな疵《きず》を見つめていた。視界がじくじくと滲む。

だって、でも私は、私たちは、あんなに。

「なんで男と」

「潔癖なんだね、アオイって」

見下すようなユカリの言葉は刃のように、私の心を鋭く抉《えぐ》った。

「体なんてただの道具だよ。目的のために使い倒すための道具。気持ちを通じ合わせるために、言葉と同じくらい体も最大限に使うの。人間ってそういうふうに作られてるんだよ」

私は下唇を、千切《ちぎ》れるほど強く噛んだ。

「だからって、なんで加木屋先生なんかと」

「誘われたから」

林間学校のあの夜と一緒だ。好きな人がシンプルな理由で別の男の元へ行くのを止められないほど、私の言葉はなんて無力なんだろう。

「それじゃあ、あたし行くから」

颯爽と立ち去るユカリを、私は引き留められなかった。

女同士って、こういうときに損だ。涙を武器にできないから。

アオイには嘘ついたの。加木屋先生とは一度もセックスしなかった。

嘘をついた理由？　二つかな。

一つは、アオイに嫉妬させるため。

もう一つは単純に、アオイの干渉にちょっとイラッときてただけ。

✿

もうこれは殺すしかないなあ。

ぶん、ぶん。

卒業まで一週間を切っていたが、ユカリとは疎遠なままだった。

ぶん、ぶん、ぶん。

ユカリは相変わらず加木屋と付き合っているようだ。すぐに終わると思われていた二人の関係は、半年以上続いていた。

ぶん、ぶん、ぶん、ぶん。

このまま卒業を迎えたら。頭の中で悪い想像がどんどん膨らんでいく。ユカリはもうじき十六歳になる。つまり、結婚できる年齢に達するということだ。

ぶん、ぶん、ぶん、ぶん、ぶん。

もし二人が結婚などしたら、私は永遠にユカリとの関係を修復できないことになる。もうとっくにユカリの心が私から離れてしまったのは知っているけど、それをきっぱりと認めてしまうことだけはどうしてもできない。

ぶん、がしゃん。

振っていたバールの先端がデスクスタンドに当たり、電球が粉々に砕けた。

最悪の結末を予想するたび吐き気がこみ上げた。というか、実際に何回か吐いた。自分がここまで未練がましく弱い女だとは知らなかった。便器にしがみつきながら、精神が摩滅していくのを感じた。涙がぼろぼろ零《こぼ》れて止まらない。胸が詰まって呼吸が苦しい。このままでは心が死んでしまう。

口元にこびりついた乾いたゲロをこそぎ落としながら、濁った頭でうだうだと考える。

ああ、やっぱり加木屋を殺すしかないなあ。

卒業式の日。

ユカリと加木屋は、学校へ来なかった。

あの日は、本当にキツかった。

死んじゃうかもしれない、て覚悟した。

でも人間って存外タフな生き物なのよね。

✿

病室に入るのが怖かった。

ユカリは今、どんな様子だろう。

五月になっていた。

入院後しばらくはマスコミが連日押しかけてきたようだが、病院内にそれらしき人物は見当たらなかった。

ユカリは行方不明になった日の夜、町外れの廃倉庫で保護された。見付けたのは彼女の親友、すなわち私だ。

今でもあの時の情景を思い出すと全身に震えが走る。彼女を見付けた私は、あらん限りの声で彼女の名前を叫んだ。ユカリが呻《うめ》き声を上げなかったら、私はきっと発狂していたと思う。スマホで警察と救急車を呼ぼうとしたら、声が嗄《か》れていた。

そして今、私は彼女が意識を取り戻してから初めての面会に臨もうとしている。深呼吸をして、ドアをノックする。薬品と吐瀉物が混ざった臭いが鼻を打った。室内から、どうぞ、と応えがあった。

「来てくれたんだ」

ユカリはベッドに横たわったまま左腕を挙げ、屈託のない笑顔で迎えてくれた。包帯が巻かれたその腕には、肘から下が無かった。

左腕だけではない。ユカリは両足の膝から下、両腕の肘から先を喪《うしな》っていた。何者かにノコギリ状の刃物で切断されたと聞いている。

ベッドの上のユカリは壊れた人形のように見えた。顔に傷を負っていないのが不幸中の幸いだったけれど、それがかえって痛々しさを際立たせていた。

ユカリは明るい口調で、病院食が聞いていたほど不味《まず》くはなかったこと、最近ようやく独りで体勢を変えることができるようになったこと、おむつの交換が少し恥ずかしいこと、夜中にパタパタと走るスリッパの音を聞くたび不安になることなど、入院中の出来事をのべつ幕なしに語り続けた。手足を喪った悲壮感を感じさせせない様子に、こちらが拍子抜けしたくらいだった。

「ありがとうね、アオイ」

ユカリは居住まいを正して、切り詰められた両腕を胸の前で合わせた。

「アオイが来てくれなかったら、あたし死んでたと思う。命の恩人よ」

ユカリは以前のように柔らかく笑いかけてくれた。あの日下校路で、刺々《とげとげ》しく私を詰った
ユカリの貌《かお》はどこにも無かった。

私はどんな表情で彼女の笑顔を見ていたのだろう。いつしか私は顔を伏せていた。爪が食
い込んだ太ももから、血が滲んでいた。

「どうしたの、アオイ？」

眉をひそめて、ユカリが私の顔を覗き込んできた。さらさらした黒髪が私の頬で零れる。

堰を切ったように、涙と嗚咽《おえつ》が溢れた。

布団に顔を埋めて号泣していると、ユカリが両腕で頭を撫でてくれた。

「アオイが泣くことないのに」


ユカリは勘違いしている。

私はあの時、本当にあなたが何かの手違いで死んでしまったと思ったんだよ。

大切な人の変わり果てた姿を見て冷静でいられるわけないいじゃない。

これは、あなたが生還したことへの嬉し涙。

そして、ようやくあなたを独占できる喜びの涙なんだよ。

✿

でもね、悪いことばかりじゃないんだよ。今こうしてあなたとまた会えたのも、この体になったからだし。

こうしてあたしは手足を喪った。

え？　またってどういうことかって？

さっき「はじめまして」って言っただろうって？

だって、あなたはこの事件の重要参考人として未だに指名手配されてる身だし、その顔だって整形でいじってるんでしょ？　それならまずは、知らないふりをするのが最低限の礼儀ってもんじゃないかな。

四肢欠損性愛。

手足を切断した体に興奮する性的倒錯。アポテムノフィリアっていうんだっけ。

かなり前から準備してたんだよね。

倒錯者だったあなたは、卒業式の朝にあたしを家まで迎えに来て、学校じゃなくて廃倉庫に連れ込んだ。そして、あたしの手と足をチェーンソーで切った。

そうだったよね、ロックスミスさん。
――じゃなくて、加木屋先生。
あたしの一本目の足を切ったとき、もしかして射精しちゃったんじゃない？
そして、それを先生に依頼したのは――。

✿

三月、卒業式の三日前、深夜一時。
私（佐倉葵）は加木屋（中学教諭）を誅殺すべくバール（全長六十センチ）を手に、彼の住む部屋（アパルトデュール一〇四号室）へ忍び込んだ。リビング（八畳くらい）に彼は不在だった。ユカリ（私の親友）の姿も無かったので、自宅へ送り届けているのかもしれない。それならば帰宅までゆっくり待つかとソファ（ダブルサイズ）に座ったけれど居心地のよさが腹立たしくなって立ち上がり、何か暇つぶしでもないかと家探しをしていたらルービックキューブを発見したが解き方が分からないので窓の外へ投げ棄て、パソコン（Ｍａｃ）が点けっぱなしだったのでスリープモードを解除すると、ディスプレイ（二十七インチ）に手足が無い女性の画像が大写しになった。パソコンを操作する。他にも四肢を欠損した女性の画像が大量に見付かったが、全て同一の女性の顔（美人）だった。

「よくできたアイコラ画像だよ」

戸口に加木屋（ターゲット）が仁王立ちしていた。加木屋は、侵入の際に私がバール（鉄製）で割った掃き出し窓のガラスを見るなり「警察に通報させてもらうよ」とスマホ（リンゴマーク入り）を取り出した。

「いい大人が中学生と肉体関係を持つのは、犯罪じゃないんですかあ？」

加木屋（変態教師）の動きが止まる。

「条例違反ですよねえ先生。おまけにこんな画像まで。ロリコンでド変態。学校に知れたら、懲戒処分待ったなしですよねえ？」

切断された四肢を投げ出してこちらに微笑みかけるユカリ（私の恋人）の顔をした女の画像を顎でしゃくる。加木屋（殺す）は顔を紅潮させたけど私がバール（重い）を振りかぶると分かりやすく狼狽《うろた》えた。私はバールをしっちゃかめっちゃかに振り回した。テレビ（でかい）のディスプレイが割れる。本（たぶんエロ）が飛ぶ。キーボードが飛ぶ。テーブル（ガラス天板）が割れる。ソファには穴が空く。

「頼む、もう止めてくれ！」

加木屋（カマキリ）が懇願したので、バールを下ろして笑みを浴びせる。自然に笑えたかな？　笑えてるといいけど。

「一つ、提案があるんですけどお」

私はバールの先っちょでパソコンのディスプレイ（ちょっと欠けてる）を軽く叩く。

いつだったか、ユカリ（大好き）と交わした会話が耳の奥で再生される。

あたしを独り占めしたいなら――

「妄想じゃなくて現実に、彼女をこの姿にしてみたくないですかあ？」


加木屋の家を出て百メートルほど歩いた辺りで私は吐いた。足の震えが止まらなかった。

あの度胸はどこから湧いてきたのか、なぜ教師相手にあんな舐めきった態度を取れたのか、自分でも全く分からない。

加木屋を殺すというミッションは失敗したけれど、本来の願望は叶えられそうだった。

ちゃんと加木屋はやってくれるだろうか。

いや、是が非でもやってもらわなければ。

右手に握ったままのバールに目を落とす。

加木屋は手足を切り落としたユカリを連れ去るかもしれない。あんな画像まで作っているくらいだ、それくらいやりかねない。

それならいっそ、加木屋がユカリの手足を切り落としたのを見計らって頭を――。

けど先生は、あたしの手足を切り落としたところで逃げたよね。無責任に。液体窒素とドライアイスで壊死《えし》させたとはいえ切った箇所は痛くてしょうがないし、熱まで出てきて意識は朦朧《もうろう》とするし。

アオイが来なかったら、今頃死んでたかも。

それはさておき半年後、あたしはようやく退院できた。病院からは義肢を勧められたけど叔母がいい顔しなくてね。補助金が出るから、て説得されたけど首を縦に振らないの。ああこれはもう叔母さん、あたしにいてほしくないんだな、て理解できちゃった。ずっと前から、あたしに愛着が無いってのは知ってたけどね。

こりゃ事故を装っていずれ殺されかねないな、どうにかして逃げないと。

なんて思っていた私のもとに、脱出計画が舞い込んできた。実にグッドタイミング。

持ち込んだのは、もちろんアオイ。

❁

終業式が終わると私はその足でユカリの家に行き「ちょっと散歩に」と叔母さんに断ってから車椅子でユカリを外へ連れ出し、あらかじめコインロッカーに預けてあった身の回りの品々や着替えを詰め込んだバッグを抱え、家から拝借した、親が積み立てていた私名義の預金通帳と印鑑を確かめると、これまた前もって購入してあった特急券を手に改札をくぐりユカリと共に特急列車に乗り込んだ。

車内で私たちはスマホを取り出し、知り合いから連絡が来ないように片っ端から着信拒否していった。作業はものの数分で終わった。二人とも、家族以外で頻繁に連絡を取り合う相手がいなかったからだ。

✿

あたしたちは愛の逃避行に出発した。ただアオイは、あたしと一緒に逃げ出すところまでしか考えていなかったらしく、その先はノープラン。アオイらしいというか何というか。

二人で住む新居は全然見付からなかった。さもありなん、てとこよね。だって未成年の女の子が二人、片方は女子高生、もう片方は手も足も不自由。当然といえば当然だけど、どこの不動産屋でも門前払いよ。

アオイが持ち出した通帳に入ってたのは十万円ちょっと。旅行かよって。逃避行どころか、すぐにお金が尽きてもう逝《い》こうになっちゃうじゃない。

ともあれあたしたちは新しい生活の構築を諦めて、どうせなら後先考えず遊び倒そうってことにしたの。お金が尽きたら尽きたでその時考えよう、てね。

そんなこんなで、あたしたちは目的を変更して、行きたい場所や気になるスポットをネットで調べて片っ端から巡ることにしたの。

毎日、ジャンクフード片手にあちこち回って、夜になったらネカフェで寝泊まり。いかにもお金が無い十代の旅行って感じで、それなりに楽しかったな。

あたしたちは馬鹿みたいにはしゃいでた。

でもね、どんな物事でも終わりって確実にやってくるのよ。

❁

違和感は何日も前からあった。

朝の九時頃にのろのろと起きて、軽い挨拶を交わしてから洗面所で顔を洗い、軽食と無料のドリンクバーで腹を満たす。

着替えて外へ出る。冬だというのに陽射しがやけに暖かい。

日中はあちこちを見て回り、ジャンクフードで遅めの昼食を摂ってから市内観光を再開し、夜になったらファミレスで食事をしてからネカフェに舞い戻る。

二人でシャワーを浴びて、個室でドリンクバーを飲みながら漫画を読んだりネットを見たりして時間を潰す。日付が変わる前におやすみまた明日を言い合って、床に就く。

ブランケットに包《くる》まりながら、私は平穏だった一日を振り返り、感情を棚卸ししてみた。

今日もユカリに心ときめく瞬間が無かった。

最初のうちは幸せの絶頂だった。ユカリを独占できたことへの至福に酔いしれていた。二人で住む物件が見付からなかったことも、正直どうでもよかった。ユカリがそばにいる、ただそれだけで天にも昇る気持ちだった。

だけど、今は——。

数日前に気が付いて、騙し騙しやってきたけど、さすがに認めざるを得なかった。

もう私、ユカリをそれほど好きじゃない。

手と足を失ったとはいえ、ユカリの美しさには一片の曇りもない。それはもちろん理解している。けれど、有明紫という少女に、以前ほどの魅力をどうしても感じないのだ。

自分の心を誤魔化《ごまか》し、偽り、恋心が消えつつあることをユカリに悟られまいと取り繕うのが、日に日に苦痛になっていた。昨日より今日、今日より明日、とユカリへの想いは吹き口が破れた風船のようにみるみる萎《しぼ》んでいく。ユカリを好きだった頃どんな心持ちだったのか、ユカリをどうやって好きでい続けられたのかすら思い出せなくなっていた。

ユカリへの想いが消えていく絶望に、最初のうちこそさめざめと泣くだけの涙が残されていたが、やがてその涙すらも涸《か》れた。

小学生の頃、ユカリと見付けた飛べなくなったスズメを思い出す。あのスズメは今まで通りに飛べないと気付いたとき、どれほど深い喪失感を味わっただろう。遥か頭上を仰ぎ見て、仲間たちと再びあの空を舞いたいとどれほど渇望したのだろう。カー子に嚙み殺されていなければ、あのスズメはいずれ傷が癒え、また空高く羽ばたくことができていたのかもしれない。けれど、私はどうやったら以前のような情愛を取り戻すことができるのか、その手立てすら見当たらない。

もはや私は、なぜ見知らぬ街のネカフェで寝泊まりしているのか、その意味すら見失っていた。それでもユカリの前で目一杯楽しく振る舞ってみせたのはせめてもの空元気だった。おどけてでもいないと、今日よりさらに虚《うつ》ろな明日がやってくる不安に窒息してしまいそうだったから。

そしてまた、夜が訪れる。

財布の中を漁る。残り四千円。明日のネカフェ代すらままならない。銀行口座のお金は、二日前に全額引き出してしまった。いよいよ私たちは退《の》っ引《ぴ》きならない窮地に立たされた。

ゲームオーバー寸前。コンティニューはもちろん存在しない。

ユカリはネカフェのパソコンを使ってネットを見ている。どうにかマウス操作はできるようで、キーボードは私がタイプしている。

「アオイ、入力して」

画面には検索エンジンが映し出されていた。

「四肢切断」四肢切断。

「働ける」働ける。

「風俗店」風俗っ？

私はユカリをこちらへ向かせた。

「ちょっと待って、何考えてんの？」

「将来のこと」

「駄目だよ。ユカリはもっと自分を大切にしないと。安売りしちゃ駄目」

「あたし、自分を大切にしてないのかな？」

ユカリは首を傾げる。林間学校のときも加木屋のときも、ユカリは同じ目をしていた。なぜ窘《たしな》められるのかと困惑しつつも、自分の無謬《むびゅう》性を確信している澄み切った目だ。

「あたしが望むものを手に入れる道具が、この肉体」と、ユカリは右腕を胸に当てる。

「使うべき時に使い、張るべき場面で張るために肉体は存在しているの。遅かれ早かれ、体は劣化し、老化し、やがて機能自体が壊れてしまう。その時になって肉体を活用できないこと後悔するとしたら、それこそが自分を大切にしていないってことだとあたしは思う」

「どうして風俗なの？　お金を稼ぐため？」

「お金のためじゃない。あたしの望む形ってだけだから」

ユカリの真意を摑みあぐねて、接《つ》ぐべき言葉が出てこなくなってしまった。なぜ私はユカリを説得しようとしているのだろう。彼女への愛情など欠片も残っていないのに。

だけど私は、ユカリには幸せに――。

それは、本当に心の底から願っていること？

今の私にとって、ユカリはそれほど大切なの？

沈黙が降りた。

「もう、いいよ」と、ユカリが微笑んだ。

「無理しなくていいんだよ、アオイ。もうあたしへの気持ちが残ってないんでしょ？」

二の句が継げずにいると、ユカリが抱きついてきた。

「こうしても、もう何とも思わないでしょ」

図星を指された。あれほど愛《いと》おしかった彼女の体温に触れていても、心は寒いままだった。

それでも私の両手は、ユカリの背中に回されている。

「ユカリ、私」「もう無理しなくていいよ」

「私は」「どんなものでも、いつかは終わるんだよ」

「ごめん」「謝ることないって」

「ごめんね、ユカリ」「いいってば」

好きな人を好きだという感情を喪ったというのに、切なさも哀しみも、そのせいで流れるはずの涙すら一掬《いっきく》も湧き上がってこない。ひたすらに私は乾いていた。

ユカリを抱いたまま、横になる。

絶望も苦悩も霧消していた。

ただ温かな安堵感だけが心を満たしていた。

「おやすみ、アオイ」

ユカリは短くなった両腕で私の頭を掻き抱き、胸の膨らみに押し付けてくれた。温かくて柔らかな感触が心地好い、という感想しか浮かんでこず、いつしか私は眠りの底へと引きずり込まれた。


野太い声に叩き起こされた。

カーテンを引き開ける。仏頂面の警官が二人立っているのを見た瞬間に事態を悟った。

ああ、これでもう終わりなんだ。祭りの後のような寂寥《せきりょう》感が胸を通り抜ける。

私とユカリは別れを惜しむ猶予《ゆうよ》すら貰えず、押し込まれるようにして別々のパトカーに乗せられた。

私は警察に、ユカリは自宅に。

ユカリを乗せたパトカーが遠ざかって行くのを、私は何の感慨もなく見送った。ユカリは最後まで、私のほうを振り返らなかった。

その後私は警察で取り調べを受けたけど、最終的には一時的な気の迷いによる家出と見做《みな》され無罪放免となった。もちろん、警察にも両親にもこっぴどく叱られた。

二度とユカリに会わないよう念書まで書かされたけれど、私の中にはもうユカリへの執着や愛情はこれっぽっちも残っていなかった。

ユカリとの逃避行から、六年が経つ。

あれ以来彼女とは、連絡すら取っていない。

砂を嚙むような高校の三年間と専門学校の二年間は矢のように過ぎ去った。私は地元のデザイン会社に就職し、人間関係に悪戦苦闘しながらどうにか働いている。

この六年で出会いが無かったわけではないけれど、恋の予感に心が揺れ動くことや、愛への渇望で身悶えすることは今に至るまで一度も無い。ユカリへの愛着と同時に、どうやら私は他者への恋慕そのものを喪ったようだ。

あまりの恋愛願望の薄さに、同僚からは『枯井戸』だの『さくらババア』だのとからかわれたりするけど、特段気にはしていない。

私の左手首には、今もうっすらと一文字の傷痕が残っている。

ユカリと知り合うきっかけとなった、けれど、ただの傷痕だ。

✿

で、あたしはその後どうなったかって？

もちろん叔母の家に強制送還よ。がっかりしただろうね。いなくなった厄介者が舞い戻ってきたんだから。

あの日ネカフェに折よく警察が来たのは、あたしが通報したから。アオイが寝入った後でね。ここらが切り上げ時かなって。

で、あたしはこんな体になったわけだし、身の振り方でも考えなきゃって思ったけど、できることは限られてるからね。この体で働ける風俗店は、結局見付からなかったし。

ぼんやりとネットなんてやってたけど、SNSにバトンってあるよね。出されたお題に沿った投稿をして、次の人を選んで同じお題を回すっていう企画。あれを見たらピンと来て、叔母さんに協力してもらったの。すごく乗り気だった。よほどあたしから解放されたかったんだろうね。

それが今やってる、あたしを使ったバトンリレーってわけ。

『手足が無い女子を飼ってみませんか？』

投稿したのはその一文とあたしの写真だけ。

DMは山ほど来たけど、ほとんどは冷やかしと誹謗中傷。障碍者を冒瀆《ぼうとく》するなとかいう説教もうんざりするほどあったし、ガチで頭おかしいメッセージもわりとあったよ。

そんなゴミの山から一番信用できそうな人をピックアップして、特大のスーツケースで引き渡してもらう。その人があたしに飽きたら、順番待ちをしてる次の人に直接会って引き渡すの。あたしを必要としてくれてる人に。

この六年で、色んな人に会ったよ。手足が無い女しか愛せない人。亡くなった子供の代わり。絵のモデル。介護の練習台って人もいたし、純粋に話し相手が欲しい女の人もいた。

同情されること？　たまにあるけど、憐れんでほしくはないな。こんな体で健気に頑張って、なんて感動ポルノに仕立てられるのも不本意ね。

あなたも随分待たされたんじゃない？　中には半年くらい置いてくれた人もいたけど、たいていは長続きしなかったな。みんな、あたしの前だとブレーキが壊れるから。

無意識下の自己抑制ってとこかな？　そういうリミッターみたいなものが外れて、心の奥に押し込めてた欲望が暴走するの。

特に、世間一般ではタブーとされてる欲望はその傾向が強いかな。触法。道徳。倫理。世間体。もろもろの理由で大っぴらにできない特殊な性癖や嗜癖《しへき》は強調されやすいみたい。火が燃えてる密閉空間に空気を送り込むと爆発的に燃える現象ってあるでしょ？　あれと一緒。膨れ上がって歯止めがかからなくなった欲望をあたしにぶつけたくて仕方なくなるのよ。それは先生も身をもって知ってるでしょ？「そういう存在」なの、あたしって。

話は変わるけど、どうかな？

今でもあたしの体に興奮してる？

あはは、してるわけないよね。

だって先生、途中から真っ青な顔でゲロ吐きながらあたしを切ってたもんね。あんなに張り切ってたのに、右足一本落としただけであんなことになっちゃったんだから。

その理由を訊きたいから、身バレの危険を冒してまであたしを引き取ったんでしょ？

それとももしかして、途中で切れなくなったときに「その程度なの？」って煽ったのを根に持ってるのかな。え、台詞が違う？「あれだけ偉そうに蘊蓄《うんちく》まで垂れてたのに、小娘の足一本切り落とした程度で萎え萎えになって尻尾巻いて逃げようとするインポ野郎」って罵ったって？　よく憶えてるね。さすが。って、どっちでも大差無くない？

どうして今のあたしに興奮できなくなってしまったのか、その理由ね。

ねえ、『魔女の雑草』って知ってる？

理科の先生だったもんね、聞いたことくらいあるかな。正式名称はストライガ。可憐な花を咲かせるけど、穀物に寄生して栄養や水分を吸い取っちゃう植物のこと。

それがあたし。暴走した欲望を根こそぎ吸い上げちゃうの。性癖も性欲も歪んだ愛情も、残らずね。人によっては嫌悪感すら催すみたい。先生、あなたみたいに。

吸い上げても欲望の滓《かす》が残ったりするけど、それも長くて二週間もしたら消えちゃう。アオイはその長かったケース。最終的には空っぽになっちゃったけどね。

あたしの処女を奪った従兄は性犯罪者にならずに済んだからめでたしめでたしだったけど、叔父さんはあたしを犯してちょっと経ったらあたしと暮らすのが苦痛になって離婚を選んじゃったし、あたしとヤった同級生上級生下級生に先生は二度とあたしを誘わなくなった。男の欲求って単純明快で刹那《せつな》的なことが多いから、滓が残ることのほうが珍しいのよ。あの年代の同窓会は、インポの割合が結構高いんじゃないかな。

欲望をぶつけられたらどんな気分かって？

恐怖？　苦痛？　ないない。すごく快感。

欲望を思う存分ぶつけられてる間は、体の芯が熱くなってきて、体のあちこちで快楽の泡が弾けてるような感覚に嬲《なぶ》られるの。いっぺん味わったら求めずにはいられなくなるレベルの快感。セックスの比じゃないくらい。あたし自身、欲望が暴走した状態がずっと続いてるってことになるのかな。

その点でいえば、アオイとの関係は理想的だったな。彼女の願望はあたしとのセックスじゃなくてあたしを独占することだったから、達成するまで年単位で愛してくれてたし。

……あー、やっぱ分かっちゃう？

そう、アオイの欲望を叶えるために、最初から先生を利用したの。

だって先生ってば、アプローチしたくせに一度もセックスしなかったじゃん。あたしの裸を見て興奮してたけど、手と足ばっかり撫でてたし。ちょっとこいつ変だなって思って、先生がいない間に色々調べて性癖を突き止めたの。あたしのアイコラ、気に入ってくれた？

あはは。我ながら会心の出来だったと思うよ、アレ。大事なフォルダはあんな分かりやすい場所に置かないほうがいいよ。

もっとも、アオイが依頼しなくてもどのみち先生はあたしの手足を切ってたよね。あの子の、ひいてはあたしの望み通りにたまたまあの子が背中を押しただけ。

もしかして怒った？　え、今さらそんな気力ないって？　あっそう。

後悔？

んー、不便だけど別にないかな。何回も言ってるじゃん。体なんてただの道具だって。あたしは他人から欲望をぶつけてもらうために体を出し惜しみはしない。おっぱいだろうがアソコだろうが好きなだけ見ればいい。死んじゃうのはちょっと勘弁だけど、命と釣り合うほどの強烈な欲望をぶつけられるなら、それはそれで本望かもね。

そういう意味では、先生に切られたことも後悔はしてないよ。アオイの独占欲は、手足を差し出してもお釣りが来るくらい濃厚だったから。満足こそすれ後悔はしていない。種々雑多な人たちから寵愛される生活を送ることもできてるし。だから、憐れまれる筋合いなんて無いの。

アオイのことは、今でも好きよ。

恋だの愛だのじゃなくて、一人の女性として。

あの子って駆け引きとか小細工ができないの。あたしを独占したい。その欲望に忠実で、ゴールに向かってまっしぐら。その不器用さと一途さがたまらなく愛おしかったの。

だから最後は、あたしもセンチな気分に……これは聞かなかったことにしてくれる？

今までの話はこれでおしまい。

とりあえず、これからどうする？

短い間だけでもあたしと過ごしてくれるなら、ちょっと嬉しいかも。

あ、もう一杯アイスティー貰えるかな。

荒居　蘭

花のかんばせ

●『花のかんばせ』荒居《あらい》蘭《らん》

2010年代は、ショートショートの分野でも大きな動きが目立った。ショートショートの神様・星新一の名を冠した日経「星新一賞」の設立。髙井信《たかいしん》の研究書『日本ショートショート出版史』の刊行。《異形コレクション》第48巻『物語のルミナリエ』で作家デビューを飾った田丸雅智《たまるまさとも》の活躍。『ショートショート大賞』をはじめ、幾つものコンテストの開催。光文社文庫の『ショートショートの宝箱』もシリーズ巻数を伸ばしている。——そんななか、本作「花のかんばせ」で《異形コレクション》デビューとなった荒居蘭こそ、2020年代のショートショート界の起爆剤になるのではないかと思われる。

マンガ原作のキャリアを持ちながら、ショートショート作家・江坂遊《えさかゆう》に師事した荒居蘭は、『SF宝石2015』に寄稿した「虫の居所」で、劇的なデビューを果たした。「虫の居所」は、この十年で最も優れたショートショートの一本だろうと、私は思う。《異形コレクション》初登場の本作も、怪奇幻想的な発端から、思わぬ方向に展開してゆく巧みなプロット、濃厚な語り口は、やがて驚きの結末に突き進む。異形のロマンスが、鮎川哲也《あゆかわてつや》の名付けた「怪奇探偵小説」の様相を呈してくる本作も、まさに荒居蘭らしい個性の光るショートショートなのである。

オヤお目覚めかい、色男。

なんだよ煩《うる》せェな。大きな声を出すんじゃないよ。そんな地鳴りみたいな悲鳴じゃ、助けてやろうなんて仏心はこれぽっちも湧きゃあしないよ。ちっとは俺の美声を見習いな。耳のうぶげを撫《な》ぜるような、艶《つや》のある低音だろ。なんだい、人の顔をじろじろと。俺の顔になんかついているかい。

ついているわけ——ないよなあ。

だって俺、骸骨《がいこつ》だもん。

マァ落ち着け。首、動かしにくいだろうが顔あげてみろ。気づかないかい。僅かに腐臭をふくんだ土のにおいと、女の髪の香りみたいな……そうだよ、鈴蘭《すずらん》だよ。ここは丘の上だし、今夜は満月だから、雲が切れれば庭一面、粉雪色に咲く花の群れが見られるぜ。

ホラ、俺らの周りにもたくさん生えて——なに、ずいぶんと大きな鈴蘭だ？

馬鹿だなあ、あんたが縮んだんだよ。足元をよぉく見なよ。文字通り根っこが張って身体は動かないし、頭からぶら下がって首吊りみたいな恰好に——ああもう煩せェなあ。せいぜい泣き喚《わめ》きなよ。今に思うぜ、首吊りのほうがナンボかマシだってな。

あァ、あんたァもう人じゃねえんだ。

死んで、鈴蘭になったのよ。

鏡で見せてやれねえのが残念だが、俺とおんなじ、髑髏《どくろ》の花をもつ鈴蘭さ。俯《うつむ》き加減の花嫁みたいな、あの楚々とした花がちょうど俺らの頭さね。憂き身の肉はそぎ落とせても、こびりついた業は消せぬ、これがほんとの人間の顔だよ。

うん。少し前のことだが、俺ァここから持ち出されて、ある女の部屋で活けられていたのさ。そこでしばらく咲いたあと、枯れて萎《しお》れてこれで仕舞いのコンコンチキかと思ったが、そうは烏賊《いか》の金時計。マァちょいとばかり伝言があってね、今度はあんたのすぐ隣に花をつけたってわけ。

いや、生まれ変わりとはちょいと違う。化身《けしん》というか、化生《けしよう》というかな。そっちに近い。ともかく俺もあんたも、人としてはいっぺん死んでるんだ。雨に洗われ風に揺れ、骨と骨とが擦《こす》れ合ってしゃらしゃらり。世にふたつとなき、髑髏の花をつける鈴蘭だよ。

そうさ、もちろん猛毒さ。鈴蘭ってのはそもそも毒があるもんだが、ここら一帯に生えているのはなぜか無毒でね。有毒なのは俺らだけ。まったく、忌《い》まわしい姿に似つかわしいじゃないか。

けどな、俺らとてずうっと髑髏でいるわけじゃない。我が身に宿した毒で誰かが死んだなら、今度はそいつが新たな髑髏に化生するのさ。ひとつ増えたらひとつ減る、代替わりさね。

ああそうだよ。俺ァ先代の毒でもって殺されて、今度は俺の毒であんたが死んだのさ。被害者が凶器に取りこまれて、新たな被害者を生むわけだ。天然自然のしくみってなあ生滅《しょうめつ》転生《てんせい》で廻っていくのが道理なんだろうが、俺らときたら滅ぼすばかり。こんな呪われた循環があるもんかね。

マァおかげで俺はそろそろお役御免、首がポロッといくのを待つばかりだが、後を引き受けるあんたに申し送りをしなくちゃならないことがある。これが最期《さいご》の大仕事、あんたにも関係ある話だから、マァ聞いておくれよ。

少し前にさ、ひとりの女が……老婆ってほどでもねえが、そこそこ年配の女がね。鈴蘭の鉢ィ携《たずさ》えて警察に出頭したんだ。そうだよ、俺だよ。俺を鉢植えにして、ここから持ち出したのさ。そして警察官にこう言った。

——わたしは恋人を毒殺しました。証拠はこの花です。今度こそ逮捕してください。

対応した刑事は若い女でさ、蟹江《かにえ》といったなあ。そりゃあ気の毒なくらい困っちまってよ。この自称殺人者、じつは四〇年前にも恋人に毒を盛ったとかで出頭したが、しかし供述のウラが取れず釈放されたんだと。

刑事なんかやってりゃ修羅場は日常。慣れはしないが対処はできる。警官ってのは、そのように訓練されている。けどなあ、四〇年前のは、そんなやつらにとっても不気味で得体《えたい》の知れない事件だったみたいでね。署内でも半ば怪談化してるって話さ。

そこでだ。蟹江はすっかり参ってしまって、同期の海老沢《えびさわ》って女に相談をしたのさ。

蟹江は海老沢が淹《い》れた珈琲《コーヒー》をひとくち飲むと、ぶるっと身震いをして、
被害者は白瀬夏生《しらせなつお》、男性。死因は不明。

そう言って鉢植えを――俺を指さした。

白瀬夏生。そうだよ、それが俺が人だったころの名さ。

自称犯人の女は、木村朝子《きむらあさこ》といった。四〇年前に出頭した女と同一人物さ。こいつがなァ、この鉢植えこそが死んだ白瀬本人だと、そう言い張っているんだと。白瀬こと俺の死体は頭部が欠けた状態で発見されたんだが、それは花に化生したからであって、証拠はこの鈴蘭だ
――とね。

そうさ、ふつうは取り合わねえよなあ。虚言、妄言、与太話《よたばなし》。偽造、捏造《ねつぞう》、二枚舌。嘘をビームみてえに吐き散らかす連中は世にゴマンといるし、そんなの警察は慣れたもんだろう。なのに適当にあしらうこともしないで、蟹江ってのはちょっと真面目すぎるのかねえ。

マァ俺は俺の死に様が知りたくてさ、とにかく女ふたりの会話に聞き耳を立てた。

――不可解なことに、首の切り口だけが腐乱していたの。そこからは下は死後間もない、きれいなものだったって。

――つまり、腐乱は頭部のみだった可能性が高いわけ。

――木村は、頭部を持ち去ってはいないって。毒を盛ってすぐ……生きているうちに頭部が腐りはじめて、絶命後に鈴蘭の花に化生したんだと……そう供述してる。

――エビちゃんは科捜研の法医研究員だから詳しいと思うけど……首だけが生きたまま腐り落ちて、瞬《また》く間に土に還《かえ》るような……そんな毒物って……ある？

海老沢は怪訝《けげん》な顔をしながらも忍耐強く耳をかたむけ、そんな毒は聞いたことがないとだけ言った。

俺の遺体は木村の供述どおり、彼女の実家の畑から出たんだけどな。毒の出所どころか、そもそも毒物なんて検出されねえしで、木村は心の病を疑われて、やがて病院に送られたらしい。それが四〇年前の事件の顚末《てんまつ》さ。

俺が鈴蘭に化生してこの白い庭に生えてきたのは、それから間もなくだろうぜ。今のあたとおんなじ、先代から申し送りを受けて、そっ首が落ちるのを見届けたのさ。

ああ、毒の盛り方なら、そいつは簡単さァ。ふつうに活《い》けて、たっぷり毒の滲《し》みだした水を料理にでも混ぜてやりゃあいいのよ。効果は蟹江が言ったとおりさ。

生きたまま首が腐れて落ちるんだよ。

ただし俺らの毒はな、どういうわけか男にしか効かねえのさ。しかも死ぬのは不実な男だけで、誠実なやつはケロッと……よくは知らんが、せいぜい腹を壊す程度だろうぜ。どちらにしろ、男の気持ちを試すにはもってこいのシロモノだと思わねえかい。いやいや、黙ってたわけじゃないよ。ウッカリ言い忘れていただけさね。
だいたいさあ、毒殺ってのは女のためのもんだろう。姿は見えないくせに、殺意の輪郭ばかりがやたらクッキリしてよ。そうよ、力はいらねえ。必要なのは意志と機会、それだけさ。

蟹江が困惑しているのは、木村の供述はまこと信じがたいが、彼女の言葉にはどこかしら妙な説得力があって、嘘をついているとも思えないからだろうぜ。同性同士の共感やら女の勘やらもあるのだろうが、そいつに刑事の勘ってやつが加わって、どうにも身動きが取れねえって、そんなところだろう。

だが、正直者がつねに事実を語るとは限らない。ならば論より証拠だと、蟹江は鈴蘭をよく観察するよう海老沢に促した。

海老沢は俺を覗き込むと、拡大鏡をかざしたまま小さな悲鳴をあげた。

無理もねえ。鈴蘭の花房にちいさな頭蓋骨を見つけた蟹江も最初、精巧なミニチュアかと思ったそうだが、しかし茎との接合部なんかを見ると、とてもつくりものとも思えない。なんせ木村はこの花こそが見つかっていない恋人の頭部だと、そう供述しているんだからな。

文字通り頭を抱えてしまった海老沢のつむじを凝視しながら、蟹江はおそろしく奇妙なことを言いだした。

——ねえ、エビちゃんに頼みがあるんだけど。

――その鈴蘭、復顔できない？

あんただって、自分が人であったころのことなんて覚えちゃいねえだろう。俺もさ。けど不思議なもんで、己の名前が分かってから、俺は俺のさまざまなことを思いだした。

俺はもともと他人への関心が薄いほうだったが、どうやら人を愛する資質に著しく欠けていたようでね。そんなてめえのタチを自覚したのは学生時代、生物教諭に「生命とはなにか」と問われたときさ。

ひとつ、外部から栄養を摂取して自己を維持すること。

ふたつ、生殖や分裂により自己を複製すること。

みっつ、膜で包んで自他を区別すること。

以上を満たしたシステムそのものを生命と呼ぶのだと、マァ教科書的で小生意気な答えだが、高校生としちゃ上出来だろうぜ。

問題は――そうさな、みっつめさ。膜を壊して、自他の区別なく混じり合う。そんなものをもし愛とか恋とか呼ぶならば、俺はそんな溶き卵のような境地がどうしようもなく恐ろしいと……ちらと思っちまったのさ。そりゃあ優しくされりゃあ心は温《ぬく》まる、情が染みる。もらったぶん、なにか返したいとも思うさ。けど返せねえ。もらった愛情に愛情で応えられず、せいぜい誠意を示すしか能がねえ。そんなことをしているうちに俺の芯は冷えて凍《こご》えて固まって、行きつく先は花一輪、白々《しらじら》とした骨ひとつってわけ。
木村朝子――俺の恋人だったらしいあの女は、こんなどうしようもない俺のどん底を、ちゃあんと見抜いていたんだろう。だったら、殺されてやるくらいなんでもないさ。

そんなわけでよ。俺は試料として海老沢の研究室に留まり、自分の顔が再現されるまでの工程をつぶさに眺めることになった。

まったく妙なことになったものさ。

海老沢は科捜研に入ってすぐ、なぜか鑑識のカバン持ちみたいなことさせられたと言っていた。当時、刑事部に配属されたばかりの蟹江とは、殺人事件の現場で一緒になって以来の付き合いらしい。

ご存じのとおり、死臭ってのは一度ついたら簡単には取れやしねえ。しきりに気にする海老沢に、蟹江はちっともにおわないと声をかけた。

――だって、わたしも同じにおいだし。

蟹江は今にも嘔吐《おうと》しそうな顔にヤケクソ気味の笑みを貼りつけていて、海老沢はその表情にどこか安堵したのだと言った。

なるほど、たしかにふたりの間には同僚というより戦友、友人というより仲間という感じの空気が流れていた。だから海老沢も、荒唐無稽《こうとうむけい》な蟹江の頼みに付き合ったんだろうぜ。

そうそう、蟹江のやつ来月結婚するんだってよ。相手は同じ職場の出世頭とかで……なに、そんなこたァどうでもいいかい。マァたしかに、浮世の徒《あだ》しごとなんざ俺らには関わりねえことか。

海老沢に異変が起きたのは、顔貌推定作業が佳境に入ったころさ。

海老沢は鈴蘭の花――俺のしゃれこうべを仔細に観察してはいちいち驚いていた。ちいさいながらも頭蓋骨縫合といった細かい部分が、ちゃんと人間のそれになっているらしい。彼女はちいさかった俺の頭を立体データ化し、3Dプリンターなる装置でみごと実物大に複製してみせた。いやはや、吃驚《びっくり》したのはこっちのほうさ。今の世の中、こんなことが可能になってんのかい。

その、樹脂製の頭蓋骨に粘土でもって肉づけしていくわけだが、額から鼻下にかけての部位はおおよその厚みが決まってるらしい。だが口元や頰は個人差が大きく、痩せた太ったでもずいぶんと印象が変わるだろう。木村が持っていた俺の生前の写真を参考にしながら、海老沢は慎重に作業を進めた。

あァ、まるで時間が巻き戻っていくような心持ちがしたさ。花に化生して以来、俺は過去とか未来といった感覚がすっかり鈍くなっていたらしい。花ってのは季節の移ろいには敏感だが、時の流れそのものにはだいぶ大らかみたいだぜ。

それでな。そのころから、海老沢は食い入るように写真を見つめては考え込んだり、ぼうっとしたり、なにごとかを呟いたりすることが多くなった。夜を日に継いで復顔作業に没頭して、やがて同僚の助言や忠告も無視するようになった。食事も摂らず、白衣の裾をふらふらさせて、どこか遠い国の踊りみたいな足取りで捜査一課を訪れては、蟹江に俺のことを根掘り葉掘り聞いていたようだった。

あいつの周りだけ、空気が不吉にそよいでいた。あァそうだよ、予感したさ。

俺の毒を使うのは、この女だ——ってな。

そうして、蟹江の依頼は達成された。

静かな夜さ。

俺はできあがった俺の顔を実感のない思いで眺めた。夢で出会った見知らぬ男と、現《うつつ》で再会したような気分さ。そうさなあ、口幅ったいことを言うようだが、想像していたよりずっといい男だったぜ。張りのある両の眼の間から鼻の稜線がすっきりと立ち上がり、細く酷薄そうな顎《あご》には甘えをふくんだ唇がのっていて——まごうことなき花のかんばせ、木村がつい殺したくなる気持ちも分かるってえものさ。

俺の頭は大きな銀色のバットに載せられ、まがいものの瞳が部屋のすみの暗がりをうつろに見つめていた。

海老沢はそれを恭《うやうや》しく掲げると神聖な儀式をおこなうように俺の頬を撫でまわし、ふだん自分ではつけないような紅い口紅を俺の唇に塗りつけると、熟れて破裂した石榴《ざくろ》そっくりのそれに、かすめるような口づけを落とした。

物静かで控えめな彼女らしい……そんなふうに思ったとき――

俺ァ見た。清潔で公正な蛍光灯の明りのもと、海老沢の白衣の裾がざわり舞い立ち、そこにけだものの影が奔《はし》るのを。

その手に稲妻のような金属光が閃《ひらめ》き、カッターナイフのするどい一撃が俺のつくりものの顔を裂いた。あとは本能のおもむくまま殴りつけ頬ずりし締め上げて、引き裂いて抱きしめて打ち据えて、抉《えぐ》り取り撫でさすり齧《かじ》り取り、刺し貫き甘嚙みし叩きつけ、踏みつけて吸いついて突き入れて、切断して額づいて磨《す》り潰して――欠片《かけら》をひとくち、口に放り込んで。

海老沢は沈黙した。

くしゃりと頽《くずお》れて、ぺたんこになった。

軽く百遍は殺されたろう。復元された俺の顔は骨さえ残らず、かさかさの粉になってあたりに飛び散っていた。自慢の花のかんばせも土より取られたれば、灰は灰に、塵《ちり》は塵にってわけさ。

派手な物音に驚いて研究室に駆けつけた同僚らは、部屋の惨状を前にしばし立ち尽くしたあと、無言でうなずき合って海老沢を引きずっていった。腕といわず拳といわず、流れでた血が樹脂塗りの床に筋を引き、蛍光灯の明りでテラテラと光っていたさ。

けどな、そんな痛々しい光景を見ても、俺の心は少しも動かねえんだ。痛かろうに可哀そうにとは思うさ。なのに俺の心臓には塞ぎようのない虫食い穴があいていて、血の通ったものは全部そこに転がり落ちてしまう。あの一方的で理不尽で徹底した暴力のただ中の――彼女の唇のぬくもりも、壊される痛みも、なにひとつ伝わってきやしないんだ。どんな思いで俺の顔に肉をつけたのか。どんな思いで俺の顔を砕いたのか。ほんの少しも届かねえんだ。

ただ、彼女が粘土の欠片を飲みこんだその一瞬だけは、俺ァ心底震えがきた。生命の条件の、みっつめさ。俺は海老沢の一部になるのかと、そう思うとさ。

うっとりするほど、怖ェのよ。ないはずの脊髄《せきずい》が疼《うず》くのよ。

だからときどき思うのさ。俺みたいなやつは人間の女が入り込めないくらいに、なにものかと分かちがたく結ばれているのだと。生まれたときからそいつと結婚していて、どうにも別れちゃくれねえんだと。

そうだよ。鬼とか魔とか、そういうものさ。

ああ、ようやく雲が切れたよ。見えるかい。鈴蘭の白に埋もれた、ここは人の世の果て、浮世語りの尽きるところ。なるほど地球は丸いのだろうが、ほんとうのところ世間はベッタリ平らじゃないのかね。果てがあるから、だからどん詰まるんだ。灰は灰に、塵は塵に。毒は毒にさ。こんな俺たちだもの、毒草に化生するよりほかないじゃあないか。

――オヤ、もう苦しくなってきたかい。だから言ったじゃないか。首吊りのほうがナンボかマシだってさ。

このあたりの鈴蘭がなぜ無害なのか。そりゃ俺たちが毒を吸い上げて、我が身に引き受けているからだと――俺ァそう思ってるんだがね。

逃れる方法はただひとつ。せいぜい苦しみ悶《もだ》えて、しゃらりしゃらりと骨の擦れる音を鳴らすことさ。のた打つほどに音は大きくなって、愛に迷った女をこの庭、人の世の果てに誘い出す。その女が、あんたにとっての聖女さ。あした来るか十年待つか、はたまた百年堪《こら》えるか。運よく女が現れたなら、俺を使いなよと唆《そそのか》してやればいい。女があんたから毒を取り出して、好いた男に盛ったなら万々歳だ。その男が後釜で、あんたは晴れてお役御免。申し送りを済ませたら、あとは首がポロッといくのを待つだけって寸法さね。

それからどうなるのか、どこへゆくのかなんて、俺にはひとつも分からねえ。ただこの白く可憐《かれん》な花を踏み分けて、僅かに腐臭をふくんだ土のにおいと、女の髪にも似た香りに包まれながら、人の世の縁をスルスル滑り落ちていくことができたなら……マァ、俺なんかには過ぎた願いさね。

おっと、ひとつ言い忘れていたよ。覚えちゃいないだろうが、あんたに毒を盛ったの、婚約者の蟹江だ。そうだよ、俺の予感は大ハズレさ。あんた、海老沢にもちょっかいかけてたろう。彼女の研究室にちょいちょい顔を出していたのを見たぜ。

蟹江な、うすうす勘づいていたよ。あんたとの結婚に迷いがあった。あんたを信じたくて、それでも信じられなくて、だから囁《ささや》いてやったさ。耳のうぶげを撫ぜるような、とびきり艶のある低音で。

——俺を使いなよ。

——必要なのは意志と機会。

——それだけさ。

女を騙し、女に殺され、女を唆して、そうして最後は男を殺し、殺された男がまた別の男を殺す。この呪われた循環を断ち切る方法は、ほんとうはなんでもねえことなんだ。ただひとり、女を裏切らない男が現れればそれでいい。げど女の勘ってのは妙なもんでね。男の不実にはえらく敏感だが、誠実な男を見抜く感度は鈍いときている。俺みたいなやつには、ついに解けざる謎だよ。

さァて、そろそろお別れの時間だ。女の手にかかって滅ぶなら、男冥利《おとこみょうり》に尽きるもの。
だからあんたも後釜が来たら、こう言って揶揄《からか》ってやんなよ。
オヤお目覚めかい、色男――ってな。

真藤順丈

愛にまつわる三つの掌篇

●『愛にまつわる三つの掌篇』真藤順丈《しんどうじゅんじょう》

2009年の《異形コレクション》第43巻『怪物團』に「ボルヘスハウス909」で初参加した時、私は真藤順丈の受賞歴を「怪物級」と評していた。まさに当時、2008年から翌年にかけて、第3回ダ・ヴィンチ文学賞大賞、第15回日本ホラー小説大賞、第3回ポプラ社小説大賞特別賞、第15回電撃小説大賞銀賞と矢継ぎ早に四つの文学新人賞を獲得してデビューした正真正銘の怪物である真藤順丈は、その10年後、長篇『宝島』で2018年には第9回山田風太郎賞、2019年には第160回直木三十五賞を受賞と、ますますの怪物級の成長ぶりを見せつけてくれた。

その間——すなわち《異形》休刊中も、毎年欠かさず年賀状でその復活を望み続けてきた「自称・異形出身」の真藤順丈は、復刊を知らせるや「黒澤やスコセッシが新作を撮っていると聞いたぐらい嬉しい」との回答。まさに自主映画を撮っていた彼らしい言葉と思ったが、早速、送られてきた作品は、まさに真藤順丈の最新監督作品とも思えるような三つのロマンスのオムニバスである。「ある視点」部門グランプリに輝きそうな最新の真藤文学をご堪能《たんのう》いただきたい。

〈i〉

『血の潮』

おなじ年に父母を亡くした天野《あまの》こだまは、山崎《やまざき》と姓を変えて、養親の元で育てられた。

「私たちの血は、放浪の病にかかっているのよ」

お芝居の台詞《せりふ》のような母の言葉を思い出すとき、こだまはいつもいなくなった金魚のことを思い浮かべた。たぶん血の色からの連想だ。縁日で買った金魚だったけど早死にしないで大きくなった。赤い尾ひれが裳裾《もすそ》のように揺れるきれいな一匹だった。だけど家の中のなにもかもが流されて、あの金魚も土砂崩れのような濁流に呑まれていった。故郷の風景を変えてしまった水が引くまでに数ヶ月はかかったから、あの金魚もしばらくの間は、チューリップ形の鉢より広い世界を〝放浪〟したはずだった。

物心つくころから、父の仕事の都合で引っ越しが多かった。東北に移り住んだのはこだまが九歳のころで、津波にさらわれて行方知れずになった母は、おなじ年の暮れに上信越の山中で、行き倒れの遺体となって発見された。美貌と奇行で知られた母親だった。他の子のお母さんはふらっと三日も四日も家を空けることなんてなかったし、噂ではこだまを産んだ直後にも近所をほっつき歩いていて父に保護されたそうだ。だけどその最期《さいご》まで、わけのわからない奇行を残すことはないじゃないかとこだまは思う。海辺の町でいなくなって、遠く離れた山奥で見つかるなんて。

朝、目を覚ますたびに深呼吸をくりかえし、山の空気の冷たさが体温と溶け合わさるのを待つ。寝袋《シュラフ》を這いだすと、野営地に選んだ沢筋を歩いた。乳白色のもやが垂れこめた沢辺を下流へと向かう。脱いだスニーカーを水際に放りだし、裸足《はだし》の裏にごつごつした岩や苔《こけ》のぬめりを感じながら沢に入っていく。

渓流の水は冷たかった。背筋にぞくぞくと鳥肌の波が這い上がる。お椀《わん》にした両掌《りょうて》で水をすくって、喉を潤し、川底で輝く縞模様の小石を拾いあげて匂いを嗅ぐ。朝まだき山間《やまあい》の静寂に、煙のようにほろほろとこぼれる暁光《ぎょうこう》が染みていく。始まったばかりの一日との親密感が深まるこの時間がこだまは好きだった。

浅瀬でしゃがみこみ、化繊《かせん》のロングパンツが濡れるのも気にしないで、両膝に載せた腕を垂らしてしばらく物思いに耽《ふけ》った。仮設住宅を出てからの数ヶ月の野営生活を、父との最後の旅を思い出す。あのころのように私は、山中で寝起きしながら生きていこう。なんとかなるよね、行けるところまで行くしかない――

朝の儀式のような時間も、風景の隅々まで明るくなるとともに終幕を迎える。視線を転じると、離れた遠い上流にうごめくものがあった。ちょうど沢の真ん中のあたりで、石と石に両足を載せた人影がしゃがみこんでいる。

「嘘、だって朝ご飯もまだなのに」

むきだしの尻をさらした悟《さとる》が、そんな恰好ですることはひとつしかなかった。

明けそめた世界との親密感も、真新しい一日の感触もいろいろ台無しだ。タイツをずり上げながら沢辺に上がってきた悟は、下流から戻ってきたこだまがへそを曲げているわけを察して、言い訳がましく捲《ま》くしたてた。

「ゆうべギョウジャニンニクっての、あれを食いすぎて腹くだした」

「わりと近かったし。最悪」

「気にすんな、兄妹なんだし。ネイチャーネイチャー」

「お腹が弱いんだから、お義兄《にい》ちゃんはもう帰りなよ」

「なんでも食ってみる。そういうチャレンジ精神があだになることはある。それに帰るならこだま、お前も一緒だからな」

些細《ささい》なことでむくれるな、と野性派ぶってみせる元ヒキコモリ。こだまは相手にしないで昨夜の残り物でささっと朝食をすませると、鍋や食器を洗い、落ち葉の上に敷いたロールマットと寝袋《シュラフ》を畳んで、薪の燃えかすを沢に投げ、天幕《タープ》を下ろして細引きを巻きとった。バックパックにすべての荷物を詰めこんで、遅れて身支度をしている悟を置き去りにして山中を歩きはじめた。

姓が山崎になってからはごくまともな家庭で育った。こだまの心を慰めてくれたのは、血に足のついた誠実な義父母と、がさつで体も声も大きい六歳上の兄だった。こだまが来る前に引きこもりになり「おれはボタンのある服は着ない」と謎の信念を貫いて中学の三年間をスウェット上下だけで過ごしたという。社会復帰してからは、義妹に向けられる「ヒバクシャ」がらみの心ない言葉を駆逐するのに躍起になった。

ありきたりのいじめで義妹が泣いて帰ると、悟はその相手をとっちめに飛んでいった。たいてい袋叩《ふくろだた》きになって戻ってきたが、必ずあとから一人ひとりを襲って復讐を遂げた。こだまが十四歳のとき、勢いあまって相手の右目を失明させてしまい、二年後の今度はこだまにからんできた半グレを石で殴って傷害事件に発展した。二度目とあって義父母も悟をかばいきれなくなってきて、数日後、荷物をまとめて出ていくことにしたこだまを、めざとく勘づいた悟が追ってきた。「私はいないほうがいい」と言うこだまに「こっちも刑務所送りだ、その家出に乗るぞ」と息巻いて、拒絶しても聞かずについてきた。血のつながっていない兄妹で、しばらく野営生活をともにするとは想像もしていなかった。

「それにしても、海で消えて山で見つかるってすげえな。行旅死亡人《こうりょしぼうにん》ってなに？」

「身元不明の死者ってこと。自治体が公報を出すんだよ」

「心当たりのある方は引き取りにきてくださいって？」

「お父さんはそういうのこまめにチェックしてたから。電話して火葬にするのを待ってもらって、私たちは身元の確認に向かったの」

義父母にも話したことのなかった経緯を、道々で悟に話した。被災直後の父は、毎日のように外を探しまわり、避難所や遺体が安置された体育館をめぐった。三月のうちは瓦礫《がれき》も手つかずで、防風林もなぎ倒されていたので朝から晩までうるさく海風が吹き荒んでいた。捜索活動で遺体が見つかった場所には、赤い布を巻いた棒が目印で刺さっていて、こだまには風に揺れる赤い布が金魚の尾ひれのようにも見えた。

「手がかりはなにもなかった。ひと月ふた月と過ぎてもお母さんは見つからなかった。周りの人たちはさすがに望み薄だろうって、葬儀だけでも早くやってあげないと百合香《ゆりか》さんが成仏できないよって。だけどお父さんは頑《かたく》なに死亡届を出さなかった。行旅死亡人の公報が載ったのが十二月ごろで、私たちはそのころにはもう仮設を出ていたから、野営地からこんなふうに歩いて上信越に向かったの」

電車や車を使わなかったのは、駆け落ち同然に結婚したという妻との別れを父ができるかぎり引き延ばそうとしたからではないか。その父は身元確認をすませてから一週間後、滝壺《たきつぼ》でうつぶせに浮かんでいるところを発見された。酒を飲んで水に入ったようだが、事故なのか、自殺なのかはわからずじまいだった。

「奥さんをいくら愛してたからって、娘を残して後追い自殺なんてしねえだろ。なあ、もしかしてこれって今、母さんが見つかった山ん中に向かってるのか？」

「バレたか、遺体は地元の斎場が預かってたから、現場を見たわけじゃなくて」

「この家出は、弔《とむら》いの旅なんだな。よしわかった、おれもとことん付き合うぞ」

ありがとう、お義兄《にい》ちゃんは優しい。だけどどこまでいっても一時的な家出だと思っている。そうじゃない、戻るつもりはない。移動する理由も本当はなんでもよかった。大事なのは帰らないこと。私はどこにも帰ってはいけないのだ。

あるときから、それは始まる。

血は流れ、すべてがよどみ、朽ち、元には戻らない。

たどりついた母の死地は、予想どおりこれといって変哲のない、人の気配もなにもない山中だった。それから三日ほど野営を重ねたすえに、義父母が出していた行方不明者届によって兄妹は家に連れ戻された。成人するまでは保護下に置く責任があると義父母はこだまを叱った。私はだめなのに、私がだめなのに、どこかに根を生やしちゃいけないのにと言っても聞いてもらえずに――

その後、こだまが十八歳の誕生日を迎えるころに、死んだお祖母《ばあ》ちゃんを隠していたご近所さんが逮捕された。年金を不正に受給するために、布団圧縮袋に真空パックして自宅の物置きに安置していたらしかった。

お守りがぱんぱんに脹《ふく》れて、轢死《れきし》した動物の内臓のように中身が露出した。火にかけた憶えのないケトルがピーッと鳴る。しばしば記憶が飛ぶ。自分の思考に連続性がないのは怖いことだった。心当たりもないのにショーツが汚れていることもあった。

あるときからそれは始まる。そして蜜《みつ》が垂れるようにゆっくりと、ゆっくりと周囲に拡がっていく。庭の植物は枯れて、水は濁り、ご近所同士の諍《いさか》いが増える。町内の側溝は異臭を放つ汚物であふれ、飼い犬や猫は寿命をまっとうできず、早いところでは飼いだして数日で死んでしまう。どうして、いったいどうして——

不審な人影がたびたび目撃され、大声でわめきちらしていた隣家の奥さんは精神病院に入ったと聞かされた。変事が立てつづき、町内会で話しあってお祓《はら》いをしてもらうことになったが、榊《さかき》の枝をしゃんしゃんと振ってくれた神主があくる日になって「土下座をしに来い」と町会長に電話してきたっきり失踪してしまった。

このあたりは呪われているんだという声も聞こえてきて、だけど持ち家ばかりなのでおいそれとよそには移れない。脹れあがったお守りをこだまは掌《て》で包みこむ。自分の心臓を握りしめているような感覚があった。

「だからずっと言ってたの、本当はもっと早くにいなくならなくちゃいけなかった！」

悟と口論になって、こだまは家を飛びだす。義父まで脳に腫瘍《しゅよう》が見つかって入院し、義母は看病疲れで臥《ふ》せっていた。ちょうど台風が来ていて、ずぶ濡れになりながら悟に手首を摑まれた。ちゃんと説明しろ、と言われても身をすくませるばかりだったが、次第に言葉がつながり、頭のなかで伝えるべき意味がまとまった。

「事故とか病気とかご近所トラブルとか、変になっちゃう人が出たりとか、寄り集まって人が暮らしていれば当たり前に起こることだと思うでしょう。私だって気にしすぎだって、思いすごしだって何度も自分に言い聞かせてきたけど、だけど……」

「またそれか。異常なことがなにもかもお前のせいだなんて、そんなわけねえだろ」

「どこでもおなじだった。あのね、小さいころに両親と暮らしてきた土地をネットの写真で見たんだけどね、どの一帯も廃墟みたいになってて。普通の住宅地がだよ？　昼間なのに暗く翳《かげ》っちゃって、そこだけ時間が止まったみたいに」

被災後の仮設住宅でも、プランターに植えた植物は枯れて、ただでさえ神経が過敏になっている住人同士の関係は悪化していった。生活の距離が近すぎるからなのか、現象が起こる速度も密度も桁違《けたちが》いで、あんたのところから枯死や腐敗は始まっている、なにかしてるんじゃないのかと責められて、こだまたちはそこにいられなくなった。

「お前が住んだところでは異常なことばかりが起こって、人もおかしくなるのか。なにそれ呪い？　先祖がどっかの村でも焼いたのかよ、バカ言うな！」

落雷の音が響きわたった。横殴りの雨が頬や耳朶《じだ》を打ちつける。もしかしたら悟の言うとおりかもしれない。これは先祖代々の呪縛なのかもしれない。できることならこだまもそんな馬鹿なと一蹴したかったけど、事実として義父母にまで被害がおよび、悟もこのところは睡眠不足や食欲不振に悩まされ、痛みもなくするりと歯が抜けるという。おかげで二十代なのに悟の口は真っ黒な洞《うろ》になっていた。

「お母さんも、そうだったんだって」

生前の母が、性教育でも授けるみたいにこっそりと伝えてくれたあの言葉は、いざというときにこだまが動顚《どうてん》し、混乱しないためのセーフティネットだった。

私たちの血は放浪の病にかかっている――裏を返せばそれはつまり、定住してはならない運命にあるということだ。母の母も、こだまの大叔母に当たる人もみんなそうだった。あなたにもいずれそのときが来ると母は言った。あるときからそれは始まる。ある日を境にして私たちの生は、それまでとはまるで異質なものに変わってしまう。

「母系の血っていうの？　そういう体質みたいなんだよ。本人の意思とはまったく関係なく潮のようにわざわいを引き寄せちゃう。知らんぷりして、我慢して生きていくこともできるけど、原因はお前だって名指しされることもある。お母さんはきっとこう思ったの、というこの異常体質が、本物の災害を呼び寄せちゃったって……」

「地震も、津波も、お前んちが呼び寄せたっていうのか！」

「実際にどうだったかは重要じゃない、お母さんがそう信じたんだから」

「そういうの、迷信とかジンクスとか、誇大妄想とかって呼ぶんじゃないのか」

「あのね、花や植物はかならず枯れるでしょう。水は濁るし、まともなものも少しずつ歪《ゆが》んでいく。私たちはそういうものも螺子《ねじ》を早く巻いちゃう。私たちの血が、いずれ起こる天災の周期まで早めちゃったとしたら……」

「もしもそうなら、どこにも暮らせないじゃないか」

「そう、だからせめて、人のいないところで生きる」

「おれはどうするんだ、おれたちは……」

悟はこだまを睨み、ふくらみかけたお腹に視線を落として、雨に濡れた唇を嚙みしめた。

「そんな体なのに、山ん中で寝起きなんてさせられるか！」

結局のところ、人の運命を縛りつけるのは家や財産よりも、愛なのだ。かつて身元確認に向かうときに父も言っていた。「お前も母さんの娘だから、野営には慣れておかないとな」。おそらく父はすべてを理解したうえで、母と生きる人生を選んだんだと思う。私は？　おなじような受難の未来にこのがさつでお腹が弱くて、だけど温かい大地のように優しい義兄を巻きこむのか。

こだまにはわかっていた。母が山中で見つかったのは、自分の足でそこまでたどりついたからだ。被災によって血への猜疑《さいぎ》が揺らぎないものになり、一命をとりとめながら父に見つかる前に避難所をあとにした。海に信用を置けなくなっていたその足は、おのずと内地の標高の高いところに向かった。だけどそこで怪我をするなり、遭難するなりして、動けなくなってそのまま行き倒れて――

お母さん、お父さん、私はいま二人に無性に会いたいよ。

もっと一緒に、家族で、生きたかったよ。

悟にも立ち会ってもらって、こだまは分娩室でいきんだ。

雪解け水の奔流のように血流が早まり、毛穴が開いて汗と一緒に悲鳴が噴きだした。

産まれた女の子を抱きしめて、感動してぼろぼろ泣いている悟とも頬を寄せあった。こだまも歓喜に満たされたけれど、どこかであらたな呪いの源《もと》をひとつ殖やしてしまったような予感もあった。

もともと血縁はないんだから、養親の元からいったん籍を抜いて結婚すればいい、両親も反対はしないと悟は言っている。授乳しながら、おむつを替えながら、このところは母のことばかりを思い出し、償《つぐな》いを求めていたことへの懺悔《ざんげ》に、純粋な愛おし《いと》さに胸を焼かれる。母がたった一人で放浪することを選んだのは、家族に累《るい》をおよばせないため。そしてもしかしたら――自身を探すために娘も定住を捨てるのでは、と淡い期待を抱いていたからではなかったか。

「お前は、どこにも行くなよ」

悟はこだまの失踪を警戒して、どこへ行くにもついてくる。

真夜中には魘《うな》されて飛び起きて、手さぐりで妻がそこに寝ているかを確かめる。家屋はすでに腐り、植物の育たない庭は、汚泥のような色に染まっている。地域には虫食いのように、空き家が目立ってきている。広くなったリビングでは、首のようやく据わった娘を悟があやしている。私もいずれは夫の望みを断ちきって、放浪の途につくのかもしれない。あるいは遠くない未来に、ふたたび血が流れだすころには――

どこかで自浄の術《すべ》が見つかるかもしれないし、そんなものはないのかもしれない。末期《まつご》に大いなる思いこみだったと気づくだけかもしれない。悟をこの運命に縛りつけるのも、置き去りを強いるのもつらいけど、だけどその瞳《め》は、こだまを追って旅に出る娘の背中を見つめることもできるだろう。

〈ii〉

『サンタクロース・イズ・リアル』

赤い衣装に白い髭《ひげ》で、煙突から入ってくるのか。

八頭立てのトナカイの橇《そり》で、鈴を鳴らしてやってくるのか。

そうしたディテールはこの際、どうでもいいのだと彼女は言う。

「あたしは何度でも言う、サンタクロースは実在する！」

飽《あ》くことなくリン・ミドゥは主張する。だって考えてもみてほしいと声高に訴える。

数多《あまた》の伝承のなかでどうしてサンタクロースだけが、キリスト教圏を超えてこの地球《ほし》全体に膾炙《かいしゃ》しているのか。カナダにはサンタクロース宛の郵便番号があり、オーストラリアではクリスマスが夏なので沖合からサーフボードに乗ってくる。ドイツではシャープとクランプスという怪人を連れて現われ、良い子にはプレゼントをくれるが、悪い子は二怪人をけしかけてボッコボコに懲《こ》らしめる。日本では明治時代に殿様風のちょんまげを結ったサンタクロースが出現している。これだけ地球規模で、千載の歳月をまたいで、子供のいる家庭にかならず挙がる名前がほかにあるだろうか、もちろんない！

リン・ミドゥは異端の学者だった。民俗学・神話学・宗教学のそれぞれの観点からサンタクロースを研究しつくし、学術的にその実在を証明しようとしてきたのだから。ユーモアや遊び心ではない。グリーンランドの国際サンタクロース協会にもお茶を濁されない。半生をかけてその実在を追い究《もと》め、一九九五年には北極探査にも乗りだしている。

「お前たち、錨《いかり》を上げろ！」

地球の極地方へ、いざ行かん。

アラスカ州のポイント・バローから出航して、砕氷船《さいひょうせん》で氷の海をめぐった。多国籍の部下の何人かは、たえまない氷の反射で視力をやられかけた。グリーンランドや各島嶼《とうしょ》に寄港して、パフィンの営巣も、オーロラもその目で観測した。最果ての地で、神様がうっかり色物と一緒に洗ってしまったシーツを打ち振るっているようだった（と、リンみずから航海日誌に記している）。たおやかな天体現象には、つゆほども観光気分などなかったリンですら心を揺さぶられた。誰かの大きくて柔らかな手に髪を撫ぜられているような心地良さがあった。

あくる日にはジャコウウシを一頭しとめて食用にした。おなじ島につづけて野営して、ジャコウウシの肉を正しく燻製処理にし、あるいは凍らせて携行食とした（リンたちの探査はスポンサーがつかず、予算はカツカツだった）。

極夜の季節だった。クリスマスも遠くない。太陽の昇らない薄闇のなかで体内時計を狂わせながらも、眠るとかならず夢を見た（リンは夢日記までつけていた）。旅の果てにたどりついたどこかで、リンは一人の男に迎えられる。聖ニコラオスにも似ているし、リンの死んだ父親にも似ている。相手はリンと逢えたことをとても喜んでいて、穏やかな笑みをたたえながら言う。「大きくなったね」。しかし何度もこの夢を見ているのに、それ以上の言葉を交わす前にいつも目を覚ましてしまうのだ。

　探査開始から十五日目、リンたちは捕鯨業者でも資源採掘者でもない一団から重要な情報を得ている。彼らは赤と白の極地服を着ていた。

「三〇年代に出てもらったので、もう一度契約を結べないかと……」

　アメリカに本社をかまえる某炭酸飲料業者の代理人だという。宣伝にうってつけのホッキョクグマの映像を撮影し、せっかく北極圏にまで来たのだからと、あらためてサンタクロースに接触すべくその消息を追っているのだそうだ。

「ふむふむ、コマーシャルに出演したのは本物だったと？」

「そうだったと言われています。たった一度の出演を悔やんで、今ではマスコミとは距離を置いているようですが、わが国にはホットラインがあるので」

　アメリカでは北米航空宇宙防衛司令部《NORAD》が〝ノーラッド・トラックス・サンタ〟と銘打って、毎年クリスマスになるとサンタの動きを偵察衛星やイージス艦のレーダーによって追跡している。あれはヨタ話じゃなかったのか！

この情報がリンたちの突破口になった。三〇年代にロケ地に選ばれたのはゼムリャフランツァヨシファ（一九二の島からなる北極海の島嶼群）だった。毎年クリスマスに世界を飛びまわるあの人は、他の仕事では遠出をしたがらないんじゃないか。すなわちアクセスのよい地元に撮影隊を呼び寄せたんじゃないか、と仮定してめぼしい島を隅から隅まで捜しまわった。五〇から六〇ほどの島の捜索を経たところで、どの国の観測所も置かれていない無名の島にて、ゼムリャフランツァヨシファの呪術師《シャーマン》を名乗る怪人物と出くわした。

オフシーズンはここではないどこか（地名は伏す）に暮らしていて、極夜になると故郷の島へ避寒にやってくるのだという。骸骨《がいこつ》のように痩せた顔、枝角《えだつの》つきのトナカイの毛皮を頭からかぶり、もじゃもじゃの髭には食べかすや嘔吐《おうと》物の固まったものが付着していて、尾羽打ち枯らしたホームレスといったほうが的確だった。

「あなたは、あなたはもしかして……もう何十年にもわたって、この地球《ほし》の子供がいる家庭を幸福にする仕事をなさっていませんか」

「うむ、いかにも」とサンタクロースは言った。

「もっとふくよかなお方かと……」

「過労でのう、痩せちゃって痩せちゃって」

この人が本当にそうなのか、喜んでいいのか幻滅すべきなのか、リンにはわからなくなってしまった。大きくなったね、とは言ってくれなかった。

そのとき、背後で物音がした。ふりかえるとリンの部下たちが拘束されていて、赤と白の極地服の男たちがサンタクロースに銃口を向けていた。

「探しましたよ、サンタクロース。あなたを違法薬物の濫用《らんよう》容疑で連行します」

「わし、自分の分しか入手しとらんぞ！」

リンたちを泳がせていたのは、炭酸飲料の業者に扮したCIAだった。一九二二の島嶼のしらみつぶしをおっかぶせ、ようやく見つけたところでしゃしゃり出てきたのだ。それにしても薬物使用とは？　そこに至ってリンは積年の最大の謎、誰もが疑問を抱くサンタ・ミステリの解答篇に居合わせることになったのだ。――サンタはいかにして、たった一夜で世界じゅうの子にプレゼントを配ることができるのか？

「わしはシャーマン。この魂を分裂させ、空飛ぶトナカイの霊をあやつって、世界じゅうに同時に遍在することができる」

すなわち幽体離脱。物質の世界を超越するためには、CIAの言う向精神作用があって劇症を生じる違法薬物が必要不可欠だった。クリスマスの夜、彼の肉体は木製のベッドに横たわり、薬物によるトランス状態に入って、いくつもの方向から光を照射して影を無数に増殖させるようにして秘儀を執り行なう。しかしその劇症というのが恐ろしいもので、その間のサンタは七転八倒してのたうちまわり、狂ったように叫び、吐きちらかす反吐《へど》のしぶきで髭も服もぐちゃぐちゃになっているのだという。

サンタが連行されかけたところで、リンはカチコチに凍らせたジャコウウシの肉でCIA捜査員の頭を殴りつけた。幻滅するなんてとんでもない。サンタはみずからの身をすり減らし、がりがりに痩せ細るまで薬物に頼って、そうまでしてあくる朝の贈り物《サプライズ》を夢見る子供たちに愛を届けつづけている。そう、それが愛でなかったらなんだ。

「お手伝いします、あなたを」

「ああン、お嬢ちゃんが？」

「あたしはずっとあなたの実在を信じて、あなたに会いたくて……トナカイの世話でも薬物の調達でもなんでもします。あなたよりもずっとうまくやります」

「わしと一緒に来るのかい」

あたしはサンタクロースの守護天使になるから、とリンは多国籍の部下たちに別れを告げた。白状すればこの人が、サンタクロースこそが母子家庭だったあたしの初恋の相手だった。押しかけ女房と笑いたくば笑え、年の差婚も辞さないかまえですと告白して部下たちをドン引きさせた。

おそらくリンのなかには、湧きあがる本物の感情があったのだろう。それはとても強い感情だ。さもなくば、サンタとの共闘宣言なんてできまい。

帰還の船にリンは乗らず、航海日誌もここで途切れているので以後の経緯はさだかではないが、このところの聖夜の空には、年の離れた夫婦が並んで飛んでいるのかもしれない。私見を述べるなら、初恋を成就させるなんて素敵な話じゃないか！

〈iii〉

『恋する影法師』

むかしは黄昏時《たそがれどき》といったら、自分の影とさよならをする時間でした。街の灯もそれほどありませんから、残照が消えてしまえば、路地は真っ暗闇になります。地球の影である夜が、子供の影なんて奥深い懐《ふところ》にそっくり呑みこんでしまいます。

地蔵《じぞう》通りに十郎《じゆうろう》という男の子が住んでいました。

独り遊びを厭《いと》わない子で、家の前の路地でよく踊ったり、跳ねたりしていました。手を上げたり、腰を曲げたり、足の裏から影をひっぺがそうとぴょんぴょん跳びます。だけどどんなに意表を突いたところで、影はわずかな遅れもなくこちらの動きを真似《まね》ます。跳ねてもどこに着地するかを知っているように先回りしています。

夕暮れ時にはより長く伸び、色濃く際立つ影を見つめていると、不思議なような、恐ろしいような心持ちにもなります。もしも真似しているのがぼくだとしたら。ほんとうは向こうのほうが本物の十郎で、ぼくのほうこそ影にすぎないとしたら？

幼心にもそこにはうかつに踏み越えてはならない一線があるように感じました。それもあって十郎は、さよならを言いながらいつまでも家に入らず、畏友《いゆう》にお追従《ついしょう》をするように、ご機嫌伺いに励むように、あれやこれやと剽軽《ひょうきん》な動きや鳥や犬猫の形態模写もしてみせる一風変わった子供でした。

後方に落ちる影は、日照の角度だけでなく、年月の経過でもめきめきと大きくなります。大人になった十郎は、大道芸人になっていました。

海を越えてさまざまな芸能が往き来し、異国から伝わったものはまず禁じられるのが常でしたが、たとえ生活に窮したとしても、最も得意とすることで身を立てたいと願うのが芸人の性《さが》というものです。十郎にとってのそれはパントマイムという芸でした。一切の台詞《せりふ》を差しはさまず、体の動きや顔つきですべてを表現する演劇の一形態です。たったいまあなたの目の前に、壁、扉、階段、風船などはありますか？　たとえ無くても、パントマイマーは動きだけでそれらを出現させることができます。

通行人が銅像と見紛うほどに、全身を静止させられます。

動物園のどんな動物にだってなれます。

見えない饅頭《まんじゅう》にかぶりついて、満腹になれます。

落雷に打たれても、息を吹き返します。

変幻自在に楽器を奏で、ひとりでオーケストラも再現できます。

わが国ではまだ珍しい芸でしたが、台詞に頼らないので言語の壁を超えるのはたやすい。十郎には師がいました。北支戦線から復員した伯父が、大陸で広めた見聞をそのまま甥っ子に伝えてくれたのです。大連《だいれん》で見たという旅芸人の一座は、中世イタリアのコンメディア・デッラルテという即興演劇を今日《こんにち》まで受け継いでいて、手取り足取り伯父に教わったパントマイムに、十郎は並々ならぬ才能を発揮したのです。

基本は道化師ですから、人前に立つのなら相応《ふさわ》しい粧《よそお》いはしたいもの。しかし物資の乏しい時代ですので、顔に塗る白粉《おしろい》の代わりに歯磨き粉を塗ります。醬油《しょうゆ》壜《びん》のコルク栓を集めてきて燃《も》すと黒い灰になり、これを食用油で練り合わせると眉《まゆ》墨《ずみ》になります。十郎はこの白と黒の化粧だけで路上に立ちます。橋のたもとや本通りの銀行前、紙屋町《かみやちょう》の交差点、できるだけ人の往来があるところを選んで、投げ銭用のハットを地面に置けばパントマイムの開演です。

近くの店の従業員や、銀行の守衛に追い払われることもしばしばでしたが、常連客もつきました。靴磨きの少年、天秤棒《てんびんぼう》を担いだ魚の行商、炭団《たどん》売りの娘、路上で商《あきな》いをする人びとが足を止めて見物してくれて、馴染《なじ》みの顔を見ると十郎はいつも嬉しくなりました。常連たちが呼び水になって、人だかりがふくらむこともあります。投げ銭こそわずかなものでしたが、梅干しや乾パン、大根や人参の種、金鵄《きんし》の煙草などを見物料の代わりに置いていく客もありました。ところが困ったことに、人だかりができればできるほど警官が、時には特高警察の刑事が飛んできて、時節柄をなんと心得るかと面罵《めんば》され、ひどい時には留置所にも放りこまれました。

ただでさえ鑑札《かんさつ》も得ていないのに、天下の往来であやしげな芸を披露するのを特高が許すはずもありません。だけど十郎も学びます。警官や刑事が現われたらそれまでの演技を引っこめて、講習会で教わった火の始末や防災の手順、竹槍訓練といった動きをパントマイムで見せ、お国のために芸人にも出来ることをしています、市井《しせい》の人びとに備えを怠らないよう呼びかけています、という態《てい》をよそおうのです。ならばよかろうと目こぼしをくれるような与《くみ》しやすい相手ではありませんが、やがて特高もこの妙な芸人を無害と見なし、河原乞食のやっていることなぞ放っておけばよいと咎《とが》めだてしなくなりました。客寄せになると気づいた商店主たちも黙認するようになりました。それもこれも十郎のパントマイムの技量が、路上という実地の舞台でめきめきと上達していたからでした。

街頭に立ちはじめたころから、それらのドタバタを見守る目がありました。

炭団売りの娘です。

ただの一言も、話したことはありません。

黒目がちの瞳に澄んだ肌の、裁ち直したシャツとモンペ姿の娘です。強ばったところのない座り姿が、いつも十郎の心地よいところにすとんと収まりました。

もちろんパントマイマーですから、常連のだれとも口を利いたことはありません。それでも娘が自分の芸を気に入っていることは判りました。銀行前のいつもの階段に座った彼女に観られていると、どんどん先まで演じられるような心持ちがしてき、娘の姿が見えないと落ち着かなくなりました。何日も現われないと、これはもう焼夷弾《しょういだん》にでも当たったかしらと不安になります。あたりには四秒で高くなり四秒で低くなるあの吹鳴《すいめい》が、板木の班打が響きわたっています。

探したくても名前も住所も知りません。一週間も姿を見せないと、あの娘は初めからいなかったのではないか、ああいう娘が常連になってくれたらという空想の産物だったのではないかと疑い、しょんぼり気味のマイムばかりが冴えました。けれど諦めかけたある時、何ごともなかったように娘はまた階段の指定席にちょこんと座っていたのです。

彼女を見たその瞬間、世界が静止のパントマイムのように動きを止めました。往来の騒音さえ聞こえなくなりました。

その時になってようやく十郎は、自分が恋に落ちていると気づいたのです。

破れた風船のようにしぼみかけた自分の体に、急いでポンプで空気を入れます。強風もなんのその、傾《かし》がせた足の動きだけで坂道を上ります。急峻《きゅうしゅん》な山によじ登り、断崖《だんがい》のふちを横這いし、水中や氷上も抜けていきます。いったいどこへ行こうとしているの？　一心に見入る瞳も潤んできらきらと輝きたち、十郎の一挙手一投足に引きこまれています。大冒険の果てに摘んできた一輪の花を、十郎はその娘へと差しだしたのでした。

あべこべに昇る太陽のような、原子の眼が見開かれたあの朝も――

彼女は、いつもの階段に座っていたのです。

熱と波動と衝撃波を生みだす爆弾は、命の連鎖をことごとく断ち、われわれの恐怖や絶望の限界を画定しなおしました。進行していたあらゆる営為は、閉じた一瞬のなかに宙吊りにされました。爆心地とその周辺の建物は、巨大な爆風圧によってすべて吹き飛ばされ、屋外にいた者はおびただしい熱線に焼かれました。路面電車は吊り革に捕まったまま即死した亡《なき》骸《がら》を載せて、慣性力でしばらく走りつづけました。火事による嵐が起こり、ありえない高さに達したキノコ雲は放射能入りの黒い雨を降らせました。

朝早くから路上に立つこともあった十郎を待っていたのか、そこで休憩するのが習い性になっていたのか、爆心地から三〇〇メートルと離れていなかった娘は、写真のネガに像が焼きつくように階段の表面に〝影〟を残しました。とっさに立ち上がったのか、片手を前に出して横向きにのけぞっているシルエットです。あまりに高熱を浴びたために一瞬で蒸発してしまったという噂も流れたほどでした。

屋内にいた十郎も、家屋の倒壊に巻きこまれました。硝子片を浴び、赤黒い吐血で側溝を汚しました。病院を出たあとも高熱や下痢、歯茎からの出血に苦しみましたが、どうにか動けるようになってからは、階段の影の前でパントマイムを演じました。

ある日突然、手の届かないところに行ってしまった娘と、生き残ってしまった自分――孤独と罪悪感が越えたはずの一線をふたたび、越えがたいものとして出現させていました。こんなときに大道芸なんて悪趣味なやつめ、不謹慎じゃあないかと誹謗《ひぼう》されて石を投げられても、十郎はあたかも娘が生きているふりをして、残されたその〝気配〟を喜ばせるためだけにパントマイムに明け暮れました。

彼女が過ごすはずだった時間を、生活を、美しい白昼夢のようにもうひとつの世界に浮かび上がらせようとして。しかしそんな試みもむなしかった。虚無に落ち、失意に暮れた十郎は、ほどなくして覚悟を決めて、かつて聞いた旅芸人の一座を訪ねる旅に出たのです。伯父は言っていました。その一座に奇妙な術をあやつる道化師がいたと――

歳月をかけて大陸を転々とし、三年目に逢えたコンメディア・デッラルテの道化師は、現《うつ》身《しみ》に奇跡をもたらす呪術師でもありました。年齢も人種もさだかではなく、菱形の模様のついた襤褸《ぼろ》の衣裳をまとい、顔の半分を隠した仮面の奥には、頭蓋骨のうろに棲みついた別の生き物のような二つの眼球がうごめいています。身ぶり手ぶりで計画を伝えると、道化師はお前の望みを叶えてやれるだろうと答えたのです。さすがの十郎も半信半疑でしたが、段取りの一つ目はまず信じることだと説かれました。

信じることならできると十郎は思いました。今ならどんなことでも、一瞬で数十万人が焼きつくされ、一つの町が消滅するこの世界ではどんなことでも起きる。

道化師の言葉にしたがい、さらに歳月をかけて旅をして、サウジアラビアとイラクの中立地帯で皆既日食を望みました。太陽と月と地球が一列に並び、月の影が視界に満ちていきます。気温が下がり、鳥も虫も植物も呼吸を止めます。牧草地の上のひろびろした空が、地平線の向こうまで暗くなり、高みにある太陽が月の影に食われていきます。それは疑似的な世界の死でした。部分日食ではない本影のなかで、十郎は言いつけどおり、罎《びん》の中の液体を干しました。するとたちまちその魂は、自身の影へと落ちていったのです。

影はそもそも第二の魂なのだ、と道化師は言っていました。影は人を抑圧する過去であるとともに、未来の姿でもあるのだと――

そのようにして十郎は、生きた人間の座を下りて、影そのものとなって故郷へと戻ってきます。

骨組みだけになったドーム屋根が浮かび上がります。

船から下り、陸を歩く十郎はいますが、肉体を動かしているのは影となった十郎です。かつてのように見ることも聞くこともできませんでしたが、影として独自に脱け殻の肉体をあやつり、そこに不便は感じません。数年ぶりに向きあった階段の影の前で、その肉体ともさよならして、完全に影だけの存在となって娘と再会を果たします。ああ、と十郎は嘆息します。見えないはずが見えています。無いはずの心臓が高鳴ります。生まれてこのかた味わったことのない感情の波にさらわれそうになります。

おたがいに体があるうちにそうすることができればよかったけど、今からだって遅くはない。影になった十郎は、手先を伸ばし、階段に焼きついた彼女の影に影を重ねます。細い指の感触を感じます。なめらかな体の線を感じます。後悔はありません、これでよかったと十郎は思います。一生にたった一度のかけがえのない瞬間を、愛を告白する時を迎えているのだと感じ入りました。

ところがどんなに影を重ねても、その肩や横顔にふれて思いをこめても、彼女の影は反応を返しません。冷たい階段の感触だけがそこにあり、彼女の影は微動だにしません。これはいったい——影になった十郎は祈るように問いかけました。

ねえ、どうして君は動かないの。

あるいは娘が即死だったからではないか、直感がそう知らせていました。熱線を浴びたその直後に影が焼きついたのなら、ここにあるのは屍体の影。自分は亡骸に添い寝して、懸命に体をすり寄せているにすぎないのか。ああ、なんということでしょう。幸福感から一転して絶望へと転げ落ちるようでした。

あの日の劫火《ごうか》は、影のささやかな希望の光すら奪うのか。このまま硬い沈黙の中で、誰にも顧みられない壁や地面の染みとして余生を送るのか——

頭上に散らばるまばらな雲が流れていきます。瓦礫を積んだリヤカーが十郎の足を踏みつけて通っていきます。誰も階段に二つの影が並んでいることに気づきません。十郎はその輪郭をうなだれさせ、夕暮れを迎えてもそこにとどまります。どこにも行くあてはなく、行きたいとも思わず、影としての意思も朦朧《もうろう》と薄れていくのを感じました。そんな時です。残照の目映《まばゆ》さがひときわ強くなる時間に、淋しく澄んだ嗚咽《おえつ》が聞こえました。君なんだね、そこにいるんだねと十郎は訊ねました。どうして泣くの？


だって、わたしは影だから。

それなら心配ご無用、ぼくだって影だよ。

あなたのように、みんなが動けるわけじゃない。


十郎はそこで、うああっ、と肩の線をわななかせました。生きた肉体と切り離されても十郎が動けるのは、魂を受け止めたその影が、人の動きに精通していたから——十郎がパントマイマーであったからだったのです。

現世に残された影はそもそも、自らの死の墓守のようにその場にとどまりつづけるしかない。そのことを思い知らされて、娘の影はさめざめと泣いていたのです。

恐ろしいことに彼女の影の下には、数えきれない亡霊のような影が十重二十重《とえはたえ》にからみつき、領土も濃度も嵩《かさ》を増しているようなのです。だからわたしはここを離れることができないと娘は告げます。だけどぼくだったら？　すかさず十郎は返します。ぼくだったら君の手を引いて、この場から影を剝がせるかもしれない。その手を摑んで、土地に降った束縛を断ち切って、途切れることのない光の中へと向かうことができるかもしれない。それから長い時が過ぎて、十郎は自らの望みを実現させるのです。

あるときそれは叶います。かつての五感を、手足の躍動をよみがえらせて、十郎は娘を抱き寄せます。

無言のままで、しかしどこかに響く音楽を聴きながら、手と手を取りあって路地で踊り、跳ねまわります。重なりあう影は、弾むように大通りを遠ざかっていきます。

あなたも世界の辻《つじ》で、路面や建物の壁で、抱き合って踊る二つの影を見ることがあるかもしれません。それはあの日のあとで、ようやく結ばれた恋人たちです。二人はそのようにして生者のパントマイムをつづけているのです。やがて訪れる真の闇が、二人を分かつその日まで。

平山夢明

いつか聴こえなくなる唄

●『いつか聴こえなくなる唄』平山夢明《ひらやまゆめあき》

平山夢明は希代のロマンティストである。パラドックスとしての意味ではない。《異形コレクション》の読者なら、誰もが感じているに違いないが、平山夢明の描く男女の出会い、言葉にも行間にも情感の滲《にじ》み出す会話、深くて強い絆の描き方は、テクニカルな恋愛小説よりも強く胸を打つピュアな輝きを帯びている。例えば、「怪物のような顔《フェース》の女と溶けた時計のような頭《おつむ》の男」（《異形コレクション》第19巻『夢魔』）の極限状態における男女の出会い。「けだもの」（第25巻『獣人』）の人ならぬ主人公を深く愛する内縁の妻の想い。「独白するユニバーサル横メルカトル」（第32巻『魔地図』）の地図と編図《あみず》が織りなす束の間の〈ボーイ・ミーツ・ガール〉……。もちろん、平山夢明の場合、闇の深さを顕《あらわ》すための光の燦《きら》めきと考える向きがほとんどだろう。しかし、逆もまた真なりなのだ。

本作は、50年代SFを彷彿《ほうふつ》させる世界観だが、まさに現代の病巣にも肉薄する差別と迫害が描かれる。人間と異形を超えた、なんとも瑞々《みずみず》しい〈ボーイ・ミーツ・ガール〉。本作はロマンティスト平山夢明の資質が全開する爽快なまでの意欲作である。むろん……岩盤支持層も満足する筈だ。平山夢明は裏切らない。

I

「暴れたりするのかな。そんな風には見えないけど」

B《ベイビー》・ドクは御者台で揺れながら父であるO《オールド》・ドクに何気ない疑問をぶつけた。自分たちが乗る二頭立て馬車〈馬ではないが〉を曳いて歩くノックスの大きな背を眺めた。

「莫迦《ばか》云え。隙を見せれば忽《たちま》ち人間を糸くずにしちまうんだぞ。びりびりびり！」

　ノックスの軀《からだ》は人と変わらないけれどやや前屈《まえかが》みで両手を使って移動するのは、図鑑で見た地球《ホーム》にかつて居たゴリラというのにそっくりだったけど大きな違いがあった。軀はゴリラより三回《まわ》りも巨大で体毛がないこと。だからノックスの軀は強烈な惑星コスの陽の下で見るといつも青黒く光って見えた。それとノックスには目が無い。本当はあるけれど、それは顔のやや上部にひとつしかなく、しかも分厚い瞼《まぶた》の奥にしまわれていて誰も目を開けた生きたノックスを見た者は無かった。ノックスは家畜として、此の星で繁殖させられ様々な労働に使われていた。B・ドクの父は農園主《ファザー》から広大な敷地における六十頭のノックスの管理を任されていた。隣の大鉱山では数百頭のノックスが地下三千メートルの中、昼夜を問わず希少金属《レア・メタル》等の採掘をしていた。

「俺が十六の見習いだった頃、ノックスが馬の蹄《ひづめ》を引き抜くのを見た。客人がノックスのチビを馬で引っ掛けたんだ。その途端、雄が一頭飛びかかり、蹴った後ろ脚を掴むと蹄鉄《ていてつ》ごと毟《むし》っちまった。あの時の馬の悲鳴と目ン玉、落っことしそうな顔は忘れられんよ」

II

昼食の為、農園の隅にある小屋へ帰宅したB・ドクと父はお祈りをしてから皿に入れたチリビーンズとライ麦の麵麭《パン》に手を伸ばした。お祈りは神にするのではなかった。B・ドクの亡き母、L《レディ》・ドクに捧げたものだ。食器棚の上のラジオから雑音混じりの音楽が流れていた。泥棒が喜ぶような価値あるものは一切ない小屋だった。あるのは生きるのに必要最低限な品々が人数分、つまり二組ずつ。もしくはふたりで充分な量。此の小屋から数百メートル離れた場所にはコロニアル様式の壮麗な建物が在り、そこにはファザーと妻が三十人の召し使いに囲まれて暮らしていた。ふたりは質素な食事を楽しみ、その後、皿とスプーンを流しに置いたB・ドクは靴を履いた。

「行ってきます！」そう云い終えた時にはB・ドクの軀は半分、外に飛び出していた。

「沼《デズル》はダメだぞ！　あそこはまた広がってるんだ！」

B・ドクは自転車に跨《また》がり漕ぎだした。夕暮れの風は心地よく、遥か彼方まで広がる農園は実った麦で〈黄金の海〉に見えた。刈り取りの作業をしているノックスが曲げた軀を伸ばしてこちらに顔を向けるのが見えた。B・ドクは更に更に漕いだ。そして自転車は湖ではなく、父から禁じられた沼のある〈迷路の森《ザ・メイズ》〉に向かって突進して行った。

数分後、B・ドクは森の中心部を目指して歩いていた。地面はぬかるみが多く、また腐葉土で靴が沈むような場所も多いので自転車は森の入り口に乗り捨てていた。B・ドクは森を散策するのが好きだった。農園では森に立ち入ることは厳に禁じられていた。様々な菌を媒《ばい》介《かい》する害虫や有害動物がいるかも知れないし、なんと云ってもザ・メイズという名の通り、ここは表層が絶え間なく移動し、流れているので数週間で地形全体が変わってしまう。故に地図が全く役に立たないのだ。しかし、それ故に人の手が一切触れていない自然のエネルギーや大地の息吹を感じるのも事実で、B・ドクは（危険を教えようと）初めて父に連れてこられて以来、軀を抜ける不思議な力の虜《とりこ》になっていた。

その日も小さな広場を見つけると敷物代わりのマントを広げて仰向けになった。目を閉じると様々な生き物のさえずりや鳴き声が聞こえ、また柔らかな枯れ葉が熱を持っているのか背中をぽかぽかと温めてくれた。B・ドクは何故か父の言葉を思い返していた。『俺たち人間は全て、此の地球《ホーム》からやってきたんだ。今はあちこちに散らばっちまってるが地球人というのは全宇宙で最も勇敢で優れた民族なんだ。地球人だけが、この広大な宇宙を征した種族なんだ。だからおまえも貧しくても誇りと自信を失ってはだめだ』。父は事あるごとに〈地球人が如何に優秀か〉を息子に話した。それはまるで現実の豊かさからは遠く離れた生活をせざるを得ない自分に対して云い聴かせているかのようだった。

不意にB・ドクは奇妙な声を聞いた。厚い金属の道路を大きなティンパニーの棒付き車輪が疾走したような……。思わずB・ドクは音に向かって駆け出した。声は犬の足《ドッグ・レッグ》と彼が呼んでいる大樹の方からしていた。樹林を駆け下り、駆け抜けした所でB・ドクはあまりの『声』の大音量に足が竦《すく》んでしまった。巨大な雄のノックスが両手で地面を叩き吠えていた。ノックスの閉じた目の先には小さな子のノックスが上半身を地面から覗かせていた——流砂だ！　B・ドクは瞬時に事態を察知した。地下の深い所を走る水脈が表層を動かす為、この森では度々、地面が〈落とし穴〉と化して生き物を呑み込む。雄ノックスの両手も砂だらけだった。子ノックスを助けようとしたが軀の重みで不可能だったに違いない。

B・ドクはマントを広げると投網のように投げた。巧い具合に子ノックスの近くまで縁《ふち》が届いたが僅かに足りない。B・ドクは腹這いになると砂地全体に体重を分散させつつマントの上を移動した。ずぶっずぶっと突いた手が頼りなく沈む。まるで綿菓子のネットで綱渡りをしているような気分にゾッとした。首まで砂に浸かっていた子ノックスは手足をばたつかせている。〈静かに！動いちゃいけない！怖いだろうけど動かないで！〉B・ドクは叫んでいた。彼は近づくと手を伸ばした。子ノックスも手を伸ばす——互いの指と指が触れあった。

人とノックスの手が繋がり〈よし！〉B・ドクがそう呟いた途端、まるで〈大きな蕪《かぶ》〉のように躯が浮き上がった。目を開けると自分を吊り上げた雄ノックスの逆さまの顔が歯を剝いて笑っていた。

やがて地面に下ろされたB・ドクを見て、子ノックスが雄ノックスに何か囁《ささや》いた。すると親ノックスがグローブのような巨大な手をB・ドクに突き出し、目の前で隠れていた六本目の指が現れた。それは人間で云う人差し指と中指の間にあり、他の指と全く同じだった。が、先端がポッと発光すると、そのままひょいとB・ドクの額に触れた――気がつくと彼は屋根裏部屋でもある自室で寝ていた。ぼんやり額に触れていると手をタオルで拭く父が入ってきた。

「農道でぶっ倒れているのを見つけられたんだ。自転車で転んでどこかに頭でもぶつけたんだろう。元気なのは良いが、ぶつけ過ぎて俺より頭が悪くなられては困るぞ」父は苦笑した。

III

――その夜B・ドクはなかなか寝付くことができなかった。というのも食事をしている間もずっと奇妙な〈音《ノイズ》〉が耳の底に残っていて、それが気になって父の話にもなかなか集中することができなかったのだ。虫の羽音のような、それでいて何かリズムを持って止まったり、また始まったりする不思議な〈音〉。と、突然〈音《ノイズ》〉が変化した——くっきりと輪郭を持った清明な〈音《サウンド》〉に。なんだこれ？　B・ドクは大きく目を見開いた。薄く硬質な音が風のような緩急とコスの太陽のような濃淡を帯びながら続いていた。いつのまにかB・ドクは死んだ母を思い出し、泪《なみだ》を零《こぼ》していた。そしてB・ドクは自転車で音の源《もと》へと向かった。音は森からやってきていた。そして不意にノックスが車座になっている所へ出会《でく》わした。奴らは火を囲むように座っていた。そして彼らの前で一頭の子ノックスが踊るように行ったり来たりしていた。

……やっぱり唄だったんだ……。B・ドクは子ノックスの身振り手振りを見て確信した。今も聴こえる〈音〉は紛《まぎ》れもない彼らのサウンドだった。でも何故……それが聴こえるんだ。それに唄は耳を通してではなく直接、頭に届く。どういうことなんだろう……。そう思った途端、唸り声と共に軀が持ち上げられ、ノックスの輪の真ん中に放り込まれた。輪の一部が崩れ、凶暴な表情を浮かべたノックスがB・ドクに牙を剝き出した。その瞬間、頭の中で怒号が響いた。『見つかってしまったぞ！』

興奮したノックスがB・ドクを取り囲んだ。額に親指ほどの太さもある血管を浮かべた顔が目前に迫り、熱気と怒りの混じった臭いが彼を包んだ。『沼に放り込め』『いや、口を利けなくするだけで良い』『目はどうする？耳は？』B・ドクの脳内に声の洪水が押し寄せ、脳が沸騰《ふっとう》し、思わず横倒しになった。

『待て！』突然、大きな声が轟《とどろ》くと全員が静まり返った。ノックスの動きが止まった。群れを割って肩に子ノックスを乗せた一匹のデカいノックスが現れた。

『その子は良い人間だ』ノックスの声が頭に響いた。子ノックスが飛び降り、B・ドクの額に指を触れた。脳を圧していた無音のざわめきが消え、静かな声だけが残った。

『もう大丈夫だよ』声は少女のものだった。『これで、うるさくない』

「君は……」

『わたしはアノア。あれは父のモル。さっきはありがとう』

「僕はB・ドク」

『知ってる。O・ドクの子供ね。お母さんのことは残念だったわ』

「知ってるの？」

『ええ。知ってるわ。わたしたちは自分の考えを仲間に伝えることができるの』

確かに先程までの興奮や怒りは完全に消え、今は大きな樹の前にいるような感じがした。

『みんなは、あなたがわたしを助けてくれたことも知ったわ』

『君は勇気と知恵があるな』モルの声がした。『あの時、わたしは自分の重さで娘を助けにはいけなかった。君が居なければ娘は助からなかったろう』

『わたしが飛び鼠《スキッパー》なんか追いかけて迷い込んだからよ、ごめんなさい。とうさん』

その時、B・ドクはある事に気づいた。「ちょっと待って！　なんで話ができるの？」

くすりと笑い声がし、アノアが答えた。『それは貴方の言葉を間借りしてるからよ。脳信《テレス》では言葉はひとつなの』

『おい。アノア続きを！』誰かの声が割り込み、歓声が上がった。

するとアノアはモルの肩に乗った。それからあの〈唄〉が聴こえ、やがて唄うアノアを乗せたモルが森の奥へ歩き始め、みなもそれに続いた。唄いながらアノアはB・ドクと会話することができた。「でも驚いたな」

『なにが』

「おまえ達は凶暴で知恵も何もないと……そう教えてられてたから……ごめん」

『その方が都合が良いからよ。凶暴でウスノロな生き物にしておけば人間は虐《いじ》めたり、殺したりしても、ご飯をおいしく食べたり、ぐっすり眠ったりできるでしょう？』

「それは……」

『良いのよ。あなたのせいじゃないから。あなたは、ただそういう時代の、この星に生まれただけ。でも、できれば何かしてほしい……なにか……わたし達にとって正しいこと』

『行くぞ』そう声がし、B・ドクとアノアはモルの背中に乗せられた。『あまり遅いとこの子の父親が心配するからな。O・ドクが』

『ここを摑んで』アノアがモルの背にある疣《いぼ》を指差した。『しっかりね。モルは速いから』

……わかったっ……！と云い終わらないうちにB・ドクはボールのように軀が宙に浮くのを感じた。モルは凄まじい勢いで木から木へと移動し、時には軽々と跳躍して見せた。星の明かりで白くなった森や大地を息つく間もなく移動し続けていると、まるで自分自身で滑空しているような錯覚にB・ドクは大口を開けて笑っている自分に気がついた。

『B・ドク……』移動しながらアノアが呟いた。『ずっと友達でいてね。口を開かなくても心で呼びかけてくれればわたしにはわかるから……』

『うん』笑いながらB・ドクは心で頷いた。

『そう……その調子。でも、あなたも大人になれば……それまでは……ね』

Ⅳ

モルは屋根裏の窓からこっそりB・ドクを戻してくれた。帰る時、アノアが彼の頬にキスをした。B・ドクは昨日に引き続き自分の身に起きた事に興奮しながらベッドに潜り込んだ。

すると階下から父の怒鳴り声が聞こえた。部屋を出て様子を窺《うかが》うとウーダの後ろ姿が見えた。ウーダはファザーの下男だが色々と意地汚い噂の絶えない男だった。

『絶対にそんなことはさせないぞ！　あんなドラ息子の好き勝手は許さん！』父の声がした。

「そんな事云ったって、もう決まってるのだ。あんたはそれをするだけなのだよ、ちちち」

『今は大事な収穫の時期だ。そんな莫迦げた道楽のせいでノックス達が動揺したら今年の売り上げはどうなる？　只でさえ去年、おととしと続いた白然火災の御陰で滅茶苦茶なんだ。やっと立て直したところなんだぞ！　狩りなんてやってられるか！』

「ファザーはもうこの農園の事なんか気にしちゃいねえのだよ。今は希少金属《メタル》よ。こんな農園なんざノックスの無駄遣いだって。もっともっと奴らをコキ使うんだってファザーは隣の惑星の深海鉱物に事業転換するつもりなのだ。ちちち」

『莫迦な！ファザーは農園の十年計画書を地球《ホーム》に提出し、了承された。予算も出てる！』

するとウーダは乾いた声で笑った。「予算《ぜに》なんて、もうないのだよ。ファザーや奥様、ぼっちゃま御家族が邸宅と食事と衣装と娯楽で溶かしちまったよ」

『どういうことだ……』

「云った通りなのだ。ここはもうオシマイ。ファザーは使っちまった予算を捻出する計画を立ててるよ。単に売却するにしたって二束三文。予算分は保険を使ってたんまり補い、余ったので懐《ふところ》を膨らませてから売り払うつもりなのだ、ちちちち」

その後、父の罵声が続き、ウーダは踊るようにして出て行った。

父がB・ドクの部屋に入ってきたのはそれから随分、経っての事だった。ベッドに座り込んだ父からは酒の臭いがした。こんなに酔った父を見るのは母の葬儀以来だった。

「悪い。起こしちまったな」

「大丈夫。それより、とうさんこそ」

「はは。心配するな。大丈夫さ」

「……とうさん」

「うん？」

「ノックスは優しいね」

「どういうことだ」父の声の調子が変わった。

「ノックスはとても綺麗な歌を唄うよ。それに喋る。ちゃんと僕の話もわかるんだ」

「おい、何を云ってる。まさかノックスに近づいたのか？ひとりで？そうなのか？」

強い力で両手を摑まれ引き起こされたB・ドクは急に怖くなった。

「いったい何をしたんだ！」酔った父は見た事もない怖い顔で彼を揺すり続けた。「云え！何をした！」父は息子の頭を叩いた。「何か隠してるのか!!　云え！」

「何にもしてない！　悪い事はしてないよ」B・ドクは毛布を頭まで引き上げて叫んだ。

「莫迦野郎！　ノックスは人間じゃない。化け物だ！　奴らは最低の人間以下のろくでなしなんだ！　殺されたらどうするんだ！　おまえまで居なくなったら俺はどうすりゃいいんだ！」

「かあさん！かあさん！かあさん！」不意に飛び出した言葉に父の手が止まった。B・ドクは毛布の下で啜《すす》り泣いている。やがて父は立ち上がり、ドアを開けた。

『奴らには近づくな。それだけは約束してくれ……』毛布越しに父の声が聞こえた。

V

『ごめんなさい……そんなことになるなんて……』アノアは湖面に向かって項垂《うなだ》れた。

「僕が悪いんだ。とうさんの気持ちも考えず勝手なことを云ってしまったから」

『O・ドクはとてもいい人だわ。私達はそう感じている。ウーダなんかより百倍もマシ』

「あいつだよ。昨日、とうさんと言い争っていたのは」

『ウーダはノックスの赤ん坊を黙って売りさばいていたの。それがバレて管理人を馘首《クビ》になったの。見つけたのはあなたのおとうさんなのよ』

B・ドクは溜め息を吐いた。

「君は人間よりよっぽど頭がいいみたい。ごめん、よくない言い方だったね」

『わたし達は個々の気持ちや意志を共有できるから、その分、覚えたりすることが楽なのかもしれないわ。それに忘れても、いつのまにか誰かが、またその穴を埋めてくれるから』

「凄いなノックスって。そんなことってどうやってやるのか見当も付かないや」

『簡単よ。見るの』

「見る？だって目はないんだろ？」

『あるわ。ただ漫然とは見ないの。わたし達は』そう云うとアノアは額の辺りにある深く刻まれた線を指した。『この下に目はあるわ。この大きな一つ目《サイクロ》が世界への窓であり、唯一の武器なの。生まれたばかりのノックスは瞼を捲《まく》り上げられて親に見られるの。見られた瞬間、子供の脳のなかへ様々な必要なことが移される。その時に大事なのは親達ができるだけ欲や穢《けが》れのない穏やかな気持ちでいること。でないと見られた子供に恐ろしい影響がでてしまうのね』

「どんな？」

『わからないわ……あなたの顔もちゃんとわかるわ』

「なんだか恥ずかしいな」

『わたしは好きよ、B・ドクの顔。優しそうで滑らかでおいしそうな桃みたい。わたし達は好きな相手を果物に喩《たと》えるの。桃は大好き大好きっていうこと』

ふたりは顔を見合わせた、B・ドクは初めてノックスの少女を美しいと思った。

VI

早朝、B・ドクがまだ寝ているとドアがノックされた——父だった。

『今日の昼、管理小屋で飯を喰おう。その後、馬に乗せてやる』

「え！　馬！　馬が来るの！」思わずB・ドクは毛布を跳ね上げ、ドアを開けた。「ほんと？」

「ああ」父が満面の笑みでそう応えた。「去年から注文してたのが三頭入ってな。こっちの水に慣らすのに少し時間がかかったが、今日は使えそうだ。乗りたいだろう？」

B・ドクは強く頷いた。

「そしたら、それで仲直りだ。いいな」父が差し出した手をB・ドクは握り返した。

B・ドクは昼が来るのが待ち遠しくて仕方なかった。地球産《ホーム》の馬は、とても高価で入手が困難だと聞いていた。B・ドクはネット図鑑で見てから地球馬に心を奪われた。

B・ドクは早速、アノアに伝えてみた。が、彼女から返事はなかった。昼になり、管理小屋に行くと既に馬が繋がれていた。図鑑と同じ脂肪のない筋肉質の脚が見事な栗毛と共に輝いていた。

「すごいや」見とれる息子の姿を満足そうに眺めながらO・ドクが近づいてきた。

「……人間で云えば二十歳ってところだ。正にやる気満々の雄だ」

馬は額にダイヤ形の白い毛がある。長い睫《まつげ》の奥にある目に自分の姿が映っていた。

「少し乗ってみるか？」

その言葉にB・ドクは短い悲鳴を上げ、その場で跳ねた。馬は額の特徴に因《ちな》んで星《ステラ》と名付けられた。ステラに乗るとノックスよりもずっと高く感じた。父は息子を鞍の前に乗せ、ゆっくりとノックスが畝《うね》に沿って黙々と収穫している周囲を歩き出した。

と、突然、鋭いハウリングのようなものがB・ドクの脳を掻き混ぜた。

「どうした？　顔色が悪いぞ」

だいじょうぶ……と呟きながらB・ドクは強い陽射しを浴びているノックスたちの汗に光る背中を見つめた。そこには馬とは別の巨大な筋肉が蠢《うごめ》いていた。

悲鳴みたいだ……彼はもう一度、心のなかでアノアに呼びかけた。が、返事はない。

「一旦、小屋に引き上げよう」息子の様子を見て取ったO・ドクがそう云い掛けた途端、畑中のノックスが一斉に振り向いた。その気配に馬上のふたりもノックスが顔を向けた方を見た。森から一頭の馬が飛び出してきた。見知らぬカウボーイ姿の男が全速力で走らせているのだが、馬に繋がれたロープの先で何かが引きずられていた。ノックスだった！　子供のノックスが馬に引きずられていた。と、畑にいたノックスが一斉に馬に向かって突進し始めた。馬はスピードを上げた。滅多に声を発しないノックス達が吠え、そして馬を捕まえようとドタドタと駆け回った。麦は踏み荒らされ、畝は滅茶苦茶になっていく。

「よせ！」O・ドクは叫ぶと馬の腹を蹴った。

ドン！と空気を震わせる轟音《ごうおん》がし、O・ドクは馬を止めた。前方でカウボーイの馬に齧《かじ》り付こうとしたノックスの首から上が霧と消えた。続く二発目で飛びかかろうとしたノックスが背中に大穴を開けて地べたに転がった。カウボーイが現れた辺りに道化師《ピエロ》帽の若者が雪のような白馬に乗っていた。彼は手にした中性子銃《コスモ・ガン》をノックス達に向けている。

「バーム!」O・ドクが叫ぶと道化帽子の若者が振り向き、〈こんにちは〉というように手を振った。「なにをする!」

ドウムッ! 三発目が別のノックスの腹を裂いた。馬は走り続け、ノックスの群れがそれを追う。その背を道化帽子の銃が次々に襲った。O・ドクが馬を道化帽子の元に走らせた。父が制止するのも聞かず若者はノックスを撃ち続ける。子ノックスを引きずり回されている間、ノックス達は狂乱状態で馬を追うのを止めない。

「おまえの仕事を手伝ってるんだよ、のろま《トント》」

O・ドクは尚も撃ち続けている道化帽子の腕を馬上越しに掴んだ。「触るな! 糞虫《くそむし》!」

男は歯を剝き出し、銃口をふたりに向けた。B・ドクは父が息を呑むのを聞いた。

「おまえが生ぬるいからここのノックスどもは、すっかりダレきってる。だから俺が役立たずを間引いて風通しをよくしてやってるんだ! 感謝しろ!」また一頭撃ち殺した。

「やめろ! 奴らは仕事をしてるんだぞ!」

「別の管理人なら五日で終わらせる仕事だ」

「そんなことをしたら奴らがくたばっちまう」

「それがどうした? ノックスなんか腐るほどいる。また買えよ! パパのお金でな!ははは」

『B《ベイビー》イッ！』アノアの絶叫が聞こえた。

すると新たな馬が飛び出してきた——ロープに繋がれているのはアノアだった。

「アノアッ！」目の前を通り過ぎたアノアがB・ドクに向かって手を伸ばし、過ぎ去る。

反射的にB・ドクは馬から飛び降り、走った。「待て！　B！」

アノアを引く馬前に一頭のノックスが立ち塞がった。馬はスピードを落としたがノックスの額に大穴が開き、仰向けに斃《たお》れた。

「アノア！」その隙にB・ドクは馬とアノアを繋ぐロープに飛びつき、ナイフで切り離した。

勢いに乗ったふたりは抱き合ったまま地面を転がった。

「大丈夫？」息も絶え絶えのアノアは頷くのが精一杯だった。

と、馬の嘶《いなな》きと共に道化帽子が目の前に立ちはだかった。「外道！　飼い主に逆らうとは父子《おやこ》ともども恩知らずな輩《やから》だ！」と、アノアに銃口を向けたのでB・ドクは覆《おお》い被《かぶ》さった。

「ははは。良い様《ざま》くれだ糞餓鬼！　蛆虫《うじむし》同士ブチ殺してあげます！」道化帽子が照準を合わせ、銃爪《ひきがね》を絞るのを感じた。アノアの震えが直《じか》に伝わってくるのを感じたB・ドクは強く抱きしめた。何事かを叫びながら追ってくる父の馬はまだ遠い。銃口が光った——瞬間、くの字に馬の首が折れ曲がり、白い線を引いて蒸発した——ように見えた。どおんっと云う音と共に吹き飛ばされた馬が遠くに落下するのが見えた。『大丈夫か！』モルの声と父の声が同時に聞こえ、B・ドクは父に、アノアはモルに抱きかかえられた。遠くで〈痛いよ痛いよ〉

と泣きじゃくる道化帽子の声が響いていた。

Ⅶ

目を覚ますとB・ドクは自室にいた。窓の外から見える空は夕暮れの色をしていた。

O・ドクがベッド脇の椅子に腰掛け、項垂れていた。

〈アノアは……〉

その声に父が顔を上げた。

「あのあ？ああ、あのチビノックスか、あれは奴ら《ノックス》が連れて行った。今頃、ねぐらだろう」

「モ……、あの僕らを助けてくれたノックスは？」

「捕まったよ。えらい暴れようで麻酔銃を山ほど撃たれてな、生け捕りだ」

「どうなっちゃうの」

「わからん。ただじゃ済まんだろう」

「あのヘンテコな帽子を被った人は？」

「あれがファザーの小倅《こせがれ》のバームだ。親爺の権力を笠に着て弱い者イジメが酷《ひど》すぎたんで地球《ホーム》から所払いを喰らった鼻抓《はなつま》み者。人間の屑だ」

O・ドクは息子の顔に触れると傷の様子を調べた。唇が裂け、顔は瘤《こぶ》だらけだったが心配するほどではなかった。「なあ……おまえは、なんであの時、急に飛び出したんだ」

B・ドクは返事をしなかった。

「死んだかもしれないんだぞ」

「とうさん……ノックスは言葉がわかるんだよ」

父が息を大きく吸い込むのがわかった。

「もうそんな話はたくさんだ。おまえどうかしてるぞ。以前のおまえに戻ってくれないか」

「ほんとなんだよ！」

「そんなはずがない。あいつらにそんなことはできない」

「だってそうなんだ！信じてよ！とうさん！信じて！」

「唄だけだ！」Ｏ・ドクは思わず発した自分の言葉にハッとした。

「そうか……知ってたんだ。とうさんも歌を聴いたんだ！そうでしょ⁉知ってたんだ！」

「ずっとじゃない！」父は息子の言葉をかき消すように叫んだ。「一瞬だ！」

「一瞬？」B・ドクの軀が震え、そして固まった。父はその様子を見るのが耐えきれないように目を逸《そ》らし、そして続けた。「長くはない……たった一時《いっとき》のことだ。いずれ聴こえなくなる。おまえも大きくなれば聴こえなくなる。そうすりゃ、そんなことなんか全て忘れちまう。だから気にするな。大丈夫だ。奴らは動物だ。人間じゃない。それ以下なんだ。そう思ってれば何の問題もなく暮らせる。奴らだけじゃ、この星では生きていけない。おれ達がちやんと導いてやらなくちゃ奴らは全滅しちまう。その代わりに働かせる。それだけの事。そんな想い出なんか大人になれば、みんな砂絵みたいに消えちまうさ」

「そんなはずない……とうさんだって……そう思ったはずだ！　そうでしょ？　ノックスの歌を聴いた時には人間以下だなんて思えなかったはずだよ！」

するとノックの音が響いた。ドアが開き、金髪にスーツの女がウーダと共に入ってきた。

「防衛省軍事部治安維持課、矯正第三局のアンヌ・Qです。先程の事故の調査をしています。御子息に質問があります。これが聴取許可令状です。ご確認できましたら押紋《おうもん》を」

女が差し出した携帯モニターを見たO・ドクが溜め息交じりに親指で触れた。

「結構です。では彼とふたりで話をさせて下さい」

「居ちゃダメなのか」

「発言に偏向《バイアス》が掛かる可能性が拭《ぬぐ》えません」

「ファザーの指示でもある。従った方《ほう》があんたの為だ、ちぢ」

O・ドクは息子に云った。「さっきの話を忘れるな」

父とウーダが出て行った。女は椅子を引き寄せ、腰掛けると黙ってB・ドクを見つめた。

「惑星《こ》コス《こ》は暑いわね。もうすぐ日没だというのに、まるで真昼だわ」女はスーツを脱ぎ、ブラウスになった。長い髪がふわりと揺れ、香水が香った。

「モルはどうなるの？」

「もる……あのノックス？　殺処分するべきだけど、そうはせずファザーが引き取ったわ」

「助かるの？」

女は肩を竦めた。「私の管轄じゃないし、人を咬んだ犬がどうなるか考えてみたら？」

「ノックスは犬じゃない」

B・ドクの言葉に女は薄く笑った。「そこが訊きたいの。君はノックスを特別に感じているらしいけれど、それは喩えると何になるのかな？　他の生き物に喩えると……」

「ノックスはノックスだよ」

「ふうん。でも君は牝《めす》の子ノックスを助けたんだよね、どうしてそんな事をしたの？」

「だって馬で引きずられていたんだよ。あの子はどうなったの？」

「さあ、どっかで生きてるんじゃない？　君の取った行動ははっきり云って異常よ。大人の言葉ではジョーキヲイッシテルの。とても危険な事よ。私はその理由を知りたいの。ノックスは犬や猫なんかの愛玩動物とは違うわ。彼らは家畜《ライブ・ストック》よ。豚が苦しがってるからって走ってる車から飛び降りる人はいないわ。君がしたのはそれと同じ行いなのよ」

B・ドクは答える代わりにアンヌを睨んだ。

「唄を聴いたのね。それとも言葉……」

B・ドクは顔色の変わるのを感じた。見ると上腕の毛が鳥肌と共に逆立ち、顔を上げるとアンヌもそれを見ていたのがわかった。

「君、彼らの本当の怖さを知らないのね」

「なんですかそれ」

「奴らの武器は相手の精神を読み取る事なの。特に若い人達は奴らにとって容易《たやす》いらしいわ。君が聴いたという歌も話したと思いたがってる内容も全て奴らが君の脳を弄《いじ》ったからなの。このままだと脳を乗っ取られるわよ。御覧なさい」アンヌは壁にホログラムを出した。そこには苦悶したり、死んだように無表情な人間が出現した。「これがノックスに脳を侵された人間の末路ね。こうなったら廃人。亡くなったお母さんは、どう思うかしら」

突然、大きな叫び声が聞こえた。ベッドから飛び降りるとB・ドクは窓に駆け寄った。

管理小屋前、広場に人が集まっていた。「あ！」短い声を上げるとB・ドクは部屋を飛び出し、階段を駆け下りた。「どいて！」B・ドクは黒山の人だかりに分け入ろうとしたが、興奮した大人達は彼には全く気がつかない。仕方がないので跪《ひざまず》き、そのまま脚の間を縫って前へと進んだ。作業員達の汗と埃をたっぷり吸った服の間を抜けると、たまにファザーが皆を集めて話をする台の近くに出た。そしてB・ドクはそこで凍り付いてしまった。木箱を並べて舞台にした上にモルがいた。拷問《ごうもん》されたのか血まみれだった。モルには首輪と腕輪が付けてあり、それぞれが太い鎖で地面に打ち込んだ杭へと繋がっている。傍《かたわ》らにはウーダとあの道化帽子の男が猟銃を手に立っていた。モルは眠っているのか躯を左右に揺らし、静かにしていた。道化帽子が叫んだ。「今からノックスをケイモーする！　貴様ら、ケイモーがわかるか！」応える者はいなかった。

「ケイモーとはおまえ達のような人間のノータリンを叡智《えいち》の光で照らして救ってやることだ！　今日は特別にこの俺を痛めつけたノックスをケイモーする！　よく見ておけ！」

これから何が始まるのかと周囲が水を打ったように静まり返った。B・ドクは肩をグイッと摑まれるのを感じた、父だった。とうさん……と云い掛けたがO・ドクの表情は今迄、見た事がないほど苦しげで歪んでいた。「奴は働き者の良いノックスだった……」

ウーダがモルの背後に回った。そして頭を抱えると〈ぼっちゃま！お手早く〉と叫んだ。モルは厭々《いやいや》するだけで動きが鈍い。

「逃げて……逃げてモル……」

「無理だ。象さえ倒れるほどの麻酔を打たれているんだ。立ち上がる事もできんだろう」

道化帽子が狩猟用ナイフを取り出すと、いきなりモルの額に刺し込んだ。

『いぎゃ、ぉぉぉ』歯軋《はぎし》りと苦悶の混じった異様な声がモルの口から溢れた。

道化帽子は遠慮なくナイフで額を切り裂く。

「止めろ！」B・ドクが駆け寄ろうとするのを父の腕ががっしりと摑んで離さなかった。

「とうさん……」B・ドクは父の目に泪が光るのを見て、息を吞んだ。

『ぐぉぉぉ！』モルの声が一際、大きくなり、道化帽子が切り取った肉の断片を掲げた。

「ノックスの瞼だ！今や光が奴の脳を直接、ケイモーするぞ！見ろ！」

「何てことだ……」父が呻《うめ》いた。

瞼を削がれたモルの額に現れた巨大な一つ目が、太陽に直撃されていた。閉じるべき瞼は失われ、塞ぐべき両手は鎖で縛り付けられていた。余りの光景に男達が恐怖でざわめき、後じさった。苦悶の雄叫《おたけ》びを上げつつ、自分達を見下ろすノックスは遥かに威容を感じさせた。

モルは軀を左右に激しく振り揺すった。と、両手の杭がすっぽ抜けた。

『ぬっ！抜けたあ！ノックスの手が抜けたぞ！』

モルは血まみれの額を振り、ウーダの頭を両手で挟み込むと潰してしまった。〈ちちち……ぶぎぃぃぃっ！〉B・ドクは手の中で粉砕される寸前、ウーダが〈けきょ〉と云うのを聞いた。次いでモルは腰を抜かしている道化帽子に迫った。〈ごめんなさい！ごめんなさい！〉道化帽子は真っ青で両手を合わせモルに命乞いをした。頭陀袋《ずだぶくろ》と化したウーダを捨て、激高したモルが拳を振り上げた瞬間、ドンッと銃声がし、ノックスの首から上が蒸発した。樹を倒すように、どうっとノックスの巨軀が道化帽子に覆い被さった。発砲を終えたばかりのO・ドクが銃を下ろすのとB・ドクが自身の絶叫を聞くのとが同時だった。

Ⅷ

B・ドクは自分が一階の客用ベッドに寝かされているのに気づいた。既に日は落ち、辺りは真っ暗だった。喉が灼《や》け付くように痛い。

「起きたのか」父の声が暗がりから聞こえた。「もう丸二日《ふつか》眠り続けていたんだぞ」父がランプに火を灯したので柔らかい光が闇を押し広げた。O・ドクの顔はやつれ、無精髭が伸びていた。目は腫れ、唇の端が破れている。「農園は終わりだ。上は売っ払《うっぱら》うつもりだ」

思わずB・ドクは立ち上がった。「僕、頼んでみる！　考え直して下さいって！　だって農業にはとても良い場所だってとうさん云ってたでしょ。それにノックスだって良いって」

「ああ、その通りだ。俺がこの手で仕込んだんだからな。俺はノックスを一丁前の農夫に仕立てることに人生を賭けてきた。俺の親爺も、祖父《じい》さんもずっとそうだ。俺はおまえもそう成るものだとばかり思ってた。それが夢だった。立派なノックス使いになったおまえと、おまえが耕作させた黄金に輝く大地を葡萄酒《ワイン》でも酌《く》み交わしながら眺めたかった」

「できるよ、とうさん！　そうしよう！　ここで！　おじいちゃん達が拓《ひら》いたこの場所で！」

O・ドクは首を振った。「無理だ。売りは決まってしまった。それに、もし売れ残ったとしても俺達は……もう、ここには居られない。ファザーは今回の事件の責任は全て俺にあると云っている。だから馘首《クビ》なのさ」

B・ドクは言葉に詰まった。

「ノックスは特殊な病《やまい》を持ってるんだ。奴らは実は凄い力を持っていて、それを封じる為に目をあんな風に閉じちまってる。奴らは人を操り、時には破壊する、それも瞬く間にな。幾ら躾《しつ》けても突然、暴走を始めるんだ。それで滅茶苦茶になって廃業した奴らを俺は何人も知ってる。その暴走を俺達は病と呼んでる。普通の病気と違うのはウィルスや菌が原因ではないということさ。〈怒り〉なんだよ。ノックスの病を産むのは。だから俺はできるだけ奴らと巧くやってきた。それは親爺も祖父さんも同じだ。〝汝、自らが忌避《きひ》すべきことをノックスに為《な》すべからず〉これがうちの家訓だ。だがファザーの意見はこうだ。俺がノックスを管理せず、甘やかしすぎた御陰で悪い影響が全員に広まってしまった。つまり俺が病を、のほほんと広めたって事だ」

「そんなの嘘だよ！　ノックス達は悪くない、あの変な男の人がノックスの子供を使って酷いことをするから親のノックスが怒ったんだ！　それにモルは僕を助けてくれたんだよ！」

父は何も云わず息子の顔を見つめ、少し微笑んだ。「俺は唄までしか聴いたことがなかった……おまえは話もできるんだな。羨《うらや》ましい」

B・ドクは唇を噛み締めた。

「思うにあれが俺の人生最良の時だった。とても美しい声だった。しかし、やがて消えた。今ではそれがどんな声だったのか思い出すこともできん。ただ美しかったという記憶だけ」

「とうさん！　僕、ファザーに直接、お話しさせてもらえないかな？　そしたらきっと……」

「刑務所に入ることになる。下手をすれば一生、そこで暮らすことになる。おまえは労働者学校《レイヴァー・スクール》にすら行かせて貰えず、博物館並みに古い教科書を使って俺が教えていたからな。わからなくても仕方がない。彼らは帝国人種《ツァーリー》だ。つまり、皇帝って意味だ。先の大戦での政治家や軍功のあった奴らの末裔《すえ》よ。尤《もっと》も銭で爵位《しゃくい》を買った奴らも交じってるらしいが。俺達はレイバー、つまり働き蜂だ。奴らとは格が違う。同じ罪を犯してもツァーリーと俺達とじゃ尻叩きと銃殺ぐらいの差がある。だから、おまえがツァーリーに何かを云いに行くなんてのは狂気の沙汰なのさ。そしてノックスは俺達の下《した》の下の下だ。それがファザーの小倅に怪我を負わせてしまった。ノックスは処分され、その責任は全部、俺になすりつけられる。何処《ど》処《こ》にでもある話だ」

「ひどいよ、そんなの……」

「……何故、こんな世の中になってしまったんだ。昔は人間が人間らしく暮らせていたらしい。努力すれば自分の力でなりたいものになれた……それが今はできないどころか……望むことすら罪になる。一体どこから狂っちまって、何が間違っていたんだ。どの時点なら停められて修正できたんだ、畜生……」

「僕、どこにも行きたくないよ」

「そうだな。いつ出て行くか……それを考えるのも明日だ。さあ、こいつを飲みな。気分が落ち着いてぐっすり眠れる。元気になれば良い考えも浮かんでくる」

O・ドクはそう云って温かいミルクを息子に与えた。それは今迄、飲んだどのミルクよりも甘やかでコクがあり、あまりのおいしさに忽《たちま》ち、B・ドクは眠りに落ちていった。

IX

翌日、まだ陽が昇りきらないうちにB・ドクはノックスの小屋に向かった。彼の顔を覚えていた年老いたノックスがアノアの所へと案内し、彼女は彼を見ると泪をぽろぽろと零した。が、肝心の声は、ちっとも頭の中に聴こえてはこなかった。

『モルの死がよほどショックだったんじゃ……声が出せんようになってしまった』

アノアは口を開き、頻《しき》りに何か唄っている素振りを見せたが、もはやB・ドクには何も聴こえなかった。アノアは自分の声が届いていないことを悟り、また泪を零した。

「大丈夫だよ。きっとまた唄える。僕が治してあげる」

それから、ふたりは抱き合ったまま、またうとうとしてしまった。どれくらい時間が過ぎたろう……大きな悲鳴と銃声にふたりは目を覚ました。小屋を飛び出たB・ドクの目に何頭もの馬に乗った男達がノックスを追いかけ、次々と撃ち殺す光景が飛び込んできた。

「やめろ!」

すると馬に乗った道化帽子が現れ、子を抱えたノックスを笑いながら撃ち殺した。

「よお、あの役立たずの餓鬼か。怪我したくなかったら馬糞《まぐそ》臭いおまえの小屋に帰れ！」

「なんでこんなことをするんだ！」

「単なる害虫駆除さ。こいつら全て殺処分よ。一頭一頭心を込めて殺させて戴《いただ》きますよ」

と、仲間が次々と虐殺される姿を見たアノアが戸口で棒立ちになった。

「おっ！良い革が取れそうな、若い牝。見《め》っけ」道化帽子が銃を向けた瞬間、B・ドクはその足に齧り付いた。その勢いで鐙《あぶみ》を外した男は馬の反対側に落ち、銃声が響いた。見ると暴発した銃を落とした男が大きく開いた腹の穴から出た臓物を物珍しげに眺めていた。

「へえ……ノックス《奴ら》と同じか」道化帽子は血を吐き、目を開けたまま動かなくなった。

「B《ベイビー》!!」愕然《がくぜん》としている彼の耳に父の声が飛び込んで来た。馬上のO・ドクは道化帽子を見て顔を強《こわ》ばらせた。「こ、これは……」

「アノアを撃とうとしたんだ。それで飛びついたら向こう側に落ちて……それで……」

すると別の男がB・ドクと倒れている道化帽子を見て笛を吹いた。「ぼっちゃまが！牧童に殺《や》られたぞ！人殺しだ！」

と、O・ドクがその男を撃ち殺した。「急げ！」O・ドクは息子を担《かつ》ぎ上げた。

「アノア《彼女》も！」O・ドクが小屋の入り口に立つアノアも引き上げ、狙い定めた銃で周囲にある三カ所の燃料タンクを撃ち抜くと轟音と共に火柱が上がり、火の付いた燃料が燃える滝となって畑に降り注いだ。忽ちのうちに周囲の麦が爆発的に紅く染め始める。

「しっかり掴まってろ！カッ飛ばすぞ！」父の星形の拍車《スパー》に腹を蹴られると馬は燃える平原を切り裂くように疾駆《しっく》した。

「アノア！仲間をファザー邸の裏手に集めろ！」B・ドクは背中にしがみついているアノアが頷くのを感じた。到着すると既に邸の裏庭には生き残りのノックス達が二十頭ほど集まっていた。彼らはO・ドクからファザーの居室の位置を説明されると散って行った。アノアは行かなかった。彼女はB・ドクの手を握ったまま仲間の背中を見送っていた。

「僕達は一緒なんだ」

B・ドクの言葉に父は頷いた。「よし。俺達は正面からだ」

邸内はシーンとしていて、いつもはいる筈の使用人の姿が消えていた。二階のホールを通り、有名絵画に挟まれた宮殿のような廊下を進む。そして三階の端に来た時、父が〈静かに……〉と唇に指を当てた。大きな扉が音も無く滑《なめ》らかに開くと、聞き覚えのないクラシックが聞こえてきた。正面には天井まである大きな窓、そしてその前に書斎用の大机があった。飾りの付いた高い椅子の背がこちらに向けられていて座っている人間の姿は見えない。ただ白い煙が向こうから立ち上っていた。父が音をさせてドアを閉めると椅子が回り、こちらを向いた——農園主《ファザー》、その人だった。

「忘れ物か？」何処《どこ》かざらざらした声にB・ドクは錆《さ》びた蝶番《ちょうつがい》を思い浮かべた。

ファザーは机の上にあった把手の付いたベルを揺らした。チリンチリンと乾いて澄んだ音が響いた。ベルは必要以上に鳴らされ、置かれた。「何の用だ？誰の許可を得て穢らわしいノックスを連れ、儂《わし》の前に立っている」

「許可は取りましたよ。自分自身の心にね」

「なに？貴様、自分の分際《ぶんざい》を忘れたのか？それとも狂ったか？」

Ｏ・ドクは頷いた。「ええ。確かにね。狂ってましたよ。今迄はね。だがやっと正気になれた。息子とこの小さなノックスの御陰で」

ファザーはまたベルを振った。

「誰も来ませんよ。内心、あんたらツァーリーのやり方には、みんなうんざりしてるんだ」

「農奴も管理できなくなった役立たずが自暴自棄《ヤケクソ》になって革命の闘士にでもなるのか？」

「正直、手も足も出ないと思ってた。なにせあんたらは法律が味方だからな。その法を創ったのもあんたらだ。手前勝手なものを拵《こしら》えては自分たちのお仲間だけは特別扱い」

「何が云いたい」

Ｏ・ドクは銃を向けた。「つまりこういうことさ。あんたらに対抗するには暴力しかないんだ、時間も金もあんたらの味方だ。だから俺達にはテロることしかできない」

「殺すのか……今更、儂が死を恐れると思っているのか。莫迦め。儂はもう世の中でしたいことは全てし尽くした」

「だろうね。だから殺しゃしない」

ファザーの顔に動揺が走った。アノアが扉を開けるとノックス達が部屋を埋め尽くすほど入ってきた。O・ドクはカーテンを閉めさせると机のランプを点け、ファザーを部屋の中央に引きずり出した。ランプと隙間から入る僅かな光で部屋は朧《おぼろ》に霞《かす》んで見えた。

「あんたはこれからも永遠に生きるんだ。たった独り。奈落の底でな」

「なに？」床にへたり込んでいるファザーの前にアノアが近づくと整えるように前髪をなで上げた。ファザーの額は汗で濡れ、指先が震えていた。

「俺達はこっちだ」父が息子の手を引き、ファザーの周囲を囲むノックスの輪から下がった。B・ドクからはノックスの背と中央に居るアノアとファザーしか見えない。

「やめてくれ……頼む……」ファザーがそう懇願した瞬間、アノアの閉じられていた瞼が引き上げられ、巨大な目が真っ正面からファザーを見た。そして、それを合図に部屋中のノックスが中央の人間を凝視した——ありったけの憤怒《ふんぬ》と憎悪を込めて。

「うぎゃああ」とてつもない悲鳴がファザーの口から上がり、それは息が続く限り続いた。

「ファザー《奴》はこれで魂の煉獄《れんごく》に落ちた。ノックスの最大の武器は敵の感覚遮断と体感時間を変化させることだ。これで現実の一秒はファザーにとって一年になった。肉体が滅ぶまでの間、奴は全身の感覚が遮断された暗黒の世界をたった独りで過ごすことになる」

O・ドクは邸の地下壕に息子とアノアを連れ出した。そこには新型の宇宙船が格納されていた。父は運転席でそれらを調整すると戻ってきて一枚の紙片を息子に握らせた。

「いいか。おまえ達は地球《ホーム》へ行け。俺の闘士仲間の連絡先だ」

「とうさんは」

「ノックス達を見捨ててはおけん。俺には家族同然だ」

その言葉にB・ドクは泪をぼろぼろと零した。

「大丈夫……おまえならやれる。仲間はノックスの解放を目指しているんだ。おまえも立派に戦ってこい。それまでに俺はこの星を金色に輝く麦畑で覆い尽くしておく」O・ドクは息子の頭を、髪を掻き回すようにして撫でた。「まだ声は……聴こえないのか？」

「うん。でも、きっと僕がいつかアノアを治して、また聴こえるようにする」

息子の言葉に父は満足げに頷き、ふたりを船に乗せた。「ホームまでは寝て三日だ」運転席に座ったB・ドクは船が傾くと格納庫の蓋が開き、天空が真正面に迫るのを感じた。発射準備が完了するとカウントダウンが始まった。アノアが握る手に力が込められた。

『また逢おう！　ベイビー・ドク』父の声がモニターから聞こえてきた。

「とうさん！　必ず逢おう！　必ず戻ってくる！」

『おまえは俺の誇りだ！』5・4・3・2・1……。猛烈な重力で肺が潰れそうになり、B・ドクは父に最後の言葉を伝えることが出来なかった——O・ドクは僕のヒーローだ！

X

「2099のB《ブレイン》の模造記憶が再生ノイズが酷いっす」納骨堂の管理人エムが云った。

「ああ、これか。これは仕方ないんだ。もう二百年は経ってるからな」別の管理人が呟く。

「よくそんなに生かしておくものだなあ。軀はもうとっくに無いんでしょう」

「当たり前だ。この2099Bは、ノックスの管理を解雇された男が悲観して無理心中を謀《はか》った息子の脳さ。父親は死んでしまい、息子は助かったが植物状態だ。殺す訳にもいかない、かといってタダで無産化した労働階級の人間を生かす意味もない。だから農場主が軀をノックス培養の苗床《なえどこ》に売り払い、その金で脳味噌だけ自己溶融するまで、墓《ここ》で管理することになったのさ。だからノイズがあっても関係ないのさ。適当に作った模造記憶で楽しませられれば良いんだ。本人からクレームが来りゃ別だがね、へへ」

「保存だけなら、ただ栄養素を繋げておけば良いんじゃないんですか?」

「それだと法的に問題があるのさ。動物と同じだとね。〈アミューズは人間だけが享受できる権利であり、証明である〉ってのが人権宣言に追加されてるだろ。まあ人権なんてのは、お化けと一緒の世の中だが、それでもお題目は必要なのさ」

「記憶の製造者はL・アノアってなってますね。別れた母親です。昔の童話作家だ、これ」

「ふうん。おまえ、本なんか読むのか？気を付けろよ。下手すると辺境に飛ばされるぞ」

「脅かさないでくださいよ。ずっと昔に何冊か読んだだけですから。本なんてもう……」

そういうとふたりの男は納骨堂から出て行った。棚には埃《ほこり》に覆われ、すっかり中が見えなくなった水槽が並び、そのなかに２０９９Ｂもあった。室内の照明が自動的にゆっくりと消えていく。完全な闇となる刹那《せつな》、小ぶりな脳が微《かす》かに揺れた。

上田早夕里

化石屋少女と夜の影

●『化石屋少女と夜の影』上田早夕里《うえださゆり》

上田早夕里の新しい世界がここにある。《異形コレクション》の舞台では、久しぶりのめぐり逢い。SF作家として、歴史小説家として、なによりも一流の物語作家として、重厚な活躍を続ける上田早夕里の最新作は、どこか大正浪漫のムードを感じさせる少女小説のような本作である。いかにも上田早夕里らしく、科学に惹《ひ》かれる少女の燦《きら》めきが描かれる。同時に——現実を異化する不思議さがある。そして、もちろんダークな要素も。なんとも魅力溢れる世界観が〈ダーク・ロマンス〉のモチーフから生まれでたことは望外の悦びだ。

上田早夕里は、「魚舟・獣舟」で《異形コレクション》第36巻『進化論』に初登場し、その同一世界観（のちに《オーシャンクロニクル》シリーズと名付けられる）を持つ長篇『華竜の宮』で2011年に第32回日本SF大賞を獲得。現在の日本SFを活性化する一要因となった。また《異形》収録作を中心とする短篇集『夢みる葦笛』も、ホラーにも隣接する異形なるイメージが日本SFを底上げしていく実例を高らかに歌いあげていた。このジャンル横断的なミームの交感は、感性の瑞々《みずみず》しいホラーやファンタジーの書き手にも影響しているものと、私は感じている。それをまた、一歩進めるような作品が、またひとつ。

上田早夕里は、理系文学の登竜門である第8回日経「星新一賞」の選考委員も務める。応募者たちにも読んで欲しい一篇である。

靴の裏で慎重に足場を探りながら、紗奈《さな》は、崖の上から浜辺へ続く道を歩んでいった。海岸沿いの崖はどこも傾斜がきつい。加えて冬の嵐のあとは、粘土と礫岩《れきがん》が積み重なった地層がさらにもろくなる。

紗奈の後ろからは、帝都からこの街を訪れた男がついてくる。浜辺で化石を拾いたいというので、銅貨を一枚もらって案内を請け負ったのだ。

霜月《しもつき》の大気は手袋をはめていても指先を凍《こご》えさせる。保護眼鏡で覆っていない頬から顎にかけての肌が、寒さでぴりぴりと引きつった。潮風に髪を乱されないように帽子をかぶり、ケープ状の外套《がいとう》の襟元をきちんと合わせていても、彼女の古びた衣服はこの季節には寒すぎた。

高波で吹き寄せられた海藻が、崖のあちこちにはりついている。夜のあいだに凍った海藻は、朝日を浴びると少しずつ溶け、昼頃にはぬめぬめとした本来の姿に戻ってしまう。ただでさえ足元が滑る崖が、さらに神経をつかうやっかいな場所となる。お金をもらっていなければ、とうてい、人を案内する気にはなれない季節だ。

紗奈が連れている男は、名を、五百森六朗《いおもりろくろう》といった。帝都から来ただけあって、身なりはそれなりに整っている。フロックに似た洒落《しやれ》た外套をまとい、両手には本物の革で作られた手袋をはめていた。いい服が似合うすらりとした体型で、顔の造りも悪くはないが、その外見のよさを裏切る下卑《げび》た雰囲気を隠さない男でもあった。発掘に使う保護眼鏡は、紗奈がかけているものよりも高価だ。ほんのりと色味を帯びたレンズの端に、ときおり細かい文字や記号が浮かびあがって、明滅を繰り返す。

五百森は学者だと名乗っていたが、それは嘘だろうと紗奈は睨《にら》んでいた。おそらく、ただの山師だ。五百森が紗奈の店に来たとき、最初に求めたのは、装飾品として値の張る〈蛸《たこ》石《いし》〉と〈双子《ふたご》の掌《てのひら》〉だった。本物の学者が欲しがるのは、海草を泥の中に押し込めたような地味な灰色の石である。〈蛸石〉や〈双子の掌〉を買うのは、ただの趣味人だ。五百森の望みは、紗奈にもすぐに見当がついた。彼も、崖の地層で、大物を掘り出したいのだろう。先日のニュースを聞きつけてここへ来たのであれば当然だ。そのような暗い野望は、紗奈の中にも多少は潜んでいる。

風の強さに何度も肝を冷やしながら、紗奈は浜辺まで辿り着いた。おりてきた道を振り返れば、八十尺はあろうかという高さの崖が、悠然と彼女たちを見おろしていた。この崖は、かつては海底に存在し、隆起によって陸地になった部分だ。慎重に観察すれば、いくつかの化石を、そこかしこに見出せるだろう。

斜面に降り立った五百森は、伸縮式の杖を腰のホルダーから抜いて長く伸ばした。その先端で、いきなり足元を突き始める。紗奈は慌てて割り込んだ。「だめです、五百森さん。そんな掘り方をしては」

「あ？　掘らなきゃ見つけられないだろうが、ええ？」五百森は露骨に嫌そうな表情を見せた。「こんなに広いなら、やっぱり、鍬《くわ》を持ってくるべきだったな」

店を出る前に五百森は、「鍬で掘る」「そのほうが早いし、効率がいい」と言ったのだが、紗奈はそれを必死に止めた。それでは化石が崩れてしまう。完璧な状態で掘り出さなければ地区長は買い取ってくれないし、帝国博物館だってそっぽを向くだけだと教えた。

「こういうもので少しずつ掘り起こすんです」と、紗奈は専用のハンマーとタガネを見せた。紗奈がいつも背嚢《はいのう》に詰め、浜辺へ持っていく道具だ。「砂や石のかけらは刷毛《はけ》で丁寧に取り除きます。傷つけたり割ったりしたら、誰も買ってくれません」

五百森は渋々承知した。が、浜辺におりて発掘作業の地味さに直面すると、すぐに嫌気がさしたらしい。てっとり早く派手に大物が出てこないかと、瞳が苛立《いらだ》たしげに訴えていた。

こんな下品な学者がいるものかと、紗奈は呆れ果てた。田舎の子供相手ならだませると思ったのか。自分はその程度の人間に見られたのかと、虚《むな》しさと腹立たしさが胸の奥で渦巻いた。

今月の初旬、崖下の斜面で〈鮫竜《こうりゅう》〉の全身骨格の化石が見つかって以来、地方の小さな街に過ぎなかった鴫千鳥《しぎちどり》港は、街をあげての大騒ぎとなった。発見者である硲《はざま》家には、地方紙だけでなく帝都新聞の記者までもが押し寄せ、地区長は金貨で発掘物を買いあげた。のちに、これは帝国博物館へ収蔵され、歴史に残る記念物と指定されたのだ。

この影響で、硲家と同じように化石掘りをしていた紗奈の店にも、怪しい男女が出入りし始めた。第二の発見を狙う者たちだ。

紗奈の店は本来は家具屋である。父は指物師《さしものし》で、釘を使わずに木材を組み立てて家具を作る名人だ。箪笥《たんす》や長持《ながもち》、箱火鉢などを見事に仕上げ、修繕も請け負っている。化石の発掘は、その片手間に行っていたのだが、いまは紗奈が手入れと販売を担っている。父は腕はよいのだが、大きな仕事をひとつ終えると昼間から酒を呑み、街へ遊びに出かけてしまうので、しばしば行方がわからなくなる。母は、年に数回だけふらりと家に帰ってくる。普段どこにいるのか、家族ですら知らない。離縁したわけではなく、父と顔を合わせると、たいそう仲睦《なかむつ》まじい。不思議に思って紗奈が訊ねても、「仕事で家をあけている」と答えるだけだ。もしかしたら母は人間ではなく、竜宮から来たウミガメかエイの化身ではないのかと思えるほど、その生き方は謎めいていた。そんな事情から、いまでは二人の子供たち——ふたりの兄と紗奈が、交替で店番を務めている。

化石を買う客には二種類の人間がいる。装飾品として求める都会の裕福層と、研究のために金を出す学者だ。帝国暦二一六七年から始まった異形博物学ブームは、いまや都会では、それを理解できることが社会的地位の証明、とまで言われるようになっていた。上流階級の紳士は、化石の同定ぐらいできて当たり前。装飾品としての化石の価値に目が利かねば、物知らずと嗤《わら》われて恥をかく。貴婦人たちも同じだ。最低でも二十種は異形生物の名を口にできなければ、学がないと誹《そし》られ軽蔑される。五百森は、このブームに乗って高価な化石を手に入れ、ひとやま当てたい様子だ。

十五歳の紗奈は店番を担いつつ、掘り出した化石の加工を行っていた。装飾品として人気がある〈蛸石〉や〈双子の掌〉は、切断機で薄くスライスし、表面を磨いてやると驚くほど光沢が出る。真鍮《しんちゅう》のように金属光沢を帯びた化石や、オパールと同じく虹色に輝くものは、特に高く売れた。地味な化石はむやみに触らず保管した。研究用の化石に、切断や研磨は厳禁なのだ。紗奈はほとんど学校に通っていないので、学問としての異形生物の知識は皆無だ。が、客を相手にしているうちに、何が研究向きの化石なのかわかるようになった。

鳴千鳥港の人口は二千人。地方の小さな街である。嵐に見舞われれば、海に最も近い地区は、崖を越えてくる大波を直《じか》にかぶってしまう。建物の窓ガラスが潮水で洗われ、家の中まで濡れてしまうほどだ。嵐が去ったあとの道路や防風林は、高波によって打ちあげられた海藻にすっかり覆われてしまい、これを除去する大掃除は、街中の人間が繰り出しても丸一日かかってしまう。

この貧しい街では、〈鮫竜〉の発見者である硲家ですら、都会へ引っ越せるほどの富をまだ得ていない。一時的な収入と名声は獲得したものの、都会で暮らすには足りず、やっと、子供を大きな学校へ入れる準備が整っただけだという。豊かさからほど遠いのは、紗奈の家も同じだった。

五百森は苛立たしげに言った。「どこを探せばいい」

紗奈は冷ややかに応えた。「片っ端からあたるしかありません。満潮の時刻には気をつけて下さい。潮があがってきたら、このあたりは完全に沈みますから。逃げ遅れても崖は登れませんよ、あの高さです」

三十分も経たないうちに、五百森は探索に飽きたようだった。地面にはいつくばり、岩の中から目当てのものを掘り出す作業は、熱意と根気がなければ続かない。紗奈にはできても、五百森のような男にはどだい無理な話だ。

「私は宿へ戻る」五百森はそう言って、外套のポケットからつかみ出した銅貨を紗奈に握らせた。「案内料に上乗せするから、おまえがひとりで探しておいてくれ」

そして、危うい足どりで、来た道を帰っていった。

紗奈は銅貨をポケットに収め、解放感に満たされてほっと一息ついた。掘り出したものを五百森に売るにせよ、隠しておくにせよ、ひとりでやるほうがずっといい。もともと、ひとりだからこそ楽しい作業だ。足は自然に〈鮫竜〉の発見現場へ向かった。もう何も出ないとわかっているのに、そうせずにはいられなかった。

崖に組まれていた足場はとうの昔に解体され、少し前まで見物客が出入りしていた場所は寂しい浜辺に戻っていた。発見の直後には、紗奈も群衆に交じって、初めて見る大がかりな発掘作業を、熱心に眺め続けたものだったが。

ちまちまと小型の化石を掘り、加工と換金で満足していた紗奈にとって、〈鮫竜〉の骨格を丸々一頭分掘り出し、それを分割せずに売るなどとは夢のような話だった。しかも、このやり方が、途方もない価値を生み出すとは想像もつかなかった。

外国語を駆使して専門家と討論する学者たちの世界は、紗奈にとっては天国よりも遠い。とうてい入り込める場所ではない。だが、もし、自分も裕家のように――いや、それ以上の大物を発見し、地区長に大金で買ってもらえたら。そういう発見を、一度だけでなく何度も繰り返せたら、いまは年に二回ほどしか手に入らない肉も、好きなだけ食べられるようになるだろう。

一時間ほど浜辺を歩き回っているうちに、寒いだけでなく、体がだるくなってきた。毎日ひもじいと、情けないことに、体力も気力もすぐに尽きてしまう。

平らな岩場を見つけ、そこに腰をおろした。夏場と違って、こんなところでうっかり寝込むと凍え死んでしまうのだが、疲労のせいか眠くて眠くて堪《たま》らなかった。背嚢から水筒を出して熱いお茶を少し飲み、眠気覚ましに薄荷《はっか》味《あじ》の飴を口の中で転がした。

打ち寄せる波を眺めていると、街の外へ出たいという気持ちがいっそう強まった。生まれ育った土地に不満があるのではない。ただ、一生に一度ぐらいは、よそで暮らしてみたかった。だが、紗奈は、未知の世界へと続く扉の叩き方を知らず、最初の扉の見つけ方すら、まだわかっていなかった。

寒さのあまり洟《はな》が流れ出してきたので塵紙《ちりがみ》で拭《ぬぐ》い、そろそろ行こうかと立ちあがった。ふと、崖の上に人の気配を感じて視線をあげると、誰かがおりて来るのが目にとまった。自分と同じ格好をしている。ずいぶん慣れた足どりだ。もう何十年も、街と浜辺を行き来しているように見える。

女は浜辺まで辿り着くと、紗奈に近づいて「こんにちは」と陽気に声をかけた。

紗奈はぎこちなくそれに応じた。相手は、かなりの年上だった。四十代後半か五十代の初めだろうか。帽子も外套も、紗奈が身につけているものよりも厚くてりっぱだ。しかし、都会の金持ちという体《てい》ではない。背嚢の形や大きさから、化石を掘るためにおりてきたのは明らかだった。

女は紗奈に訊ねた。「あなたも毎日ここへ?」

「毎日ではありません。週に数回ほど」

「化石は好き?」

「お金になるものが出るとうれしいです」

「私もそうやって始めたの。学問なんて知らないうちから」

私のことはリリコと呼んでと彼女は言った。大陸文字で書くと「梨々子」と綴るという。

「あなたの名前は」

「紗奈です。家具屋の〈豆伊《まめい》〉をご存じですか」

「ええ」

「私はそこの長女です。梨々子さんは、どこからお越しになったのですか」

「ずっとここよ。何十年も化石を掘っている」

「〈鮫竜〉が出る前から?」

「そう」

紗奈は首をひねった。そこまで熱心な掘り手なら、〈鮫竜〉が発見されたとき、群衆の中にも姿を見かけただろう。だが、覚えがない。浜辺で鉢合わせしたのも今日が初めてだ。

梨々子は続けた。「私、あなたのような子を探していたの。掘って売るだけじゃなくて、『もっと知りたい』と思っている子を」

「学問は、私には難しすぎます」

梨々子は手提げから本を取り出しながら「こういうものを見たことがある?」と訊ねた。あまり分厚くはない紙の本。持ち歩くにはちょうどよさそうだ。ページをめくった瞬間、紗奈は歓声をあげた。

何十種類もの〈蛸石〉が、本物そのままに描かれていた。しかも、それだけで何ページも続くのだ。〈蛸石〉には数多くの形や模様があるが、紗奈が知っている数を遥かに超える分量が載っていた。この瞬間まで、紗奈には、掘り出した化石の姿を「紙に描いて残す」という発想が完全に欠けていた。なぜ、こんな簡単なことを思いつかず、自分でやろうとしなかったのかと、目の前の現実に打ちのめされた。

「異形生物の図譜よ」と梨々子は言った。「これは野外で持ち歩くための本だけど、もっと分厚くて詳しいものもある。見たくない?」

「見たいです」

「じゃあ、ついてきて。書斎へ案内するから」

一瞬、頭が混乱し、躊躇《ちゅうちょ》を覚えたが、梨々子の微笑を目にした途端、その気持ちは吹っ飛んだ。

危険だということはわかっていた。どこの誰かも知らない相手に、ひょいひょいとついていくなんて。

だが、このとき紗奈は完全に夢心地で、自分が目を覚ましているのか、休憩しているあいだに眠り込んで夢を見ているのか、区別がつかない状態に陥っていた。おまけに梨々子は、紗奈を安心させる不思議な雰囲気を漂わせていた。その安心感は、家族の匂いに似ていたが、それ以上のものだった。人柄は悪くないがすぐに酔っぱらってしまう父にも、放浪癖に取り憑かれた母にも、自分たちの都合で店番をさぼりがちな兄たちにも絶対にない何かが、梨々子からは穏やかに優しくあふれていた。

紗奈は誘われるままに歩き出した。

十五分ほど進んだ先の岩肌に、縦に大きな亀裂が開いていた。この浜辺には数えきれないほど来ているが、こんな場所は初めて見る。もしかしたら、昨夜の嵐で崖が崩れたのだろうか。

梨々子に手招きされて、紗奈は隙間へ身を滑り込ませた。中には石造りの階段があり、上方へ向かって延々と続いていた。ところどころに置かれた小さな照明が、足元に淡い光を落としている。

階段はひどく長かった。浜辺の散策で足腰を鍛えていなければ、途中でへたりこんだかもしれない。ようやく辿り着いた先で、金属製の扉を梨々子が押し開くと、柔らかな光がこちらへ押し寄せてきた。

室内へ足を踏み入れた紗奈は、目を丸くしてあたりを見回した。壁一面が書棚になっていた。それ以外の家具は、部屋の中央に置かれた椅子と机だけだ。どこからか、気持ちのいい空気が流れ込んでいる。これだけ本があっても、黴《かび》臭さや生活臭をまったく感じない。

梨々子が、分厚い本を一冊、書棚から抜き出した。さきほど見た冊子の何倍も大きい。机に載せ、真ん中あたりを開いて、紗奈を呼んだ。のぞき込んだページの半分には、異形生物の姿が細かい描線と鮮やかな色彩で描かれ、もう片方のページは文字だけで埋め尽くされていた。

紗奈は椅子に腰をおろし、最初のページから図譜をめくり直した。このような生き物が、太古の昔、列島全体を闊歩《かっぽ》していたとは、にわかには信じがたかった。化石には色がない。それなのに、本を造った人たちは、なぜ色彩まで想像できたのだろう。どんな研究をすれば、それがわかるようになるのか。

いくらでも読んでいいと言われたので、片っ端から書棚に手を伸ばし、図譜を取り出しては読みふけった。次々と現れる奇怪な生物の姿に驚嘆し、溜め息を洩らした。大陸文字以外で書かれた本もあり、画が載っていない本も多かった。これは何の本かと梨々子に訊ねると、彼女は学校の先生のように丁寧に解説してくれた。

そんなやりとりを続けるうちに、化石や異形生物について、もっと詳しく知識を得たいという気持ちが、抑えようのない奔流となって、胸の奥から湧きあがってきた。

これまでは、商売に必要な知識だけで充分だと思っていた。

何を発掘し、どう磨き、誰にいくらで売ればいいのか、それが紗奈の知識のすべてだった。だが、もういまは違う。〈蛸石〉や〈双子の掌〉という名称は、この街でしか通用しない俗称だと知った。世間には学名というものがあり、その名を使えば、世界中の研究者と同じ化石について話し合える――ということを、今日初めて紗奈は教えられた。

梨々子は言った。「あなたの暮らしで学校へ行くのは、確かに難しいでしょう。けれどもまだ十代だから、いい先生について集中的に学べば、新しい道が開けるはずよ」

紗奈は本を閉じ、すがるような目で相手を見た。「私、梨々子さんに教わりたいです。ずっと、ここへ通いたい」

「残念ながら、理由があって私には教えられないの。でも、あなたのように、異形生物の研究に目覚めた女の子をひとり知っている。その子を紹介してあげるから、一緒に学びなさい。ひとりでは無理なことも、友達がいるなら大丈夫よ」

「どこにいるんですか、その子は」

梨々子は机の抽斗《ひきだし》をあけ、片手で握れるほどの大きさの化石をひとつ取り出して、紗奈の前に置いた。葡萄酒《ぶどうしゅ》の栓に似た円筒形の物体だが、両端が少し反った、若干、歪《いびつ》な形をしている。「これをあげるから持っていって。そして、あなたが彼女を気に入ったら、これを渡してあげて」

「あげたら、どうなるんですか」

「きっと彼女も、あなたが自分にとって必要な人だと気づくでしょう。あとはお互いに協力し合って、助け合うの」

「だったら、その子もここへ連れてきたい。一緒に勉強したい」

「ごめんなさいね。ここは、もうじき誰も入れなくなるの。でも、ここで見た図譜を、一生忘れないでくれるとうれしいな。都会の大きな本屋さんに行けば手に入るから、いつか、あなた自身もそろえてみてね」

梨々子が書棚のひとつに手をかけて横へ滑らせると、その裏に、もう一枚、扉が出現した。

促されて扉をくぐると、そこから先は、直に街の大通りに面していた。陽は落ち、うっすらと霧が立ちこめる中で、橙《だいだい》色《いろ》の灯火があたりを照らしていた。振り返ると梨々子の姿は消えていた。紗奈の目に映ったのは、煉瓦《れんが》造りの、とうの昔に営業をやめた酒屋だった。

その夜も、翌日からも、紗奈は家具屋の店番をしながら、梨々子からもらった化石を飽きずに眺め続けた。

長さ三・五寸ほどの円筒は、生き物の背骨の一部ではないかと思えた。もし本当に背骨なら、かなり大きな生き物だ。こんな化石は掘り出したことがない。書斎にあった図譜で調べてみたい。

机の上に、そっと化石を立ててみた。天板に顔を近づけて横から眺めると、巨大な塔が屹《きつ》立《りつ》しているように見えた。表面のざらつきと斑《まだら》模様を観察しながら、勝手にこの生物の外見を想像し、自由な空想に耽《ふけ》る。

店の入口に吊した金属製の鐘鈴《しょうれい》が、カラコロと音をたてた。紗奈は慌てて姿勢を戻した。

五百森が数日前と似た格好で店に入ってきた。今日は発掘用の保護眼鏡ではなく、耳掛け式の矩形《くけい》片眼鏡《かためがね》を、顔の左側にかけていた。片眼鏡の端では、相変わらず小さな文字が明滅し、彼に必要な情報を提供している。脚が悪いわけでもないのに、杖の先でコツコツと床を叩きながら、紗奈の前まで歩いてきた。

紗奈は素早く抽斗を開き、背骨の化石を中へ放り込んで把手《とって》を押した。

五百森は机の正面で立ち止まり、顎を少しあげて紗奈に訊ねた。「このあいだの金で、どれぐらい掘れた？」

紗奈は足元から籠を持ちあげ、机に載せた。まだ磨いていない分も含め、ここ数日で掘り出してきた化石だ。五百森は革手袋をはめた手で、ひとつずつつまみあげ、片眼鏡の前にかざした。そのたびに微《かす》かな機械音が、五百森の体のどこかから響いた。すべてを確認すると彼は言った。「もうひとつあるだろう、見せろ」

「これで全部です」

「机の中」

紗奈が硬直していると、五百森は、さっと机の向こう側から回り込み、腕を伸ばして無理やり抽斗をあけた。「やめて」と叫んでつかみかかった紗奈を、五百森は容赦《ようしゃ》なく突き飛ばした。抽斗の奥から化石をつかみ出し、親指と人差し指のあいだに挟んで天井の照明に向ける。「いいじゃないか。こういうのが欲しかったんだよ」

「返して下さい」紗奈は机に両手をつき、五百森に訴えた。

「売るのがおまえの商売だろう」

「特別なんです。知り合いからもらったんです」

ぐっと堪《こら》えて沈黙を守っていると、五百森は杖を振りあげ、傍《かたわ》らにあった売り物の机を激しく殴りつけた。天板が割れたのではないかと思えるほどの音が響きわたり、紗奈は縮みあがった。震えながら口をつぐんでいると、五百森は急に優しい声を出した。「これをくれた奴の家まで案内してほしい。そうしたら、銅貨じゃなくて銀貨をやろう。これも返してやる」

紗奈が首を左右に振ると、五百森は化石を机に置き、その上に杖を載せて両端を軽く押さえた。

「誰から」

紗奈は青褪《あおざ》めた。「やめて」

「案内してくれ」

「どこにいるか知らないんです」

「そんな馬鹿な話があるか」

五百森は両手に力をこめた。天板と杖のあいだで化石が圧迫される。このまま押されると粉々に砕けてしまう。紗奈は叫んだ。「最初に会った場所なら案内できます。そこで待っていたら、また来てくれるかも」

「本当か」

紗奈が大きくうなずくと、五百森は杖を持ちあげ、化石を上衣の内ポケットに収めた。

「返してくれる約束です」

紗奈が突っかかると、五百森は笑って「無事に、そいつと会えたらな」と嘯《うそぶ》いた。

紗奈は、五百森を例の煉瓦造りの建物には案内しなかった。なんとなく、あちらからは入れないような気がしたのだ。それに、あんなに珍しい本がたくさんある場所へ連れて行ったら、この男は、絶対に何冊か盗んでいくに違いない。

そこで、いつも通り浜辺へおりて、あの階段に続く崖の裂け目を探して歩いた。

だが、いくら記憶を頼りに進んでも、入口を見つけられなかった。どれほど目を凝らしても一ヶ所も亀裂はなく、延々と縞模様の地層があるだけだ。

浜辺を端から端まで何度も往復した。冬の落日は早く、あっというまにあたりは闇に呑まれていった。眩《まぶ》しい鏡のような太陽が、空と海に柔らかな光を投げながら沈んでいく。水平線の近くはどろりとした朱色に染まり、海面に映った光の柱は細かく揺れていた。青黒く変化した天空には、早くも明るい星がひとつ輝いている。もうすぐ、他の星々も姿を現す時刻だ。

「おい、どこまで行けば会えるんだ」五百森が声を荒らげた。「口からでまかせだったのか？　え？」

「本当に、ここで会ったんです」紗奈は真顔で返し、崖の上を指さした。「ほら、あそこから道がついているでしょう。何十年も皆が使ってきたから、しっかり踏み固められているんです。あの人は、あそこから」

「名前を教えろ。役場で調べる」

「言えません」

「なんだと」

「あの方が自分から名乗るならともかく、私の口からは絶対に言えません。商売人としての常識です」

「客じゃなくて知人なんだろうが」

「今後、お客さまになられる可能性がありますので」

「じゃあ、そいつが現れるまで、毎日ここで待てというのか」

「はい。あれだけ研究している方なら、また掘りに来られるはずなので」

五百森は杖を持ちあげ、その先端で紗奈の体を強く突いた。外套の上からでも痛みが走るような突き方だった。「いい加減にしろ。そこまで、のんびりと待てるもんか」

「他に方法がありませんし、今日はもう遅いので、明日からまた」

最後まで言い終えないうちに、紗奈は首筋に強烈な打擲《ちょうちゃく》を受けた。骨折したかと思うほどの痛みに、よろけて、しゃがみこんだ。その背中へ向かって繰り返し、激しい勢いで杖が飛んできた。今日は背嚢を背負わずに来たので、衝撃が直に体を貫いた。あまりの痛みに胃が痙攣《けいれん》して、吐きそうになった。後頭部を殴られないように、両腕で頭をかばうだけで精一杯だった。悲鳴を押し殺し、亀のように丸くなる。どうして、こんなことをされるのか理解できなかった。私を殴っても梨々子さんの居場所はわからないし、新しい化石も手に入らない。なぜ、こんな意味のない暴力を、この男はふるうのか。

「隠すな。素直に言え」五百森は紗奈を殴りつけるたびに怒鳴った。「値をつりあげるつもりか。この業突《ごうつ》く張《ば》りが」

「そんなことは――」

「黙って言う通りにしてりゃあいいんだ。おまえがひとりで勝手に考えるな」

紗奈は杖から逃れるために、這うように前へ進んだ。が、すぐに五百森に追いつかれ、外套をつかまれた。引きずり倒され、今度は靴の先で頬を蹴飛ばされた。

意識がふわっと飛び、もしかしたらこのまま死ぬのかも――という予感が初めて脳裏をよぎった。死なないまでも、さらにひどい扱いを受けるかもしれない。

書斎で眺めた図譜の色鮮やかなページが、頭の中で、ぱらぱらと自然にめくれていった。たった一度手にしただけなのに、なぜ、こんなに鮮明に記憶に焼きついているのか。ああ、あの文字が読めればよかったのに。外国語がわかれば、ずっと先まで理解できたのに。知識を得れば、見慣れた世界が一瞬で姿を変えるのだと、あのとき私はようやく気づいたのだ。あんなに驚いたことはない。あんなにうれしかったこともない。

もっと本を読みたい、もっと文字を読み書きできるようになりたい。そのためには、こんなところで死んじゃだめだ。

ふと気づけば紗奈は、浜辺にほんの少しだけ広がる砂の上に突っ伏していた。首から肩にかけてずっしりと重い痛みがあった。頬は熱く引きつり、唇を動かすと砂が口に入り込んできた。が、幸い骨は折れていないようで、全身に力をこめるとなんとか動けた。砂と血が混じり合った唾を何度も吐きながら、紗奈は立ちあがった。頭は冴えてよく働いていた。五百森が少し驚いたような顔をした。たぶん、自分がものすごい目で相手を睨んだせいだろうと紗奈は気づき、乾いた声で笑った。

五百森が身を引き、杖を構え直した。

腹や胸を突かれたら、二度と立ちあがれないだろうと、紗奈は覚悟した。そうなる前に、一度ぐらいは正面から殴ってやる。

紗奈が身構え、両手の拳を握りしめたとき、五百森の背後から、人の形をした黒いものがじんわりと滲み出た。紗奈は思わず「あっ」と声をあげた。人の気配に気づいた五百森が素早く振り返る。

梨々子が前と同じく外套姿で立っていた。今日は荷物を背負わず、箱形電灯に似た何かを片手に提げていた。

「紗奈さん」梨々子が声をかけてきた。「こちらへ」

砂を蹴って駆け出し、紗奈は梨々子の後ろへ身を隠した。五百森は事情を察したように、口許に笑みを浮かべた。「この子にあの化石をあげたお姉さんは、あんたかい」

「私は、お姉さんと呼ばれるほど若くないの」梨々子はゆったりと応えた。「もう、おばさんというか、おばあさんというか、たぶん、あなたよりもかなり年上」

「じゃあ、おばさん。あんたがこの子に渡した化石を私も欲しい。いくら出せば売ってくれる？」

「あれがなんだか知ってるの？」

「〈大鰐《おおわに》〉の背骨だ」五百森は得意げに続けた。「〈鮫竜〉よりも、さらにでかい海竜。列島でも発掘例はあるが、完全な状態ではまだ出ていない。大変な値うちものだ」

「物を見る目は確かなのね。それなのに子供を殴るなんて、感心しないな」

「いい加減なことを言って、あんたに会わせたがらなかったんでね。まあ、やっと顔を合わせたんだから、ここから先は大人同士で話をしよう」

「〈大鰐〉の化石より、もっとすごいものをあげましょう。勿論、お代は頂きますよ」

「何を渡せばいい。銀貨か、金貨か」

「あなたの心を、ほんの少し」

梨々子は岩肌に向かって立ち、箱形電灯を足元に置いた。少し角度を調節し、スイッチを入れる。想像していたよりも広い範囲が明るくなった。岩肌が、街に一軒だけある映画館の銀幕のように白く切り取られた。勿論、あれよりもずっと大きい。首を左右に振らないと、照らし出された範囲を見渡せなかった。

壁面に何かの影が映った。ゆっくりと動く様子も映画にそっくりだ。最初はぼんやりとしていた影に、徐々に焦点が合い、唐突に鮮明な生き物の姿に変わった。

梨々子が言った。「私たちと同じように惑星にも記憶がある。これは地球の記憶を映し出す〈星の幻燈機《げんとうき》〉です」

壁面の上で、長い首をそなえた巨大生物が躍っていた。首の先で小さな頭が揺れる。胴体はまるで象だ。太くて短い脚が四本。頭を左右に振ってバランスをとりながら歩く。一頭だけではなかった。三十頭を超える群れが行進していた。笛を吹くような鳴き声があたりに響きわたった。星の幻燈機は、映像だけでなく、音まで大地の底から汲みあげているらしい。様々な生き物のざわめきが、波となって周囲に伝播《でんぱ》していく。ごうごうと鳴る海風が、そこに交じり合った。

呆然とする五百森と紗奈に向かって、梨々子は語り続けた。「私たちが異形生物と呼ぶ存在は、かつて、この星全体に繁殖する一大勢力だった。海に陸に空に——掌にのるような小さな生き物から、見あげるほどに巨大な生き物まで、それらは満ちていた。人類が神話や伝説の中で描いてきたのは、異形生物の末裔《まつえい》よ。生き物たちがゆっくりと滅んでいった時期と、人類の文明が発展し始めた時期は、一部、重なっていた。だからその姿は画となり、物語として伝わり、生き物たちが地球上から消え去ったあとも、長く長く人々の記憶に共有されていった」

映像が大きく揺れたかと思うと、異形生物の首が岩肌からにゅっと突き出した。それはもはやただの影ではなく、爛々《らんらん》と輝く瞳をそなえ、皮膚の細部まではっきりと観察できる存在だった。

紗奈は悲鳴をあげた。壁の向こうから異形生物が次々とあふれてくる。四足歩行、二足歩行の生き物だけではない。頑丈な鱗《うろこ》に覆われた棘《とげ》だらけの魚が、体をくねらせながら宙を泳いできた。蛸の大群が体表の斑模様を変化させながら地面を這ってくる。巨大なウミガメが羽ばたくように宙を飛ぶ。巻き貝が無数の触手を揺らめかせて躍っていた。ワニに似た生き物が、足元を移動する小動物を蹴散らしながら進んでくる。コウモリのように羽を広げた鳥がいた。形がはっきりしない生き物も蠢《うごめ》いている。真っ黒で、たえまなく、うねうねと輪郭が溶け崩れる。人に似ているが人ではないものには、手足が何本もあり、異様に大きな頭がついていた。鳴き声というよりも呪文を唱えるような声を、夜空に向かって放ち続けた。

「私たちが発掘できるのは、この星に埋もれている異形生物の一パーセントにも満たない」と梨々子は続けた。「大半は未だに――いえ、永遠に名無きものとして在るでしょう。それが存在したという痕跡すら、ほとんど残っていないのだから。でも、どの生き物も、かつては地上に満ちあふれ、空を渡り、海を支配していた」

紗奈は迫ってきた生き物から身をかわした。幻影とは思えないほど、異形生物たちの姿は鮮明だった。吐く息の生臭さや、巻き起こす風の強さ、ひんやりとした肌触りまでもが生々しく感じられた。

五百森も同じように逃げ回っていたが、紗奈と違って満面に笑みを浮かべ、子供時代に戻ったように瞳を輝かせていた。おお、おおっ、と叫びながら、両腕を広げて生き物たちの幻影を追った。こんな生き物が存在していたなんて、こんな連中が、まだ発掘されずに埋もれているなんて、信じられない――！と絶叫した。

砂に足をとられたのか五百森が仰向けに転倒した。その上を異形生物たちの幻の脚が踏みつけていった。悲鳴があがったが、楽しそうだった。踏まれるたびに手足をばたつかせて、げらげらと笑っていた。ぞっとする寒気が紗奈の背筋を走り抜けた。本当に肉体が踏み潰されているのではないかと、一瞬、残酷な想像が脳裏をよぎり、あまりの気持ち悪さに呻《うめ》き声を洩らした。

岩肌からあふれ出た異形生物は、五百森の体を踏み越え、皆、海へ向かっていた。タールのように黒い波が、生き物たちの脚や体を洗う。大樹のように太い脚が、足長蜘蛛のように細い脚が、海に呑まれ、少しずつ深みへ沈んでいく。幻燈機の光から生まれた異形生物たちは、蛍火の輝きを保ちながら、ゆっくりと波間へ消えていった。

すべての生き物が姿を消すと、浜辺に静寂が戻ってきた。五百森は浜辺で倒れたままだった。死んではいないと梨々子は言った。気を失っているだけだと。

「約束通り、心をほんの少しもらった。目覚めたときには記憶が欠落しているでしょう。この街へ来た動機も、〈鮫竜〉の化石が発掘されたニュースも、あなたのことも、彼はすべて忘れ去った。でも、さっきの幻影だけは、いつまでも心に残り続けるの。彼は生涯、それをどこで見たのか思い出せず、なぜ見たのかも思い出せず、ただ、その鮮烈さに繰り返し痺《しび》れ、もう一度あれを目にしたいという狂おしい情熱に突き動かされて、世界中を放浪する羽目に陥るでしょう。絶対に見つからない、太古に滅びた生き物たちの痕跡を求めて。それは、この人自身が引き寄せた心の熱病よ」

「ここに置いておくと、潮が満ちてきたときに溺れてしまいます」

「大丈夫。その前に目が覚めるから。私たちは先へ行きましょう」

「待って」

紗奈は五百森の傍らにしゃがみこみ、上衣の内ポケットをまさぐった。あの背骨の化石は無事だった。ほっとして、それを自分のポケットに滑り込ませた。

梨々子が案内してくれた先には、先日と同じように、やはり岩の割れ目に入口があった。階段も書斎も存在していた。

机を挟んで紗奈と向き合うと、梨々子は言った。「これでもう心配はいらない。肩と頬は家に帰ったら、よく冷やしてね。しばらくは、ずいぶん痛むでしょう」

「助けて下さってありがとうございます」

「化石を商品として扱い続けている限り、五百森みたいな人間は何度でも現れる。次からは、私でも対処できない」

「では、どうすれば」

「前にも話したけれど、あなたには、学問として化石を調べる人になってほしい」梨々子は書棚を眺めながら続けた。「私も昔は学校へ行けず、化石を装飾品として売る仕事しかできなかった。それが、偶然、親戚が大きな化石を発見したことをきっかけに、化石を研究する学校へ推薦してもらえて、やがて、都会の学者と議論する機会にも恵まれた。この分野では、女性の研究者がまだ珍しかったから、私は長いあいだ、都会では正統な研究者として認められず、ただの化石発掘人、化石屋と揶揄《やゆ》され続けた。でも、あるとき、同じ道を歩んでいた女性研究者と知り合って、救われた。もっと早く彼女と出会えればよかったのにと思う。というのはね、彼女と友達になった一年後、私は病気で倒れて、研究の現場へ戻れなくなってしまったのよ」

梨々子は机の上に身を乗り出し、紗奈の手を両手で包み込んだ。

「彼女と一緒に死ぬまで研究したかった。彼女もそれを惜しんでくれた。だから私は探した。時間や空間を超える手段を。でも、これは、いまの人間にはできない技術だった。あるとき空から降りてきた神様が、私を手伝って、ようやく望みをかなえてくれた」

「神様？」

「不思議な機械を操る人たちよ。運命を変え、世界を分岐させ、歴史を観察する人たち。私の夢は、彼らが論文を書くために、ちょうどいい素材になるそうよ」

紗奈は言葉の意味を理解できなかったが、梨々子が何かを強く望み、それが誰かの利益と一致したらしい――ということは呑み込めた。

「前へ進んで」梨々子は力をこめて言った。「生物学の図譜、楽しかったでしょう。初めてページをめくったときの楽しさを、自然の不思議さと美しさに心を奪われた感動を、あなたは、いつまでも忘れないで。それさえあれば、あなたは楽しく生きていける」

「梨々子さん、もう遠くへ行ってしまうんですか。どこかへ帰っていくんですか」

「ええ」

「私、もっと、図譜や異形生物について知りたいんです。読んだり書いたり、できるようになりたいんです。だから行かないで」

「あなたが自分で見つけ出す友達が、私の代わりに教えてくれるでしょう。その子を大切にしてあげて。そうすれば私は救われる」

いつのまにか梨々子の姿は、光の弱い幻燈機が映し出す像のようにぼやけていた。手をつないでいる感触はあるのに、どんどん姿が失われていく。

紗奈は梨々子の手を強く握り返した。しかし、その感触も、大気に溶けるように実感が消えていった。

「ここが始まりなの」梨々子はそう言った。「私はあなたを忘れない。あなたも私の名前をよく覚えておいて。いつか、また必ず巡り合えるから。でも、いまは、さようなら――」

紗奈が叫び声をあげた瞬間、室内は真っ暗になり、足元から床の感覚が消えた。

気がつけば、紗奈は崖の上の街に戻っていた。

霧の中で、オレンジ色の街灯が静かに燃えている。

振り向くと煉瓦造りの建物があったが、それは前に見た酒屋とは違う形をした、廃墟に等しい空き家だった。

翌日の午前中、紗奈はまた浜辺へおりた。肩も頬も痛かったが、行かずにはいられなかった。

昨夜の痕跡はまるでなかった。浜辺の砂の上には風紋が刻まれていた。無数の大型生物が、そこを踏みにじった跡は皆無だった。

街で耳に挟んだ話によると、五百森は無事にこの土地から立ち去ったようだ。来たときと違ってひどく無口で、熱に浮かされたように底光りする目をしていたと、宿屋の主人が教えてくれた。

紗奈は、また、岩肌の割れ目を求めて歩いた。昨日と同じく、ひとりでは、どうしても見つけられなかった。肩を落として進むうちに、〈鮫竜〉の全身骨格が発見された場所で足が止まった。

自分と同じぐらいの年齢の少女が、落とし物を探すように、うつむいてあたりを観察していた。この街では見かけない顔だ。帽子も外套も結構いいものを身につけている。だが、紗奈の目が彼女に惹きつけられたのは、身なりのよさのせいではなかった。背嚢の色と形だ。街中で婦女子が使うお洒落な背負い鞄ではなく、頑丈な帆布《はんぷ》でこしらえた、化石発掘用のハンマーやタガネを突っ込んでも破れない背嚢だった。その色と形には、はっきりと見覚えがあった。

少女は紗奈に気づくと、あまり表情を変えないまま「こんにちは」と挨拶してきた。

「こんにちは」と紗奈も挨拶を返した。「あなたも化石を？」

「ええ。〈鮫竜〉の化石が出た場所って、ここかしら」

「発掘中に見学に来なかったの？」

「旅行中だったから。知ってたら、おじさんたちと一緒に掘ったんだけれど」

「おじさんって――」

「硲家のおじさん。おじさん一家は、ここで〈鮫竜〉の全身骨格を見つけて、街中で大騒ぎになったんでしょう？」

「ええ。あなたは硲さんの親戚ね。外の街から、ここへ？」

「そう」

「名前を訊いてもいいかしら。私は紗奈」

「梨々子よ。よろしく」

くらくらするような眩暈《めまい》に襲われ、紗奈は思わずよろめいた。いま私の目の前にいるのは誰？　梨々子さんと同じ名前の別人？　それとも――。

――いつか、また必ず巡り合えるから。

そう言い残した、あの梨々子の声が頭の中で響いた。

一瞬で、紗奈はすべてを理解した。

私は――今日、初めて梨々子さんと出会い、前とは違う運命を歩み始めたのだ。私は梨々子さんと、晩年ではなくいま友達となり、これから、ずっとつき合っていく。そして、私も近い将来に化石の研究者になって、若い頃から梨々子さんと共に働く――。狂おしいばかりに彼女がこの夢を望んだがゆえに、もうひとつの新しい世界が生まれたのだ。

涙がじんわりと溢れてきた。

梨々子がうろたえ、紗奈の顔をのぞき込んだ。「どうしたの。私、何か失礼なことを言ってしまった？」

「違うの、違うの」紗奈は泣きじゃくりながら、ポケットからあの化石をつかみ出し、目の前の少女に差し出した。「受け取って。これは、あなたにとって大切なものなの。もしかしたら、いつか誰かに、それを渡す日が来るかもしれないから」

梨々子は、化石の種類をひとめで見抜いたのか、目を丸くして、紗奈の顔を見返した。

紗奈は外套の端を持ちあげて涙を拭った。

感情の高ぶりがおさまると、ふいにこの出会いが、恐ろしいものにも思えてきた。ここから始まるのは、梨々子さんの魂が望んで作りあげた新しい世界だ。その出発点に、私の意志や希望は存在していない。私は梨々子さんの魂に導かれてここにいるだけで、自分で何かを選び取ったわけじゃない。

私はこれから、本来ならば歩まなかったはずの道を行く。古い運命はすべて消え去った。梨々子さんと出会わなければ有り得た未来は、もうどこにもないのだ。この先には、杖ではなく、別の何かで私を殴りつける人たちが待っているだろう。あいつはただの化石屋だと、私を指さし、容赦なく嗤う男女が、大勢ひしめく世界が広がっているだろう。

それでも私は、梨々子さんが差し出した手を拒めない。彼女の魂が渇望した世界に、私は彼女と共に墜《お》ちていこう。どんな暗闇であっても、もう、そこを進まずにはいられないのだから。

「訊きたいことがいっぱいある」と紗奈は言った。「どうすれば学校へ行けるのか。どうすれば異形生物の研究者になれるのか。あなたと同じように勉強するには、どうすればいいのか」

梨々子は、紗奈がよく知っている顔で笑った。「それぐらいなら、いくらでも教えられるよ。街へ戻って珈琲館へ入りましょう。ココアで温まりながら話そう」

「私、お金がない」

「ふたり分ぐらいはあるから気にしないで」

ふたりは、しっかりと手を握り合った。

そして新たな世界を目指して、夥《おびただ》しい数の異形生物の化石が見え隠れする急な斜面を、意気揚々と登っていった。

加門七海

無《む》名《めい》指《し》の名前

●『無名指《むめいし》の名前』加門七海《かもんななみ》

九年の歳月がそう感じさせるのか、あるいは〈ダーク・ロマンス〉というテーマのせいなのか、今回の《異形コレクション》に集まった作品は、西欧的なムードをもったものが多いように思われる。加門七海の本作も例外ではない。記念すべき第1巻『ラヴ・フリーク』に斬新な幽霊譚「女切り」で参加して以降、常に日本古来の呪と風水の理、和の言葉の豊かさを携えて幽玄の妖美を披露してきた加門七海としては、本作はかなり珍しく、どこかハイカラな舶来のメルヘンをも感じさせる。第26巻『夏のグランドホテル』所収の「金ラベル」以来の童話風。しかし物語は一転、扱いを間違えると怖ろしいことになる「呪」の行為とともに、本作は怖ろしい展開となる。近作『加門七海の鬼神伝説』など民俗学とオカルト研究に詳しい作者ならではの知識が光る作品だが、やはり〈ダーク・ロマンス〉という「呪」も効いているのだろう。本作には、加門七海のファッショナブルな一面も顕《あらわ》れて、他媒体では読めないような異彩を放つ作品となっているのが興味深い。

《異形コレクション》を復活させてよかった——そう、思わせてくれる逸品である。

——ドアを後ろ手で閉めて。まっすぐな道のせんたんに細い三日月が見える夜。月を背にして歩いていけば、銀のポールをからくさもようでかざった古い街灯《がいとう》がある。その灯《とも》しのうらがわの道に入った突き当たり。青い花さく空き地の奥に。結んだ草に足を取られないように。

掌《てのひら》の上、親指で押さえている紙は端が斜めに裂けている。帳面から破いたときに、少し雑にしたのだろう。紙の上には頼りなくも細い字が、撒《ま》いた如くに散らばっていた。

陶子《とうこ》は文字に目を落としたまま、背後で家の扉を閉めた。

細い私道を挟んだ向かいは、砂色をした模造煉瓦《れんが》の屋舎が三軒並んでいる。バルコニーや窓の様子が少し異なっているほかは、写したような造作《ぞうさく》の家だ。陶子の家も、またその隣も同様の造りと風情《ふぜい》であることは、この一角が一度に建った建売住宅であることを言葉もなく証明していた。

青い斜めの瓦屋根、栗色をした玄関扉と白いタイルの小さなポーチ。その一軒には天竺葵《ゼラニウム》の鉢が並べられ、もう一軒には真鍮《しんちゅう》の可愛らしい郵便受けがあり、それだけが各々の家の個性を分けていた。道の脇には、補助輪のついた黄緑色の自転車が、首を捩《ねじ》ったまま放置されている。これは突き当たりの家の子供の持ち物。その軒の扉だけ、なぜか麦色に塗られている。

それらが夕まぐれのあわいの中で影をなくして、薄ぺらなセルロイドの玩具《おもちゃ》に見える。

陶子は紙片を見つめたまま、片手でショールを口元に寄せた。母のクローゼットから無断で借りてきたものだ。黒地に赤い格子のショールは英国製と聞いている。陶子にはまだ少し大きくて、ふくらはぎを擦《こす》ったが、馬の鬣《たてがみ》を思わせる長い房《フリンジ》が気に入っていた。

それで白くなる息を宥《なだ》めて、陶子は公道に足を進めた。

車はない。一方が川に突き当たっているためだ。直線的なアスファルトの道はただ滑《なめ》らかで、暮れた今は殊《こと》に静かだ。

陶子は川の方を見た。横たわる土手は空より黒い。上方に目をやると、とろみを帯びた薄雲の薄灰色の掠《かす》れた辺りに細い月が懸《か》かっている。掻き取れば、剝がれ落ちる三日の月だ。

その姿に背を向けて、陶子は静かに道を歩んだ。

人の営みを手放さない大きな通りに出るまでに、灯りは幾つあるものか。白々《しらじら》と輝く街灯を初めて見たような眼差しで、慎重に左右を見渡すと、ひとつだけ。

柔らかに点《とも》った光があった。

円光が地面を照らしている。自らの光を淡く纏《まと》った銀のポールは唐草模様。よく見れば塗料が斑《まだら》に剝げた、ただそれだけのことだけど、陶子は確信を得た。

街灯の背後に道がある。家と家との隙間に開いた暗いばかりの細道だったが、人ひとりの身を滑り込ませるだけの寛容は持っていた。

進めば、直《ただ》ちに闇に浸った。しかし、遠間は明るんでいる。陶子は闇を吸わないよう、ストールで口を隠して進んだ。

やがての突き当たりに現れた空き地は、思いのほか広い。

日は既に沈み、月影も川の向こうに隠れたらしいが、それら天体の残光が縹色《はなだいろ》に漂っている。末枯《すが》れた草の合間合間に、青としか言い様のない色をした可憐な花が揺れていた。その青が微《かす》かな風に揺れ、先に見える建物の裾をひたひたと洗っている。

風と共に葉擦《はず》れの音が渡った。陶子はそれで静けさを知る。

建物はまだ影しか見えない。そこにひたむきな目を向けて、けれども逸《はや》る心を抑え、陶子は声無く呟いた。

「結んだ草に足を取られないように」

透かし見れば、下草の数カ所が弧《アーチ》を作っている。足を入れれば転ぶだろう。邪心あるものの悪戯《いたずら》か。恋が実る呪《まじな》いと、どこかで聞いた憶えもある。

いずれにせよ、ストールも膝も汚したくはない。陶子はごく慎重に——結果として優雅な足取りで、青い花の空き地を抜けた。

先に待つのは、無機質な塀だ。それに沿って左に行くと、両開きの門が現れた。青御影石《あおみかげいし》の門柱は気難しい感じだったが、欧州風の門扉には拒絶の風情は宿っていない。上部の飾りが蔓草《つるくさ》模様で、街灯のそれとよく似ている。

躊躇《ため》いがちに指で触れれば、押した分だけそっと開いた。

陶子は忍び足で中に入った。

棕櫚《しゅろ》か蘇鉄《そてつ》か、南国風の暗い緑の葉の向こう、二階建ての洋風建築が建っていた。私邸というには少し大きく、そして古い建物だ。

見上げてみれば、張り出した二階のバルコンの裏にまで飾り彫りが施《ほどこ》してある。昼間に見れば美しかろう。しかし今、窓すらない壁沿いに茂る植栽は影ばかり。

玄関の軒は殊更《ことさら》深い。塩梅《あんばい》の好い弧《アーチ》の軒は、灰桜色《はいざくらいろ》に塗られていた。両端についた袖壁は白く、漆喰《しっくい》で包む如くに扉を覆って隠している。だが、袖壁についた小窓《スリット》からは橙色《だいだいいろ》の灯が漏れていた。

正面の階段《ステップ》を二段上がる。両開きの扉があった。細身の扉は上半分に磨り硝子《すガラス》が塡《は》め込まれ、そこにくすんだ金色で『製作所』とのみ記されていた。

呼び鈴《りん》はない。扉の向こうから漏れる灯は、人がいる証《あかし》か、常夜灯代わりか。

恐る恐る、陶子は真鍮のノブを回した。

鍵は掛かっていなかった。微かな蝶番《ちょうつがい》の軋《きし》みと共に現れた内部は外より暗い。高い天井から落ちる灯りは、黒く古びた床板の一部を円《まる》く照らすのみ。そこから外れた暗闇はどこまで続くかもわからない。

惑い、立ち竦《すく》む鼻先を、ふいに甘い香りが過《よぎ》った。同時に床を鳴らす硬質な靴の音が近づいてきた。思わず身を退《ひ》く陶子の耳に、

「いらっしゃいませ」

低く落ち着いた声が届いた。

灯りが点《とも》った。隅々までを照らすものではなかったが、声の主《あるじ》の姿は見えた。

首に沿って立ち上がるハイネックのカラー。タックの入った袖は、肘の上から絞られたレッグオブマトンスリーブだ。ウェストは細く、そこから踝《くるぶし》の辺りまでエレガントなスカートが控えめに広がっていた。

ハイジという女の子の話に出てくる女性執事のドレスに似ている。しかし、深い緑の生地は紛《まが》うことなき絹の光沢《こうたく》を放っており、胸元を飾る青ざめたカメオの横顔も美しい。厳《いか》めしさよりすべてにおいて、品格のほうが勝る風情だ。

黒い手袋の上に嵌められた蒼玉《サファイア》の指輪。背が高い。年の頃はわからぬが、短く刈り込んだ髪には針の如き銀色が少なからず混ざっていた。素顔にくっきりと差した口紅が、双眸《そうぼう》の輝きに調和している。

その口元の微笑に怖《お》じて、床に視線を転じれば、先の尖った繻子《サテン》の靴がぬめるように輝い

ていた。

陶子はショールを身に引き寄せた。

房《フリンジ》の隙から蛍光色のラインが入ったスニーカーが覗く。敢えてそれのみを見つめていると、

「青い花を渡る足取りは、とてもお淑《しと》やかでした」

再び低い声が届いた。

声だけ聞くと、女性とは言い切れないような気がした。顔を上げれば、扁桃《アーモンド》の形をした目は猫に似ている。

恐る恐る、陶子は用件を切り出した。

「お人形の服があると聞いたのですが」

「お人形のものはないですね」

言うなり、首が横に振られた。

「指人形、の」

また微かに首が振られた。

「指の」

そっと呟くと、目元にけぶる微笑が浮かぶ。

「あなたの？」

「いいえ。妹の」

答えれば、スカートを優美に揺らし、影は陶子を手招いた。

カステラを入れた箱に似て、建物には間仕切りもない。広い通路に仮初《かりそ》め置かれたかのような革張りのソファは古かった。大きなそれに腰を下ろせば、陶子の脚は少し浮く。

クラシカルなシェードの掛かったフロアランプの色が優しい。使い込まれたテーブルの上にティーカップが置かれていた。いつ、用意したのだろうか。

「お話しして」

ベルガモットの香りに紛《まぎ》れて、再び声が囁《ささや》いた。


ふたつ三つの頃までは、見分けがつかなかったという。

姉妹は前掛けやリボンの色で見分けるほかない双子だった。

姉は陶子。妹は優花《ゆうか》。趣《おもむ》きが違うのは、父と母がひとりずつ名前を決めたからという。

それでもふたりは似通って、お人形もお菓子も靴下も、同じものを欲しがった。

だが、運命は異なった。

土手で遊んだ帰り道、姉妹は青い蝶を見つけた。何気なく陶子が手を出すと、蝶は指に纏わりついた。優花が真似すると、蝶は逃げた。ふたりは蝶を追いかけて土手を駆け下り、陶子は転んだ。優花はそのまま走っていって、そうして車に撥《は》ねられた。

命に別状はなかったが、腿《もも》の骨が砕かれた。数度の入院と手術を経、やがて完治はしたものの、片脚は少し短くなった。

以来、ふたりの外見や性格は大きく変わっていった。お人形はもう、取り合わない。お人形は優花のものだ。かけっこや縄跳びは陶子のものだ。

優花は髪を長く伸ばした。陶子は短く切りそろえた。

学校に上がって苛《いじ》められ、優花は家から出なくなった。そのいじめっ子をやっつけて、陶子には友達が沢山できた。

優花に与えられたのは、沢山の本とお人形、愛らしい服、繊細に輝くアクセサリー。陶子に与えられたのは、人気モデルのリュックとスニーカー、見た目も楽しいお弁当。

お互いを羨《うらや》むこともあったけど、ふたりは平行世界に生きる自分を楽しむかの如く、己の半身を愛していた。

優花は麝香豌豆《スイートピー》の花のよう。陶子は森の小鳥みたいだ。

「ゆうかはおひめさまみたい」

「おねえちゃんはおうじさま？」

拙《つたな》い自己愛に満ちた世界。そこに「指」が現れたのは糠雨《ぬかあめ》の降る日曜日だった。

雨が降れば花は項垂《うなだ》れ、小鳥も囀《さえず》る声を潜める。優花の脚は切なく痛む。そんなとき、双子は一日中、寄り添いながら部屋で遊んだ。

母の買ってきた指人形が、親指に嵌めてもまだ大きい。発端はそんなことだった。

少し指を曲げただけで、子豚の頭は転がってベッドの下に入ってしまった。ふたりの気持ちはたちまち萎《な》えて、今日は最早《もはや》、何をやっても楽しくならないような気がした。

優花がベッドに潜り込む。レースのカーテンの向こう側、色のない雨が窓を洗った。床の上には描きかけの画用紙と何色ものペンが散らばっている。陶子はペンを引き寄せて、自分の指を少し彩《いろど》り、潜ったままの優花の手をまさぐった。

「そのままでいて」

ベッドから出た片手を摑み、改めて華奢《きゃしゃ》な人差し指だけ握る。

「何しているの」

「まっててね」

指の腹に黒い点ふたつ。その下に赤いペンを引く。ほら、と離して、間を置かず、自分の人差し指をぴょこんと曲げた。

「はじめまして。こんにちは」

優花の頰に赤味が差した。自分の指を見、陶子を見、声を上げて妹は笑った。

人差し指を顔にして、親指と中指を両腕に見立てて。

「きょうはあいにくのお天気ですわね」

一体、どこで覚えてきたのか、優花は澄ました声で語った。

「おさんぽにはいけませんわね」

「ざんねんですわ」

「ゆうかちゃんは、」

「ちがう」

優花は言葉を遮《さえぎ》って、

「おねえちゃん、はじめましてっていったじゃない」

「え？　じゃあ、お名まえは」

「ええっと……。あたし、レイちゃんよ」

ふたりは暫《しばら》くの日数《ひかず》、指を人形に見立てて遊んだ。しかし、幼い子供らはやがて飽きて、指を忘れた。引き籠もっていた優花も徐々に学校へ向かう日が増えた。登下校は一緒だったが、ふたりのクラスは別々で、そのうち部屋もひとりひとつとなったので、双子の姉妹の白地図は徐々に異なる色で塗られた。

ある日、母は陶子に尋ねた。

「優花が最近、独り言が多いって先生が言うの。陶子は何か知っている？」

「優花にきいたらいいじゃない」

「独り言なんかないって言うのよね。あの子、友達いるのかしら」

眉を顰《ひそ》めた母への答えはすぐに出た。

少し蒸し暑い初夏の夜、陶子は窓を開けていた。ベッドには入っていたけれど、寝るにはまだ少し早い。陶子は本を読んでいた。

ふと、忍び笑いが耳をくすぐった。

窓の外から聞こえたようだ。微風に揺れるカーテンに半ば隠れて窺うと、声は優花のものと判った。妹もまた、窓を開けている。

本でも読んでいるのだろうか。陶子は一瞬思ったが、声は会話を愉《たの》しんでいる。女の子がいるらしい。

忍び足で、陶子は優花の部屋に向かった。そうっと細くドアを開けると、ベッドの上に横座りをして、優花は左の掌を自分の顔に向けていた。

間には薄いカーテンがある。白い紗《しゃ》のそれを揺らしつつ、手指は静かに動いていた。

「あらやだ。だれか見ているわ」

澄ました声で言ってから、優花はカーテンから手を出した。

「おねえちゃん」

「何しているの」

「わすれちゃった？　レイちゃんよ」

人差し指が軽く振られた。

後ろ手で、ドアを閉めて部屋に入って、陶子は妹の指を見た。人差し指の腹には繊細な顔が描かれている。今まで何度も描いたのだろう。顔は記号の域を脱して、明確な個性を得ていた。

悪戯そうな目にお喋りな口。優花の膝には赤と黒、二本のペンが落ちている。

陶子は妹の絵心に素直に感心したのちに、母の心配を口にした。

「ともだちいるのかなって、しんぱいしてたよ」

「いるもんねえ」

優花は立てた人差し指に首を傾けながら笑った。

苛めはまだ続いているのか。続いているなら、原因は指と遊ぶことかも知れない。あるいはレイと話すことで、友達ができないのかも知れない。

「ゆびとばかりおはなししてたら」

口を尖らせて陶子が言うと、強い声が遮った。

「かまわないで！」

レイの声に聞こえた。優花は屈託ない笑みを浮かべたままで、右手で陶子の手を取った。

「いっしょにあそぼう」

最初、陶子がしたように、優花は手をまさぐって陶子の中指を選んで握った。

「このこはミイちゃん」

「どうしてミイちゃん？」

「ド・レ・ミ・ファ・ソ」

親指から音に乗せ、左の指が軽く折られる。その手が膝元のペンを摑んだ。

突然、鋭い恐怖を感じて、陶子は手を振り払う。優花の眼差しが険を含んだ。階段を上る足音がした。

——まだ起きているの？

母の声を聞く前に、陶子は部屋の外に出た。

振り返れば、優花はベッドに座したまま、左の掌をこちらに翳《かざ》す。人差し指がうっすらと輝いているように思われた。


「それが始まり」


暑くなって窓が閉じ、陶子は声を聞かなくなった。秋になって窓が開いたときはもう、指のことは忘れていた。

背丈が伸びて視界が変われば、世界もまた変化する。成長痛と共に訪れる日々は目まぐるしくも鮮やかだ。あどけなく多彩なその世界の中、レースに隠れた指の記憶は昼の月よりなお淡い。ゆえに陶子は気づかなかった。そして、そのまま年を過ごした。

雨交じりの月曜日。天竺葵《ゼラニウム》の脇を駆け抜けて陶子が玄関の扉を開くと、母の声が切り込んできた。

「返しなさい」

剣呑《けんのん》な声音《こわね》に眉を寄せ、陶子は濡れた髪のまま家に上がった。リビングのテーブルに手を突いて、母が厳しい顔をしている。その視線の先、優花は床に座り込み、深く体を折っていた。祈る如くに両手を硬く胸の前で握っている。

雨で脚の調子が悪いと、優花は今日、学校を休んだ。その間、何があったのか。片膝を落として、陶子は優花の俯《うつむ》いたままの顔を覗いた。

「どうしたの」

無断で、抽斗《ひきだし》から指輪を取った、と母は言う。握り込んだ手を見れば、小さな赤い一粒が左の薬指で燦《きら》めいていた。

夕焼け色の石は紅玉《ルビー》だ。母のお気に入りであることは、家族みんなが知っている。優花がそれに憧れの目を向けていたこともわかっている。

しかし指輪は大きすぎ、きつく拳を握っていないとすぐに滑り落ちそうだ。

外すよう、陶子は促した。優花は頑《かたく》なに首を振る。背後から母の手が伸びた。

「返しなさい」

「いやっ」

優花は母を引っ掻いた。母が短い悲鳴を上げる。同時に指輪は抜け落ちて、硬い音を立てて床を転がった。

「ごめんなさい」

嗚咽《おえつ》を漏らして、優花が床に蹲《うずくま》る。母は怒声を発し損《そこ》ねて、慌てて指輪を探しに走った。キャビネットの下に入ったようだ。優花は薬指を握り込み、祈るように小声で謝り続ける。

「ごめんなさい」

母へではなく、指に向けて。

陶子は思い出していた。

指。

しかし、人差し指ではない。


「それが、ここのつのとき」

陶子は言った。

「それから二年ほど経って」

優花の手は綺麗になった。

左の手は殊更だ。この世に生を受けてから十年ほどの手指なら、肌理《きめ》細やかで柔らかい光を帯びるのは当然だ。しかし、優花の左手には大人びた白磁色の風情があった。それでいながら爪先はほんのり桜色をして、俗世の何とも相容《あいい》れない潔癖な無垢を宿していた。

右手は普通の少女の手だ。けれども、その差に気づいているのは、陶子のほかにはないようだった。

人の目を引くのは優花の嗜好《しこう》だ。優花は殊更、繊細で華奢で美しく、上等なものばかりを愛した。

パンツは穿かない。好きなのはドレープの入ったワンピース。見た目だけ派手な化繊のレースは癇癪《かんしゃく》を起こすほど嫌で、くるみボタンが並ぶような仕立ての良いものを欲しがった。靴はエナメル。ソックスは白か黒一色。赤いランドセルは嫌い。伸ばした髪は三つ編みで緩《ゆる》く癖をつけ、小遣いで買ったリップグロスで白い肌を引き立てる。

親は苦笑交じりに優花のことを「うちのお姫様」と呼ぶ。同級生は皮肉を込めて「優花さま」と呼んでいた。優花はそれらの呼称を素直に賞賛として受け止める。そして呼び名に見合うよう、淑女然としたなよやかさを身につけた。

ただ、陶子だけはそれらすべてに不自然なものを感じていた。

優花の嗜好は、左手の優美さに追いつくための懸命な努力に思われた。しかし、それに気がつく人も誰ひとりとしていなかった。

ある日、陶子は優花が土手でしゃがみ込んでいるのを見つけた。ワンピースの裾が地面に着いている。それに気づかないほどに、妹は何かに夢中の様《さま》だ。

回り込んで近づけば、一体、何の戯《たわむ》れか。優花は左の人差し指を土に擦りつけていた。

「何しているの」

思わず訊けば、優花は双眸を光らせた。

「おしおき」

生き様は違っても、双子は互いを似姿とする。なのに、振り向いた優花の顔は異国の少女のようだった。陶子は胸のつかえる気がして、その晩、部屋の窓を開いた。

冷ややかに流れ込む夜気を虫の声が彩っていた。狭間《はざま》に耳を向けたなら、微かなお喋りが聞こえてくる。笑うような。嘆くような。

陶子はそっとドアを開いた。そのまま優花の部屋に入ると、いつかの日に見たままに、優花はベッドの上にいて、左手を顔に向けていた。

人差し指の爪の間が、土手の土で汚れている。のみならず、爪の際からは薄《うつす》らと血が滲《にじ》んでいた。

「レイ」

うろ覚えの口で陶子は呟く。

「生意気なのよ、どれいのくせに」

手指を見たまま、優花は言った。

「どれい？」

「そう」

優花は両手を並べて掲げた。

「まず、右手は左手のどれいなの」

「どうして」

「労働ばかりするからよ」

右利きならばそうだろう。

「働きものって言えばいいのに」

「使い勝手が良いだけよ」

優花は右手をベッドに放り、

「左手の親指と人差し指は、ほかの指のどれいなの。中指は人差し指と薬指の腕になるだけ」

言いつつ、左手の中指に親指と小指を合わせた。

顔こそ描いてないものの、人形遊びの続きらしい。最初に遊んだのは確か、学校に上がってすぐの頃だ。陶子は困惑を露《あら》わにしたが、優花が気に留めることはなかった。

「薬指が一番えらいの。動かないできれいなだけだから。なのに、薬指の腕になる中指を自分のもののように使うから、人差し指は生意気だって」

「薬指が言うの？」

「そう」

薄いカーテンを引き寄せて、優花は左手に掛けた。そして薬指を頭にし、中指と小指を腕と見立てる。紗のカーテンが摘まれて、小さな人が自分の胸に布を抱いているかのようだ。

「フェアは美しいでしょう」

「それが薬指の名前？」

「そう。フェアリーのフェア。妖精だから、お姉ちゃんには見えないかしら」

優花は笑んで、

「灯りを消して」

陶子が素直に従うと、人工灯に殺されていた月の光が蘇る。

冷たい象牙色をした光はカーテンに染み入って、二の腕までを影にした。そのまま指を動かせば、薄裂《うすぎぬ》の裾は緩く絡んで影の形を少し違《たが》えた。

少女、に見えた。

膨《ふく》らみ始めた薄い胸に伸びやかな手足。細い首。月の光のさやけさを総身に帯びて、冷たく清い。顔立ちは定かでないものの、大きな瞳は輝きを帯びた空色だ。四肢を覆った布の加減か、蜜の色をした波打つ髪が長く背中に流れて見えた。

童話のお姫様そのものだ。それ以上に優花に似ている。否《いな》。優花が己を似せているのか。ならば同じ面影《おもかげ》は陶子にもあるはずだのに、指からも、優花自身からも陶子は遠く離れていた。

優花は右手を差し伸べて、紗の上から指をなぞった。小さな少女は一度じらすように身を避けてから、改めて右手に寄り添った。優花は笑い、囀る口で何かを歌う。甘ったるい異国の旋律の歌詞を陶子は理解できない。

微かに頬を紅潮させて、優花は声を弾ませる。

「フェアはこんなにきれいなのに、指輪ももらえなかったし、服はいつもカーテンばかり。でも、ドレスを作ってくれるところがあるのですって。だからね、お店をさがしてちょうだい」

「お人形遊びはもうおかしいよ」

陶子は小さくかぶりを振った。

「陶子はばかね」

向けられた眼差しの強さに怖じて、陶子は思わず身を竦ませた。

「双子だから、もうお姉ちゃんとは呼ばないの。陶子。ドレスをさがすのよ。フェアをはだかにしておくつもり？」

「自分でさがせばいいじゃない」

言えば、カーテンを撥ねのけて、優花は指を突き出した。当たり前の指の形をしている。

だが、真珠の粉をまぶしたように、それは薄く輝いていた。陶子はその閃《ひらめ》きに気圧《けお》されたように、一歩下がった。

「長くは歩けない。知っているはず」

そして、

「おぼえているわよ」

優花は笑んだ。

「あのとき、青いちょうちょを取られるのがいやで、陶子は転んだときに私を突きとばした。だから、車にぶつかったのよ。それで沢山歩けなくなったの。私、ちゃんとおぼえているわ」

違う、と、言い掛けた声は喉の奥に落ちていった。

気づいていないと思っていた。車が来ているとは知らなかった。転んで、もう蝶々を捕まえられないと思ったから、優花を止めたかった。それだけだ。

「つぐないなさい」

優花は顎《あご》を反らした。

「場所は教える。だからひとりでフェアのドレスを仕立ててくるのよ」

陶子は慌てて部屋を出た。

そのときは二度と指については考えまいと思った。しかし、数日後、お仕置きを受けた優花の人差し指は無残に赤く腫れ上がった。

優花は食べ物を零《こぼ》し、言葉が聞き取れなくなって、ひきつった笑みを口元に貼りつけて総身を震わせた。

予防接種は受けたはずだ、と母は泣いた。破傷風という病だと、父は陶子に呟いた。

優花は病院に入った。その前に、震える声で陶子に言った。

「つぐなって」

アールグレイの紅茶の香りに、陶子は少し酔ったみたいだ。

「薬指がおこっているって。言うことを聞かないから人差し指はくさったの。それで、私、いつの間にか、これを握ってて」

陶子は掌の紙を開いた。その紙よりも、陶子の指を見るようにして、向かいの人影はかぶりを振った。

「名をつけたのね、無名指に」

「むめいし？」

「本来は名前のない指です。その指で薬をつけるから薬指、口紅を塗るので紅差し指とも呼ばれます。ですけど、それらは役目の名前。生まれたての赤子のように、道端で拾った子猫のように、名前のないのが本当です」

溜息交じりに声は続けた。陶子は改めて目を上げて、

「お姉さん。……お兄さん？」

「どちらでも」

言われて迷い、陶子は諦め、声に少し力を入れた。

「お願い。フェアのドレスをください。でないと優花は死んでしまう」

「妹さんもフェアの奴隷になったのですね」

返った言葉はやや冷たい。

「無名指に名を与えたら、すべては逆になる。指以外のすべてが名もなく甲斐《かい》なきものになる。優花さんが右手よりも左手を、どの指よりも左の薬指が尊いと仰《おつしや》ったのは真実です。左の無名指には魔力がある。だから結婚指輪もそこに嵌め、契約に呪力《じゆりよく》を持たせるのです」

「まほうの指？」

呟くと、今度、その人は頷いた。

「それに曖昧《あいまい》な名をつけて、優花さんは悪く育てた」

「あいまいな名前？」

「fairy なら fairy と。もっとも悪い妖精もたんといるのですけどね」

怖くなった。フェアは確かに意地悪な魔女そのものだ。

陶子にはまだ、死はわからない。けれども喪失は知っている。いつの間にか、鞄から取れたマスコット。汚してしまって捨てられた絵本。同じものは売っているけど、余所余所《よそよそ》しいほどすべてが違う。二度と会えない。

その人は手を差し伸べた。

「採寸しましょう。双子なら、指のサイズも同じでしょう」

陶子は慌てて、ショールの中に手を隠した。そして深く俯いて、隠した指をきつく握った。

フェアのことを知ってから、陶子は何度も自分の手を見た。普通の手だ。思っていたより節が太い。優花の指のようには反らない。色も黒い。肌理が粗い。あんなに美しくは動かない。

思えば、目頭が熱くなる。

大きなショールの下にあるのは、ストライプのフリースにストレッチ・ジーンズ。マジックテープのついた蛍光色のラインが入ったスニーカー。

自分は優花とは違う。外が好きで、走るのが好きで、元気なのがいいと皆も言う。だけど、違うのだ。何もかも。

溢れた涙がショールに落ちた。何が悲しいのかわからない。一番の心配は優花のはずだ。

だけど――。

「青い花を渡る足取りは、とてもお淑やかでした」

天鵞絨《ベルベット》の声が耳をくすぐった。

黒い手袋を嵌めた手がショールの中に滑り込む。幼い羞恥《しゅうち》を知る如く、大きな手が左手を包む。もう一方の手が閃いて、ランプシェードに掛かっていた淡色の羅《うすもの》を巻き取った。

視界が少し眩《まぶ》しくなる。漣《さざなみ》の形を描いて、テーブルに布が広がった。その下で黒の手袋が陶子の指を優しく探る。

「マントの裾のあしらいもまた鮮やかでした」

涙は止まらなかった。見知らぬ相手だからだろうか、陶子は心を締めつける糸の固い結び目を引きちぎるように声を絞った。

「フェアはとてもきれいなの。優花もみんなにお姫様って呼ばれるの。名前もね。陶子は食器で、石や土のことだって。優花は優しい花だって」

嗚咽に声も指も震える。手を握る人の声は静かだ。

「磐長姫《いわながひめ》は永久《とわ》を得る。木花開耶姫《このはなさくやひめ》は散る」

傾げた首に、答えは返らない。ただ、水のように言葉は続いた。

「フェアはあなたも傷つけた。尾の切れた妖精の名は如何《いか》にも半端《はんぱ》で、だから、いつも怒っている。名前を変えてしまいましょう」

——Farewell。

風に似た音が発せられた。

いつの間にか床に落ちていた白い紙がカサッと鳴った。

「そして、あなたの無名指は」

——Faraway。

指輪の蒼玉《サファイア》に灯りが映えて、薄裂《うすぎぬ》に青い光がたゆたう。指を指で絡め取られて、陶子は不安に身じろいだ。指の力が強くなる。

「痛い」

「時間がないので、急ぎます」

華奢な左の無名指が絞る如くに握られた。やがてその力が緩むと、指に血流が戻ってくる。痺《しび》れを帯びて脈打つそこを、皺《しわ》一つない手袋の爪先が繊細になぞっていった。陶子は己の唇が羽根で撫でられているような気がした。

「もう少し」

第二関節、第一関節、爪の際。

柔らかで、ときに強い愛撫を受けて、陶子の息が少し上がった。涙はいまだ止まることなく、しゃくり上げる喉に伝わり落ちる。

目を閉じて、また目を開ける。と、視界は紗の海に満たされていた。生まれたての皮膚を持ち、陶子はそこにひとり佇《たたず》む。一糸まとわぬ姿を知って、陶子は胸を覆おうとする。

「動いてはいけない。いびつになるから」

視界一杯の大きな手が体を摑んだ。束の間、気が遠くなる。

やがて目を開けば、左手はぐったりと投げ出されている。覆った羅《うすもの》は蒼玉《サファイア》の光に染まったか、少しの青を湛《たた》えていた。

黒い手袋が両端をごく慎重に持ち上げた。紗幕《しゃまく》の向こうに横たわるのは、見たこともない陶子の姿だ。

泡立つ波の如き白い肌。瞳は深い海の色。緑なす長い黒髪は自身の涙に濡れそぼち、海藻のように肌に流れる。

「なんて愛らしい……」

「人魚姫のよう」

称賛が届いた。

再び布を手に掛けて、その人はすっと立ち上がった。

「服を探して参りましょう」

身を返した先、唐草模様の手摺《てすり》のついた螺旋《らせん》階段が伸びている。音もなく階段《ステップ》を上がっていくと、二階の回廊が明るくなった。

高い吹き抜けの天井に、曼珠沙華《リコリス》に似たシャンデリアが灯を点さないまま下がっている。薄裂《うすぎぬ》を取れば、陶子の指は元のまま。ヴェールを掛けると、そこに人魚姫がいる。立ち上がれば、自身と指。どちらが歩いているのやら。四方は薄闇に閉ざされたままだ。

ふと、小さな影が過った気がした。息を詰めると、くすくすと鈴を振るような笑声がシャンデリアから降ってくる。

陶子は脇に体を寄せた。回廊の下は硝子《ガラス》張りの飾り棚になっていた。薄暗い中、目を凝らせば、さまざまに作られた石膏の指に、とりどりの服が着せられていた。

タフタのロングイブニング、絢爛《けんらん》な刺繍《ししゅう》のバッスルドレス、宝石の輝くローブデコルテ、異国の姫君の絹の数々。

目もあやな衣装に惹かれつつ、陶子は硝子《ガラス》扉を開いた。幸せな屍臭が漂っている。手に掛けていた薄裂が揺らいで束の間、影を映じる。視界を過ったその影に胸苦しさを覚えつつ、羅《うすもの》を翳して透き見れば、淡く、それぞれのドレスの上で小さな顔が笑っていた。

陶子は思わず身を退《ひ》いた。布の端が影を払って、アラビアンナイトの姫君が床に落ちてポキリと折れた。同時に背後から伸びた手が、石膏の欠片《かけら》を拾い上げる。

「お気に召したものはありました？」

陶子は首を振りながら、ただ謝罪を口にした。

「そうでしょう。これらは出来損ないですからね」

冷淡に欠片を戻す所作を見て、陶子は微かな恐怖を抱いた。

この人は、人なのか。違うのか。逃げたい気持ちが湧き上がる。しかし、差し出された濃《こき》緋《ひ》の広蓋《トレイ》に、陶子の目は吸い寄せられた。

「こちらは如何《いかが》」

広蓋《トレイ》から裾を零したドレスは、漆黒の夜空が薔薇色の夜明けに転じる瞬間の色。星はまだ輝きを収めず、明けの明星はひと際明るい。それらをちりばめ、裳裾《もすそ》は長く、けれどもひとつの過剰もない。

「きれい」

感嘆が漏れた。優花より、自分の指に似合うと思った。

「お気に召して頂けましたか」

「はい」

「では、お支払いをお願いしましょう」

続いた言葉に陶子は惑った。お金は持ってきていない。あっても多分、購《あがな》うには足りないだろう。

目はドレスから離れない。とはいえ、手も伸ばせない。沈黙を選べば、また涙が滲んだ。

恭《うやうや》しく広蓋《トレイ》を掲げたままで、声は続けた。

「ならば、あなたの……を半分、分けてくださってもよい」

本で読んだ魔女や悪魔の言い様だ。やはり人ではないのだと思えば、背筋が凍りつく。台詞《せりふ》はわざとぼかされた。きっと拒絶は叶うまい。家にも帰れなくなるかも知れない。だが、それ以上にドレスが欲しいなら、何を差し出すべきだろう。命や魂をあげてはいけない。幸せも嫌。不幸？　きっと受け取るまい。陶子は唇を噛んで頬に触れ、濡れた指先に目をやった。

「涙」

悲しいことは少ないほどいい。

「よろしい」

答えに頷いて、その人は陶子を引き寄せた。指を指で絡め取り、そうしてそっと口づけをする。

瞬時に、恐怖が甘美に変わった。溜息をつくと、ドレスは既に瀟洒《しょうしゃ》な箱に包まれている。

「あなたのものにしてもいい」

「だめ。優花が死んでしまう」

とっさの言葉は妙に空虚だ。

「間に合わなければいいの」

「だめ……」

「そうすれば、妹はただの人となり、すべては運命に従うでしょう」

扉のほうに促されつつ、陶子は箱を受け取った。外はいまだに夜なのか。それともあのドレスのような夜明けが近づいているのだろうか。

耳元で声が囁いた。

「帰ったら、妹の無名指の名を呼んであげなさい」

「私は」

「忘れなければ。また、おいでなさい」

既に確信を得た如く、その人は美しい笑みを浮かべた。


優花は助からなかった。薬指も黒く腫れ上がり、人の一部となって死んでしまった。

泣くだけ泣いて、陶子は忘れた。残っていた涙の半分は、そのとき使い果たしたらしい。

数年後の夕闇に、陶子はひとりで家を出た。

Farewell の、Faraway の意味はもう知っている。磐長姫の神話も知った。けれども、永《と》久《わ》を司《つかさど》る女神は決して醜くない。

陶子の髪は変わらず短い。だが、薄裂《うすぎぬ》を通せば、違って見えよう。

長く豊かな黒髪。海の色の瞳。白い肌。夜明けを含んだ夜の裳裾を長く引き、足取りは飽くまで淑やかだ。

無名指に名を与えたら、すべては逆になる。指以外のすべてが名もなく甲斐なきものになる。

後悔はない。
扉を後ろ手で閉める。
真っ直ぐな道の尖端に、爪で掻き取れるような淡い三日月が浮かんでいる。

菊地秀行

魅惑の民

●『魅惑の民』菊地秀行《きくちひでゆき》

《異形コレクション》に欠かすことのできない存在であるというばかりではなく、菊地秀行は、日本のホラー小説界に欠かすことのできない作家である。怪奇短篇のモチーフについても、そのバラエティは実に豊富だが、なかでも、菊地秀行でなければ現在なかなか見つけられない特異な作品群がある。それは、戦争に関する作品だ。戦争という人間の犯した災厄に対して、ホラーでなければ書き得ない対峙の仕方を見せてくれる作品群。たとえばそれは、《異形》第10巻『時間怪談』の「踏み切り近くの無人駅に下りる子供たちと、老人」、第18巻『幽霊船』の「渡し舟」のように死者から語られる反戦という直接的なものもあるのだが、記念すべき第1巻『ラヴ・フリーク』収録の「貢ぎもの」のような逆説的な不気味きわまりない作品もある。奇しくも復刊第1号にあたる本書に寄稿された本作も、この系譜。しかもキイパーソンや国家名などがすべて頭文字で書かれているという実験的な試みなのだ。物語は、異様な地下の見世物空間を案内人Aに導かれて訪れる主人公Fの視線からはじまるが、このFは固有名詞ではなく役職なのだという。おそらく総統《フューラー》のような……。本作が、隠蔽された歴史秘話を模《かたど》ったものなのか、あるいは架空世界の話なのかどうかは別としても、小説より奇異なる現代の風潮……自国第一主義や民族ヘイト、世界の分断の危機に向けての、菊地秀行の実に不気味な返礼とも読み取れるだろう。

戦後、そのビルの地下へと続く階段は十一段だったが、爆撃で地下一階が吹きとばされる前は、二十一段あった。

そこを下り切ると、錆《さび》だらけの鉄の扉が行手をふさぎ、案内人がノックをする。覗き窓が開いて、二つの眼が案内人と客を確認する。

「Fとおれだ」

案内人の名乗りに、覗き窓は閉じられ、呼吸《いき》をひとつする間に、鉄扉は開く。蝶番《ちょうつがい》のきしみは何処《どこ》でも同じだ。

地下室は、三部屋をぶち抜いたもので、医大の階段教室を真似てこしらえた席は三段。ある位置から見ると、ずれているが、どこがどうとは言いづらい。大人五十五人の視線が注がれる円型の床には、黒い染みが三つ四つ点在している。

客たちの年齢は様々だが、ほころびだらけの上衣とズボン、好奇に血走った眼は共通だ。不安気なのは彼と同じ初めての客だろう。

「じゃあ」

と客の肩を叩いて、案内人は去った。地下室の関係者らしい男が、彼を床に最も近い列の一席に案内する。電灯の光量は眼に不自由はないが、十分とはいえず、あちこちに影が眠っている。

チケットと席料の一〇〇Mを取って男はいなくなった。

彼の位置からほぼ真円の床までは約一メートル。床の直径は十メートルほどある。表面には何条もの亀裂が入っているものの、強度に影響はなさそうだ。

客たちの会話は続いているが、彼は意識しないよう努める。これから起こるはずのイベントに集中したい。噂だけでつなぎをつけ、人を介し、案内人を見つけてこの席につくまで、半年を要した。つなぎの人間《ひと》の数は百を超えるだろう。彼から吸い取ることばかりを考えている資本家たちの千分の一にも満たない。どれもうるさい連中だ。今夜は忘れよう。噂が正しいことを彼は祈っている。

左横の通路を人が降りてくる。シルクハットに燕尾服《えんびふく》を場違いとは思わないが、両肩にかけた布袋には違和感を抱く。

男は床の真ん中に降りて、肩の袋を下ろす。袋の口は紐でゆわえられている。

数分間、何かしゃべった。散り散りにしか覚えていない。このイベントの意義は、人間の胸中に秘められた思いを解放するものだとか、絶対に他言は無用だとか、それを破ったら、悪いことが起きるとか。秘事めかした会には欠かせない台詞《せりふ》だった。彼は共感を抱く。少し似ている。とめどなく閃く稲妻《いなずま》のようだと言われる彼の言葉に。

そこで手を上げるな、とシルクハットの男に言いたかった。そうじゃない。両手は胸前で合わせ、思いきり震わせてから、右手だけふり上げふり下ろせ。そのとき、眼の前に広がる人の群れを侮蔑《ぶべつ》しろ。無知愚昧《ぐまい》な生活者ども。それが世界に冠たるDの民か。否《いな》、Gの末裔《まつえい》か。

男は疲れを誘うような光の下で、足下の袋の口を開く。中身が出るまで会場は沈黙を選んだ。声に大小があるのは、驚きの程度によるものであろう。経験者もいるのだ。

床に広がったのは、同じ色の液体とは異なる黒いもので、その端からさらに面積を増やしていく。広がる方角が違う。ひび割れに入っても、埋め尽す前に出て来る。

袋を残してシルクハットの男は席へとよじ昇って、掛け声とともに両手を打ち合わせる。別の席から五人の男の子と女の子が立ち上がり、上半身裸になって男の両側に並んだ。下半身はパンツとズロースである。男の席は定番らしく、椅子の下から、男の胸くらいのポリタンクを持ち上げて蓋を開けた。

言い含められているのか、子供たちは両手を合わせて容器を作り、そこに中身を受ける。軟《やわ》い容器から溢れたものを見た客が何人か、

「なんだ、蜂蜜か」

と声を合わせる。

場内の空気は、その口調を裏切っていた。交わされる声はひどく粘《ねば》つき、股間に手を当てる客たちもいる。

声と動きは、子供たちが手の中のものを顔にかけ、したたる分を身体中に塗りつけたときに最高に達する。

彼は独りでいた。左右の男たちは、どちらも彼より十以上は年配の商人風だったが、年相応の落ち着きを示そうとする眼は曇り、安もののズボンの前は、どこから見ても膨張を示している。彼はそんな連中に加わりたくはない。

「これからだよ」

右側の男が粘ついた声で言ったが、彼はうなずきもしない。男は経験者だろう。男の眼にしたものなど知りたくもない。男は彼の応答を期待していたようだが、すぐに諦《あきら》める。

少年たちが小さな階段を踏んで床に降り立ち、黒い広がりを見つめた。こんな状況でも桜色の頬は隠しようがない。

「行け」

とシルクハットが命じる。五人はいきなり黒い広がりの真ん中まで駆け出し、無茶苦茶に足踏みを始める。

このときまでに、彼には黒い染みの正体が嫌でもわかっていた。小さな裸足《はだし》で踏みつぶされるのは、一度に十四以上はいただろう。黒い広がりは、平たくなり、血も出さない。

子供たちのあちこちに黒い染みが生じているのに、彼は気がついた。爪先から足首まで黒く染めぬかれている。その染みは、おびただしい数に分裂しながら、彼らの全身に這い昇っていくのだ。

「つぶすのが先か――食われるのが先か」

彼の左側の商人が首のスカーフで顔を拭《ぬぐ》う。興奮の汗を拭ったのである。

鼻孔と口の中に潜り込まれた女の子がべそをかいたが、残りは無心に小さな黒い虫を踏みつぶし続ける。顔はかがやいている。近頃売り出し中の漫画家UQなら、ここの吹き出しに

「BRENNEN」

と書き入れるだろう。

もうひとりの女の子が泣きはじめたが、誰も気に留めない。

ふくらみともいえぬ乳房の上に、黒いものが複数蠢《うごめ》いている。これをはたき落としても蟻《あり》は消えない。足の甲からふくらはぎまでは太い糸のようにつながり、口の脇と鼻孔へ入るときはひとすじの糸に化ける。小さな口が空気を吸いこんで、思いきり吐き出すと、ようやくとび出して足下に落ちた。

何十度も何百度も子供たちは踏みつづけ、蟻たちは這い昇る。

彼は膝の上で拳を震わせている。

いつまでも終わらぬ行為――というより闘いに疲れ果て、一刻も早い終焉《しゅうえん》を望みながら、

終わらぬことそれ自体に興奮は昂《たかぶ》るばかりだ。

性的な現象は現われない。彼は勃起もしなかったし、いつも以上に速く脈打つことはなかった。

子供たちが蟻をつぶす理由よりも、顔を支配する笑いの意味を彼は考えていた。

いつの間にか、床上の蟻たちはもう動かなかった。あちこちに逃げ出すものもいたが、子供たちは追いかけて体重をかけた。その耳孔からも鼻孔からも黒い虫が覗いていた。女の子が耳を押さえて両膝をつく。

「ここまでだ」

シルクハットが床へ降りる。席の前に用意された水のバケツを持ち上げると、子供たちの頭から中身を叩きつける。

「蜜を落とせ」

バケツは子供たちの数だけある。

「さあ、消えろ。蟻はシャワーで流せ」

先に男の子たちが階段を駆け上がって消え、女の子二人は、シルクハットが両肩に乗せて後を追った。

途中で、

「おしまいです。お引き取り下さい」

と声を張り上げる。

外へ出た。地上へ続く階段は人が埋め尽していた。

「今夜はようこそF」

かろうじて耳に届く声をかけたのは、身長と肩幅が同じくらいに見える肥満漢であった。

「興味を持たれているとは伺っておりましたが、まさかおいでになるとは想像も致しませんでした。光栄であります」

興奮で顔を上気させる肥満漢へ、彼は応答し、復唱しろと伝える。

狡猾《こうかつ》といってもいい笑みを引っ込め、肥満漢は、みるみる青ざめる。

「は。本日、あなたはここへもいらっしゃいませんでしたし、私とも会いませんでした」

彼はうなずき、隙間の出来た人混みに身を入れて、階段を昇りはじめる。数人の視線が突き刺さるのがわかったが、気にもならなかった。演説の数は増えても、顔を覚えられているとは限らない。髭《ひげ》も落として来たことだ。付け髭の値段を考え、気が滅入ってしまう。

ある考えが経済的な問題を押しのけ、彼の足を止める。

肥満漢の方をふり返って訊いた。

「あの子供たちはA人か？」

「いいえ。全員、正真正銘のJでございます。でなければ、こんなショーに出しはいたしません」

「このところ、ここや田舎で誘拐が相ついでいると聞く」

肥満漢はミットのような手を激しく振る。

「とんでもない。ちゃあんと親からの一筆を取った上での出演でございます。何なら書類をお見せしますが」

不要だと言い捨てて、彼は階段を昇り出す。

「頑張って下さい、F。いつも応援してます」

彼は外へ出た。勿論、返事はしない。この国を建て直すためとはいえ、今のような醜く卑しい変質者にも一票を期待しなければならないとは、喜劇以外の何物でもあるまい。

朽ちかけた建物を出て東へ三十歩ほど進んだ。前方からライトが二つやって来て、右横に止まる。時間通りの迎えの助手席には片腕ともいうべきRHが腰を下ろしている。

彼を乗せて走り出すと、RHは、

「Jでしょうか？」

と訊く。

「内容は噂どおりで？」

彼はうなずく。後々黙っていてもわかるはずだ。でなければ、党を追われてしまう。

「これで、ご決心がつきましたかな？」

RHはタイルみたいな四角い顔に、難かしい表情を広げる。しかし、この答えばかりはわからない。安直に判断すれば、腹心中の腹心といえども処分されてしまう。

「奴らが共産主義者どもにあらぬことを吹き込んだせいで、我が国は敗北を余儀なくされました。まずはそのツケを支払わせるべきです」

三百万人——と彼は考える。出来れば、国外追放を強制すれば済む。だが、数週間前に支配下においたPは、あらゆる方面での労働力を彼らに仰いでいる。その全てを失うことは、大いなるDにとっても損失だ。それに彼らは金儲けが上手い。強制的にでも外貨獲得に従事させれば、我がDにとっても潤いになるはずだ。

虐待されても、彼らは甘い汁を求めるだろう。

彼は断を下した。RHは驚きの表情を隠さない。

「では、これまで通りでよろしいと？　せめて奴らの商店にあの星のマークをつけるくらいは」

RHは食い下がり、車が二十メートルも進まぬうちに諦める。勇を鼓《こ》して訊く。

「ひょっとして——今夜の一件で心変わりなされましたか？　奴らの金融業のせいで、首を吊った者が何名いるかご存知でしょうな？」

蟻を踏みつぶし、その復讐に鼻や口を犯されながら、そいつらをほじくり出して噛みつぶす子供たちを彼は思い出している。

彼らをDへは入れず、学校へ入学させもせず、団体を作ることも禁ずる。違反した場合は死を以《もっ》て遇する。Ｊ人条例か――あの福音教会の神学者め。

「金融業の国営化だけでも是《ぜ》としてはいかがです？」

誰もの予想を覆す決定の効果を知るRHはふたたび勇気を奮い起こしたが、彼は沈黙を守った。

翌日、彼は会議に出る。当初の目的はすでに完遂されている。九月一日の行動開始から三六日目の快挙は、立案と実行にいたるあらゆる関係者に場所と規模こそ違え満足で充たされた祝賀会を開かせる。

次の目標はFと、海峡をはさんだEに決まっていたが、その前に大きな問題があった。最も過激な方法を主張したのは、RHではなく、党大臣のMBだ。

「処分するなら、一刻も早くそのシステムを作り出すことが肝心です」

「放っておいたらどうかね？」

私設警察ともいうべきGの長官HHである。

「彼らはいわば無害な虫ケラだ。眼ざわりだが、我々にちょっかいは出さんし、放っておいた方が、Ｐでの経済活動がスムーズに営まれる」

「しかし、我が党は、奴らの一掃を党是として訴え続けて来たのだぞ」

と、宣伝担当のJGが、演説時とは別人のような低く弱々しい口調で、HHを見つめる。

「政治結社の公約を誰が信じると思う？」

HHが嘲笑をこらえているのは明らかだ。Fの演説上手のおかげで、どの会合でも聴衆は熱狂しているが、家へ帰れば演説の内容など忘れてしまう輩《やから》がほとんどだろう。

「しかしだな、国民の大半はJどもを憎んでおる。ここで放置などしたら、我が党の信頼まで損《そこ》なわれかねんぞ」

「もともと、Jを非難の矢面に立たせたのは、我が党と国民の一体化のためだ。JCを十字架にかけ、C教を蔑《さげす》む連中は、有史以前から人間の敵だ。今となっては放り出そうと焼いて食おうと、誰も気にはとめんよ」

HHの視線は、終始無言を貫くFに向けられた。彼は議論をスルーしている風にも、次々と思考を変えているようにも見えたが、苦悩していないのは確かだった。

会議場に列席した党の大幹部全員が、Jの扱いに関する彼の見解に疑いを抱いている。演説時の激烈な糾弾も、Pでの扱いを見れば嘘としか思えない。

「ここはFのご決断を仰ぎたいと思います」

とMBが身を乗り出しても、彼は表情も気配も変えない。その代わり、返事は早い。

HHは薄く笑い、MBとJGは必死で怒りの表出を抑える。他の幹部たちは、納得の表情を見交わしている。

会議が終わると、彼はHHを同じ車に乗せた。

「ロールスはそろそろベンツかポルシェにお替えになった方がよろしいかと」

これに彼は答える。ＨＨはそれに対して、

「それは自分でも国民の眼は気になりますとも。いかに愚かで操り易くとも、その生命生活を保障しなければ、意思は操れません。我が党による国民の意思統一は、ロールスとベンツの交代から始まります」

二日後、車は入れ替わる。

彼はＨＨにあることを訊く。

「本気で絶滅など考えている者は、誰もおらぬでしょう。ひとつの民族を根絶やしにするなど、人間が二本足で立つ前ならばあり得たかも知れませんが、現在では不可能と心得ております。左様――それでも試す者はおりましょうし、我らにも可能です。特にこの時点であれば。結果は知れておりますが」

次の彼の問いに、ＨＨは丸眼鏡を調整しながら、

「まずは強制収容所《ゲットー》をこしらえ、国外追放とどちらが良いか選ばせます。その前に、Ｊどもの全財産を没収し――いえ、これは不可能ではありません。金品も土地も逃げなどしませんので。Ｊ三百万人――恐らく追放を選ぶのは十分の一もおりますまい。残りは自ら収容所を選ぶことになります。我々はさして気に病まずに済むでしょう」

彼はしばらく外の街並みを眺める。銀河のような数の星であった。

ＨＨは鼓膜に当たる声に、眉を寄せて答える。

「雲は出ておりませんが」

数日後、自宅に電話がかかって来た。早朝であった。秘書が眠い眼をこする彼に告げた名に、聞き覚えはない。

声でわかった。

「過日は失礼申し上げました。Ｆ閣下。明晩のお出でをお待ちしております。子供たちも、とびきりのを揃えてございますよ」

彼は秘書を下がらせ、矢継《ば》ぎ早やに質問を放つ。

「勿論、Ｊの者でございますよ。あいつら、ＪＣを殺《あや》めた罪人の子孫のくせに、顔立ちの罪のないことと純朴なこと、Ａ人種も及びません。はい、特別のルートがございます。え、とんでもございません、Ｆ。人さらいとは何の関係もありません。何でしたら、蜜をかけてごらんになりますか？　リクエストは多いのですが、閣下は特別でございます」

彼は大量の蟻を踏みつぶしながら、鼻の孔や耳孔、肛門からの侵入を許し、涙を流していた小さな顔を思う。どうしてかがやいて見えたのか？　なぜ笑っていたのか？

必ず行くと答える。

翌日の深更、すべては前回同様、順調に恥知らずの時間《とき》を送る。

その彼、肥満漢に誘われ、奥の一室へ入る。

「いかがです、Fからどろどろにされて、子供たちも歓喜しておりました。いえいえ、お追従《ついしょう》ではございません。Fのこと？　彼らに気を入れるため、打ち明けはしましたが、他人の耳には決して。彼らはもうここからは出られませんで」

彼はいちばん気懸《きが》かりな問いを放つ。

「それはもう――半月ほどお待ち下さいませ」

肥満漢はこう切り出す。

「それで、ひとつお願いがあるのですが」

警察が嗅《か》ぎつけたらしいので、何とかして欲しいという願いであった。

「神かけて、うちは児童誘拐とは無関係なんでございますよ。しかし、警察というのは、何処《どこ》かで間違えてこうと決めると、もうその間違いに見向きもしないものでして。その辺の事情をひとつお汲みとり下さいまして。実は、この次――今回よりずっと美味《うま》そうな子供たちを用意する段取りになっております」

彼はひとこと洩らした。意識しない言葉であった。肥満漢は反応した。

「勿論、踏みつぶす方が、あいつらの本領でございますよ。あの年齢でも、刺されたり食われたりするよりは、殺す方がそりゃあ愉《たの》しいもんですよ。立場が逆なら、Jの連中は私らを容赦なく石以《も》て追うでしょう。え？　これは驚いた。あいつらのことを、そんな風にお考えで？　そりゃあ、表向きは大人しいですとも。私も何人か使ってますから、よおくわかります。あれくらい善良な民はありゃしません。ＪＣを処刑したなんて言いがかりだと思います。過ぎたことは忘れてやりましょうや。Ｊ様なら、そう言うと思いますが」

彼はすでに自らの答えはわかっている問いを放つ。

「言うまでもありません。踏みつける方ですよ。蟻どもって、あいつらに瓜二つじゃありませんか。黙って働いて財を成し、来たる冬に備える。世界中に散らばるのも同じです。ただひたすら自分たちのために働く。それが憎まれるのも承知の上でしょう。ですから幾ら痛がっても、何万人殺されても、あいつらはじっと耐え続けますよ。それくらい何でもない迫害の中を生き抜いて来たんです。土台、民族ひとつを抹殺しようなんて、無理な話なんですよ」

彼の沈黙を潮どきだと思ったのか、肥満漢は、

「ではお願いの件をよろしくご配慮願います」

と別れを告げる。

階段を上がる彼の脳の奥に、あの光景が姿を現わす。彼はいま口に出せなかった問いを反《はん》芻《すう》する。

どっちなんだ？

彼らは蟻か？　それとも子供たちか？　そして、おまえはどっちになりたい？　肥満漢への問いのはずである。

次のイベントは中止になる。肥満漢とその一派が逮捕されたのだ。彼が手を打つ暇もなかったし、打ったかどうかもわからない。

しばらくの間、彼は別世俗の作業に身を入れなければならない。

翌年四月、彼の国は北Eに侵攻。NとDを占領下におき、五月一〇日、西Eの低地帯——H、B、Lへも軍を進め、六月には宿敵Fと休戦条約を締結してのけた。海洋国EはE本土からの撤退後も彼の祖国との戦いを続行し、七月一〇日から一〇月三一日まで行われたB大航空戦には、敗北を喫する。

彼と閣僚たちとの齟齬《そご》はそれ以前、六月二二日のS侵攻を巡って最大値を記録している。一昨年八月に結ばれていたDS不可侵条約を破棄して盟友ともいうべきSを標的とするには、彼と数名の側近以外の全閣僚が異を唱えたのである。

広大な領土と無尽蔵の資源を有するSにはPのような電撃戦が通用しない。戦いが冬まで長引けば伸び切った兵站《へいたん》にいついかなる支障が生じないとも限らず、第一、最大の敵〈冬将軍〉が襲いかかるだろう。

無謀だと声を揃える閣僚を彼は無視する。

議場を出た陸軍大臣は、さすがに憮然たる表情のＨＨへ、

「Ｆはどういうおつもりなのか？」

と詰め寄らざるを得ない。

「西では、Ｅの首相がＡの参戦を執拗に工作中なのだぞ。Ｅへの上陸作戦も失敗に終わった。虎はまだ我が国を狙っておるのだ」

「正直、自分も困惑しております」

とＨＨは丸眼鏡をいじりながら、嘆息する。Ｄの東Ｅ植民地化は既定の計画であったが、Ｓがそびえる限り、可能性は暗澹《あんたん》たるものだ。

時期尚早とする声を、彼は全て却下した。

「Ｆは急いでおられるのだ」

ぽつりと口にするＨＨへ、陸軍大臣は怪訝《けげん》そうな眼ざしを向けた。

「植民地はそう簡単に――」

ＨＨは首をふって、大臣の言葉を遮り、

「殺したいのか――逃がしたいのか」

とつぶやく。

はっきりと大臣の耳に届いた。大臣は驚かない。Ｊに対するＦの優柔不断ぶりは、全閣僚の違和感の源《みなもと》なのだ。

P国内のJ人三百万人は、東E植民地の労働力として温存すべく、建設された収容所内に封じられているが、植民地獲得の可能性は十中八九ない。これまでのFのやり方からすれば、とうに死刑台のスイッチが入れられても少しもおかしくはない。しかし、彼らはのうのうとゲットー内で生を満喫しているではないか。

労働力として役に立たないならば、収容所に入れておく意味がない――全会一致の結論を、Fは肯定しなかった。MBが詰めより、JGが説得の限りを尽しても、再生した口髭の下の唇は、固く結ばれたままである。

「Jの内部にFの知り合いでもおられるのか？」

とある大臣は歯を剝く。

「我々はバチカンさえ籠絡《ろうらく》し、最初に我々を政府として認めさせたが、カトリックへの圧力は以前より厳しくさせている。なのに、本質的に労働としてしか認められぬJどもを、何故――？」

国民の不満を解消するには、とりあえずの敵をこしらえ、そちらへ眼を向けさせることだ。彼らにとって、それはJ以外の何物でもない。なのに、現今の諸悪の対象は、新味のない共産主義者と社会主義者ではないか。

「そちらは極秘に調査済みだ」

と、ある日、HHは言う。

「生命《いのち》懸けで調べたが、そのような事実も人物も存在しない。以後、この件は封印する」

暗い秋の晩、彼は一本の電話を受ける。

「ひと月前にも差し上げましたが」

あの肥満漢であった。官邸の秘密電話の番号を、一介の見世物師が知っているとわかれば、国防的な騒ぎにも発展しかねない。

「急なお知らせで恐縮でございます、F閣下。今夜、催すことになりました」

いつもの場所、いつもの時間だという。

「今回はとびきりの上玉を揃えてございます」

男の低声に、彼は隠蔽《いんぺい》を感じていた。別の思考を肥満漢は熱く抑えている。

上玉という言葉がそれを代弁していると彼は判断する。

月のない夜道をとばしながら、彼は待つものの正体を察している。彼自身のものではない遥かに巨大な——床の上を這う蟻たちと同じものだ。Jの子供たちが、それらの運命を決める。今回は——

車を待たせて、彼はいつもの階段を降りる。

待っている。あの会場に。肥満漢とシルクハットが。客たちが。Jの子供たち。そして、袋に詰まった蟻が。

決めなくてはならない。

追放か。労働か。チクロンBか。

閣僚たちの結論は違っている。だが、彼のひとことで、それは玉の上に載った板のように、あっさりとひっくり返ってしまう。

鉄扉の前に、肥満漢が立っている。

「お待ちしておりました」

肥満漢の眼にはある光が点っている。彼を知る者は死んでも浮かべてはならない光だ。

「では、御席へ」

恭々《うやうや》しく告げる男へ、彼はいいやと首をふる。

肥満漢の眼から光が消える。

誰が嫌だと言っても時間《とき》は流れる。

彼は会場を出て、戻らなくてはならない。

「お疲れ様でございます」

すべての客が帰った後で、肥満漢が揉み手をする。

こんな眼で彼を見られる人間は、この世にひとりしかいまい。

ハンカチを取り出し、彼の口元に近づける。音をたてて彼はその手を弾《はじ》く。ここ以外なら、こいつはたちまち蜂の巣だ。

肥満漢はまた同じ眼で彼を見つめた。

「これは失礼を。ですが、そこに蟻と蜜が」

肥満漢は不意に口をつぐんだ。自分がどんな顔をしているのか、彼にはわかっていた。外へ出た客たちは、全員トラックで秘密警察の待つ南の廃倉庫に運ばれる。後はこの男とスタッフだけだ。

「どちらになさいますか？」

階段に左足をかけたところで彼はふり向く。全閣僚が彼を凝視している。彼らがすぐに消え、鉄扉と石の壁が残るのはわかっている。が、彼は足を下ろし、真正面から彼らへある命令を下す。急に涙が溢れる。彼は唇の脇に舌をのばして、肥満漢に指摘されたものを舐め取って嚥下《えんげ》する。

戦時中のJの死者は一千万人を超すとも言われている。うち六百万人は絶滅収容所で処理されたとみられるが、実数は不明である。この大殺戮《だいさつりく》の決定が、いつ、誰によってなされたのかも、また不明である。

井上雅彦

再会

●『再会』 井上雅彦《いのうえまさひこ》

物語は、いつでも貴方と共にある。九年前にそう言い残して休刊に入った《異形コレクション》を無事に貴方と再会させることができて、今の私は少しだけ安堵している。そして、これから始まるであろう「愉しい地獄」を前に武者震いが止まらない。新世代作家のキャスティングの一方、版元の望む作品数の絞り込みなど課題は多いが、これからさらに成長していく余地のある《異形》とともに、やりたいことは山ほどあるのだ。個人的には――十月末に刊行したばかりの幻想ミステリ『ファーブル君の妖精図鑑』をめぐる活動や、新作の執筆、伝説の専門誌「幻想と怪奇」での短い幻想怪奇小説の連載に充実感を感じる毎日だが――二十四年目に突入する次巻、次々巻の《異形》の準備には、やはり心が躍るのである。

さて、ひさびさの《異形》の舞台での自分の作品は、毎年キンモクセイが薫る頃に書きたくなるハロウィンもの。序文でも書いた〈ダーク・ロマンス〉なモードの世界にインスパイアされた作品だが、中で紹介されるショーはすべて架空のものである。「ヴォーグ」等のファッション誌や、「ファッション通信」等の番組などを参考に〈コラージュ〉と〈デカルコマニー〉の技法で奇妙な世界を創りあげてみた。すべては《異形コレクション》との再会を祝して。

とうに、万聖節《ばんせいせつ》は過ぎたのか？　それとも、まだ宵のうち？

僕にとっては重要事項だが、この街はそうでもなさそうだ。

宵宮《イブ》も、宵宵宮《イブイブ》も関係ない。

いまや、毎日がハロウィン。古き佳《よ》き、ひと昔前の日常からはほど遠い。

それでも、街は美しい。

ひと昔前より、自分には好みだ。

もちろん、ここは目的地じゃない。目的地までの通過点……。

強《し》いて言うなら、トランジット。

給油の必要は無いけれど、できれば珈琲《コーヒー》を補給したい。しかし……このご時世、いささかそれも難しそうだ。

ハンドルを握る手が痺れてくる。少し路肩で休みたいが、それさえ今では勇気がいる。

――まだ、危険は去ってはいないのだから……。

耳を欹《そばだ》て、目を凝《こ》らす。

都会の風音はショーのサウンド。流れる風景はアートワークなモードのステージ。

彷彿《ほうふつ》とさせるのは……そうなのだ。

生身の肉体が歩いた最後のランウェイ……。

〈……NYからパリまでの、オートクチュールもプレタポルテも、数々のランウェイを駆け抜けてきた今年のビッグトレンドの一例は、このメゾンからも。たとえば、この《屍衣の花嫁》――モノトーンのゴシックからは解放されて、クラシカルな貴族的ムードとストリート・カルチャーとのハイセンスなコラボレーションを彩《いろど》ったのは、クラシックホラー映画のドラキュラの花嫁たちを彷彿とさせる白のドレスメイキング。白い翼のようなバタフライ・ショルダー。長い黒髪で統一し、弔花を思わせる髪飾りがフェミニンなアトモスファ。東ヨーロッパやスラブ風の経帷子《シュラウド》を模してネクロ・エレガンティズムを追求した白い影の女たち。とりわけ、この純白の、上質な素材を縫製したリアルクローズな屍衣の首元に光るスパイク付きの首輪や、足下を飾るメンズライクなアンクルブーツ、そして、視線を彩るヴィヴィッドなサングラスが、今年のテーマをより明確に表現して……〉


白い影のような女たちは、確かに、古城のみならず、ストリートにもよく似合う。

しかし、この「ストリート」じたいが、もはや、遺跡も同じことだ。

かつて若者たちが犇《ひし》めいていた階段も、ビル群も、カルチャーの発信地だというデパートすらも、恐怖映画の奥津城《おくつき》のよう。とはいえ、彼女たちは――そう、ここには、まだその姿が見えている――走る窓からでも、見まがうことはない。俯《うつむ》きぎみに歩く白い姿は、けっして見間違いではないのだろう。

長い黒髪も。風をはらんだ、マントのような白い屍衣も……。

しかし、僕のいるこの位置からは、その首元までは見えやしない。

さぞかしカラフルなことだろう。このストリートを染めあげたものの色のように……。


〈……ストリートのアイコンのみならず、ミリタリー系やワークウェアにも親和性のあるゾンビ映画の世界観にインスパイアされた高品質なブランドが、数シーズンにも亘《わた》って新陳代謝を繰り広げていたこの年代。そのなかにおいて、リヴィング・デッドそのものよりも、むしろ「犠牲者」をフューチャーすることでエレガントさを追求するという革新的なアプローチが、デッド系ファッションを色鮮やかにアップデートした。最も先鋭的な例が、このショーのモチーフである《内臓迷宮》なのであり、あたかも手術創を思わせる真紅の肉襞《にくひだ》状のチュールを何層にも重ねたクチュールライクなドレスが翻《ひるがえ》ることで、優雅に生まれでる夢幻のロマネスク。引きずり出された臓器のように不定型のレティキュールやオモニエールのスパイシーさも相まって、クラシカルななかにも、サイケデリックな内臓幻想を醸《かも》し出し……〉

目の覚めるような赤も、煌々《こうこう》たる朱色も、濃い紅色はすでに色褪《いろあ》せ、通りや路肩のアスファルトにぶちまけられた色彩を見て眩暈《めまい》を感じることはないまでも、この街で車を降りる危険は変わることはないだろう。

たとえ先ほど見えた影が、本当に人間——自分が知っている意味で——であったとしてもこればかりはすべきではない。「正しい怖がり方」を知っているものならば。いや、そもそも、たとえ車であったとしても、本来はこの区域になど入るべきではない。

それも……よりにもよって、万聖節の宵宮に……。

かつては、別の意味で近寄りがたかった。

人の群れ。人で無いものになりきることで、どうしようもなく人の本性を見せつけてしまう人の群れ……。しかし、それは、別の展開を迎えたあとも、同じことだった。

今では、まったく事情が異なる。

毎日が、ハロウィン。

そして、毎日が、謝肉祭《カーニバル》……。

もはや、人とは言い難いものどもが、飢えをしのいで、血で血を洗う弱肉強食。

もちろん、伝えられるものは、すべて真実ではないだろう。

ファクトチェックを免れた、フェイクニュースも蔓延《まんえん》している。

曰く——人で無いものなんて存在しない。あれはただの幽霊。陽炎《かげろう》と同じようなもの。

なにかを轢《ひ》いた厭な感触をタイヤに感じ、思わずブレーキを踏む。

もちろん、ドアから出る気はしない。

そっと、目をやる。

まだ新しい色鮮やかな赤系の飛沫《ひまつ》が広範囲に飛び散っている。

内臓とは異なる物が、目の前に転がっていた。

それは帽子を被っていた。

〈……グレタ・ガルボやマレーネ・ディートリッヒのシルエットを彷彿とさせる女優帽《スラウチ・ハット》は、往年の優雅な映画のようにはためくようなブリム《ブルーム》がドレッシーだが、モデルの手に握られた大きな杖《オラクル》や帚、そして、巨大な翼のように翻るケープやマントが、クラシックな《魔女《ウイッチクラフト》》のイメージを隠しようもない。メインアクト級の品格を漂わせながらも、しかし彼女たちがどこか、ガーリッシュでポエティックな印象を醸し出しているのは、九〇年代のクラブシーンを彷彿とさせるショー・ミュージックもさることながら、黒い翼の内側からポップアップする、ミニやショートパンツに光沢のあるサイファイブーツ、ジャパニメーションのイラストをグラフィック化したジャンプスーツなどのハイブリッドなコーデに起因するに違いない。しかし、それ以上にアイコニックなのは、パンプキン・カラーもヴィヴィッドな彼女たちのリップやアイラインであり、ランウェイのそこかしこに配置されているカボチャ提灯《ジャッコ・ランタン》のくりぬかれた目とギザギザの口が、顔を彩るメイクと同じデザインだからだろう。童女とレディのアンビバレンツな二面性はショーの最後に振り下ろされる三日月型の鎌がシンボリックに表現している。ダミーのモデルの切断された首の切り口からは、キャンディーや金平糖《こんぺいとう》やゼリイビーンズが宝石のようにこぼれ落ち、生首がジャッコ・ランタンの切り裂かれた笑みとともに宙を飛ぶや、大人たちの魔女狩りを嘲笑《あざわら》いながら、魔女たちは黒い翼を拡げて、舞い上がり……〉

黒い帽子の下からはオレンジ色の脳漿《のうしょう》が飛び散っている。もちろん、種の混ざったカボチャの「脳漿」だ。……少なくとも、そう、願いたい。

トリック・オア・トリート――か。

そもそも、こんな大きなペポカボチャに合わせた帽子そのものがトリックだろう。

これが、この季節に合わないというのであれば、さしずめ「季ちがい」帽子屋のティー・パーティか。

――失礼。思わず、幼馴染《おさななじ》みの口癖を思い出した。

トリック・オア・トリート……。

どっちがトリックで、どっちがトリートだ？

——いずれにせよ、こちらの動きが読まれているのは確かなようだ。

ダッシュボードの〈護身具〉を確認し、呼吸を整えて、車を発進する。

フロントグラスに直撃しなくて、まだよかったのだ。

ガラスは、ひと昔前、流行したフェイスガードと御同様。気休め以上の効果はある。

当時のリモート会議は初期段階にあり、デザインやモードの介入する余地があったのは、せいぜいバーチャル背景ぐらいなものだった。やがて、VR会議が導入され、アバターが入り込んだあたりから、とたんに「〈仮想〉舞踏会《マスカレード》」が始まった。

やがて、アバターだけが歳をとらず病とも無縁なのに本人だけが朽ちていく〈逆ドリアン・グレイ現象〉だの、惚れてしまえば〈アバターもエクボ現象〉だのと、奇怪な社会現象が字余りのサラリーマン川柳《せんりゅう》めいた話題になろうというその頃に……再び、新たな混乱がはじまった。

第七波。電子情報への感染拡大。アバターの怪物化。

もちろん、そんなものは、すべてフェイクニュースだ。

街を襲ったものたちの正体は、そんなもんじゃない。

すべての見当はついている。

だからこそ……僕は、目的地まで辿り着かなくてはならない。

彼女との約束どおり、万聖節前夜までに。

それにしても……。

あれだけの大きなカボチャは、どこから転がってきたものか。

持ちあげるだけでも、ひと苦労の筈だ……。

その時……奇怪な吼《ほ》え声が耳を掠《かす》めた。

いや……あれは、雷鳴だろうか。

〈……眩《まばゆ》い稲妻、轟《とどろ》く雷鳴とともに、この時代に還ってきたのは、逆三角形のショルダー・ライン。八〇年代リバイバルを彷彿させるビッグ・ショルダー。その鋭角さがマニッシュでマスキュリンな印象を与える「大いなる肩」のラインこそが、実は、フェミニンで豊かなボリューム感をよりたおやかに表現することは、古き佳き時代の美神たちのフィルモグラフィーが証明済みだが、それと同時に、よりパワフルに、よりエネルギッシュに、サスティナブルな社会を支えるコンテンポラリーな女性の強さとヴァイタリティを発信するのが、このコレクションのメッセージ。のみならず、このデザイナーの言葉を借りるならば「この《クリーチャー》たちには、よりイモータルなパワーがそなわっている」という。素材は異質なものを継ぎ合わせることによって生まれる、大胆な縫製。柔らかい素材や高級皮革に金属などの人工物を「合成」、「再構成」した化学反応。ショルダー・ラインやネック・ラインから突き出すメタリックなボルトにも呼応するかのように、ショーのミュージックには、インダストリアムなビートが採用され、雷鳴に似た閃光まで用意されている。「彼女たちは、男性《クリーチャー》のために創られた花嫁《ブライド》ではない」とデザイナーはエネルギッシュに主張する。「しかして、彼女たち自身がなによりもダーク・ロマンスな存在なのだ」と。このインデペンデンスなステートメントから生まれる新たなる伝説。その力強さはクリエイターとクリーチャーが混同されてしまうほどの……〉

巨大な影がさしたような気がする。
やはり、ひと雨来るのか。
それとも、ここにはあれがいるのか？
《屍衣の花嫁》や《内臓迷宮》と同様に、あの大いなる肩を持った《怪物《クリーチャー》》たちもここにいるのだろうか。
それとも……生肉に飢えた、あの連中か……。
いやな蟲の羽音。思わずダッシュボードに手を伸ばしかけ、呼吸を整える。
間に合わせれば、いいだけだ。
約束通り。万聖節の宵宮までに。
——約束通り……か。
そう。それが、彼女との約束。幼馴染みの彼女との約束。

キャンディーや金平糖やゼリイビーンズを愛する彼女。

ブラッドベリの「集会」や、「季ちがい」帽子屋のティー・パーティを愛する彼女。

意味がわからないが、僕のことを「蝙蝠傘《こうもりがさ》さん」なんて妙な渾名《あだな》をつけたのも彼女。

彼女は妖精だって信じてた。そういえば、ポイント残高の話でもしてるような調子で、まだ叶えてもらえる願いが残ってる、なんて言ってたほどだ。

この時代に……あんな異様なものたちが蔓延する時代に、そんな彼女は、どうやって生きているのか。あるいは、考えたくはないが、もうすでに……。

彼女との集合場所を確認するために、タブレットに手を伸ばす。

指の置き場が悪かったのか、見たくもない情報の残滓《ざんし》が、勝手にポップアップされる。

「——ハロウィン密集パーティーと武装自警団。市街戦は泥沼に——」

「——脳への影響。明晰夢状の変性意識。鮮明な幻覚は——」

「——『ゾンビ・ウィルスはただの風邪』発言に批難——」

「——ファクトチェックで疑問『人肉食衝動はステロイドで予防』——」

こんなものばかりだから、難しいのだ。

正しく恐れることも。正しく怖がらないことも。

また、蟲の羽音。いや、遠くの吼え声だ。なにかの咆哮。

これは、やはり巨大なあいつか……。

それとも……。
人なのか。獣なのか……。
あるいは、想像を絶するものたちか……。
闇の中に光る目が見えた様な気がする……。

〈……ビッグ・メゾンが揃ってタブーともいえるモチーフを発信するなかでも、このショーのテーマの《異類婚》は、ダーク・ロマンティックなムードを盛り上げる。
マスキュリンなものにせよ、よりセンシュアルなものにせよ、ランウェイを歩く女性たちは一見、ヴィクトリア女王の喪服を思わせる禁欲的なハードブラックを纏《まと》っているのだが、一転。翼を拡げるようにはばたく内側から現れるのは目の覚めるような色彩にいろどられた肉食獣の斑紋、爬虫類の鱗、頭足類の触手……。異生物との恋愛や婚姻をモチーフにしたものに相応しく、一種独特のトーテミズムに裏打ちされたグラフィックに留まらない。コルセットで締め付けた細いウエストが豹族の飢えを表現していたり、パニエなどでふくらませたロングスカートが海棲生物を連想させたりと、むしろ、そのヴァリエーションは進化論。ショーのクライマックスにいたるや、モデルたちのウォークは、憑依《ポゼッション》を想起させるものとなる。一斉に、ランウェイを四つん這いになって這い回るその姿は、服飾そのものが二足歩行のためにあるものとは限らないというフィロソフィを、センセーショナルに突きつけるもの

であり……〉

奇怪な音が聞こえるような気がする。爪の音？　蹄《ひづめ》の音？　それとも、巨大な触手をのたうつ音か？　翼をばたつかせる羽音。いや……羽音といえば、あのいやな蟲たちの……。

飢えた獣の唸り声。咆哮か……。

遠吠えに追われるようにして、町外れまで出る。

ここから目的地まで、あと少しだ。

街を見下ろす小高い土地。ひっそりと建つ小さな教会が目印だった。

彼女の「縫製工房」は、この裏だ。

ハロウィンには間に合いそうだ。だが——ここで、車から出なくてはならない。

タブレットも《護身具》もショルダーバッグに入れて、肩にかける。ビッグとはいえない、僕のなで肩に。車を出ると、深まりゆく秋の大気が身にしみた。

マスクのなかにまで、針葉樹の芳香が鮮烈に飛び込む。

だが——教会の敷地に近づく頃に、匂いに変化が現れた。

見えてくる。ずらりと並んだ者たちが。かつて、人間だったものたちが。

〈……ショーのフィナーレは、もっとも荘厳な群衆の無言劇。ルネッサンス以前の服飾スタイルは枢機卿や王族を表現する豪華なものだが、むしろ露出する肉体が主役。イメージは中世の《腐敗遺骸像《トランジ》》を忠実にインスパイア。アーバン・カジュアルなリヴィング・デッドとも、コンサヴァティヴな「死の舞踏《ダンス・マキャブル》」のトランスのなかで踊るファナティックな骸骨《スケルトン》とも、一線を画すこの美術モチーフは、かつて、貴族の墓標に用いられた横臥像《おうが》であれ、跪拝像《きはい》であれ、肉体が朽ちて、蛆《うじ》がたかり、蛙が吸い付き、虫に食われて、崩壊していく屍体を表現して、「死を想え《メメント・モリ》」を説く崇高な屍者たちだ。通りすぎていく者《トランジット》。進みゆく屍者。その静謐《せいひつ》を讃えた屍者の行進は、異界から橋掛かりを通って歩いてくる能のシテさえもコンテンポラリーにリスペクト。やがて、観ている者にも気づきを与える。われらもまた、通りすぎていく者――トランジットなのだと……〉

すでに長い時間が経過していた。すでに腐敗は進行し、あちこち破れて穴の開いた皮膚から、骨が露出していた。立ったまま、天に救いを求めるかのように、腕を伸ばしている。

不意にタブレットに流れていたウィルスの情報を思い出した。

「脳への影響。明晰夢状の変性意識。鮮明な幻覚……」

あてにならぬ学説の言うように、もしも、その鮮明な幻覚とやらが、自分の望むものを幻出させる効果があるとするならば、かれらはさしずめ、天国でも見ていたのか……。

近くの骸骨めいた顔が、いきなり顔を傾けたので、僕は、仰天した。

飢えた屍体のデマを潜在意識から消し去るのは難しい。

片目から鼠が這い出した。

その手が、ふらりと動いて、道の奥へ指をさしているように見える。

ハッとした。気づくと、すべての屍体が、片方の手で道の奥を指し示している。そんなふうに見えてくる。

――そんなことが……さっきまでは……。

道の奥へと、僕は進んだ。少なくとも、彼らは邪魔しないだろう。

昏《くら》い一本道の先には、小さな小屋。

教会の倉庫と見まがう古い小屋だが、ここが彼女の「縫製工房」で間違いはない。

屍者の匂いはしなかった。だが――ミシンの音は聞こえない。

僕は、彼女の名を呼んだ。

「約束通り、来てやったぞ」

ささくれたドアノブに手をかける。鍵が掛かってはいなかった。

「間に合ったんだろう？」

僕は、中へと入った。

「まだ万聖節の宵宮……」

ちらかった部屋。ちらばった魔方陣やらルーン文字やらの下書き。蟲の羽音……。

奥の部屋にミシンがあった。その前に椅子があり、こちらに向けた小さな背中とそれを覆うように伸びた長い髪が、少し右へと傾いだまま、無言で訪問者を迎えている。

「……間に合ったんだろう……？」

彼女は動かない。

動かない彼女を見て、今の今まで、願いを叶える妖精の魔法を信じていたのは、他でもない自分だったのだと思い知らされた。

新しい病魔が蔓延し、人々の心はそれ以上に毀《こわ》れていった。

暴動が起き、殺し合い、亀裂はさらに大きくなった。

屍体を甦らせ、怪物化させるウィルス。それは人の想像力――幻想と恐怖を具現化する……。それさえ、嘘だったんだ。元凶は人間だ。恐怖という「勝ち馬」に乗った人間だ。

ゾンビなんていない。屍衣の花嫁なんていない。

クリーチャーなんていない。アバターの化け物だっていない。

妖精だっていやしない。

僕は天を睨んで、ショルダーバッグの中に手をつっこんだ。

護身具――僕の裁ち鋏《たちばさみ》は冷たく手に馴染んだ。

「……自分の夢を実現させるんじゃなかったのか……」

僕は叫んだ。「将来、自分がデザイナーになったら、実現させたい様々なショー。その架空のショーのレビューを、君は書いていたよね」

脳裏に彼女の声が甦る。

(ただのコラージュよ……ファッション誌のテクストからの)

そして、小さくつけくわえたのだった。(……あれは、自分のための予告編)

「僕は一字一句、思い出せる。その光景まで、目に見える！」

(そう……あなたはそういう友だちよ……唯一の)

「その君が……なんで……！」

彼女の体がぐらりと動いた。

その顔が、ゆっくりと彼に振り向いた。


〈……ズームアップされた顔、というよりむしろ「顔の残骸」がセンシュアルなまでに訴えかけるメッセージは圧倒的なまでのメメント・モリ。眼球の無い眼窩《がんか》のモノトーンや、唇の無い歯が口ずさむサウンドレスなスクリーム。カラーブロッキングされた静寂は、眺める者《ギャラリー》さえも死後硬直させるかのようなトラジェディ。——しかし、その直後、ウォーンアウトした皮膚の破れ目から、崇高な賛美歌を奏《かな》でるかのように、無数の白い蠢《うごめ》くものたちがまろびでてると、マジェスティックな静寂は、一転、あふれんばかりのライヴパフォーマンス。蟲たちのサウンド。羽化がはじまるや、羽音のビートとともに、あふれでるのは蟲というより、翅《はね》を生やした人めいた姿。眩《まばゆ》い光を放って燦めくその群れたちは、屍肉の仮面を食い破り、死そのものを食い破り、通りすぎていく者《トランジット》を前へと進める。クライマックスに現れた顔は、死すらもアップデートして甦ったブリリアントな笑顔で……〉

「やっぱり来てくれたのね。蝙蝠傘さん」

振り向いた彼女は、手仕事で荒れてはいたが健康的な美しい桜色の両手を広げて、僕に飛びついてきた。「待ちくたびれて、眠ってた。でも、いいタイミングだわ。万聖節前夜の〈集会〉よ。この手術台のような街で、ミシンと出会う蝙蝠傘！」

「わけがわからん」

僕は混乱していた。が、それはすこぶる悦ばしい混乱だ。

「珈琲、飲む？　飲むでしょ？　街での〈補給〉もできなかったんでしょ」

彼女は立ち上がり、軽快な足取りでキッチンに向かった。

「やはり、妖精さんが願いを叶えてくれた」

彼女は言った。「だから……あなたが還ってきてくれた。万聖節前夜に……もう戻れる筈のない旅から……遠い遠いトランジットの旅から」

「え？」

一瞬、彼女がなにを言っているのかわからなかった。戻れる筈のない旅？　でも、僕は……ここに来ようとする寸前の僕は？　「え？」　思い出せないのは何故？　「え？　え？」

「さあ、これからが忙しいわよ」

彼女が言った。

「幻想には幻想。怪物には怪物。どっちの想像力が勝つのか。恐怖を乗りこなして、気に入らない亀裂を縫い合わせるの。それが……私たちの仕事……そのためにも」

魔女の笑顔が言った。「創り出すのよ！　誰もまだ見たこともない、美しい闇の物語《ステージ》を！」

【異形コレクション&シリーズ関連書籍】

●《異形コレクション》シリーズ

廣済堂文庫	通巻
『ラヴ・フリーク』	Ⅰ
『侵略！』	Ⅱ
『変　身』	Ⅲ
『悪魔の発明』	Ⅳ
『水　妖』	Ⅴ
『屍者の行進』	Ⅵ
『チャイルド』	Ⅶ
『月の物語』	Ⅷ
『グランドホテル』	Ⅸ
『時間怪談』	Ⅹ
『トロピカル』	ⅩⅠ
『GOD』	ⅩⅡ
『俳　優』	ⅩⅢ
『世紀末サーカス』	ⅩⅣ
『宇宙生物ゾーン』	ⅩⅤ

光文社文庫	通巻
『帰　還』	ⅩⅥ
『ロボットの夜』	ⅩⅦ
『幽霊船』	ⅩⅧ
『夢　魔』	ⅩⅨ
『玩具館』	ⅩⅩ
『マスカレード』	ⅩⅩⅠ
『恐怖症』	ⅩⅩⅡ
『キネマ・キネマ』	ⅩⅩⅢ
『酒の夜語り』	ⅩⅩⅣ
『獣　人』	ⅩⅩⅤ
『夏のグランドホテル』	ⅩⅩⅥ
『教　室』	ⅩⅩⅦ
『アジアン怪綺《ゴシック》』	ⅩⅩⅧ
『黒い遊園地』	ⅩⅩⅨ
『蒐集家《コレクター》』	ⅩⅩⅩ

『妖　女』 XXXI
『魔地図』 XXXII
『オバケヤシキ』 XXXIII
『アート偏愛《フィリア》』 XXXIV
『闇電話』 XXXV
『進化論』 XXXVI
『伯爵の血族　紅ノ章』 XXXVII
『心霊理論』 XXXVIII
『ひとにぎりの異形』 XXXIX
『未来妖怪』 XL
『京都宵』 XLI
『幻想探偵』 XLII
『怪物團』 XLIII
『喜劇綺劇』 XLIV
『憑　依』 XLV
『Fの肖像』 XLVI
『江戸迷宮』 XLVII
『物語のルミナリエ』 XLVIII
『ダーク・ロマンス』 XLIX
……以下、続刊予定……

●《異形コレクション綺賓館》――古今の傑作と新作書下ろしの饗宴――
光文社カッパ・ノベルス
第1巻『十月のカーニヴァル』　第3巻『櫻憑き』
第2巻『雪女のキス』　第4巻『人魚の血』

●《異形コレクション傑作選》（光文社文庫）
『涙の招待席』

●《異形ミュージアム》　――テーマ別傑作アンソロジー――
徳間文庫
第1巻『妖魔ヶ刻――時間怪談傑作選』
第2巻『物語の魔の物語――メタ怪談傑作選』

●《タロット・ボックス》　――タロットカード精華集――
角川ホラー文庫
第1巻『塔の物語』
第2巻『魔術師』
第3巻『吊された男』

●『夢魔たちの宝箱　井上雅彦の異形対談』（メディアファクトリー）
異形コレクション参加作家20人との対談&座談会

●『異形コレクション讀本』（光文社文庫）
十周年を記念する特別篇

光文社文庫

文庫書下ろし

ダーク・ロマンス　異形《いぎょう》コレクションXLIX

監修　井《いの》上《うえ》雅《まさ》彦《ひこ》

2020年11月20日　初版1刷発行

発行者　鈴木広和
印刷　堀内印刷
製本　榎本製本

発行所　株式会社　光文社
〒112-8011　東京都文京区音羽1-16-6
電話 (03)5395-8149　編集部
8116　書籍販売部
8125　業務部

落丁本・乱丁本は業務部にご連絡くだされば、お取替えいたします。

ISBN978-4-334-79099-8　Printed in Japan

組版　萩原印刷